获奖作品集

中短篇小说卷

中国作家协会
鲁迅文学奖评奖办公室 编

作家出版社

目 录

中篇小说

第八届（2018—2021）鲁迅文学奖中篇小说奖评奖委员会 …………… 2
第八届（2018—2021）鲁迅文学奖中篇小说奖获奖作品名单 …………… 3

获奖作品《红骆驼》作者王松 …………………………………… 5
王松简介 ……………………………………………………………… 5
获奖感言 ……………………………………………… 王　松 / 6
红骆驼 ………………………………………………… 王　松 / 8

获奖作品《荒野步枪手》作者王凯 ………………………………… 35
王凯简介 ……………………………………………………………… 35
获奖感言 ……………………………………………… 王　凯 / 36
荒野步枪手 …………………………………………… 王　凯 / 38

获奖作品《过往》作者艾伟 ………………………………………… 69
艾伟简介 ……………………………………………………………… 69

获奖感言 ··· 艾　伟 / 70
过　往 ··· 艾　伟 / 72

获奖作品《荒原上》作者索南才让 ······································ 123
索南才让简介 ·· 123
获奖感言 ··· 索南才让 / 124
荒原上 ··· 索南才让 / 125

获奖作品《飞发》作者葛亮 ··· 179
葛亮简介 ··· 179
获奖感言 ··· 葛　亮 / 180
飞　发 ··· 葛　亮 / 182

短篇小说

第八届（2018—2021）鲁迅文学奖短篇小说奖评奖委员会 ············· 236
第八届（2018—2021）鲁迅文学奖短篇小说奖获奖作品名单 ············ 237

获奖作品《无法完成的画像》作者刘建东 ······························ 239
刘建东简介 ·· 239
获奖感言 ··· 刘建东 / 240
无法完成的画像 ··· 刘建东 / 241

获奖作品《山前该有一棵树》作者张者 ·································· 255
张者简介 ··· 255
获奖感言 ··· 张　者 / 256
山前该有一棵树 ·· 张　者 / 257

获奖作品《地上的天空》作者钟求是 …………………………… 269
钟求是简介 ……………………………………………………… 269
获奖感言 ……………………………………………… 钟求是 / 270
地上的天空 …………………………………………… 钟求是 / 272

获奖作品《在阿吾斯奇》作者董夏青青 ……………………… 287
董夏青青简介 …………………………………………………… 287
获奖感言 …………………………………………… 董夏青青 / 288
在阿吾斯奇 ………………………………………… 董夏青青 / 290

获奖作品《月光下》作者蔡东 ………………………………… 305
蔡东简介 ………………………………………………………… 305
获奖感言 ……………………………………………… 蔡　东 / 306
月光下 ………………………………………………… 蔡　东 / 307

中篇小说

第八届（2018—2021）鲁迅文学奖中篇小说奖评奖委员会

主　任：李敬泽

副主任：东　西

　　　　邓　凯

委　员：（按姓氏笔画为序）

　　　　乔　叶　刘　颋　李蔚超

　　　　张　楚　陆　梅　饶　翔

　　　　谢有顺　额尔敦哈达

第八届（2018—2021）鲁迅文学奖中篇小说奖获奖作品名单

（以作者姓氏笔画为序）

作品名称	作者	出版单位	出版日期	责编
《红骆驼》	王 松	《四川文学》	2019年第8期	杨易唯
《荒野步枪手》	王 凯	《人民文学》	2021年第8期	马天牧
《过 往》	艾 伟	《钟山》	2021年第1期	贾梦玮、李 祥
《荒原上》	索南才让	《收获》	2020年第5期	吴 越
《飞 发》	葛 亮	《十月》	2020年第5期	季亚娅

获奖作品《红骆驼》作者王松

王松简介：

  王松，祖籍北京，现居天津。1982年毕业于天津师范大学数学系。中国作家协会第八、第九届全委会委员，天津市作协原副主席，文学创作一级。曾在国内各大文学期刊发表《红汞》《双驴记》《欢乐歌》《哭麦》《红骆驼》《爷的荣誉》《烟火》《暖夏》等大量长、中、短篇小说，出版长篇小说单行本及个人作品集数十种。曾在国内获多种文学奖项。中篇小说《红骆驼》获第八届鲁迅文学奖。部分小说改编成影视作品，并译介到海外。

获奖感言

我心中的绿洲

王　松

三年前，在我写这部题为《红骆驼》的中篇小说时，没想到，三年后的今天，这个作品会得到如此高的荣誉。当我得知，这个小说竟然获了第八届鲁迅文学奖，确实很意外。

但再想，也就不意外了。

这个奖，并不仅仅是给我个人的，更重要的，也是给那些默默无闻的、将自己的一切都奉献给我们国家核工业事业的科学工作者的。而我，作为一个小说人，只是以小说的形式，把他们曾经的奋斗、拼搏、艰辛与悲欢用文字讲述出来。

所以，这个如此高的荣誉，他们才当之无愧。

我总在想，一个人一生中最至关重要的抉择，真的只有一次吗？生活中，美好与浮华并存的东西太多了，质感的，虚幻的，真实的，错觉的，发自内心喜爱的，一时冲动以为的。无论哪一种，总要让我们一次次做出抉择。人都会趋利避害，这是本能。也正因如此，其实抉择的意义不是让我们认准哪一个，而是决定放弃哪一个。

所以抉择，也就意味着放弃。

放弃舒适，放弃享受，尤其难。

我的小说《红骆驼》中的男女主人公，他们虽然选择了方向相反的放弃，也同样是艰难的。但潘大兴对自己的放弃一生义无反顾。而顾芳，对自己的放弃也同样付出了一生。我在写这个故事时，一直在想，她的一生是用来弥补，还是救赎？

那是一个黄昏，第二天就要离开这片神秘的土地了，我坐在一条小河的岸边，倚着一块石头，看着天际的落日。这种落日的颜色只有戈壁滩才有。它清澈，又有些昏黄，似乎干净得没一点杂色。我看着这纯净的夕阳，忽然意识到，这唯一的颜色，也意味着一个人一生中真正的抉择，就因为如此纯净，才这样单一得别无选择。

直到今天，我仍在想，小说中的顾芳当年选择离开戈壁滩，离开深爱她的潘大兴，其实，我是没有任何理由谴责她的。所以，我在这篇小说里，只是在努力逼近她的内心。但有的朋友说，其实你的努力，也是一种谴责。

对此，我无法回答。

我是学数学专业出身。作为一个曾经的理科学生，我对自然科学，尤其对理工方面，有一种天生的敏感，也有一种特殊的情感。所以，当我得知这篇小说获奖时，我眼前浮现的，是那个深在地下的巨大的核反应堆，这就是当年潘大兴们曾经抢修的地方。当我来到地下，面对着这个已经静静地在这里的反应堆，我在想象着当年，那几个应该让我们永远记住的年轻的科学家，几条好汉，是如何拼死在这里工作的。

他们挑战了生命的极限，也创造了科学的奇迹。

所以我说，这个奖，是应该颁给他们的。

作为一个小说人，生活永远是老师。这次去这个核工业基地虽然只有很短的时间，但我觉得，比我当年在天津师大数学系四年本科学到的还要多。这几天学到的东西，我已经无法将它归类到哪个学科，哪个专业，它的内涵与外延都太大了，可以用广阔来形容。

在这里，我要感谢中宣部影视剧本策划中心，为我提供了这样一个宝贵的机会。

我还要感谢中国作家协会，这些年来，为我提供了无数的深入生活的机会，使我穿越在各个时空，也接触到生活的各个层面，获得了无数的创作灵感。同时，也使我的心中拥有了一片片的绿洲。我觉得自己的灵感，一直在这些绿洲中蓬勃地生长。

同时，我也要感谢各位评委对这部小说的厚爱。因为这部小说获奖，产生更大的影响，也让更多的读者了解到，曾经有这样一些默默无闻的科学工作者，他们在那片遥远的戈壁滩上，为了我们祖国的核工业事业，奉献了自己的青春，也奉献了自己的一生。

我还要感谢这篇小说的首发刊物，《四川文学》杂志社，以及后来关注这个小说的同行朋友与各位专家。

谢谢！

2022 年 8 月 28 日　于天津曦庐
9 月 5 日　修改

红骆驼

★ 王 松

1

顾莎早晨醒来时，愣了愣，不知是不是晚了。房间里漆黑一团，但这漆黑也许是因为拉着厚厚的窗帘。顾莎睡觉不习惯拉窗帘，这会让她失去时间概念，这种感觉就像坐在云端的飞机上，没有参照物，也就无法确定位置。但芳妈不是这样，芳妈无论白天还是晚上，睡觉必须把窗帘拉得严严的。不过芳妈的这个习惯在家里还行，到医院就不行了。上次在医院，虽然顾莎费了很大劲，赔了很多笑脸，且跟人家反复强调，钱不是问题，最后才总算安排了一个单人病房，但小护士还是对芳妈这样整天拉着窗帘有意见。倒不是光线太暗，不方便输液或别的操作，光线暗可以开灯，可大白天拉着窗帘，搞得像个黑洞，再清爽的病房也会让人觉着邋遢。但芳妈一向是个固执的人，她的固执不表现在嘴上。小护士每次提意见，她都很认真地听，也频频点头，似乎这些意见都听懂了，也接受。可窗帘该拉着还是照样拉着，就算小护士给拉开了，前脚走，她宁愿自己下床，摇着轮椅过去，也要把窗帘重新拉上。

顾莎抓过床头的手机看了看，吓了一跳。昨晚把手机闹钟设置在6点，可手机竟然没响。这时已经6点半了。心里一下有些来气，这就是拉着窗帘的结果，否则即使手机不响，窗子外面亮了，也不会睡过头。接着就发现，芳妈已经起了，正摇着轮椅不慌不忙地收拾自己的行李。顾莎的行李倒不用收拾，从家里带来的行李箱，基本没动。

顾莎起来看了一眼墙上的挂钟，对芳妈说，半小时后出发。

芳妈没回头，也没应声，摇着轮椅进卫生间了。芳妈还能站，只是走路费劲，平时行动要靠轮椅。但去卫生间从来不用任何人帮忙，连护工也不用，每次还要把门锁上。护工为这事在电话里跟顾莎说了几次，万一她在卫生间里摔了怎么办，责任就很难说清楚了。不过顾莎观察过，芳妈用卫生间，从轮椅坐到马桶上，竟然有自己的一套动作，不仅灵活，也很熟练。关键是芳妈的固执，顾莎知道，跟她说也是白说，也就懒怠说了。

顾莎用最快的速度把东西收拾好。这时卫生间的门开了，芳妈摇着轮椅出来。顾莎进去匆匆洗漱了一下。她这些年没有化妆的习惯，在高校工作，女老师不允许打扮得花枝招展，也就一直素面。这时手机响了，是芳妈的手机。顾莎从卫生间出来时，芳妈刚把手机挂掉，一边朝门口摇着轮椅说，他来了，下楼吧。

说着，已经开门出去了。

顾莎拉着两个四轮行李箱出来。刚到电梯口，电梯门开了，郁叔从电梯里出来，先把芳妈的轮椅推进电梯，又来帮顾莎把两个行李箱弄进去。郁叔叫郁书田，是芳妈在医院的同事。虽然是1939年生人，按说比芳妈还大一岁，可看着比芳妈年轻。其实也不是年轻，主要是强壮，男人一强壮就显得很有活力。不过郁叔曾偷偷对顾莎说，你芳妈是这几年病了，一下子就显老了，你别不爱听，她年轻时，可比你漂亮。

郁叔的奔驰车就停在楼下的花坛旁边，这辆车是红色的。当初郁叔有一辆黑色的奥迪A4。芳妈只随口说了一句，奥迪的车顶矮，坐在里面不舒服。没过多久，郁叔就换了这辆奔驰。郁叔换车时曾问过芳妈，什么颜色好？芳妈又随口说，还是红色好看。于是郁叔就买了这款红色的奔驰。按说郁叔虽然只是个普通的胸内科主任，可现在的主任医生收入都很可观，郁叔却不知怎么回事，经济上好像并不宽裕。后来顾莎才听说，郁叔为了买这辆红色的奔驰车，把一套住了二十几年的三居室卖了，换了一套小两居，而且地方也偏远了。

顾莎在车上给女儿打了个电话。女儿马上要高考了，正在最后冲刺。但顾莎没直接打给女儿，打的是丁睿的手机。丁睿果然在家，正给女儿做早餐。他在电话里乐呵呵地说，放心吧，女儿状态很好，昨天模考结果出来了，还是中等偏上，成绩很稳定，一会儿吃完早饭就去学校。顾莎这才放心了。挂断电话，又看了看手表。从芳妈这里到机场，开车一般要一小时。但这时正是早高峰，时间就不敢保证了。郁叔虽是八十岁的人了，开车不仅技术好，路也熟，遇到堵车就钻胡同，走小街，这样就还是按预定时间赶到了机场。

刚才从家里出来时，郁叔已把芳妈的轮椅留下了。这时，他先从后备厢里拎下两个行李箱，又拿出一个折叠式的轮椅。这种轮椅跟芳妈在家里用的不太一样，严格地说，应该叫病理车，打开后，病人坐上去能当轮椅用，后面有两个扶手，也可以推着走。郁叔打开病理车，扶着芳妈坐上去，又看看她问，你们两人行吗？我在机场买机票，现在还来得及。

芳妈说，你回吧。

说完惯性地用两手转了一下车轮。但这是病理车，转着有些费劲。

郁叔叹口气，回头对顾莎说，你等一下，我去存车。

说完，就开着车转下弯道，去地下停车场了。

芳妈摇着轮椅，径直朝航站楼走去。顾莎赶紧拉着两个行李箱追过来说，先等一下，等等郁叔。芳妈好像没听见，继续往里走。进了航站楼，门口是一个下坡，芳妈干脆不用摇了，让轮椅自己溜下去。顾莎手忙脚乱地顾着两个箱子，好容易追上芳妈，一把拉住她的轮椅，但另一个箱子又跑了，连忙又去抓那个箱子。等拖回来时，芳妈已经不管不顾地往前走了。这一下顾莎真急了，扑过来抓住轮椅的扶手说，你就不能等等吗？

芳妈慢慢回过头，看看顾莎。

顾莎说，一会儿郁叔来了，去哪儿找咱？

芳妈说，我已经告诉他了，让他回去。

顾莎说，可他不是没回去吗？

顾莎的这句话已经冲出了嗓子眼儿，可到了嘴里，还是竭力又把声音压了压。她知道，这是在机场，不是在家里。前一天晚上，郁叔就在电话里跟她说了，芳妈是你母亲，这些年了，她的脾气你知道，这次出去，尽量别拗着她，她现在这脾气，也是让病磨的。

但顾莎的心里明白，母亲这样，还不仅是病的事。

顾莎把两个行李箱拢在一起，推到旁边一个不碍事的地方，又把芳妈的轮椅推过来。这时郁叔满头大汗地来了。郁叔冲顾莎做了个手势，就推着两个箱子朝值机柜台那边走。

办好登机手续，行李也托运了，顾莎的手里只剩了一个背囊，一个提袋。背囊里是自己手使的东西，提袋里装的是芳妈随身用的东西。郁叔推着芳妈的轮椅，一直送到机场安检入口，又拿出几块巧克力，放到顾莎拎着的提袋里，说，她如果又低血糖了，就给她吃一块。说完，拍了拍芳妈的肩膀，又冲顾莎说，如果有事，可以随时——说着做了个打电话的手势，就转身走了。

芳妈突然叫了一声，等等。

郁叔站住了，慢慢转过身。

芳妈说，你，注意身体。

郁叔有些奇怪地看看芳妈。

芳妈又朝他看了一眼，就摇着轮椅朝安检口里去了。

2

顾莎五岁时，把母亲叫芳姨。顾莎是在姥爷家长大的。姥爷家在天津，在顾莎的记忆里，是卫生系统的一个宿舍大院，院里有几栋青灰色的宿舍楼，种满高大的白杨树，到了夏天，繁茂的枝叶遮天蔽日，很凉快。顾莎第一次见母亲是在一个下午，当时姥姥正开会，让局里的一个同事去幼儿园把她接回来。一进家，看到一个年轻的漂亮女人，好像从没见过。替姥姥接顾莎的是一个五十多岁的女人，姓陈，顾莎平时叫陈姥姥。陈姥姥一见这个漂亮阿姨，叫了一声，小芳啊，你回来了？顾莎在幼儿园，很懂礼貌，见了年轻的女人就叫阿姨，又听陈姥姥叫她小芳，就懂事地也叫了一声，芳姨。陈姥姥一听就笑了，说，怎么叫芳姨，这是你妈啊！但顾莎已经叫了芳姨，好像改不过口，这以后就叫芳妈妈。

再后来，就叫成了芳妈。

芳妈那次回来，只住了几天就走了。走的时候，抱住顾莎哭了，但顾莎没哭。顾莎也不明白，芳妈为什么要哭。顾莎只听说，芳妈是在一个很远的地方工作，那里到处是沙漠和戈壁。至于沙漠和戈壁是什么，顾莎就不知道了。当时芳妈抱着她，只喃喃地重复一句话，等着妈妈，等着妈妈，妈妈会回来的，一定会回来的。

果然，到顾莎上小学时，芳妈就回来了。芳妈是带着很多东西回来的，看样子真的不走了。芳妈一见顾莎就抱着她，一边亲一边说，这次芳妈不走，再也不走了。但当时，顾莎问了芳妈一句话，这也是她唯一的一次这样问，后来再也没问过。

她问，爸爸呢？

其实这个问题一直让顾莎奇怪。从在幼儿园时就一直是这样，每到下午，别的小朋友都有妈妈来接，或者是爸爸，唯独她，只有姥姥和姥爷。现在芳妈回来了，可是爸爸为什么没回来呢？当时顾莎这样问了，芳妈的脸上本来挂着泪，可这泪在脸上正流着，一下就停住了。芳妈慢慢回过头，看看姥姥，又看看姥爷。姥爷没说话，只摇头叹了口气，就转身回书房去了。这天夜里，顾莎听见芳妈和姥爷在书房里说话，声音很大，后来好像还吵起来了。当时芳妈好像说了一句，我的事，不用你操心了，我既然已这样决定，就不后悔，以后的事，我自己会尽快想办法。说完，姥爷书房的门砰地一响，接着就是一阵噔噔的脚步声。

果然，几天以后，芳妈就从姥爷家搬出去了。再后来，把顾莎也接走了。

飞机在云层的上面飞着，像漂浮在一团一团的泡沫上。

顾莎的耳膜很敏感，飞机的飞行高度稍有变化就会觉出来。这时已经感觉到，飞机开始下降了。偏远的航线就是这样，由于乘客少，航班一般不会直飞，都要在中途经停或转机。但经停和转机还不是一回事。经停只是停一下，中途过站的乘客下去一下再上来，带上在这里登机的乘客，就可以继续飞往目的地。转机就不行了，要正式下飞机，提出行李，然后再重新办理另一架航班的登机手续。这就有一个问题，倘前一次航班延误了，这转机的后一次航班也许就赶不上了。况且顾莎还要照顾坐轮椅的芳妈，如果再去提行李，重新办登机，就太麻烦了。所以顾莎特意选了这个航班，中途只在清阳经停一下。

芳妈坐在旁边靠走道的座位，这样上下轮椅可以方便一些。这时她歪在座位上，闭着眼，似乎在打瞌睡。在顾莎的记忆里，芳妈一向是个精力充沛的人，似乎从没说过累。直到六十多岁了，还能一天做两台手术。可是五年前突然中风了，幸好在医院工作，虽有颅内出血，但发现及时，抢救也及时。不过这以后，精神就远不如从前了，经常说着说着话，就睡着了，性格也像变了个人，平时沉默寡言，即使坐在轮椅上，也总闭着眼，不知是在瞌睡，还是在想什么事。这时机舱里已在广播，继续飞往目的地的乘客请带上随身的贵重物品下飞机，在候机厅休息大约半小时，重新登机就可以继续飞往最后的目的地。

飞机落地，停稳，顾莎带了随身的背囊和提袋，用轮椅推着芳妈下了飞机。走在廊桥上时，手机响了。顾莎拿出手机看了一眼，是云姨。

想了想，把电话摁掉了。

清阳是个中型城市，机场很小。来到航站楼，中途过站的乘客已经很少了。顾莎把芳妈的轮椅推到一个角落。本来觉得这里清静，不料刚把轮椅停下，就听旁边的一对年轻人在大声说话。说话的是个女孩儿，挺漂亮，两个眼角尖尖的，还有些微微上翘，说话的声音也好听，是标准的普通话。她好像在埋怨那个男孩儿，无论做什么事，从来不和她商量。又说，为什么这么大的事，直到临近才告诉她，让她措手不及。这女孩儿一边说着，脸涨得通红，一只手伸出来，不停地在男孩儿的面前翻来翻去，看样子很生气。男孩儿的头发乱糟糟的，似乎没用梳子梳过，只用手随便抓了抓。戴着一副黑框眼镜，镜框不大，镜片是树脂的，但看得出度数很深。他拿着手机，一直低头在专心致志地看着，一声不吭。顾莎看见了，他好像在看一篇什么文章。女孩儿这样说着好像终于忍不住了，一把夺过他的手机。她显然是想把这个手机摔到地上，但手扬起来的一瞬，男孩儿抬头看看她。女孩儿立刻迟疑了，愣了愣，手一下子落下来，把手机往男孩儿的怀里一扔就坐在旁边，用手捂住脸一下一下地喘气，看样子是哭了。顾莎在飞机上就注意到了这对年轻人。芳妈有轮椅，办登机时，顾莎特意要了经济舱第一排的座位，这样空间可以大一些。这对年轻人是坐在第二排，在顾莎的侧后面。机舱提供餐饮时，这女孩儿不吃，也不喝，一直抱着自己的一个精致的小包包，歪着头坐在座位上。男孩儿劝她，如果不吃东西，就喝一点矿泉水。女孩儿声音很大地说，不喝！不喝！我什么也不想喝！这才引起顾莎的注意，回头朝他们看了看。男孩儿的食欲似乎很好，也许是赌气，一下子把自己和女孩儿的两份快餐都吃了。顾莎看着他们，心里觉得好笑。她看出来，这女孩儿怀里抱的是个"香奈尔"的小包包。这种奢侈品牌的"小香包儿"，价格可想而知。又想，现在的女孩儿都是这种脾气，也难为这些男孩子了。

这时，男孩儿怀里的手机响了。男孩儿立刻拿起手机接听电话。顾莎这才想起来，自己还没给云姨回电话。于是对芳妈说，去一下洗手间，就起身匆匆朝前面走去。

顾莎来到一个拐角，回头瞥一眼，确信看不到芳妈了，才拿出手机。云姨在电话里的声音还是那么平静，是一种湿润的平静，像溪水流到石头上的声音。顾莎一直感到奇怪，云姨在戈壁滩那样干燥的地方，声音怎么会这样湿润。云姨在电话里说，我正担心呢，算时间，你们该到清阳了,刚才打电话,也通了,说明你们确实已经落地,可你没接电话,没事吧?

顾莎说,您放心吧,没事,飞机也没延误,刚才问过了,四点四十分,准时到。

云姨似乎松了口气,说,延误也没关系,不用急,大不了我等一会儿,没事的。

顾莎想说谢谢,但话到嘴边,只说了一句,您不用到机场太早。

就把电话挂了。

顾莎回来时,远远看见芳妈正朝这边看着,似乎在审视。顾莎感到不太自在,心里也有些撺火。但来到近前,还是竭力把火往下压了压。

芳妈盯着她,问,你刚才,去哪儿了?

顾莎觉得,这个问题没必要回答。但还是把两手来回抹了一下,似乎刚洗过手,嘴上说,这种小机场的条件就是不行,洗手间连抽纸也没有。

芳妈没说话,仍然一下一下地看着顾莎。

顾莎让芳妈看得更不自在了,扭身坐在旁边。

芳妈又问,刚才下飞机时,谁给你打电话了?

顾莎歪过头,很认真地看看芳妈。她想说,我已经是四十多岁的人了,谁给我打电话,还有必要都向您汇报吗?但这话还是没说出来。只看了一眼芳妈,没吭声。

芳妈问,你刚才,是去给吴云打电话了?

又问,下飞机时,是她来的电话?

顾莎没直接回答,说,我现在想知道的是,到了那边下飞机,您打算怎么办?

芳妈平静地说,搭出租车,去市里的酒店。

顾莎问,然后呢?

芳妈说,明天包一辆车,去矿区。

顾莎说,您当年在那边工作过,应该比我清楚,矿区是包辆车就能进去的吗?

芳妈闭上眼,不说话了。

这时登机口在广播,让过站的乘客登机。

顾莎推起芳妈的轮椅,朝登机口走去。

3

　　顾莎没见过云姨。虽然芳妈从没说过，但顾莎猜测，芳妈应该也没见过。

　　顾莎知道有云姨这个人是在高中毕业时，正准备高考。当时因为一件偶然的事，那天下午，顾莎去医院给芳妈送巧克力。芳妈经常低血糖，据她自己说，是家族遗传，当初她母亲，也就是顾莎的姥姥也是这样。所以每次有手术，倘赶在吃饭时间，别的医生护士可以坚持一下，芳妈不行，上手术台时总要带几块巧克力。那天是把巧克力忘在了家里，顾莎发现了，就赶紧给送到医院来。一进医院大门，收发室的曹大爷知道她是顾芳主任的女儿，就出来叫住她，说又有顾主任的汇款单。当时顾莎感觉到了，曹大爷的眼神有些异样。接过汇款单一看，果然吓了一跳，这竟然是一张两万元的汇款单。在20世纪90年代初，两万元还是一笔巨款。其实在此之前，顾莎就知道，这些年每到月初，都会有人给芳妈寄钱来。以往也有这样的时候，顾莎偶尔来医院，收发室的曹大爷有汇款单就随手交给她，但一般都是一百元左右。顾莎每次拿了汇款单，回去交给芳妈，从不问这是谁寄来的。芳妈也不说，似乎这是个不言而喻的事。当然，也的确不言而喻。汇款单上有详细的汇款人姓名地址，从地址看，这钱显然是来自戈壁滩的深处，汇款人的名字叫潘大兴。尽管芳妈从没提过潘大兴这个人，但顾莎还记得，芳妈当年也曾在戈壁滩上工作过，后来回来了，那么留在戈壁滩上的人可能是谁，也就不言而喻了。顾莎只在很小的时候问过芳妈一次，爸爸在哪儿。后来就再也不问了。不是她不想问，也不是芳妈不准她问，退一步说，就算芳妈真的不准她问，如果她想问也照样可以问。她只是从芳妈和姥爷的关系感觉到，这应该是一件一两句话很难说清楚的事，既然很难说清楚，也就干脆不让芳妈说了。后来，顾莎偶然听姥姥在单位的同事陈姥姥说，自己小的时候曾叫潘莎，叫顾莎是随了芳妈的姓，也是后来才改的。但陈姥姥当时是说漏了嘴，顾莎再追问，陈姥姥就死活不肯再说了。

　　这以后，顾莎也就明白是怎么回事了。

　　但这一次，顾莎在把这张两万元的汇款单交给芳妈之前，还是偷偷做了一件事。她按这汇款单上留的地址，给那边的"114查号台"打了一个电话。这个叫潘大兴的汇款人留的是一个职业技术学校的地址。顾莎通过"114查号台",找到这个学校的电话号码,就给这个叫潘大兴的人打过去。但对方接电话的人说,学校是这个学校,不过没有潘大兴这么个人。顾莎一听就奇怪了,说不对啊,这个汇款单上留的地址,就是这个学校,汇款人也确实写的是潘大兴,怎么会没有这个人呢?顾莎一说汇款的事,对方问,你是哪儿?

顾莎说,这是天津的长途电话。

对方立刻说,你等一下。

一会儿,电话里换了一个女人的声音,问,你要找潘大兴?

顾莎说,是。

这女人问,你有什么事?

这时,顾莎已经彻底糊涂了。听这个女人的口气,她应该知道潘大兴。可刚才接电话的人说,这个学校没有潘大兴这个人,那现在的这女人又是谁呢?但顾莎的反应也很快,她没再追问这女人是谁,而是先告诉对方,自己叫顾莎。

对方一听哦了一声。显然,她知道顾莎这个名字。

顾莎又说,潘大兴这次汇的两万元,我收到了。

对方又哦了一声。

顾莎这才问,您不会,就是潘大兴吧?

顾莎是故意这样问的。她当然知道,这女人不可能是潘大兴。

果然,对方说,我叫吴云。

顾莎又问,这次,潘大兴怎么寄这么多钱?

吴云说,哦,潘老师说,你今年高中毕业,应该上大学了。

顾莎听了喉咙一热,哽了一下。她意识到,自己这些年的猜测,终于得到印证了。她现在总算知道,这个这些年一直寄钱,叫潘大兴的人到底是谁了。她本来还想再问一问关于潘大兴的情况,或者,如果方便的话,跟他通一下电话。但吴云似乎还有事,只在电话里说了一句,让顾莎认真准备功课,争取考一个好学校,就把电话匆匆挂了。

这次和云姨通电话,尽管顾莎没问,云姨也没说,但顾莎明白了,也许是潘大兴工作忙,走不开,这些年,一直都是云姨在替他往这边寄钱,所以留的才是这个学校的地址。

这以后,顾莎过了很长时间才知道,其实芳妈早已知道吴云。顾莎想,芳妈知道吴云,应该有几种可能。首先,芳妈毕竟在那边工作过,对那边的情况知道一些。虽然顾莎跟吴云通电话时,从声音判断,她当时应该只有三十多岁,如果这样算,芳妈当年在那边工作时,这个叫吴云的女人应该还没去。当然,这里还有一个原因,顾莎听出吴云说话好像是江浙一带的口音,这就说明,她应该也是调到那边去工作的;不过芳妈还是能大致猜出,吴云在那边跟潘大兴是什么关系。此外还有一种可能,或许芳妈也已给那边打过电话。当然,如果芳妈打电话,就不会先按汇款单上的地址查电话号码了,她应该有别的办法。不过不管怎么说,顾莎感觉到了,虽然芳妈已知道那边有吴云这个人,也从来没提起过,但显然,她对这个女人很反感。说反感似乎还不太准确,应该是有些本能的抵触。

也正因如此,这次顾莎并没告诉芳妈,到了那边,云姨会在机场接机。顾莎没告诉芳妈,是不想再让她生气。这个春天,芳妈的身体状况急转直下。本来这些年病情已经稳定,虽然肢体有些障碍,行动相对迟缓,但思维仍很敏捷,反应也好像比过去更快了。可今年一开春又出了问题,据芳妈自己说,先有些头晕,接着又感到半身麻木。去医院看了,大夫说,从核磁的片子看,是又有腔梗。这个堵塞本来不太严重,但对于顾芳主任就是另一回事了,她毕竟患过脑出血,这就雪上加霜了。果然,这次腔梗之后,芳妈就基本只能靠轮椅了,精神也明显大不如前,经常说着话就睡着了。就在一个月前的一个上午,顾莎正在学校给学生上课。本来学校有规定,上课时间,无论教师还是学生,都要把手机关掉。但顾莎对学院领导说,母亲有病,且跟前只有护工照顾,说不准哪一会儿就会出状况。学院领导这才特批,准许她上课时开着手机。果然,一个上午,顾莎正讲课,电话就突然打进来。当时顾莎一看是芳妈护工的电话,心里立刻一紧。她知道,如果没有特殊情况,护工不会在这个时候来电话。她顾不上跟底下的学生解释,赶紧拿起手机。护工在电话里说,芳妈突然昏迷了,她已按顾莎事先交代的,叫了120救护车,把芳妈送到了医院。她现在正在医院里,医生要见家属,让顾莎赶紧过去。顾莎一听,不等下课就赶紧来到医院。芳妈这次又是血管堵了,但堵的不是脑血管,而是心血管。医生说,幸好来得及时,暂时没有生命危险了,但后面的情况不好说。顾莎明白,如果这次是脑血管,那芳妈的麻烦就大了,于是索性跟学校请了假。

芳妈在医院住了一个月,总算回家了。但让顾莎没想到的是,芳妈回家几天以后,一个下午,突然给顾莎打来电话,当时顾莎正在系里开会。芳妈在电话里说,有个事,想跟顾莎说一下。她说的不是跟顾莎商量一下,而是要跟她说一下,这说明,她已经决定了。顾莎问,很急吗?芳妈说,说急也不急。顾莎说,如果不急,就晚上再说,正开会。

芳妈立刻说,说不急,也急。

顾莎只好说,那您就说吧。

芳妈说,我想,回去看看。

顾莎问,回哪儿?

芳妈说,矿区。

顾莎明白了。芳妈说过,她当年在戈壁滩上工作的那个地方,叫"矿区"。其实当地并没有矿,只是这样的叫法。顾莎想不出来,芳妈在这个时候,怎么会突然想起要去那个地方。但她知道芳妈的脾气,如果她说什么事,尤其是决定要做什么,一定是经过认真考虑的。而且自从她生病以后,也许是脑血管病变的缘故,变得更固执了。

于是想了想,问,您觉得,您的身体允许吗?

芳妈说,没什么不允许。

顾莎只好说,好吧。

4

乘客都已登机了。

刚才在清阳下了一些乘客,又上了一些新乘客。但下的比上的多,机舱里的乘客就更显得稀稀落落。这时机舱的舱门已经关闭,但还没有要起飞的意思。几个空姐面带微笑地托着小盘子走来走去,用纸杯给乘客送矿泉水。顾莎知道,这是航空公司惯用的伎俩。按有关规定,如果不是特殊原因,航班延误达到一定时限,乘客可以提出索赔。于是有的航空公司就想出这种对策,明知这次航班延误了,还若无其事地让乘客按时登机,然后坐在飞机上等。但在候机厅等和在飞机上等就不是一个概念了。在候机厅等是延误,在机舱里等则可以理解为等候起飞。这样无论等多长时间,只要不起飞的理由充分,也就可以不计算在延误的时间内。

果然,在飞机上等了将近一个小时,机舱里开始广播,说目的地的机场由于天气原因,不具备起降条件,要等候多长时间还无法确定,请乘客仍带上随身的贵重物品,先下飞机,在候机厅等候通知。顾莎起身打开行李舱,正要拿背囊和提袋,一回头,见芳妈已经自己坐上轮椅朝机舱门去了。顾莎连忙提了背囊和提袋追过去。就在她伸手要抓轮椅的扶手时，轮椅已经出了舱门。从舱门到廊桥，中间有几公分的高度差，虽然只是几公分，轮椅还是往下跳了一下。此时芳妈的两只手都在车轮上，身体没有支撑，立刻晃了晃。但这一晃也就失去了重心，眼看着整个轮椅朝一边歪过去，幸好站在舱门的一个空姐手疾眼快，扑过去一把扶住轮椅。这时顾莎也赶过来，连忙扔下背囊和提袋抓住轮椅的扶手。但芳妈没回头，两手用力一扳轮椅的轮子，轮椅就沿着廊桥的坡道溜下去了。顾莎赶紧又抓起地上的背囊和提袋追过去。芳妈的轮椅沿坡道溜到头，终于停住了。再往前就是上坡的坡道了，芳妈用力扳了几下轮椅的轮子，没扳动，轮椅只在原地来回动了几下，这时顾莎才气喘吁吁地赶过来。顾莎再也忍不住了，冲到芳妈面前，瞪着她嚷起来，您，到底想怎么样？！

芳妈仰起头，看看她。

顾莎又嚷道，您到底要干什么？！

芳妈说，我，没想干什么。

顾芳说，去矿区，是您自己要去的，没人逼您！

芳妈不说话了。

顾莎这时看到，几个空姐正站在机舱的舱门口朝这边看着。但她已顾不上脸面，心里憋着的火气一下子都冲了出来。她站在芳妈的跟前说，如果您不想去了，我们可以回去！说着掏出手机，我现在就可以买回去的机票，您也不用再这样，我已经受够了！

顾莎嚷着，突然停住了。她从芳妈的眼里，看到了一丝软弱，还不是软弱，似乎目光渐渐暗下去，是一种怯懦，说怯懦还不准确，似乎是在央求。在顾莎的记忆里，从小到大，芳妈一直很强势。她还从没见过芳妈这样的眼神。

她叹口气，推起轮椅，朝候机大厅去了。

5

飞机再次起飞已是两个小时以后。虽然夏天天长，但在天津，这个时间的太阳应该已变成金黄色，有了黄昏的意思。而此时在飞机上，从舷窗看出去，外面的阳光仍很强烈，连云朵也泛着耀眼的银白色。芳妈知道，此时飞机已进入河西走廊的上空。这边的空气不仅纯净，也很干燥，所以能见度极好，紫外线也很强烈。当年她刚到这里时，最先感到的，就是这里的空气跟天津截然不同。芳妈对空气中的湿度很敏感。但来西北之前，自己并不知道。她决定来西北时也没考虑过这个问题。当年潘大兴一说，她只想了一下就同意一起去了。不过当时，父亲还是提醒了她。父亲搞了几十年临床，在医院是著名的呼吸科主任。尽管母亲一听她要和潘大兴一起去西北，坚决不同意，但父亲很支持。父亲说，咱们国家的核工业总要有人去搞，如果你不去，他也不去，大家都不去，这件事就没人做了。但父亲又说，西北的戈壁滩我去过，那地方的年平均降水量只有一百多毫米，可蒸发量将近两千毫米，这么干燥的地方，你如果去，要有心理准备。当时的芳妈听了还不太明白。她从小学到中学，一直到读医科大学，外地也去过一些地方，但都是和同学一起出去玩儿，西北这样的地方还从没去过，所以对父亲说的这些，也就没有一点概念。她问父亲，空气干燥怎么了？父亲说，你是在天津长大的，天津是半海洋气候，这边的空气湿度和南方比起来虽不算大，可跟西北地区，尤其是戈壁滩上相比就大多了。父亲说，人的呼吸道一旦适应了一定的空气湿度，稍有改变，就可能出问题，我是担心你到了那边不习惯。但当时的芳妈只顾兴奋了，她跟潘大兴要去的这个地方，不是谁想去都能去的，还要经过各方面极严格的审查，据说比参军的要求还高。顾芳的审查通过了，这不是容易的事。而且一同去西北工作的，还有潘大兴的几个同学，这一来大家也就更被一种共同的荣誉感激动起来。父亲对她说，只要你有心理准备就行，和大兴一起去，我也放心，我看出来了，这孩子将来肯定有大出息。

顾芳和潘大兴是在医院认识的。顾芳受父亲影响，在医科大学学的也是临床，当时正在市里的一家医院实习。潘大兴和几个同学来医院体检。其时潘大兴已报名去西北，要经过体检。潘大兴是扬州人，本来是在哈尔滨工业大学读书。当时哈工大和天津的一所大学有个联合项目，最后一年，学生就来这边一边学习一边实习，最后就在这边毕业。也就在这时，遇到了去西北工作这件事，于是潘大兴立刻报了名。顾芳在医院里第一次见到潘大兴时，就注意到他了。潘大兴的身材有些瘦，窄脸，再戴一副黑方框眼镜就显得有些夸张。当时是几个报了名的同学一起来医院体检，因为兴奋，大家都在不停地说话。只有潘大兴，一直默默地坐在旁边。女孩子一般都这样，越是爱说话的男孩儿越不以为然，反倒是安安静静的，往往更会引起注意。当时顾芳负责的是内科体检。潘大兴躺到诊床上，顾芳用手轻轻按压他的腹部。可这一压，不知怎么潘大兴放了一个又粗又闷的屁。顾芳是学医的，又已是实习大夫，当然不在意这些。潘大兴却不行了，本来就不爱说话，脸一下就扭过去，不敢再看顾芳。直到从诊床上下来，脸还一直像块红布。顾芳心里觉得好笑，但脸上没带出来。她知道，如果自己说什么，这个年轻人肯定就更不好意思了。不过顾芳在按压潘大兴的腹部时，感到左下腹好像有一个硬块，于是对他说，去约个时间，做一个腹部B超，进一步检查一下。当时潘大兴一听立刻有些紧张。他紧张，倒不是担心自己有什么病，而是如果有病，也许就去不成西北了。顾芳也看出来了，就安慰他说，估计不会有事，但既然是体检，总不能马虎。

这次体检的最后结果，潘大兴果然没事，身体很健康。顾芳直到后来仍想不明白，自己和潘大兴的关系怎么会进展得那么快。在20世纪60年代初，年轻人恋爱是一件很大的事，一般都需要一个相当漫长的过程，短则一两年，长的甚至要几年。但顾芳从认识潘大兴到跟他确定关系，只用了不到一个月时间。顾芳的母亲对这样的恋爱速度表示怀疑。顾芳的母亲在卫生局工作，是办公室主任。她提醒顾芳，这么短的时间就确定恋爱关系，是不是太草率了？但顾芳的父亲不这么看。顾芳的父亲认为，男女恋爱的本质是志向和情感，彼此的志向需要相互了解，感情需要发展，只要了解了，感情也发展到一定程度，确定恋爱关系也就顺理成章，这跟时间长短没有必然的关系，有的夫妻一辈子生活在一起，彼此还没有真正了解，这样的时间长度又有什么意义呢？显然，顾芳的父亲对他们的恋爱表示支持。

但顾芳很快就遇到一个问题。当初潘大兴和几个同学来医院体检，由于特殊原因，并没说出这次体检的真正目的，不光顾芳不知道，连医院方面也不清楚。但潘大兴和顾芳一确立恋爱关系就不行了。上级从一开始就对潘大兴几个人提出要求，如果有了恋爱对象，且确立了关系，一定要报告，因为这关系到去那边工作的问题。于是终于有一天，潘大兴跟顾芳摊牌了。顾芳一听就傻了。她没想到，事情竟然会是这样。潘大兴的态度很明确，他已下定决心，要去那边工作。他对顾芳说，他确实很爱她，但如果让他在顾芳和去那边工作之间选择，他只能选择后者。他这样说完，对顾芳说，对不起。

顾芳看着潘大兴，一下也没了主意。

其实事情往往就是这样，也许经过漫长的交往，感情未必会有多深，反倒是这种所谓的"闪电式恋爱"，情感的张力却很大。也正是这种张力，让顾芳更不知所措了。这时潘大兴告诉她，他和她的关系只有两条路，要么，她跟他一起走，顾芳是学医的，那边肯定也需要；要么，他们只好就此分手了。但是，潘大兴又说，即使顾芳同意和他一起走，也不是说走就能走的。潘大兴告诉她，他这次要去的是一个极特殊的地方，现在还不能告诉她，虽然条件很艰苦，甚至比想象的还要艰苦，但也不是随便谁都可以去的，各方面的要求很严苛。潘大兴说，他这次来医院体检时，各方面的指标和标准，顾芳应该能感觉到。

顾芳一听就明白了。潘大兴他们几个人来医院体检时，对他们身体的要求，和一般的标准确乎不太一样。但医院领导只是交代，这是政治任务。

顾芳想了一夜。第二天对潘大兴说，我决定了，跟你走。

……

机舱里又开始广播，飞机已经在下降，预计半小时后在阳关机场降落。芳妈一下清醒过来。但想了想，又觉得刚才好像并没睡着。最近经常这样，好像清醒和睡梦总是搅在一起，或来回交替，搞得脑子有些混乱，不知究竟是睡着还是醒着。这时，芳妈慢慢转过头，朝舱窗外面看去。一片云朵翻卷着，正在蓝天的深处飘浮。她忽然想起一句话，风来浪也白头。

她想，浪尚且能白头，何况是云，云尚且也能白头，更何况是过去的日子。

6

顾莎从机场出来，第一眼见到云姨时，一下判断不出她的年龄。云姨看上去很精干，束着头发，上身穿一件浅底碎花的衬衣，袖子是挽起来的。但顾莎之前和云姨通电话时，已听她说过，她是1982年毕业的大学生，毕业后就来这边工作，倘这样算，应该也有六十多岁了。可看着还是不像，脸上没一点皱纹，只是由于这边的紫外线强，肤色有些发红。

顾莎是推着芳妈的轮椅出来的。云姨立刻就迎了过来，确定这就是她们母女。芳妈见到云姨，并没显出意外。顾莎想，看来自己估计对了，也许她们两人确实从未见过面，但看得出来，彼此应该早就知道对方。芳妈坐在轮椅上，先是慢慢仰起头，眯起眼，很认真地打量了一下云姨,然后才慢慢伸出手说,你好,我是顾芳。云姨很大方,跟芳妈握了一下手,然后回头对顾莎说,你去取行李吧,车在停车场,咱们先去招待所,都安排好了。

芳妈朝左右看看,问,潘大兴呢?他怎么没来?

云姨哦了一声说,明天,到矿区就见到他了。

这时顾莎已取出了行李。云姨拉着两个行李箱,顾莎推着芳妈的轮椅,就朝停车场来。

开车的司机是个二十几岁的年轻人,人挺机灵,也麻利,过来接过两个行李箱,放到汽车的后备厢,又拿了几瓶矿泉水放到车上。顾莎从他和云姨说话听出来,好像是当地口音。他坐回到车上回头说了一句,扣好安全带,然后就把车开动了。

这是个不大的城市,很干净。但显然,应该经常有扬沙,如果仔细看,路边还有一缕一缕细细的黄沙。路上,郁叔的电话又打过来了。顾莎一接电话赶紧道歉,说飞机延误了,在清阳机场经停时本来已上了飞机,又让下来了,来来回回等了两个多小时,所以到这边就晚了,还没顾上打电话报平安。郁叔在电话里说,到了就好,打了几次电话,都关机,还一直奇怪,怎么飞了这么久。又问,芳妈没事吧,接下来怎么安排?顾莎说,她没事,挺好,这边的事都安排好了,已经在去招待所的路上。明天去矿区,据说离市区一百多公里,不到两小时的车程。郁叔听了,似乎松了口气,又说,照顾好她,随时联系吧。就把电话挂了。

招待所在一条林荫路的尽头,环境很幽静。这显然是矿区的内部招待所,虽不像星级酒店那样讲究,但挺干净,房间里的陈设也很舒适。云姨先帮顾莎安顿了一下,说,给你们母女要了一个房间,如果想分开睡,我可以再去开一个房间。

顾莎说,就一个房间吧。

云姨立刻明白了,点头说,也好。

这时,外面传来吵嚷声,是旁边的房间。顾莎听出来了,又是那对年轻人。在清阳机场经停时,他们就一直在吵架,后来上了飞机,虽然不吵了,那女孩儿还在赌气。飞机刚起飞不久,空姐给乘客每人送一瓶矿泉水。送到这女孩儿的面前时,她不看,也不接。男孩儿只好替她接过来,放到她面前的小桌板上。但这女孩儿伸手一划拉,就把这瓶矿泉水划拉到了地上。矿泉水骨碌到顾莎的脚下,顾莎替她捡起来,男孩儿赶紧道谢,伸手接过去了。不过到阳关机场下飞机以后,就再也没见到他们。没想到，他们也住进了这个招待所，看来也是要去矿区的。这时，只听那个男孩儿大声说，我已经跟你说过了！说过了！你不想来没关系，你可以回去！我并没逼你留下！接着就是那个女孩儿的哭声。

云姨听了笑笑说，等一下。

说完就出去了。

云姨显然是去了那边的房间。她一过去，那边立刻就没声音了。过了一会儿，云姨回来了。云姨先对顾莎做了个手势，意思是她先打个电话。然后就拿出手机拨通电话。云姨好像是给民航售票处打电话，说订一张明天回兰州的机票，先说了姓名，叫陈偌偌，又说了一串身份证的号码。然后说，机票只订，先不出票，具体什么时候出，听她的电话。

说完挂断电话，又冲顾莎笑笑说，可以理解。

顾莎这时已明白是怎么回事了，也笑了一下说，我们是一个航班来的。

云姨说，我知道，兰州到这里，每天只有一个航班。

这个房间是一间半，里面的一间是卧室，两张单人床，外面还有半间小客厅，放着一张书桌和一对简单的沙发椅，有些像套间。芳妈进来后就一直坐在轮椅上，始终没说话。顾莎这时才注意到，她似乎已在轮椅上睡着了。云姨过来，想叫醒她，让她去床上休息。顾莎摆摆手，意思是不必。又做了个手势，就和云姨来到外面的小客厅，回手轻轻关上门。云姨这才说，旁边房间的这对年轻人，也是来矿区工作的，男的叫成林，女的叫陈偌偌，都是今年刚毕业的硕士生，据说还都是高才生，用今天的话说叫学霸，本来他们两人已说好，要一起继续读博，结果被咱们矿区选中了。不过，看样子两人的意见不一致，成林想来这边工作，可这个叫陈偌偌的女孩还想读博，好像不喜欢这个地方。顾莎听了笑笑说，人各有志，这个女孩儿不想来，回去就是了，也没必要这样吵。

云姨摇头说，如果事情这么简单，就好办了。

顾莎听了，看看云姨。

云姨叹口气，咱都是过来人，这些年，这种事也见得多了，这里边，还牵扯着感情啊。说着就站起来，你也休息吧，我明天一早来接你们，去矿区还要走一段路。

顾莎送云姨出来，这时开车的年轻人已经把车等在门口。云姨指指这年轻人，对顾莎说，他姓秦，你叫他小秦就行，也是咱矿区上的，一会儿他送了我，还回来，今晚也让他住在招待所，就在你们旁边的房间，万一晚上有什么事，去叫他就行。

这个叫小秦的年轻人在车上冲顾莎笑笑。顾莎也冲他笑了笑。

这时，顾莎突然问云姨，您和我父亲，很熟吗？

云姨飞快地看了顾莎一眼，沉一下说，我们，是多年的同事。

顾莎又问，他是个什么样的人？

云姨又看一眼顾莎，反问，你妈妈没和你说过吗？

顾莎说，她这些年，从没提过他。

云姨说，明天，你就能见到他了。

顾莎说，我现在想跟他通个电话，方便吗？

云姨又沉了一下，说，还是明天吧。

7

芳妈是这天夜里发病的。

顾莎这些年有个习惯，一换地方，夜里就会失眠。所以每次去外地参加学术会议，都要带着安眠药。但这次出来不行，是陪着芳妈，她担心吃了安眠药，万一夜里芳妈有什么事，自己醒不了。所以这个晚上，明知无法入睡，也一直坚持着不吃安眠药。夜里11点左右，顾莎还在看书，听到芳妈在旁边的床上呻吟了一声。顾莎先以为芳妈是在做梦，但立刻就感觉不对了，芳妈似乎想翻身，又翻不过来，动了几下就一声接一声地呻吟起来。顾莎赶紧放下手里的书起来，凑到芳妈的床前，只见芳妈脸色苍白，一只手抓着胸口，牙关紧咬，已经说不出话了。顾莎这时还算冷静，想了一下，立刻拨打了当地的"120"急救电话。然后想了想，又去旁边的房间叫小秦。小秦立刻出来了，一听是这事，问要不要开车送医院。顾莎说，先看急救车吧，尽量用他们的车，车上会有急救措施，万一不能及时来，再开咱们的车。正说着，急救车已经到了，跟车来的大夫初步诊断，是心梗，然后就送到了市人民医院。

顾莎看着芳妈被推进急救室，心里才稍稍安定下来。小秦也跟着急救车来了，这时告诉顾莎，他已给云姨打了电话，云姨马上就过来。顾莎一见把大家都惊动了，有些过意不去，对小秦说，一到医院就不怕了，这里有大夫，你回去休息吧，明天还要开车赶路。

小秦说，我留下吧，你们在这里人生地不熟，万一有事，我可以去。

顾莎说，那就辛苦你了。又问，听口音，你是当地人？

小秦说，就算是吧。

顾莎一听笑了，怎么叫就算是？

小秦说，我父母都是湖北人，当年大学毕业一起来矿区的，我是在这儿出生的。说着憨憨地一笑，又有几分自豪地说，我们这样的人，在这里叫"核二代"，现在也在矿区。

顾莎明白了，点点头说，你们真了不起。

小秦又一笑，我们没什么了不起的，吴工他们那些人，才真的了不起。

顾莎知道，他说的吴工是指云姨，又问，吴工的孩子，也是核二代吗？

小秦说，吴工没有孩子。

顾莎一愣，她没结婚吗？

小秦告诉顾莎，当年吴工大学毕业来这边工作，和当地一个职业技术学校的老师结婚了。后来这个老师生病去世了，她就一直一个人生活。这时顾莎才明白，当初云姨替潘大兴汇款，为什么一直把汇款人的地址留的是职业技术学校。看来，她还住在这个学校的宿舍。

一会儿，云姨到了。云姨和医院的医生认识，先去问了一下情况，回来对顾莎说，芳妈的情况不太好，确诊就是心梗，医生说，她的心梗本来是陈旧的，大概白天路上劳累，也许，还有情绪的因素，就又有了发展。说着，又看了顾莎一眼，这次，你不该让她来。

顾莎说，是她自己突然决定的。

正说话，一个年轻的大夫出来，招了下手说，哪位是家属，进来一下，病人有话要说。顾莎听了看看云姨。云姨说，你进去吧，我在这里等你。

顾莎就跟着大夫进来了。

芳妈躺在床上，见顾莎进来了，平静地说，我没事。

顾莎点头说，没事就好。

芳妈说，你去跟你的云姨说一下，明天，我们还按原计划，去矿区。

顾莎注意到了，芳妈在说云姨时，说的是"你的云姨"。顾莎当然明白芳妈的意思，不过这时，她不想再跟她计较。她看看芳妈，问，您现在这样子，还能去吗？

芳妈说，听我的。

旁边的年轻大夫立刻说，您现在，不能动。

芳妈看着顾莎，又说，听我的。

芳妈的声音有些虚弱，但听得出来，不光平静，也不容改变。她喘了一口气，又说，你去跟你的云姨商量吧，不管怎样，明天，我一定要去。

顾莎只好出来，把芳妈的话对云姨说了。

云姨似乎对芳妈的固执并不奇怪，想想说，你等一下。

说完就又去找大夫了。

顾莎看着云姨走远了，才拿出手机。刚才来医院的路上，郁叔曾打来电话，但当时顾莎没顾上接。这时，她又把电话打过去。郁叔立刻就接听了。这时已是凌晨一点，郁叔竟然还没睡，显然，一直在等电话，顾莎的心里有些感动。这些年，郁叔一直在她和芳妈的生活里。顾莎小的时候，只知道郁叔是芳妈在医院的同事。既然是同事，偶尔家里有什么事，过来帮一下忙也很正常。但后来，顾莎渐渐大了才意识到，这件事好像没这么简单。顾莎偶尔去医院，听别人说过，郁叔曾有过一个妻子，后来病故了，郁叔这些年也就一直一个人生活。再后来，顾莎大学毕业，跟丁睿结婚了，这件事的不太正常才一点一点显现出来。丁睿是安徽人，天津大学毕业，是典型的"理工男"。"理工男"最大的特点就是智商高，情商低，遇事只会直着想，有一是一有二是二，脑子不会拐弯儿。他来顾莎的家里几次，都遇到了郁叔，一次是帮家里通下水道，还有一次是在卫生间安装晾衣架，另外几次来干什么就记不得了。后来丁睿就问顾莎，这个郁叔，跟你妈是什么关系？当时顾莎被这样一问，心里挺烦，横他一眼说，是我妈的同事，有问题吗？丁睿当然不知顾莎心烦，又愣头愣脑地问，一个同事，怎么总来你家？丁睿当时这样问，已经应了天津街上的一句俗话，哪把壶不开单提哪把壶。本来郁叔经常出现在顾莎的家里，邻居都习以为常，顾莎也觉得没什么不对劲。可这时丁睿突然把这个问题直杵杵地提出来，也就一下子让人觉得还真有点不对劲了。接着，丁睿就又说了一句更不合宜，也不是他这个身份应该说的话，他问顾莎，这个郁叔，是不是在追你妈？当时顾莎让丁睿这样傻里傻气地一问，气得无语了。她明白，也就只有丁睿这种人，才能问出这种话。于是看着他，说，我们天津有句话，你听说过吗？

丁睿问，什么话？

顾莎说，找抽。

顾莎的这句话已经说得明白得不能再明白了，如果丁睿再不懂，那就不是情商低的问题了，应该连智商也值得怀疑了。这以后，丁睿果然没再跟顾莎提这件事。但顾莎让丁睿这样一问,本来是早已习以为常的事,这以后,心里反倒开始疑惑起来。她几次想问芳妈,对郁叔这个人,究竟是怎么想的。但她这些年已经知道,芳妈是个很有主见的人,用姥姥当年的话说,你妈这人太有主意了。所以,顾莎也就明白,可能问芳妈,也是白问。

顾莎一听郁叔接听电话,就问,您刚才打过电话?

郁叔说,是,这个晚上,我总觉着哪儿有点不对劲。

顾莎问,怎么了?

郁叔说,不知道,好像心里总发慌。

顾莎说,您是不是担心我妈了?

郁叔突然问,你现在,在哪儿?

顾莎这才意识到,这时已是夜里一点了,自己还这样打电话,显然不太正常。但她不想把芳妈突然发病的事告诉郁叔,郁叔毕竟也是八十岁的人了,虽然还在医院应诊,也带学生,但这个年纪心里已经装不下事。这边的事告诉他,他帮不上任何忙,只会跟着担心。于是想了一下说,我正收拾东西,马上就休息了,太晚了,您也休息吧。

说完,就把电话挂了。

8

汽车在戈壁滩的高速公路上飞驰。

戈壁滩已不是当年的戈壁滩了。顾芳坐在车上,看着窗外的景色,有些不敢相信,这就是几十年前工作和生活的地方。一眼望去,已经看不出是戈壁,大地被茂密的树木和各种植物覆盖着,一片生机盎然。顾芳还记得,当年和潘大兴来这里时,下了绿皮火车,来迎接的卡车也是这样在戈壁滩上走着,她就已经傻了。她做梦也想不到,在这个世界上竟然还有这么荒凉的地方:一眼望不到边的荒滩上,除了碎石和黄沙,几乎什么也看不到。没有树,也没有草,只有一种一蓬一蓬的针叶植物。她后来才知道,这种植物叫骆驼草,学名叫骆驼刺,是荒滩上特有的也是唯一的一种植物。因为只有骆驼才吃,所以得名。那时戈壁滩上根本没有路,后面的车只能跟着前面领路的车小心翼翼地试探着走,但又不能轧前面的车辙。当地人把戈壁滩叫"硬壳儿路",意思是,极偶尔地下一场雨,荒滩上松软的沙石就会板结。这样年长日久,也就在地表结了一层硬硬的壳儿。汽车开在上面，一般不会有问题。但后面的车倘跟着前面的车辙再轧上去，一旦把这层硬壳儿轧破，车轮就会陷下去，这就有麻烦了，无论怎样踩油门，车轮只会打着空转越陷越深。那天，顾芳和潘大兴几个人乘坐的卡车就这样陷在了路上。那是一辆军用卡车，车上除了顾芳和潘大兴几个年轻人，还有几个已在这里工作了一段时间的工程师，车上还拉了一些设备。由于车上有刚来的年轻人，矿区来迎接的领导为保险起见，就让这辆车跟在领路车的后面，另外两辆车则跟在这辆车的后面。但在半路，他们的这辆车还是陷住了。起初只是陷住前面的一个车轮，后来打着空转越陷越深，另一个车轮渐渐也陷进去了。前面领路的车开回来，拴上绳索往外拖拽，结果领路那辆车也陷住了。再后来，跟在后面的两辆卡车开到前面，同时拖拽。这样一直忙到半夜，才总算把这一前一后两辆卡车都拖出来了。戈壁滩上一到夜里漆黑一团，除去微弱的星光，什么也看不见。在这样的地方白天行车都没把握，夜里就更不能走了。大家只好就地露宿，等天亮再走。这时顾芳才听说，这荒滩上还有狼。她一下更紧张了，一步也不敢离开潘大兴。但潘大兴和几个一起来的同学这时却很兴奋，坐在火堆跟前一边说笑，还唱起歌来。潘大兴也是典型的"理工男"性格，来之前，就已查阅了这边的地况地貌和自然环境的相关资料，已经有充分的心理准备。知道来这边会经常在露天做饭，他不知从哪儿找了一只行军锅，这次也一起带来了。这时，他这只行军锅果然派上了用场，架在火堆上，正好可以为大家煮饭。这是顾芳来戈壁滩的第一个晚上，就这样在荒野上度过一夜。她这时才明白，这里跟她来之前想象的完全不是一回事。她以为这里就像在电影上看到的，到处红旗招展，歌声飞扬，机器轰鸣，火花四溅，一片热火朝天的场面。可是这个晚上，她坐在火堆跟前，周围伸手不见五指，远处的黑暗里只有野物的嗥叫。

　　来到矿区的第二天，领导就跟潘大兴和顾芳谈话，是不是该尽快结婚，这样在生活上也方便一些。其实来之前，潘大兴已有这个意思，但又不好直说，只是吞吞吐吐地暗示了顾芳几次。可顾芳还是把事情想得简单了，她没料到这里是这样的环境和条件，本以为既然确立了恋爱关系，结婚只是迟早的事，况且毕竟是一辈子的大事，不能这样仓促，想等到了这边稳定下来，再举行婚礼也不迟。可这时才明白，现在，结婚这件事的意义已不仅是一辈子的大事，还是一个非常现实，而且直接关系到在这里生活是否方便的问题。这种时候，这样的环境和条件，自然也就什么都讲不起了。潘大兴当然更没意见。于是也就这样结婚了。

婚礼是在露天举行的。当时条件差，矿区的食物经常跟不上，有时甚至要去采骆驼草的草籽和粮食掺在一起，蒸饽饽或熬粥。但婚礼这天，大家特意去荒滩上打了一只黄羊，还有人拿出一直舍不得喝的白酒。这时矿区的基础建设还没完全搞起来，只有简易的窝棚，帐篷也有限，很多人干脆就睡在露天。大家开玩笑说，这才真正是天当被，地当床。但矿区领导照顾顾芳和潘大兴，特意分给他们一个不露天，也相对严实一些的窝棚。

事后，顾芳对潘大兴说，她怎么也没想到，他们的婚礼是这样举行的。

9

戈壁滩上的高速公路很漂亮，在阳光的照射下像一条蜿蜒的带子。汽车在路上飞驰着，偶尔越过几辆拉运物资的重型卡车。顾莎凑到芳妈身边，问，要不要喝水？

芳妈把目光从车窗外收回来，摇了摇头。

云姨对前面开车的小秦说，车开得慢一点。

芳妈说，没关系，我感觉很好。

云姨说，是啊，现在有了高速公路，比过去便利多了。

顾莎朝车窗外看着，说，这戈壁滩，跟我想象的不一样，植被很好啊。

云姨笑笑说，过去可不是这样，芳妈应该还记得，那时是寸草不生啊。

顾莎听了看看云姨。她发现，云姨也知道"芳妈"这个称呼。

芳妈歪在座位上，闭着眼，不知是睡着了，还是在想事。

云姨说，那时候，我们每人拿着一根1.2米长的木棍，在这戈壁滩上横着放一下，再竖着放一下，然后挖个1.2米见方、1.2米深的坑，取出沙石，再填进黄土，这样栽一棵树。

顾莎睁大眼问，这些树，就是这样栽的？

云姨说，是啊，就是这样栽的。

这时，坐在后面的两个年轻人小声嘀咕了一句。顾莎听见了，是那个叫陈偌偌的女孩儿，她好像说，想去厕所。云姨也听见了，回头说，我们前面就要下高速了。

早晨临出发时，云姨对顾莎说，那对年轻人今天也要进矿区，正好顺路把他们带过去。云姨笑笑说，她已经都为他们安排好了，那个叫成林的男孩儿要去矿区报到,叫陈偌偌的女孩儿已经决定了,还是回去,也已为她买好了机票。成林先去报到,然后再跟车回来,去机场送陈偌偌。但这个叫陈偌偌的女孩儿又说,既然来了,就去矿区看一看。

这时芳妈睁开眼,回头朝那个叫陈偌偌的女孩儿看了一眼。

芳妈这时坐在车上,感觉自己的身体轻飘飘的,这种轻飘飘的感觉还从来没过。自从几年前中风,后来又心梗,就感觉身体一天比一天沉,还不仅是重量的沉,心情也沉。郁书田说,这种沉的感觉大家都会有,是因为年龄,到了这个年龄,都会觉得越来越沉。但她并不同意这个说法,郁书田只是胸内科的主任,说心脏的事可以,别的就是外行了。

这时,芳妈感觉自己就像一只鸟,飞在这片戈壁滩的上空。这个地方,她看着有些熟悉,却又有些陌生了。她在心里算了一下,自己离开这里多少年了。而自从离开这里,她就再没跟潘大兴见过面。不光是不想见,是想见也没机会再见了——相隔太远了!

事情是发生在她和潘大兴结婚的十几年以后。在这十几年里,矿区也发生了很大变化,修了铁路,盖起厂房,大家也有了初步像样的宿舍。但她和潘大兴一直没要孩子,他们没要孩子并不是不想要,而是都明白,这样的环境和条件不允许。现在十几年过去了,两人都已三十大几。她想,这件事不能再这样拖下去了。也就在这时,她接到通知,要去北京学习。这次学习是与核工业有关的特殊医疗职业培训,要半年时间。她事后想,其实后来的问题,也就出在这培训的半年。当时去北京培训,由于大家都是来自环境艰苦的地方,上级领导就特意把各方面的条件都安排得很好,但也就是这个好,一下出了问题。她在戈壁滩上工作生活了十几年,已经习惯了那边的环境和条件,如果没有来北京学习这半年,本来已不觉得什么,完全可以一直这样工作和生活下去。可到了北京,这样住半年,当初在家里的生活,尤其从小到大的各方面习惯,一下子就又都回忆起来。于是学习结束,再回到矿区,也就又不适应了。但尽管如此,毕竟已在这里十几年,如果咬一咬牙也还能继续待下去。问题是就在这时,她发现自己怀孕了。这一来就觉得,这是个需要考虑一下的问题了。

她不想让自己的孩子生在戈壁滩上,更不想让孩子在这样的环境里长大。这时她的母亲,也就是顾莎的姥姥一得到消息,坚持让她回天津去生产。她在临动身时,跟潘大兴很认真地谈了一次,但这次的谈话很不愉快。潘大兴当时一心扑在工作上，经常几天不回来。一听她提出这样的想法，感到很意外，也不理解。他说这些年大家都在这里结婚，在这里生孩子，怎么别人的孩子可以，咱们的孩子就不可以呢？她这时已下定决心，于是耐着性子说，不是不可以，如果一定要在这里把孩子生下来，让孩子在这里长大，当然也可以，但问题是，她不想这样。她说，咱们来这里已经十几年，把一生中最好也最宝贵的一段时间都给了这里，人的一辈子能有几个十几年？应该已经可以了，我不想让咱们的孩子继续在这里，如果他（她）将来大了，也想来这里，那是他（她）自己的事，但至少现在，我不想这样。

她这次跟潘大兴说得很坚决。

其实这十几年里，她已经很多次跟潘大兴流露出这样的想法。她觉得自从来这里，吃了这么多的苦，已经对得起这里的工作了。她当年从医科大学毕业，本来想的是，既然学了临床，将来就要做一个像父亲那样经验丰富的临床专家。可自从来到这里，她知道，当初的想法已经不现实了。她为了这里已经放弃了自己的人生目标，她不想让自己的孩子将来再这样。但她每次这样说，潘大兴都不接她的话茬。她知道潘大兴的脾气，潘大兴年轻时是"理工男"的性格，这种性格到中年，就会变成一种固执，也就是俗话说的一根筋，或者叫一条道儿跑到黑。可是这次不一样了，过去潘大兴要拉着她顾芳一条道儿跑到黑，她也就跟着他跑，既然当年决定跟他来这里，只能认头。但这次不行了，这次已不是她一个人的事了，也不是她和潘大兴两个人的事，有了孩子，这就是三个人的事了。

于是，虽然这次的谈话没有任何结果，她还是先回天津生孩子去了。当时她就已经对自己和潘大兴的关系有了预感。但毕竟在一起这么多年，对潘大兴的感情很深，所以还想给自己，也给潘大兴一个机会。所以生了孩子之后，她就又回到了戈壁滩来。但那次回家，见自己亲生的女儿竟然不认识自己，竟然叫自己"芳姨"，她的心就碎了，就明白，在这里，她再也坚持不了多久了。

她临走时对潘大兴说，祝你幸福，你也祝我和孩子幸福吧。

10

汽车下了高速公路，向西一转，开上一条很窄的林荫道。顾莎没想到，在戈壁滩上竟然会有这样一条枝叶繁茂、浓荫郁郁的小路。两边的树枝伸展着交织在一起，朝远处看去就像一条绿茵茵的长廊。刚才下高速时，顾莎听云姨对小秦说，先去英雄塔。

这时顾莎想，现在要去的地方，大概就是英雄塔了。

果然，汽车又开了一段路，前面出现一个宽阔的广场。车停了下来。云姨对芳妈说，您就不用下去了，在车上看一看就行了。又回头对后面的成林和陈偌偌说，你们下来吧。

芳妈指指轮椅，对顾莎说，我要下去。

云姨看看芳妈，又看看顾莎。

顾莎说，那就下去吧。

这是一座灰色花岗岩的纪念塔。在纪念塔的前面，还矗立着一面巨大的国旗造型雕塑。芳妈从车上下来，坐在轮椅上，并没过来，只是远远地朝这边看着。云姨说，这座英雄塔的塔高是19.58米，寓意这片矿区，是在1958年建立的。

说着，回头看了看成林和陈偌偌。

这时，两个年轻人拉着手过来，仰起头朝英雄塔看着。

云姨在英雄塔的前面站了一会儿，说，上车吧。

汽车又开动了。这时顾莎终于忍不住了，问云姨，我们，现在去见他？

云姨点头说，是。

汽车又向前开了一段，朝旁边一拐，开上一条笔直的水泥路。又开了一会儿，来到一个公园。车停下来，顾莎下来朝四周看看，发现这不是公园，是一个陵园。

她立刻睁大眼，回头看着云姨。

云姨看一眼坐在轮椅上的芳妈，转身朝前面走去。

顾莎推着轮椅，跟在后面。

一条很窄的小路。路边长满了骆驼草。但看得出来，这些骆驼草显然不是野生的，而是有人特意在这里栽种的。顾莎知道，这种骆驼草看着不起眼，其实是一种很神奇的植物。它在地表只有小小的一蓬，可是下面的根系却扎得极深，而且会向四周蔓延，能有几米甚至十几米。来到一座墓碑跟前，云姨站住了。这时，顾莎看清了，墓碑上镌刻着几个大字，"潘大兴同志之墓"。下面还有一行竖着的小字："1992年敬立"。

芳妈回头看看云姨，问，他是，1992年去世的？

云姨点头说，是。

顾莎在心里回想了一下，那是自己要高考，父亲突然让云姨寄来两万元钱的前一年。接着就明白了，父亲直到临去世，心里还记着，他的女儿第二年就要高考了。

她终于忍不住了，眼泪流了下来。

云姨说，他是个不要命的人。那次是反应堆突然出故障，他下去维修。按规定，人在下面最多只能停留四小时，可他一连待了二十几个小时，直到排除了故障，就这样……

云姨没再说下去。

这时，成林和陈偌偌从后面走过来。

芳妈对云姨说，你带他们去吧，我想在这里待一会儿。

云姨就带着两个年轻人走了。走了几步，又回来，从背包里掏出一个东西交给顾莎。顾莎接到手里看了看，这是一块光滑圆润的深红色石头。再仔细看，竟然像一只骆驼，健壮的四肢，睁大的两眼，都清晰可见。云姨说，这种石头叫"沙漠漆"，只有这里的戈壁滩上才有，本来已经极为罕见，不知潘老师是怎么找到的。

顾莎拿在手里，仔细看着。

云姨又说，他临终时交代我，有一天你来了，就在他的墓前，把它交给你。

云姨说完，回头对两个年轻人说，我们走吧。

两个年轻人又朝墓碑看了一眼，就跟着云姨走了。

顾莎慢慢回过头，看着墓碑，喃喃地叫了一声，爸。

此时，芳妈正把轮椅朝墓碑的跟前摇过去……

获奖作品《荒野步枪手》作者王凯

王凯简介：

　　王凯，1975年生于陕西绥德，1992年考入空军工程学院，历任技术员、排长、指导员、干事等职，现为解放军文工团创作员，中国作协全委会委员。著有长篇小说《导弹和向日葵》及小说集《沉默的中士》等六部。曾获全军文艺优秀作品一等奖，第三届"人民文学新人奖"，首届"中华文学基金会茅盾文学新人奖"等。

获奖感言

王　凯

2019年冬天，我被派往内蒙古朱日和训练基地参加演习拉动，在草原上度过了难忘的几个昼夜。那几天我住在演习场的卡车上，最低气温超过零下二十度，除了凌乱的风和思绪，包括肢体、感官和矿泉水在内的一切都被冻结了。尤其是在没有火、没有光也没有手机信号的寒夜，我缩在睡袋里，最大的愿望是能喝上一口热水。回想起来，那应该算得上是我从军三十年来最难熬的日子之一，这让我觉得那几天的罪不能白受，无论如何也得写个小说出来，所以就有了这篇《荒野步枪手》。

说起来，这很像是一次"报复性"写作，最初我只是想写写那几天的困顿和难熬，动笔后才发现这没多大意思。每个人都会有类似的时刻，别人的难熬可能比自己的难熬更难熬，而那些印象深刻却又零落散乱的生活碎屑究竟有何意义，这可能才是我需要考虑的问题。自己之所以在那一段旁逸斜出的荒野生活面前如此狼狈，恰好说明了我的身体素质、精神活力和军人素养日渐退化，并且对曾经无比熟悉的军营生活开始感到陌生。与此相似的是我的写作。我耽于安定与舒适，回避探索与变化，却很少意识到时间正在不断刷新我曾认定的生活，而它们正变得跟从前大不一样了。记得在演习场，年轻的战士们按照训练要求，连棉帽、大衣和防寒鞋都不穿，冻得不停搓手跺脚，手和耳朵皴裂红肿，却依然精神抖擞地忙碌着。我常常搞不清楚他们在说什么或者做什么，成了个茫然无措的局外人。但我很想进入他们的语境和生活，正如他们每个人都身背着步枪一样，每个人也都怀揣着各自的故事。而这些故事往往正是宏大乐章的音符之一。作为一名老兵，我应该努力也应该能够去倾听、拥抱、理解并书写这些故事，不仅写下他们经历了什么，最好还能记下他们曾想过些什么，认真去收纳整理那些火苗般跳动着、细小而又滚烫的内心感触，或许才是文学永远能够抚慰和打动心灵的原因之一。

感谢鲁迅文学奖评委会对我的认可和鼓励,这是一次慷慨又充分的战斗补给,给了我继续前进的勇气和信心。感谢气血充盈的军旅生活对我的塑造和滋养,让我有幸在真实与虚构之中都能拥有属于自己的一块阵地,而我愿意继续在此不懈坚守。

荒野步枪手

★ 王　凯

一

在演习区机动了差不多两个钟头，吼声粗野的卡车终于拐个弯，正式停了下来。

他坐直身子，用力晃一晃嗡嗡作响的脑袋，居然有了劫后余生之感。最近一次坐卡车大厢是什么时候？好像还是九几年当排长那会儿。他带着几个兵跟司务长去张掖买仔猪，回连队的路上，一只小黑猪跳车逃走，他们下车一通猛追，结果把新买的皮鞋给趿烂了，气得他把抓回来的小猪捆起来揍了一顿。后来他可能还坐过卡车，也跑过烂路，但肯定没坐在卡车大厢里跑过这么烂的路——烂路都不算，事实上这片面积数百平方公里的野地里根本就没有路——有时慢得几乎要停下来，有时又疯了似的往前冲，几吨重的六驱军用越野卡车不时跃起又重重坠地，屁股和后背不停地撞击大厢板，颠得他七荤八素，整个人简直成了被赌神拼命摇晃的骰子。世界果真是运动的，出发前码垛齐整的一件件自热食品、矿泉水、火腿肠、面包、榨菜和不知道装着什么东西的纸箱子无条件服从牛顿第一定律，纷纷掉落在大厢板上。起初他和吕还试图把滚到脚边的纸箱放回原处，很快又意识到这完全是徒劳，索性也不管了。相比脚下，他更关心吊在棚杆挂钩上的白色尼龙绳网，那里头兜满大衣、背囊、睡袋和防寒鞋，悬在半空不停地摇来晃去，不时发出吃力的声响，感觉随时都会从某处断开，然后把他砸个半死。

撑着大厢板往起爬，手脚冰冷，两腿发麻，此刻存在感最清晰的是满胀的膀胱。相比纷纷脱落的头发、居高不下的血压、缺两颗牙的口腔、日渐混浊的晶状体、稳步增长的多发性肝部囊肿，外加时常作祟的扁桃体和痔疮，膀胱这东西平日里异常低调，类似当年他带过的那个小个子红脸蛋贵州兵，整日不吭不哈，直到有天一家老少捧着锦旗找到旅里，才知道这小子几天前曾跳进河里救上来一个八岁的男孩。好在他对自己的身体状况评估较为客观，所以在基地板房区登车前，他特意去了趟百多米外的旱厕。他喊吕同去，吕可能嫌远，摇摇头拒绝了。这会儿吕已经站在车尾，用力扯起了卡车篷布。篷布被白色尼龙绳系得十分结实，扯了几下也才扯出了一条窄缝，吕只好弯腰把嘴凑过去大喊起来。

"人呢！有人没有，来个人啊！"

"来了。"他听到车门嘭一声关上，接着是脚步声，"稍等一下。"

"等不了了！"吕看来真急了，"赶紧把篷布解开！"

"好了！"几秒钟后，篷布掀开，一大块充满灰尘的阳光劈面而来，刺得他发晕。等重新睁开眼，才见车底下一个白瘦的中士正仰起脸望着他们，"现在可以下车了。"

话音未落，吕已经跳了下去。落地有些猛，跟跄着向前冲出去好几步，但立刻就调整好了步态。这位少校记者的两只门牙虽然很像只兔子，却正经属虎，比他整整小十岁。退回去十年，他绝对早跳下去了，可现在不敢。医生说他是滑膜炎，左膝关节一直有积液。这只是他身体衰老的迹象之一。过了四十五岁，他清楚地感觉到身体哪儿哪儿都没从前好使了。所以他只能先骑在尾厢板上，再侧转身伸出右腿往下探。穿得太厚令人迟钝，他正在虚空里乱蹬腿，突然感觉脚被捉住，又被横着一挪，稳稳地落在了拖车钩上。他低下头，打算冲车下的中士笑一笑，却发现人家的手虽然扶着他，脸却瞅着吕那边。

"领导！"中士冲着叉腿站定的吕叫一声，"这里不能方便！"

"啥意思？"刚撩起大衣下摆的吕闻言扭头，"你不会告诉我这儿还有公共卫生间吧？"

"我意思是这里离车太近了。"中士抬抬墨绿色的单兵交战头盔，"我们马上要在这里搭伪装网。"

"那你告诉我哪儿能方便？"吕把手从裤裆里收回来，"来，你来给我指个地方！"

"再往前走个二三十米就差不多了。"吕的不快跟荒原上的军车一样显眼，可中士只是耸耸肩，虽然这看上去并不是个十分自然的动作，"只要不是在伪装网的范围内就没问题。"

"噢，原来你这么懂行啊。"吕冷笑一声，"既然这么懂行，那就不应该把篷布从外面系死！这要是真打仗，全车人都会被你害死知道吗？"

"我们的篷布从来都没有系死过。"中士微笑起来，"我们系篷布用的都是活结，手一扯就开了。"

"你们用的活结？那是你们！你们告诉谁了？给我们说了吗？你自己知道的不代表所有人都应该知道！"

"问题是——"

"问题是啥？问题是你先好好找找你们自己的问题吧！"吕瞪着眼，"还他妈活结？你们的活结差点把活人都结果了，还说个屁！"

尿的主要成分是水，却令吕冒火。不过也能理解。出发没多久，吕就开始坐立不安。吕刚开始还骂几句，后来连话都说不出来了，裹着大衣蜷缩在车尾的角落，脸色变得很难看。他建议吕找个塑料袋或者别的什么容器解决一下，或者就站在车尾往篷布缝隙里尿也没问题，这完全符合紧急避险的构成要件。吕的确起身翻到了一卷大号垃圾袋，并且也背对他站到了车尾，可最后还是放弃了。对此他十分理解。二〇〇几年他还在机关当干事的时候，有一回跟着首长工作组下部队，就是从机场出来时犹豫了一下没去方便，结果遇上大堵车，他坐在车上憋得几乎爆炸。作为车上级别最低的工作组成员，他宁可被尿憋死，也不敢起身要求停车。最后实在没招了，他一点点挪到考斯特最后一排，从行李箱里翻出个塑料袋。容器好找，心理障碍可就难办了，他盯着那个原本用来装洗漱用品的塑料袋，内心陷入极度挣扎。就在他即将屈从于软弱的肉体时，车突然拐进了路边的酒店。这很像一个"机械降神"的例子，他最开始学写小说时这么干过，不过越往后，他越希望自己的小说能尽可能"自然"一点儿，即使他清楚一旦有选择介入，"自然"将成为一个永远无法达成的目标。

这是个"To be or not to be"的问题，他似乎还在哪里见过一本关于前列腺的书 *To pee or not to pee*，这倒跟吕在车上的困境有关。不过他帮不了吕什么忙，只能同他一起等待停车。车队出发一个钟头左右的确停下过一次，时间约莫一两分钟。吕急着要下车方便，却死活解不开篷布，只能眼睁睁看着车低吼一声再次起步。这导致吕的火和尿一起憋着，直到此刻才一齐释放出来。问题是，面前的中士并未像他设想的那样发愣、尴尬、慌乱或是赔笑，而是面无表情地直视着吕，伸直了的右手食指正有节奏地敲着怀里的95-1式步枪，关节处缠着一条脏兮兮的创可贴。

"领导，您有意见我们虚心接受，做得不对您尽管批评。"中士停了几秒钟，"不过说话最好不要带脏字，毕竟这种话大家都会说，您觉得呢？"

他心里咯噔一下。从军三十年，手底下也带过起码两百个兵，还从没见过哪个战士会这么跟干部讲话。每个人都清楚，脏话这东西类似大蒜，属于语言不可或缺的调味品。《脏话文化史》这些闲书里对此讲得很妙，只是自己都不太记得了。不过他一直认为，脏话搁在军队基层话语体系当中更像是语气助词，常常用来表达亲昵或者愤怒。正如当年在连队当指导员时，常有老兵没大没小地从他军装兜里掏烟抽，他会一边说着"滚蛋"，一边却任由老兵掏他的兜。不过前提是要得到双方的认可，而此刻的中士并不买账。这令吕猝不及防，一张小圆脸瞬间涨得通红。

"刚才在车上确实是憋坏了。"他赶紧上前打圆场，"也不是啥大不了的事，咱们都是一个战壕里的兄弟，对不对？"

"领导，您太抬举我了，我就是一个兵。"中士转头斜他一眼，"领导怎么安排，我怎么服从就是了。"

"别，我们可不敢安排你。"吕总算甩开了最初的惊愕，"你说得对，向你道歉！我现在到远处去方便，这样不影响你工作了吧？"

还好，中士没再回答，只是咬咬嘴唇，转身走到车头处，一把将步枪甩到背后，像只猫似的爬上车顶。他居高临下左右看了看，又从车顶笼箱里扯出叠好的伪装网，嘴里不知喊了句什么，接着渔夫下网般拧腰甩臂，灰黄色的荒漠伪装网在半空中披散下来，罩住了卡车。司机和卫生员已经从车上取来了装着支撑杆、地钉和铁锤的帆布包，等中士从车顶上下来，三个人立刻忙活起来。司机和卫生员轮番扯开伪装网，中士则抡着铁锤，把一根又一根尺把长的地钉穿过伪装网缘砸进地里。从这点上说，中士让吕走远点再尿很有道理。只不过吕走得有点过远，一直从坡底下转过去，不见了。

"要帮忙吗？"他站在边上看了一会儿，直到中士的铁锤敲断了一根地钉，"给你们打个下手啥的。"

"不用了领导，这是我们该干的事。"中士换了根地钉，"麻烦您稍微让一下。"

他讪讪地后退几步，戳在一边看三个兵一边固定网缘，一边用支撑杆将网面撑起来。用长杆还是短杆，支在地上还是车上，全凭中士说了算。他显然是个中好手，能用最少的杆子将硕大的伪装网在头顶上撑起来，在卡车周围留下了相当宽裕的活动空间。午后阳光从网眼筛进来，均匀地洒在覆着枯草的地面上，居然有种异样的美。他忍不住对着被网片切碎的蓝天拍了几张照片，收起手机时才发现中士正盯着他。

"这个是不是不能拍？"他心虚地笑笑，陌生的人和地方总会让他有些不安，"你放心，我从来不发朋友圈，就是感觉挺好看的。"

"这个您把握。"中士捡起土里的半截地钉，"你们是大机关来的，保密纪律肯定比我们清楚。"

"明白明白，这可不是闹着玩儿的。"中士的口气令人不快，按说他应该像吕一样走远点儿，可不知怎么回事，话从嘴里出来反倒像是在套近乎，"我看你伪装网搭得很在行，这些支撑杆放哪里是不是有什么特别的要求啊？"

"也没啥，因地制宜吧。只要撑得结实，能跟周边地形地物匹配就可以。"中士抓着架在大厢外侧的一根短杆用力晃了晃，"所以每次搭的都不一样，跟达·芬奇的鸡蛋差不多。"

"你这个比喻有意思。"

"我就是瞎说。"

"你怎么称呼？"

"我姓庞，庞庆喜。"

"这名字好。"

"好吗？我不觉得。"

"为啥？"

"因为我不讨人喜欢。"

他还没想好怎么接话，忽听有人喊他。转身一看，吕不知道什么时候回来了，正站在伪装网外面冲他招手。伪装网边缘被地钉固定，他绕车走了大半圈才找到出入口，弓下腰钻了出来。

"不好意思啊老高，我不能陪你了。"吕使劲搓着手，"旅里丁政委刚给我打电话，非要我去指挥所采访。我说我在轻机营挺好的，他说轻机营这次是预备队，主要负责指挥所警戒，让我先去指挥所，然后再去火力营看看。我心说我这儿还陪着一个作家呢——"

"是我陪你差不多。"他笑笑，"赶紧去吧，作家哪有领导重要。"

"老哥你又逗我，你的小说我是真喜欢，我给你讲了没，上军校的时候我们还把你的《青春记事本》排成过小话剧呢。"吕又说,"我真是很愿意在这儿陪你,主要是丁政委这老哥以前也干过新闻,每次见了我都抓着不放,弄得我还不好不去。"

他很想告诉吕,这事用不着解释。他也挺想说,他那本写军校生活的小说并不叫《青春记事本》,而叫《青春纪事本末》。当然他肯定不会这么说,自己写的又他妈不是什么名著。再说吕和他也是昨天下午在火车上头一回见面,此前他们对彼此的存在毫不知情。这个三十出头的少校跑来自我介绍说是报社的记者,又问他是不是去参加演习的文学创作员,于是就这么认识了。傍晚到了基地,两人被安排同住一间板房,不过也没怎么多聊。一方面因为他向来不擅长同陌生人打交道,甚至有些抗拒。另一方面则是吕也忙,一放下行李就开始打电话,耳边的手机连着大衣口袋里的充电宝,一直打到熄灯号响。不过他得承认,吕这人其实挺善良。如果换个别人,没准会当场把庞庆喜的连队干部叫来闹腾一番。还有昨晚,吕在电话里给一个什么处长说自己忘了带防寒鞋,不一会儿就有一个兵在门口喊报告,送来一双防寒鞋和一大包暖贴。吕硬是把暖贴分了一半给他,他怎么推都推不掉,最后只好收下。只不过刚才和庞庆喜闹了点不愉快,不想再待下去也正常,不然凑在一起终归有些尴尬。于是他就陪着吕站在伪装网外面聊着天,直到一辆吉普车开过来。

卫生员爬上大厢,把吕的背囊递下来,中士在车下伸手正要接,吕却从斜刺里冲过来一把抱走了:"这种小事就不劳您的大驾了,谢谢啊!"

中士手扯着枪带闪到一边,磨掉皮的作战靴在草根上蹭了蹭,走开了。

二

按照领导的说法,他的任务就是跟着演习部队一起行动。具体是什么行动,领导也说不清楚。不过这也不是什么大不了的事。他只是个创作员,存在与否不会对战局产生任何影响。领导找他说这事时,他本打算一口回绝。"今年高职报了谁就让谁去好了",他在心里这么说,可多年养成的服从意识勒令他闭上了嘴。为了职称的事,他着实气恼了几天,等情绪渐渐平复下来,他又因未能免俗而嘲笑自己。不管内心戏怎么演,他终究还是来了。反正手头的长篇已经卡在那儿好几个月,也不在乎这几天。动笔之初曾让他激动的人物和故事现在看来了无新意,他想写的是一个动人的连队、涌动着大量的欢笑和泪水,可写下的七八万字几乎不忍卒读,像极了他日复一日乏善可陈的生活。海明威固然说过"一切文章的初稿都是狗屎",可他觉得自己写的连狗屎都不如。这令他感觉惶惑——他写了二十年的连队生活,可现在他却不知道怎么写了。

目前来看,他的任务就是跟着这台卡车行动。或者说,是跟着"不讨人喜欢"的庞庆喜中士行动。问题是卡车一动不动地停在伪装网下面,丝毫没有要行动的意思。司机还从车上搬下来了一张军绿色折叠小桌和几个马扎,一副安营扎寨的架势。他把书拿到桌边看了会儿,可看不下去。伪装网下的光线按说不错,可风吹着书页,手脚不一会儿就冻得发麻。出发前他在板房里冲的最后一杯咖啡也见了底。更何况在这儿看书,连他自己都觉得矫情。把书反扣在桌上,站起来跺脚搓手,不知道该上哪儿去。车厢里倒是没风,但黑得像个地窖。车下倒是有阳光,但热量都被风吹走了。驾驶室当然是最好的去处,类似阳光房,可他不打算去。不能把自己搞得太舒服,否则离开时会更加不舒服。他清楚这一点。

从伪装网钻出去,脚下枯黄的草茎在风中瑟缩。他小心绕开鼠洞和风干的牛粪,一直走到坡顶上。阔大的北方荒原在眼前漫开,零星散布着军车、帐篷和坑洼处的残雪。

"那风,吹过棕黄色的大地,没人听见。"

他很应景地想起一句艾略特的诗。诗人大多不好好说话,他们想说的往往并不是他们说出来的,所以他不知道艾略特究竟要说什么。那些隐喻往往令人费解。有点像他随同行动的轻机营,他要不问的话,怎么也想不出它的全称是"轻型机械化步兵合成营",他在连队的时候,还不存在这样的编制。所以更别提他儿子跟同学们在QQ上用的那些字母缩写了,他和班上那个姓赵的小姑娘大概就是用这种不伦不类的语言谈上了恋爱。而他还是少尉的时候,情书都是用英雄牌钢笔写在部队的红头信笺上,而那个收信的姑娘早已不知所终。

摸出手机看了看,坡顶上的信号比卡车旁边好一点,不过打开一个链接依然在考验耐心和手机电池,这倒很匹配荒野中迅速膨胀的时间。手机实际上没什么可看的,这只是个习惯性动作,跟抽烟一样,深知其害又欲罢不能。他自己都管不住自己,那干吗非要把儿子的手机摔了呢?小说中的人物都会摆脱他的掌控去自我生长,他又凭什么要求成年的儿子全都听自己的？他事后重新买了手机放在儿子床头，可第二天手机又原封不动地回到他的枕头上。这可能是当父亲十六年来同儿子最严重的一次冲突，严重到他常常无法入睡。好几次他想缓和一下关系，可都淹没在儿子海一般的沉默之中。他想把刚才拍的伪装网照片发给儿子，临到发送时又犹豫了。他确定这并不算泄密，只是不确定能否得到儿子的回应。

他最后又打开手机备忘录，看了看来之前列出的物品清单。往常出差或者下部队，他都会列一个清单，每往包里装一件，就在项目前面打钩。这次的清单无疑是最长的：

一、制式挎包：
身份证
文职干部证
钱包
钥匙
手机
手机充电器
耳机
充电宝
《战争的面目——阿金库尔、滑铁卢与索姆河战役》
《小城畸人》
《唐语林校证》
黑色保温杯
细兰州2包
打火机1个
降压药1盒
速溶咖啡10条
糖包10包
二、黑色行李箱
冬迷彩服
迷彩帽
棉帽（缀好帽徽）
编织外腰带

编织内腰带

臂章（备用）

防寒面罩

制式毛衣

制式毛裤

制式保暖内衣 2

内裤 4

冬袜 4

外手套

内手套

毛线帽

羽绒服

墨镜

脸盆

碗筷

细兰州 2 条

ZIPPO 火机（灌满油）

一次性火机 2 个

茶叶

挂耳咖啡

糖包

笔

本子

电动剃须刀

指甲刀

洗发水

牙膏

牙刷

毛巾

香皂

拖鞋

防冻霜

湿巾

巧克力
曲奇饼干
山核桃仁
碧根果仁
牛肉干
降压药2盒
维生素
感冒冲剂
迈之灵片
痔疮栓
卷纸
抽纸
三、迷彩背囊
迷彩大衣（缀好套式肩章、胸标）
棉衣裤
棉被
防寒鞋
雨衣
防寒睡袋
折叠防潮垫
……

  东西都装好了，他隐隐觉得还缺点什么，可无论如何也想不起来。直到昨天晚饭后他才想起牙线没带。不过谁也不能要求一个奔五的人有二十岁的记忆力。二十五岁时他从组织科下到连队当指导员，上任头天晚点名就能撇开花名册，一个不落地呼点出全连所有人的名字。现在不同，有时走在路上突然想起一句可以用在小说里的话，等摸出手机想记下来时往往就忘掉了。不知道这是不是因为血压高的缘故，头偶尔会迅速地晕一下，不过降压药他肯定带了。盐酸贝尼地平。这些没用的名字他倒是记得清楚。
  列出的物品清单现在看来，除了衣服，其他东西都是充分条件而非必要条件。像洗漱用品。昨天入住板房区他就发现了。这里有水房，有水龙头，就是没有水。一个兵说水管被冻住了。另一个兵则说这是寒训的一部分内容，故意不供水。不管怎么说，脸是不用洗了，所有人都用湿巾擦，虽然不舒服，至少省事。湿巾的材料是水刺无纺布，而暖贴的成分是铁粉、蛭石、活性炭、食盐和树脂，换句话说都属于人工合成的化学品。这些东西最后都去了哪里？他还真想过这个问题，他甚至还想，是否有人研究过战争中的环保问题？虽然环保是保护而战争是摧毁，但他依然忍不住去想。

再比如咖啡。他带了两种咖啡。一种是星巴克买的速溶黑咖啡（顺便从店里抓了一大把糖包，每次去星巴克他都这么干），这是准备在路上喝的，他确实也在火车站和火车上喝了几杯。另一种是网购的挂耳咖啡，绿色包装，每天早上写作前，他总得冲这么一杯。起初他是冲完咖啡后再加一块方糖，但那样需要用勺子搅，之后还得洗勺子，后来他干脆把方糖放在挂耳包里，直接用开水冲。很长时间里，他都是早上6点起床给儿子弄早饭，6点40叫他起床，7点10分送他去学校，7点50回到办公室。眼下这个点，他应该刚刚午睡起来，洗把脸再喝杯咖啡，如果写不出东西，就看看书或电影，好让自己不感到虚度。

这是他日复一日的生活，列车时刻表般确定，一旦没有准点到达，总会让人感到焦虑。他不愿承认却不得不承认，他和他的生活都已经僵化了，而军队，却是年轻人的天下。

他收起手机，尽可能慢地踱了回去。钻回伪装网，他看见司机正坐在桌边玩手游，中士正看他放在桌上的书，见他来了，又飞快地把书放了回去。

"没事，你看啊。"他说，"我带了好几本呢。"

"我就是瞎翻。"中士站起来搓搓手。为了增强寒区训练的效果，演习部队统一不穿大衣和防寒鞋，每个人的手似乎都是红肿的，"这种我看不懂，还是《盗墓笔记》适合我。"

"我知道这书，不过没看过。"他说，"好看吗？"

"还行吧。"中士似乎不太想聊天，"我也忘了。"

"这儿有热水吗？"他换了个话题，"或者给我说个地方，我去打一点。"

"没有。今天炊事班不开火。"中士很肯定，"就算开火也不给烧热水。不让你冻着，怎么能叫寒训呢？"

"那你们都喝瓶装水？"他有些沮丧，"问题是车上的水都冻成冰坨了。"

"把瓶子揣在怀里，再贴上两个暖贴不就化了？"中士说话时跺着脚，并不看他，"我们都习惯了，不过你们领导不一定能习惯。"

"都给你说了我不是领导，我是创作员。我姓高，你叫我老高就行。"他强调着，"咱俩都属于基层官兵。"

"那怎么可能？你们大机关来的都是领导。"中士总算瞅了他一眼，"其实你刚才应该跟他一起去指挥所，那儿肯定有热水。"

"他是记者，去指挥所也是为了采访。"

"是吗？"中士好像冷笑了一下，"好吧，反正跟我也没关系。"

中士又做了几个扩胸运动，重新坐回到他对面，从口袋里掏出一只白色的 Kindle 看了起来。

"你看的啥书？"

"没啥，瞎看。"

"抽烟吗？"

"不用了，谢谢。"

他不知道说什么了。一场很不投机的谈话。他有些尴尬地点了根烟，又摸出手机看了看，不过并没有收到什么信息。

"领导，你戴的这是啥军衔？"沉默了一会儿，司机放下手机，盯着他的肩章，"我从来没见过这种。"

"这不叫军衔，我是文职干部，文职干部没有军衔。所以只能叫肩章，不能叫军衔。"有人说话让他高兴起来，"我从列兵到中校的军衔一级没少全戴过，列兵、上等兵、下士、中士、上士，然后上军校，毕业以后是少尉、中尉、上尉、少校再到中校，不过当了创作员以后军衔就没了。"

"上士干满不都十二年了，咋还能上军校？"司机很惊讶，"我下士今年第四年，去年考学没考上，今年已经都不能考了。"

"那是以前的义务兵军衔，义务兵从列兵干到上士也就四年。"中士插一句，"跟现在这个士官军衔是两回事，现在士官军衔跟以前的志愿兵差不多。"

"不会吧？"司机望向他，"是这样吗？"

"跟志愿兵还有点区别，不过大概意思一样的。"他说，"88年到99年这段时间就是这样，99年套改士官的时候我在连队当指导员，我们连几十个士官的肩章都是我一个个给他们缀的，拿个锥子把我手心皮都磨掉了。"

"怪不得。"司机吸吸清鼻涕,"99年我才生出来。"

"文职干部现在还有啊。"中士说,"只能说你孤陋寡闻。"

"那是,我高中都没念完,哪能跟你这种念过大学的比。"司机不服气,"反正咱们旅里我没见过谁戴这种肩章。"

"说啥呢?"中士剜了司机一眼,"别他妈扯远了啊!"

"大学生士兵?"他问中士,"你是哪个大学的,庞班长?"

"我不是。"

"这有啥谦虚的。"他以为找到了新的话题,"现在大学生入伍很多的,不像我在连队的时候,上过高中的都没几个。"

"我说了我不是。"中士噌地站起来,身上的步枪哗啦一响,"我也不是班长,我就是个兵,就是个步枪手。"

中士说完,径直上了驾驶室,嘭地关上了车门。紧接着,卫生员从另一侧车门跳了下来。

"庞参咋了?"卫生员很无辜地看着司机,"你又惹到他老人家了?"

"我哪有?"司机吐吐舌头,"不干我事。"

"你为啥叫他庞参?"他只在报纸上见过这个职务,"他是士官参谋?"

"我没叫。"卫生员摇摇头,一溜烟钻出伪装网不见了。

"他原来是我们营的士官参谋,来演习之前不知道为了啥事跟营长拍桌子,结果被撤掉了。"司机不好像个新兵似的逃走,只好压低声音飞快地解释了一下,末了还叮嘱一句,"千万别说是我说的啊!"

他笑着点了点头。

趁着太阳还没落山,他又出去走了走。为了减少炮击和空袭造成的伤亡,部队宿营点安排得相当分散。他走了三个帐篷就觉得腿酸。来之前,他觉得住帐篷比住卡车要好,至少听上去浪漫一些。不过看了以后才明白为什么把他和吕安排在卡车上宿营了,因为那的确是一种待遇。那些双人迷彩帐篷十分单薄,并不适合北方冬季使用。为了抱团取暖,每个帐篷都安排了三个人。他笨手笨脚地钻进去坐了几分钟就觉得憋闷,据说一宿过后,呼出的热气会在帐篷内壁凝成一层白霜。

等他回到自己车前,看见中士正盯着几个兵从车上往下搬给养。

"水还差两件。"领头的下士点着数,"庞参,大垃圾袋再给一卷呗。"

"你问谁呢?"中士缠着创可贴的食指照例轻敲着扳机护圈,"谁是庞参?"

"啊……噢噢噢。"下士赔着笑脸,"我说的是庞哥啊,庞哥,这下对了吧？"

中士"哼"一声，不再说话。

三

5点半开晚饭，有自热米饭和面条，他选了鸡肉米饭。第一次吃这种东西，他带着点兴奋撕开包装盒，却发现用来浸泡发热包的小水袋已然冻成了冰块。发热包可以给食物加热，但它自己却需要水来激活，而水却被冻住了。

那他该怎么办？手机告诉他此刻气温是零下九摄氏度，夜间将降到零下十九度，并伴有大风预警。他唯一能想出来的办法是把水袋揣进怀里。眼见别人的餐盒都发出了呲呲的声响，而自己怀里揣着的还是一块冰。

"这玩意儿也叫自热？"他把手伸进大衣里搓着那块冰，没来由地想起了《第二十二条军规》，"等冰化开，人估计都饿死了吧。"

司机和卫生员一齐看看中士，又把头低了下去，没人回答他。中士捧着饭盒轻轻晃了晃，一缕白汽从餐盒排气孔喷出来，像是种嘲讽。他有些恼火，却强烈要求自己不去跟中士一般见识。中士就算十八岁入伍，中士服役期满也就八年，那也才二十六岁，他当兵的时候中士肯定还没出生呢。他年轻时会跟一个婴儿置气吗？不会。那中年时为什么要跟一个小年轻置气呢？当然，自己的儿子另当别论。他只是在这儿转一圈罢了。或者按领导的话说，他只是来"体验生活"的。虽然他一直认为，只有生活完全属于个体，才存在真正的体验，换句话说，他虽然就坐在庞庆喜的对面，依然体验不了"庞庆喜的生活"，而只能是"他所体验的庞庆喜的生活"。

他有一搭没一搭地翻着书，等到腋窝里的冰彻底融化，才拿出来倒进餐盒底层的发热包上，等着餐盒发出细响，冒出热气。不过味道不怎么样，特别是米饭带点夹生感，他只吃了一半就吃不下去了。还好他还带了一些零食，晚上饿了可以填填肚子。他把餐盒扔进垃圾袋，远远走到一处坑洼处撒了泡尿。此时黄昏的地平线被落日余晖镶成金色，闪亮又完整，勾勒出他身处世界的边界。他站在目光统治的疆域中心，不由得生出无数细草般的感触。但他说不出来。也许语言的尺度对于心灵而言永远不够精确，要么就是他自己还不具备操控更精密语言的能力。

风越来越大了，可他还站在那儿。他想起了一些事情，尽管那些飞舞的小片思绪与脚下的荒原毫无关系。原本蓬松的云朵被高空风扯成许多长条，天空的蓝色越来越深，而星星也越来越多。客观地说，荒原夜色还是挺美的。特别是星空，可看性很强，堪比自己生活过多年的河西走廊军营。年轻时他喜欢看星星、吃羊肉，一次又一次失恋，但始终关心国家大事。后来他调到了驻城市的机关大院，开始操心职务、房子和孩子，很少抬头，于是星河长期闲置，兀自流淌。

他还想再待会儿，风却非要推他回去。往车那边走时，得把身体前倾才能保持平衡。他老远就听到啪啦啪啦的声响，走近了才看到伪装网在夜色中波浪般起伏，他甚至开始担心固定伪装网的地钉会不会被拔出来砸中他的脑门。

他不得不回到卡车里。卡车车厢提前做过防寒措施，篷布内侧贴了一层泡沫软板，而车厢地板则铺了一层厚塑料布，基本能将大部分风挡在外面。除此之外就要靠自己带来的被装御寒了。车里漆黑一片，他用手机照了一下，那些散乱的纸箱不知什么时候被重新码垛在车厢一侧，除去给养物资，靠车尾的空间大约能并排睡下三个人。只不过眼下只有他自己。司机和卫生员在驾驶室，而中士不知去了哪里。他在黑暗中坐着，犹豫着要不要钻进睡袋。现在才六点多，平时这个时候他才刚吃过晚饭，正在大院附近的公园散步呢。可不睡觉他没有任何事情可做。这种情况超出了他的经验，让他不知如何是好。就算没风，他也不可能整晚都在那儿仰望星空，毕竟文字工作者的颈椎都好不到哪里去。手机倒是能看，可电池很快开始告警。他拿出充电宝插上，突然发现充电宝电量只剩百分之六十多。他心里一紧，因为他起码还要在这里待三天。

最后看了一眼天气预报：零下十九摄氏度，西北风七到八级。他关掉手机，死心塌地地准备睡觉。脱下棉裤对折一下当枕头，又弄了两瓶结冰的矿泉水，用脚蹬进睡袋最深处，明天吃喝全得靠它们。到底要不要穿着毛衣毛裤睡这事儿让他犹豫了几分钟，最后还是决定脱掉。睡袋上面盖军被，被子上再盖迷彩大衣，这才穿着秋衣钻了进去。躺了一会儿，两只冰块似的脚在睡袋里互相蹭着，感觉慢慢热乎起来，美中不足的是大厢缝隙中钻进来的风在他脑袋周围窜来窜去，最后他不得不把棉帽也戴上。

狂风扇动伪装网如潮水一般响着，篷布系绳也拼命抽打着大厢板。他在黑暗中听着呜呜怪叫的风声，很庆幸自己能有一个安身之所。平时夜晚标配的睡衣、沙发、热水澡、手边的书和橘色台灯光与此刻他的世界全不兼容。在黑暗中独处不是件愉快的事。如果吕没走的话，他们尚可在黑暗中闲聊。按说卫生员是应该回大厢上睡觉的，可这个胖乎乎的上等兵估计是要等他睡着了才会回来。换了他，他也不会愿意跟一个陌生人挤在一起。中士迟迟不见人，怕也是这个原因吧。如此说来，他差不多也是个"不讨人喜欢"的人。

风越来越大，连车身都禁不住晃动起来。他努力想让自己睡着，可所有努力想做到的事情往往都做不到。不知在睡袋里辗转了多久，他终于变得迷迷糊糊，几乎已经到达了梦境的边缘。可是车却突然发动起来，一把将他扯回到冷酷的黑暗中。开始他以为部队要趁夜转移，可等了一阵车却又熄火了，车厢里充满了呛人的尾气。他气急败坏地爬出睡袋，撩起篷布去通风。大衣没拉拉链，风一头扎进他怀里，仿佛一个大冰块从他的皮肤上碾过，他身体瞬间紧缩，一口气哽在喉头，差点没把他噎死。他像只受惊的土拨鼠，立刻钻回了睡袋里，又把睡袋帽兜扯下来蒙在脸上。好容易冷风替换掉了车厢里的有害气体（看来汽车限号也不是没有道理），而他又一次努力入睡时，车又被打着了，过了十来分钟后再次熄火。这下他才反应过来，这是司机怕发动机冻坏而采取的应对措施。这个他懂。有一年冬天，他去酒泉接大修回来的天线车时，司机半夜起来两三回就是去干这个的。只不过这常识他很久没有用到了。

他索性坐起来，披着大衣靠在侧厢板上。眼睛已经适应了黑暗，借着篷布缝里透进来的星光，勉强能看到一点车厢内的轮廓，他突然发现身边有个发白的东西。顺手拿起来，原来是中士的 Kindle。这东西他也买过一个，不过总觉得没有纸书看着舒服，新鲜了几天便不知丢到了哪里。他犹豫一下，按亮了屏幕。《平凡的世界》，这个他中学时就读过。点开书单，排在前面的依次是《解忧杂货店》《水浒传》《活着》《聊斋志异》《人类简史》《中越战争秘录》，居然还有《82年的金智英》。他胡乱翻看着，快十点时，忽然听到外面似乎有人声，他赶紧恢复到初始页面，重新钻回了睡袋。

"我还要上哨，你睡中间。"他听见中士在车下叮嘱卫生员，"你睡觉机灵点，别挤到人家。"

"万一挤到了咋办？"卫生员有点为难，"睡着了我啥也不知道了呀。"

"那你就别睡着。"中士没好气地，"这还不简单！"

他拉下睡袋帽兜装睡。两个兵轻手轻脚地爬进大厢。耳朵在黑暗中异常敏感。呵气声、搓手声、咳嗽声、鼻子的吸溜声、织物的摩擦声、枪带和枪身的撞击声，细碎又粗糙的声响浮动于风声，不久又隐没于风声。直到他被一阵嘈杂声吵醒，才发现自己刚才真的睡着了。他摸到眼镜戴上，四周仍漆黑一片。

"排长说的叫排长解决去！"他竖起耳朵，听到车外中士的声音，"营里早都要求过要检查装备，你们是怎么检查的？"

"检查了呀！那个帐篷上次在库尔勒就划破了，我们自己补了一下。谁知道这鬼地方风这么大，快赶上咱们福建的台风了。"一个委屈的声音，"这事我们给连里报过，连里让用，我们也没办法啊庞参。"

"谁他妈是庞参？"中士吼一声，"你们没办法我就有办法了？这车顶多住三个人，你们一下又来三个，你给我说怎么住！"

"我们坐着也行啊庞哥。"那个声音央求着，"这鬼天气，弟兄们在外面非冻成傻×不可。"

"你以为你现在不傻×？"中士的声音低了些，"我告诉你，这车我说了不算。这车是保障上级来人的，领导在车上休息呢……"

他犹豫一下，从睡袋里钻出来，穿上大衣往车尾挪过去。

"让大伙上来吧！"他脑袋才从篷布缝里探出去，立刻被风劈头盖脸一顿拍打，"赶紧上来，都上来！"

车下无人应声。

"磨叽个蛋啊！"他又喊一嗓子，"赶紧上来！"

"领导，我们——"

"谁是领导？"他佯怒，"骂谁呢？"

和他想的一样，车下的兵哧哧地笑起来。天哪，好险！他们要是不笑呢？这让他有些后怕。他忽然意识到，刚才说话的口气是当年在连队带兵时天天用的，后来去了机关，最后又进了创作室，这口气像是封存了多年的红旗-2号导弹，他以为早都该淘汰了。不想二十年过去了，依然能顺利发射并且命中目标。

一只抓着圆形小应急灯的手伸进了篷布里。他接过灯，又抓住那只冰块似的手，用力把人拉上车。晃动的灯光里，几个兵爬上车，本不宽裕的空间挤得满满当当。

"来坐这边。"他用脚把自己的睡袋和被子踢开，"我这儿还有地方。"

"不用不用，领导你不用管我们。"一个下士搓着耳朵，"我们一会儿还得上哨，在这儿避避风就行。"

"不是还没上哨呢吗？"他说，"先坐着休息吧。"

几个兵互相看看，都不好意思上前。

"干吗？你们当这是请客吃饭呢，还搞个主陪副陪啊？"他笑笑，"赶紧坐吧，坐下了正好可以把我被子盖上。"

下士犹豫一下，跨过来坐在了他身边。几个兵两两对坐下来，他把被子摊开盖在众人腿上。他刚把腿伸进睡袋里，突然觉得不太对劲。

"少个人吧？"他拿灯照了一下，"庞庆喜呢？"

"他没上来。"卫生员说，"庞参说他不上来了。"

"为啥？"他问，"不上来他睡哪儿？"

"不知道，反正他就是这么说的。"

"那怎么行。"他欠起身喊了两声，没人回答。他缩回脑袋，穿上鞋爬下了车。走到车头敲了敲驾驶室的门，却只有司机在里面。他绕着车转了一圈，快回到车尾时，一个东西绊了他一个趔趄。脚底下忽地竖起个黑影，吓了他一跳。仔细一看，一个人正从车轮边的睡袋里坐了起来。

"你睡这里咋行？"他说，"起来起来，赶紧上车去。"

"不用了，睡这儿可以。"中士说，"车上挤不下了。"

"别人都上去了，还挤不下你一个？你是姚明啊？"他缩着脖子，"赶紧起来，你这样睡在地上非冻坏不行。"

"我年轻，身体好着呢。"中士的声音在风里抖动着，"领导你不用管我，我们经常在外头驻训，早习惯了。"

"今天夜里零下二十度知道不？"风吹得他浑身止不住地哆嗦，"行了，快上车去吧。"

"谢谢领导，我真的不用。"中士说着又躺了下去，"后半夜我还得上哨呢，你们快休息吧。"

"你故意躲我呢是吧？"他俯身看着中士把睡袋拉链拉紧，"好，我现在给你说，今天是我们态度不好，向你道歉，请你原谅——"

"不是不是，我不是那个意思……我态度也不好……"中士立刻坐直了，睡袋里的步枪枪管跟着从睡袋里戳出来，"我那个什么……我就是觉得你们车上已经太挤了……"

"太挤了是吧？就是，我也觉得挤。"他转身往车尾走，"我现在把睡袋拿下来，咱俩在车底下睡，这样总不挤了吧？"

"别别别！我上车，我上车！"中士手忙脚乱地从睡袋里爬出来，"把你冻坏了我可担不起！"

他在黑暗中得意地笑起来。毕竟是年轻人，上了车没一会儿就打起了鼾，而他还在黑暗中睁着眼睛。他知道自己已经日渐老去，永远不可能再回到连队中去了，这让他略微有些伤感。

四

被冻醒时，风还在吼着，丝毫没有消停的意思。剧烈抖动的篷布缝隙里渗进一抹晨曦。看看表，才四点多。抠抠眼屎再戴上眼镜，对面几个小伙子的剪影从微光中浮现出来。此刻看不出他们的面孔，头盔下每张脸都蒙着防寒面罩，面罩嘴部开口处凝着一圈白霜。对面列兵赤裸的手红肿着，带着边缘发黄的裂口。寒冷并非是件小事，或许恐龙都因此而灭亡。寒冷对战争的影响他多少知道一点。斯大林格勒。巴斯托涅。长津湖。忘了在哪儿看到的，全球变冷往往会导致人类大规模迁徙，历史上的五胡乱华、蒙古南侵，都是北方游牧民族冻得受不了了才决定去找个暖和地方待着。不过眼前的这些小伙子们——他听到的大多是南方口音——却在这严冬北上寒训，并与他相遇在这台风中的卡车上。

靠坐了大半夜，他屁股和腿几乎没了知觉。睡前贴在秋裤膝部和胸口处的暖贴早已失去温度，变得像此刻的躯体般干硬。他从来没穿这么厚过。从里到外依次是秋衣、毛衣、棉衣、作训服和迷彩大衣，从下到上依次是防寒鞋、双层冬袜、棉手套、棉帽，还有一只上缘包住颧骨，又在他眼角挤出几层褶子的防寒面罩。即使如此，他还是被冻透了。想起身活动活动，可一个脑袋正靠在他左肩上，而那里面可能正上演着一个不便惊扰的梦。他慢慢屈起腿继续坐着，又强迫自己闭上眼睛，等待沥青滴落般等待着日出。

正当他又开始迷糊的时候，车下面传来几声尖厉的哨音。身边的几个兵电击一般跳起来，他还没搞明白状况，几个兵都已经不见了。等他笨手笨脚地爬下车，才发现伪装网被风从地钉上扯下来，整个裹在车身上。不过这不是重点。重点是几个兵正围着两个身穿"蓝军"作训服、被背包绳反绑着的兵，一个上士满头满脸的土，一只眼睛肿得只剩下一条缝，正冲着中士叫骂着。

"你他妈给我放开！"

"我他妈给你放个屁！"中士的模样也好不到哪里去，嘴唇上破了一块皮，似乎还渗着血，"刚才我就应该一枪崩了你！"

"来啊！我怕你个锤子！""蓝军"上士挣扎着，"有本事你就枪杀俘虏噻！"

"我丢不起那个人。"中士冷笑一声，"想收拾你还不容易？"

"你以为你多牛？""蓝军"上士是真急了，"有本事放开单挑！"

"把他嘴给我堵上！"中士话音刚落，身边的几个兵一拥而上，用宽胶带贴住了上士的嘴巴。上士拼命挣扎着要向前冲，却被几个兵按倒在地。

"哎哎哎，意思一下就行了嘛。"被捆着的"蓝军"下士急了，"解放军不是优待俘虏的吗？"

"优待？凭啥优待你们？"中士板着脸，"想摸我们指挥所不说，还敢动手，不虐待你们算好了！"

"今天是指挥所演练，攻防战斗还没开始呢好不好？""蓝军"下士又说，"快松开啊，胳膊都快勒折了，你们真往死里捆啊！"

"没开始你们来干什么？"中士啐口唾沫，"去年我就是优待你们，没给你们上手段。结果你们干啥了？反手就给我一枪！"

"去年？""蓝军"下士愣一下，"去年你们也来了？"

"去年我们在库尔勒。"

"库尔勒跟我们半毛钱关系都没有啊！""蓝军"下士叫起来，"冤有头债有主对不对嘛！"

"我不管，反正你们都是一伙的。"中士说，"只能怪你们倒霉，撞到我手里了。"

"真不松绑啊？你们要这么干，那我们可要找导调反映了啊！"

"去反映啊！"中士哼一声，转身要走，"不过先让你们在这里吹吹风，凉快凉快。"

"是不是应该交给连里审讯一下？没准他们知道点什么情报呢。"他忍不住冒了一句，说完又觉得多嘴。万一中士来一句"没你的事"，自己的脸该往哪儿搁呢？可被按在地上的上士嘴里不停地呜呜着，脸涨得通红，显然快要气疯了，他又实在看不下去，即使他明知道这只是场演习，"我只是建议啊，作为一个老家伙。"

中士一扭头，目光像刀锋般划了过来。对视了几秒，中士又把目光收了回去，慢慢转回身去，走到"蓝军"上士跟前。他紧张地看着中士，生怕他会一脚踢在人家脑袋上，好在中士只是停了停，接着蹲下身解开了"蓝军"上士的背包带。

"啥子意思？""蓝军"上士撕掉脸上的胶带，瞪着中士，"想单挑？"

"你以为单挑你能赢？"中士说，"你那么厉害，为啥叫我给放倒了？"

"你那是偷袭！""蓝军"上士不服地，"我告诉你，跟我们交手的单位多了，到现在还没有赢的呢！"

"这个我信。"中士笑笑，"不过在你这儿我赢了，这没错吧？"

"蓝军"上士不说话了，爬起来揉着胳膊。安排三个借宿的兵将"俘虏"押到连部后，中士摸出烟走到车尾，摘下头盔点烟。风太大，打火机响了好几下也没点成，他掏出自己的 ZIPPO 火机打着递了过去。火苗被风吹得几乎看不见了，但他知道它还燃着。中士双手环住火机点着了烟，又用贴着创可贴的右手食指轻轻敲敲他的手背。

"谢谢。"中士又摸出烟盒，"来一根？"

"我这有。"他也掏出烟点上，"我岁数大了，抽个细的感觉能少抽点。"

"这个是自欺欺人吧？"

"你说对了，我们老年人都这样。"

"你也没多老……"

"你看我有多老？"他说，"随便猜。"

"你有……五十三？"中士想了想，"五十吧，你估计跟我爸差不多大。我爸今年四十八。"

"那还真是，你爸跟我一年的。"他笑起来，"你爸也当过兵对吧？"

"你咋知道？"

"我猜的啊。"

"你还真能猜。他在空三师当过机务兵。当了五年，准备转志愿兵，后来没转成就回家了。"

"我就说嘛，不然你不会对以前的士兵军衔了解那么多。"他说，"那两个小子你是怎么抓住的？"

"半夜我带人上的潜伏哨……也是被我给撞上了。他们没想到我们在那里设了个潜伏哨。"中士跺着脚，猛吸了两口烟，又吆喝起来，"你们，赶紧过来把伪装网弄一下！"

"风这么大，再弄也得被吹开。"司机不太情愿，"还弄吗？"

"你说呢？"中士把烟头踩灭，走过去抓起裹在车轮上的伪装网，用力往出拽。展开的伪装网重新兜住了风，立刻在半空中舞动起来。司机和卫生员赶紧上前一起拉住，方才将伪装网拽起来。中士腾出手抓起铁锤正准备敲地钉，风猛一使劲，伪装网瞬间从司机手里飞了出去。他闪避不及，伪装网一角正好抽在他脸上，疼得他惨叫一声。

"没打到眼睛吧？"中士扔掉铁锤跑过来，"面罩取下来看看。"

"没事没事。"他捂着发木的半边脸，感觉很丢人。

"红了，不过没破皮。"中士凑近瞅了瞅，"你还是上车休息吧。"

"老皮老脸的，没那么娇气。"他拉上面罩，"我跟你们一起搭伪装网。"

"不用不用！"中士赶紧摆手，"哪能让你干这个！"

"我怎么不能干？我当兵第一年就挖了三个月的光缆沟，累得我们人仰马翻，那时候你还没出生呢。再说了，人多好干活嘛。"他说着，上前扯住了伪装网。风抵不过四个人的劲，第一枚地钉终于钉了进去。他们眯着眼忙活了半天，用掉了所有的地钉和支撑杆，弄了一头一脸的土，总算把伪装网重新架了起来。手冻得没了知觉，右脸颊肿得老高，却让他想起了99年夏天，他刚当指导员不久，带着连里的兵一起在乱石滩上开菜地。刚开始那几天他吃饭时菜都夹不起来，不过也没白干，至少战士们都喜欢跟他玩了。

回到大厢，他从睡袋里找出矿泉水，递给中士一瓶。中士咕嘟咕嘟喝下去半瓶，而他只一口就冰得牙都要掉了。

"年轻还是好。我当兵的时候，有一次和老乡上街，一次吃掉了十二根冰棍。不像现在，一喝凉的肚子就不舒服。"

"你喜欢喝咖啡吧？"

"对啊。每天至少喝两杯，早上一杯，下午一杯。"他舔舔嘴唇，"不行，不能说这个，越说越想喝。"

"现在想喝吗？"

"想啊，可惜没热水。"

"把你杯子给我，我去看能不能给你搞一杯。"

"算了，这么大风。"他摇头，"不要让别人说我多事。"

"不存在的。我正好要去连部。"中士伸出手，"杯子，还有咖啡，都给我。"

他没办法抗拒中士和咖啡，起身从背囊侧兜里取出两包挂耳咖啡递过去，"要能找到热水的话，你也冲一杯尝尝。"

"我不爱喝这个，太苦。"中士从他手里抽走一包咖啡，连杯子一起揣进口袋，豹子似的跳下车，转眼就不见了。

他用矿泉水漱了漱口，权当刷牙，又吃了一片降压药，然后开始吃早饭。面包、榨菜和火腿肠，但他只想要一杯热咖啡。他巴巴地等着，太阳都正式出来了，中士还没回来。荒野中的一杯热咖啡太过美好以至近于虚幻。他不该奢求这些。他有点后悔自己不太坚决，既然说了没热水，他就不该对此抱有幻想。如果中士因此被领导批评，那就太得不偿失了。

他心不在焉地看了会儿书，又忍不住摸出手机。刚开机还没来得及输密码，吕的电话便打了进来。吕的声音像被风吹着一样断断续续，使劲听才听明白吕说稍晚点要过来找他。

"……说你那边有个兵半夜抓了俩俘虏，更神的是这个兵居然还立过一等功，直接保送上军校，可惜后来犯错误又给退学了。"吕听上去有点兴奋，"我觉得还挺有故事的，准备采访采访。"

"好啊，快来。这个兵你见过。"

"不能吧？在哪儿见过？在板房吗？"

"昨天下午刚下车，那个中士……"

"噢……是他呀。"吕哈哈笑了几声，"我先看看这边的采访情况，来得及的话，我再过去找你。"

挂了电话，他突然后悔不该把这事告诉吕。不要说平时，即使是战时，立一等功的也不多，差不多得拿命来换。他当年在组织科时整理过单位的历史，组建四十多年，立过二等功的不过寥寥四五人，一等功从来也没有过。而这个跟他睡一台卡车上的小子居然立过一等功！不过按吕的说法，这孩子立功之后的日子似乎不够顺利，上军校被退学，当参谋被撤职，这时候如果被记者采访，上上报纸什么的，对他应当是件好事，而他刚才可能无意间把这好事给搅黄了。他越想越觉得不安，又拿起手机给吕打电话，想告诉他刚才搞错了，要么就说这小伙真的很有故事，绝对值得采访……可该死的电话却没了信号，无论如何也拨不出去。他只好用木棍似的手指写起了短信，刚写了两句，篷布突然被掀开，中士的脸从尾厢板上冒了出来。

"搞定了。"中士笑嘻嘻地把杯子递过来，"你尝尝。"

他拧开盖把鼻子凑过去，一股白汽挟着咖啡的香味儿直冲鼻孔。哦，真正的热咖啡，虽然夹杂着洗锅水的味儿，但足以令他精神大振。他赶紧把嘴唇凑上去呷了一口，却一下子僵住了。喝进嘴的液体里充满了细小的渣子，他想装作什么事也没发生，可是水太烫了，他不得不跳起来，噗地一口吐到了车外。

"咋了？"中士愣住了，"烫到了？"

"没事没事。"他呸呸地吐了几次，又拿矿泉水漱了漱口，弄干净了嘴里的咖啡渣，然后才向中士解释了一下挂耳咖啡和速溶咖啡冲泡方法的不同。

"我就说嘛，怎么塑料袋里面还有个纸袋。我把纸袋撕开，把里面的粉末倒在杯子里才加的水。"中士脸红了，"我没弄过这个。"

"正常啊。每个人都有不知道的，就像我也不知道篷布的绳子一扯就开了。"他笑笑，"这已经让我喜出望外了。"

"算了，你别喝了。都是渣子怎么喝啊？"中士像是在生自己的气，"要不我再去给你弄一杯。"

他立刻谢绝了。他是个写作的人，要连中士话里的为难都听不出来就太蠢了。何况此时此地，能弄到热水的一定不是一般的地方，中士肯定费了不少周折才冲了这杯咖啡。

"等咖啡粉沉下去就好了。"他不确定咖啡粉究竟会不会沉淀下去，但很确定这是平生最与众不同的一杯咖啡，"有杯热咖啡在手里，就算不喝也觉得很幸福。"

"这么容易幸福啊？"

"有一点就好啊。"他想了想，"问你个问题。"

"可以啊。"

"你是不是立过一等功？"

"谁给你讲的？"中士瞬间初始化成面无表情的模样，"他们他妈的总是管不住自己嘴——"

"不不不，不是他们。"他赶紧赔上些笑脸，"是你们旅里领导给吕记者讲的，就是昨天跟我一起那个吕记者。他刚才说想过来采访你——"

"采我干啥？"中士噌地站了起来，肩膀撞得绳网晃悠起来，"我有什么可采的？我就是一个兵——"

"别急嘛。"他仰头看着中士，"兵也罢官也罢，一等功总不可能是白给的，对吧？"

"我可不光立过功，还受过处分呢，处分也不是白给的。"中士盯着被风不停撩动的篷布角，仿佛自言自语，"一减一，等于零，零就是无，就是这样。"

"我的意思是……"他居然慌乱起来，"采访一下对你有好处——"

"好处？"中士冷笑起来，"谢谢领导，我不需要这个好处。"

他愣在了那里，而中士已经掀开篷布跳下车，消失了。

五

咖啡不喝尚能忍受，厕所不上问题就有点大。处在这蛮荒之地，生物钟和植物神经集体紊乱。自从前天上午在办公楼蹲过一次坑，整整四十八小时没上大号，此刻便意盎然，却不知如何消解。风依旧没有休息的意思，天上的云被吹得一丝不剩，所有的枯草都匍匐于地面。在西北戈壁待过多年，他知晓风的厉害。当年在连队，蔬菜大棚的塑料布破了一个小口子没及时补上，结果一夜狂风将塑料布扯得稀烂，更换时花了六百多块钱，相当于他一个月工资，悔得司务长几乎要上吊。而那时的风，却还不至于像现在这样令他焦虑。他已经不再年轻，却依然一事无成，连大号都没办法利索地上出来。

事实上旅里早就预想到了野外如厕的问题。昨天傍晚战士们领给养时他才看到一张奇怪的墨绿色折叠椅，椅子中间有一个椭圆形大洞，同马桶盖的形状别无二致。他问了司机，果然是上大号用的。司机说，他们曾计划用几根金属管拼接成一个长方框，外面蒙上迷彩布，中间放这把开洞的交椅，椅子下面放一个套着垃圾袋的塑料桶，听上去很像《阿甘正传》中丹中尉上过的野战厕所。他还在彼得·杰克逊的纪录片《他们不再变老》中看到过，"一战"时英军阵地的野战厕所就是一根横木，士兵们撅着屁股在上面坐成一排，不过那至少不在冬天。一百年后的今天，战场如厕依然是个难题。演习部队在南方设计的如厕方案带着田园牧歌式的想象，但在狂风揉搓的北方荒原上彻底破灭了。连伪装网尚且岌岌可危，更不要提什么小小的迷彩围栏。如果没有遮挡，在一览无余的荒原上露臀高坐，且不说会不会进入"蓝军"狙击手的瞄准镜，单是那个样子也能让人笑掉大牙。

他迟疑了很久，最终还是决定冒险一试。他穿戴整齐，提着一把步兵锹钻出了伪装网。睁不开眼喘不上气，只能倾着身子顶风向前拱。他想走到别人看不到的地方，可是时间和精力成本过高，他只好在一个浅坑处停了下来。在他日程过半的生命中，还从未在这种情况下蹲过坑。这说明他的阅历还太过单薄。他四处张望一番，才解开腰带褪下裤子往下蹲。他希望蹲得越低越好，以免被别人看到——虽然他不停地告诫自己不会有人去看他——可厚厚的秋裤毛裤棉裤堆积在腿弯里，令他无法彻底蹲下去，只能像只袋鼠抑或鸵鸟似的立在洒满阳光的荒原上。考虑到身处战场，人人都不可能优雅地如厕（假如如厕也能用优雅形容的话），倒也没什么不能忍受的。要命的是大脑提供了指令，屁股却拒绝执行。狂风呼啸着掠过，赤裸的皮肤起了厚厚一层鸡皮疙瘩，非但如此，低温仿佛触发了某种保护机制，让他想起了一个带有金属感的技术词汇："自动锁闭"。他蹲了好一阵，屁股都冻麻了，却什么也出不来。仿佛脑海中酝酿着一部传世巨著，对着电脑时却一个字也写不出来。思想与身体正在分庭抗礼，让他看到了彼此之间难以调和的紧张关系和天然的局限性。

平时他总是上午8点左右上厕所。这个时间他只看史书，整套《通鉴纪事本末》就是蹲坑期间读完的，后来他又接着看《续资治通鉴》，出发前刚看到宋高宗绍兴三年。这一年，三十岁的神武副军都统制岳飞在洪州跟江南兵马钤辖赵秉渊喝大酒，喝多了差点把人家打死，结果受了降职处分。医生说，他这样的痔疮患者大便应当越快越好，可他改不了，所以每次蹲完坑总得在椅子上仰靠个三五分钟，好让痔疮归复原位。他蹲在那儿想着，最后实在蹲不住了，于是悻悻地开始擦屁股。手纸上毫不意外地出现殷红的血迹，却比平时更令他沮丧。此刻他手里没有史书，身边也无处躺靠，而走回车上会流更多的血，与其这样，不如就地休息一下算了。

他提起裤子，先是双手撑地斜坐了一会儿，后来被风吹得难受，干脆躺了下去。刹那间，天空占据了整个视野，蓝得肆无忌惮。天空这种看似永恒的事物总会让他涌起若干庄严之感，可惜他依然没有精确的语言来形容它。他闭上眼睛，风中的草茎不时蹭着他的耳朵，仿佛玛雅在舔他。玛雅是他养过的一只暹罗猫，喜欢在他的腿上睡觉，在他的键盘上行走。可惜后来它走失了。他不得不承认，时间带走了很多，并终将带走一切。

不知躺了多久，他似乎听到风声中有人呼喊。循声转头，只见中士正提着步枪，远远地朝他跑过来。

"你没事吧？"中士喘着粗气，"我之前看你在这里蹲着，再一看人不见了。"

"想拉泡屎没拉出来，结果痔疮犯了，就躺在这儿休息一下。"他笑着坐起来，"老毛病了。"

"我以为你晕倒了呢。"中士松口气,把枪背上身,"吓我一跳。"

"一时半会儿晕不倒。"他起身提提裤子,"这棉裤总往下掉。"

"你系得不对,要这样才行!"中士瞅瞅他的裤腰,一边大声说着,一边掀开衣服,揪了揪自己棉裤上的腰带祥给他示范要领,"看见没,你得把这个东西翻出来,和迷彩裤一起穿在编织内腰带上。"

"来之前,领导说要让我们通过演习,成为一名合格的战斗员。"他按照中士的办法系着腰带,"你觉得这事靠谱吗?"

"要是领导说,让我成为一名合格的创作员,你觉得靠谱吗?"

他在防寒面罩里笑起来,跟中士一起往回走。半路上,中士在风里冲他喊着什么,他停下来掀起一只棉帽耳朵,凑近了才听清楚中士在问他。

"你是写啥的?"

"小说!"他也喊一句。他必须言简意赅,不然风马上就会将他的嘴堵上。

"啥小说?"

"连队!写连队的小说!"他双手拢成喇叭筒,"可惜现在写不动了!"

"为啥?"

"因为我老了!"他别过头换口气,拼命喊道,"你知道吗?写连队就是写青春,问题是我已经老了,老得大便都成了问题!"

"你不老!"中士惊讶地看了他几秒,"你就是头发少了一点!"

他放声大笑,直到一股风塞住他的喉咙,呛得他咳嗽起来。

折叠桌在风里搁不住,午饭只能在车里吃。这回他加热了一份重庆小面,味道不错,他本想再吃一盒,可上厕所的问题困扰着他,不敢再吃了。中士就着榨菜吃掉了两个面包和一盒鸡肉米饭,又拿出一盒拆开了包装。他正感叹年轻人的饭量,却见他将塑料餐盒上层的米饭和调料包取出来,又从怀里掏出一瓶矿泉水,小心地倒进餐盒里。

"这是干啥?"

"马上你就知道了。"中士笑笑,把加热包放进餐盒底层,又往上倒了些水,然后将盛了水的餐盒上层放进去,盖上盖子。不一时,餐盒嗞嗞地响了起来。

"你在烧水啊!"他反应过来,"这玩意儿能烧开吗?"

"不知道,试试看。"中士又从口袋里摸出个发热包,"一次热不了,两次总可以吧。"

他和中士对坐着,看着面前的饭盒。约莫十分钟后,白汽散尽,中士将上层餐盒取出来,底层的水已经干了,只有膨胀的发热包还冒着热气。中士伸手摸了摸,摇摇头,把用过的发热包倒出来,再把新的放进去,重新倒上水。

　　"再给它弄热点。"中士说,"冲咖啡的水越热越好,对吧?"

　　他点点头。他很耐心地看着水蒸气喷出来,那感觉很美妙。等中士再次把餐盒揭开,他看到了无数细小的水泡。他把咖啡纸袋挂在杯口,中士则小心翼翼地斜起餐盒,让热水注入滤纸袋。白汽升腾而起,连中士都忍不住叫了一声:"好香!"

　　"香吧?咱俩一起喝。"

　　"我嫌苦。我还是喜欢甜蜜一点的东西。"

　　"你这句话很有文学性。"他坐起来开始翻包,找出糖包加了两袋进去,又晃晃杯子,把杯盖倒满递过去,"这下可以了,你尝尝……"看中士往后躲,"尝尝怕啥,又不是毒药!"

　　中士接过杯盖抿了一口,咂吧了两下嘴,接着又喝了一口。

　　"欸,还挺好喝的。"中士看着他,"那我把这些喝了啊!"

　　"喝啊,说了咱俩一起喝的。"他伸过杯子,和中士的杯盖碰了碰,"来,干一个。"

　　"又不是酒。"中士咧咧嘴。

　　"你应该挺能喝的吧?"

　　"没有,我不能喝。"中士想了想,"我也不喝。"

　　"我以前写连队的小说,里面总少不了喝酒。97年还是98年的时候,我们老单位一个保卫干事喝了酒以后出了事,真事啊,后来被我给写成小说了。那年我们组织轻武器射击训练,他负责维持秩序,身上一直带着把五四手枪,还有三发子弹。他正好喜欢我们卫生队的一个护士,可是人家对他没兴趣,结果有天晚上他喝了酒就跑去找人家姑娘,姑娘生气了骂他,他一激动就把枪给掏出来了……"

　　"你这是刚编出来的吧?"中士的杯盖停在唇边,直愣愣地盯着他,"你早就知道了,对不对?"

　　"知道什么?"他愣一下,旋即明白过来,"你觉得我在套你的话吗?"

　　"我有点敏感。"中士的目光仿佛自带测谎功能,而他成功通过了,"那人后来咋样了?"

　　"给了个记过处分,年底转业了。"他叹口气,"我那会儿在组织科当干事,跟他关系还挺好的。他回单位办转业手续的时候,我还请他又喝了一顿,把他喝大了,抱着我号啕大哭。他其实特别能干,要是没那事的话,估计也能提起来。"

"可惜这个事情是不能假设的,对吧?"中士沉默了一会儿,"你不是问我为啥立的功吗?其实也没啥,就是出国参加军事比赛,低空跳伞遇上横风,着陆的时候把我右手摔断了,他们让我退出我不干……不过最后我们还是拿了个第二名……就这样,也都是几年前的事了。"

"这不挺好的吗?"

"当时觉得挺好,后来又觉得还不如不立。"中士笑笑,"不立的话,后面我就不会上军校,也不会因为喝酒被退学。不过这也没办法,这就是我呀,我只能是我。"

"年纪轻轻,还挺跌宕起伏呢。"他一时间不知如何接话,想了一会儿才说,"你很能喝?"

"哪有。我其实喝不了酒,一瓶啤酒就醉。那次喝完就戒了。"中士轻啜一口咖啡,"正好现在也不许喝酒了。"

"我知道了。"他试探着,"因为一个姑娘?"

"确实是一个,不是两个。"中士笑起来,"我没跟人讲过这个,他们只知道我喝酒被退学了,但谁也不知道我为啥喝酒……除了你。"

"所以你不想接受采访,对吧?"

"也不全是。我不习惯和陌生人打交道。"

"我也算陌生人吧?"

"你昨天算,今天就不算了。"

中士说着突然停顿下来,歪头侧耳在听着什么,又飞快地起身往篷布外看了一眼。

"不行,我得撤了。"

"咋了?"

"和你一起那个记者来了。"

"你咋知道?"

"来的车就是昨天接他那台。"中士扣上头盔,把枪甩到背后,"我懒得说那么多。"

"不至于吧?"他也凑过去,透过伪装网,远远看见一辆吉普车拖着尘烟驶来,"我觉得你应付这个没任何问题啊。"

"怕倒不怕,只是不想。"

"那你去哪儿？"

"随便哪里。"

"那我跟你一起去！"

"你？"

"对啊，我。"

爬下卡车钻出伪装网，眼前的荒原一览无余。这样跑下去不可能不被吕看到，他这么想，可跑着跑着，前头的中士突然不见了。他紧跟上去，只见中士正在一条沟里冲他招手，他一屁股坐在地上，笨拙地顺着沟沿滑下去，中士的手很有力地扶住了他。

"前面一百五十米是我们的一个潜伏哨。"中士领着他疾步向前，"昨天我找的地方，位置相当不错。早上那两个小子就是在那里被我发现的。"

他气喘吁吁地跟在中士身后，感觉自己完全像一个新兵。穿了三十年军装，似乎只有新兵连或者初恋才有过此刻这种新鲜的刺激感，那像是生命之河中的一道瀑布，深藏于时光丛林，途经蜿蜒又漫长的流淌后飞流直下，溅起弥天水雾，又生出迷人的虹彩。沿着沟底拐了几个弯，走到尽头他才发现那是个扎上了枯草的伪装网，下面两个兵正守在那儿。中士要过望远镜往卡车那边看了看，又递给他。被放大了七倍的吕正站在吉普车前跟司机说着什么，风吹得吕站立不稳，所以很快又钻回了车里。他刚把望远镜还给中士，手机却响了起来。不用看也知道是吕打来的。

"你不接吗？"中士鬼精鬼精地看着他。

"不接。"他把手机塞回兜里，"你都不接，我凭啥要接？"

中士头一次大笑起来，露出满口的牙齿。狂风中回旋的笑声令他愉快。的确，他很久都没有这么愉快过了。

获奖作品《过往》作者艾伟

艾伟简介：

　　艾伟，著有长篇小说《爱人同志》《爱人有罪》《风和日丽》《盛夏》《南方》《镜中》等，中短篇小说集《整个宇宙在和我说话》《妇女简史》等。多部作品被译成英、意、德、日、俄等多国语言出版。获第八届鲁迅文学奖、第二届《人民文学》长篇小说双年奖、第十九届中篇小说百花奖、《小说选刊》奖、首届鲁艺文艺奖、第五届汪曾祺文学奖等。现为浙江省作家协会主席。

获奖感言

艾 伟

《过往》塑造了一位不按常理出牌的"另类"母亲，一位在我们的文学谱系中很少见到的母亲。在我们的文化中，母亲几乎有着神格化的寓意，母亲这个词自带光环，代表着仁慈、奉献、宽容和爱。在普遍意义上，我愿意把这些词汇献给伟大的女性和母亲们。在家庭内部，女性的付出要比男性多得多，怎么歌颂女性都不为过。但其实没有普遍意义上的母亲，我们生活中的母亲个性各不相同，也并不全然是那么完美的。我写了一位可以用生命去换孩子命的无私的母亲，同时也是一位极为自私的母亲。小说里的这位母亲在某些方面的不负责任几乎是不可救药的。在她身上，自私和无私，可以说是难分难解的，你很难清晰界定它。虽然这位母亲有时候自私到令人发指，但我觉得她依旧是可爱的。在小说的最后，我们从这位不靠谱的母亲身上同样见证了母性的光辉。

这个世界的奇妙之处在于我们每一个人都不一样，个性、经验、观念、德性、知识都有差异，总之没有完全相同的人。这是人类生活的伟大之处。要是人人都一样，那会是多么无趣。

回到具体的个人，女性或者母亲也有幽微的个人世界。在《敦煌》里，我写了小项的精神和欲求，她的欢乐和晕眩时刻，她的愧疚和不安，她的恐惧和愤怒，最后实现了自我成长。有读者说《敦煌》是一部女性自我觉醒史，我写作时并没想那么多，我承认这位读者所言不无道理。从这个意义上说，《过往》通过母亲的形象延续了这一主题：关于女性个体生命的思考。

对于我们中国人来说，血缘亲情是人世间最为深刻的关系。《过往》写到了母亲与三个孩子之间的亲情羁绊，还写到兄弟姐妹之间复杂甚至是粗暴的关系，他们内心深藏的爱恐怕连他们自己都没有意识到。我喜欢中国人这种缘于血缘的曲折的表达方式，粗暴里深藏着爱。在《过往》里我书写了这种被压抑的情感瞬间爆发的时刻，我认为那是我们人类生活中最动人的时刻。

小说是一种迷人的文体，照出人内心隐秘的想象、情感和欲望。就我个人的写作来说，要说有什么追求的话，我可能是一位向人物内心、向人的精神世界掘进的作家。我相信，人不是我们习见的那个平庸的面貌，而是有着像宇宙一样深不可测的、谜一样的领域，有待探寻。

感谢评委对《过往》的肯定，感到十分荣幸。写作是寂寞的，我把获奖当作对寂寞时光的某种回报和奖赏。

过 往

★ 艾 伟

蓝山咖啡馆晚上 10 点半后生意好了起来。它在永城大剧院北侧的一个小巷子里。有演出的晚上，一些观众（大都是年轻人）会来这儿喝一杯咖啡，吃一碟点心，讨论一会儿剧情，然后回家。演出结束后，演员们喜欢去永江边的大排档庆祝，平常他们更多在中午或排练的间隙来这儿讨论，顺便填饱肚子。广济巷曲折幽深，道边的香樟树树冠彼此交叉，快把天空遮蔽了，巷子里的中式旧建筑在这个城市里可算是硕果仅存，让这条巷子显出古雅之意。蓝山咖啡馆闹中取静，生意不错。

黄德高和另外一个人在咖啡馆已待了一阵子。黄德高胃口惊人，每次来这儿他都会点一份商务套餐，外加一只汉堡，一杯咖啡。小小的咖啡杯子和汉堡放在一起显得相当突兀。他是个喜欢说话的人，一直和对面的人滔滔不绝。对面的那个男人大约三十多岁，寡言沉静，一刻不停注视着黄德高。他的左眼混浊，看人的时候仿佛对不准焦距。不过另一只眼睛倒是特别明亮。

"你的左眼瞎了吗？"黄德高问。

"模模糊糊看得见。"对方说。

"你看我时，左边那只眼睛好像在看另一个地方。"黄德高说。

一个时髦的女人正从左边过来，衣着鲜艳，超出她年龄，脸上还留有演出彩妆的痕迹。黄德高猜想她应该是一个演员。这年龄的演员大概过气了。

今天黄德高心情有些复杂。这是他最后一单生意。早些年他在省城接单，生意越来越不好做，他已被挤到永城这地界了。干完这单他想金盆洗手，从此远走他乡，隐姓埋名，过另一种生活。他的另一个身份是诗人。以往每次他把单子放出去之前，都会和对方谈诗，不管对方听得懂听不懂，他会把自己写的诗念给对方听。他经常重复的诗句是：我可怜的身体，如此消瘦，像这块土地一样贫瘠，一如我的出身，饥饿是我的灵魂。忍受匮乏，罪孽深重。亲爱的，你是我渴望的甘泉，让我清洁……是一句情诗，不过他早已把这句诗当成他的《心经》，他的大明咒。他相信这句话从他口中念出来后，一切便可以完美达成。今天，他没念。这是最后一单生意，他不准备念，以此表明他诀别江湖的决心。

他已把桌子上的食物吃完了。他心满意足地看了一眼杯盘狼藉的桌子，点上一支雪茄，深深吸了一口，吐出浓重的烟雾，然后把手伸进夹克胸口，拿出一只信封，交到对方手中。虽然已是夏天，黄德高办事时喜欢穿这件黑色夹克，这是他办事的行头，他固执地相信这黑夹克会给他带来好运。

"所有的资料都在里面，包括定金，另一半完事后再付。"黄德高说。

对面的人打开信封，先把一张银行卡取出来，对着灯光看了一眼，好像借此可以辨别真伪。他把银行卡放到衬衫口袋里，然后抽出信封里的照片，看起来。有三张照片。一个板寸头男子，方脸，眉毛稀疏，此人戴着一副墨镜，有两只大号的招风耳朵，看上去气场逼人，有老大派头。第二张上的人穿着黑色T恤，表情严肃地看着某处。再一张在某个澡堂，一个男人上身赤裸，下半身浸泡在池子里，偌大的池子里只有他一个人，眼睛警觉地看着某处，好像他意识到有人正在偷拍他。

"仇家是谁？"对方问。

"这不是你该管的事。"黄德高说。

"我要知道他是不是命当该死。"对方很固执。

黄德高笑了。他觉得对方是个有原则的人。他喜欢有原则的人。有原则的人靠谱。不过黄德高的原则是他不会把委托人的信息告诉任何人。这是江湖规矩。

"失子之恨。"黄德高胡乱编了一个。

对方似乎很满意，收起信封，站了起来，说："知道了，给我三天时间。"

黄德高把抽了一半的雪茄按在咖啡杯子里，掐灭："事成后通知我，下次见面还在这儿。"黄德高伸出手，那人犹豫了一下，也伸出手。两人敷衍地握了一下。这一握让黄德高心里颇不踏实。他想，也许今天犯了一个错误，他没念那句诗。一种毫无来由的不安让他一遍一遍在心中默念起那诗句。他希望为时不晚。

走出蓝山咖啡馆，黄德高回头往咖啡馆内望了一眼。那个服饰艳丽的女人站起来看着他。他对她没兴趣。他的目光越过她的头顶，看到蓝山咖啡馆那台超大电视机上满屏烟花，因为电视机静音，使烟花看起来相当落寞，好像这个世界因此深不可测。

一

虽然每晚回家都已是凌晨，秋生还是每天早上9点钟准时到公司。办公室在锦瑟年华娱乐城的顶楼。这是娱乐城最安静的时刻，要到下午才会有一些客人来这儿唱歌或跳舞。当然高潮还是晚上，人们身体里的激情似乎到了晚上才蠢蠢欲动，好像夜晚对人们而言自带荷尔蒙，引导人们去追逐音乐、美酒或女人。有时候秋生想，要是没有夜晚这世界该有多么单调。

即便在办公室里秋生也喜欢戴着墨镜。他穿着衬衣，衬衫领子雪白挺括，板寸头让那两只招风耳朵更为显眼。保镖进来说，夏生在楼下有事找他。秋生皱了皱眉头。已有好久没见到弟弟夏生了，一年或者更久？记不得了。他们兄弟之间不来往很久了。秋生让保镖去把夏生带上来。

夏生站在秋生面前，面容苍白，显得有点拘谨。夏生知道秋生讨厌他是一名戏子。夏生在永城越剧团做演员，扮小生，混迹在一堆女演员中，身上一点男子气魄都没有了。秋生有一次对他出言不逊，说他最恨的一件事就是男人娘娘腔。秋生感到奇了个怪了，同父同母所生，他们兄弟俩完全是两种人。

夏生热爱演戏，舞台让他快乐。夏生对秋生的看法不以为然。秋生总喜欢把自己那套人生逻辑强加到他身上。秋生是错的。人生哪里可以如此单一，秋生也不是人生模板（事实上他也不配成为模板）。夏生自有夏生的活法。每次秋生像一位父亲一样训斥夏生时，夏生都是一只耳朵进一只耳朵出。有一次，秋生甚至要夏生辞了剧团的公职，到他的公司来做艺术总监。"你在这儿随便混混都比演戏强，现在谁还看你们的戏？"秋生说。自那以后，夏生不再愿意见秋生。秋生偶尔会电话他，问他近况，夏生都说很好。夏生知道秋生关心他，只是夏生反感秋生的关心里暗藏着一个父亲的角色。

一个星期之前夏生收到母亲的来信。母亲在信里说她得了重病。她没有详述自己得了什么病,只说自己在世的时间不多,想在最后的时光同秋生和夏生生活在一起。母亲在信里没有提起冬好。这也算正常,冬好的状况在与不在没什么区别了。夏生收到信后心情复杂。母亲是她那一代最出色的戏曲演员。越剧演员无论小生旦角或是老生小丑,基本上清一色由女性出演,夏生作为一个男生成为这个剧种的一员,不能不说是受到母亲的影响。虽然夏生和母亲在同一个圈子里,见面的次数却不多。母亲晚年嫁了一个老干部,去了北京。据说老干部是她的戏迷。母亲定居北京后,夏生没去过她的家,母亲也不太和子女联络(不过没去北京前母亲也很少联系他们)。有几次夏生进京演出,请母亲看戏,母亲和秋生一个德性,看戏后没一句好话,挑的全是毛病。"你都演成什么样子!你的才华及不上秋生的小指头。"母亲说这话让夏生既生气又委屈。秋生五大三粗,对戏根本不感兴趣,母亲竟拿他同秋生比。夏生从来没见识过秋生有任何戏曲才华,没听秋生唱过一句戏。不过母亲一直偏爱秋生,偏爱到不讲常理。夏生也就见怪不怪了。后来夏生能不见母亲就不见。夏生偶尔会想起母亲,她在忙些什么呢?在北京过得好吗?不过也只是一个念头而已,转瞬即逝。那日突然收到母亲的信,夏生还是蛮吃惊的。

　　夏生坐在秋生大办公桌对面,低着头,一副丧气样。他能感受到墨镜背后秋生的目光。夏生不想先开口,等着秋生说话。兄弟俩沉默了好长一阵子。秋生问:"碰到麻烦了?"夏生摇了摇头。秋生松了一口气,说:"那就好。"

　　秋生问起庄凌凌:"还同那个姓庄的女人搞在一起?"夏生没回答。夏生怕出乱子。秋生几年前派人警告过庄凌凌,要庄凌凌放过夏生。秋生传话给庄凌凌,说庄凌凌都可以当夏生妈的人,难道要耽误夏生一辈子。夏生对秋生的做派一向不以为然,即便是对他的关心,也过于粗暴。秋生振振有词,说你得有自己的生活。

　　夏生不想同秋生多拉家常。每次都是这样,聊到后来都是一个结果——不欢而散。好像他们彼此有仇似的。从前不是这样的,小时候秋生从母亲那里偷了钱,在街头买雪糕,总是不忘给夏生买一块最好的,然后到处找夏生,找到夏生时雪糕都融化了。秋生打他一记后脑勺,说,你快吃掉,否则我不给你吃了。说着自己咽一口口水。夏生乖巧地让秋生吃一口,秋生凶狠地白他一眼,不再理他。

　　夏生从口袋里掏出母亲的信,递给秋生。秋生很快扫了一眼母亲的信,轻蔑地说:"你就为这事来的?她也给我写过信,我没理她,我警告你,你也别理她。"

夏生直视秋生。秋生的反应他是料得到的。"她快要死了呀。"夏生说。"鬼才信呢,她嘴里没一句真话。"秋生说。似乎说得还不够强烈,秋生又说:"她要死了才想起我们来?早先呢?早先她只知道一个人找乐子,这辈子像没见过男人似的。"夏生低下头,秋生的说法他无法反驳。母亲这辈子有几次婚姻?五次还是六次?多得让夏生记不过来了。

夏生今天是硬着头皮来找秋生的。这事拖了一周了。母亲信里写得很清楚,她现在一个人生活,感到很孤单。母亲难道又离开了那老干部?不管怎么样,她快死了,做儿子的不能不管她。他希望秋生能把母亲接来,秋生家大,又有保姆,可以照顾母亲。

秋生把那封信还给夏生。他转了话题,问:"你那新戏排得怎样了?"夏生很吃惊。他没想到秋生关心起他的戏来。秋生一向以夏生是演员为耻的,他不知道秋生这是何意。

一个月前,庄凌凌弄来一个剧本,非常棒。夏生也没多想秋生何以知道此事,秋生总有办法知道他想知道的,他长着一双奇怪的耳朵,好像他的耳朵在整个永城飞,没有什么事瞒得了他。夏生说:"还没排呢!钱还没找到。现在排戏就是把钱倒水里,本都收不回来,没人愿意赞助。"秋生讥讽道:"你们是把自己砸到了水里,你们一心想淹死,没人能救得了你们,早上岸早超生。"秋生还是老调调。

夏生再一次认定,和秋生谈戏就是鸡同鸭讲,自取其辱,千万不要涉及这个领域。夏生打算早些离开。他站起来准备告辞。秋生一动不动。他又打开抽屉,像在找什么。夏生本来打算走的,以为秋生改了主意,站着看秋生。秋生抬起头来说:"我警告你,你不要把她接来,你要是接来,我饶不了你。"

夏生刚升起的希望一下子破灭。他艰难地咽了一口唾沫,低下了头,转身往办公室外走。他明白所谓的"饶不了你"的意思,就是秋生会揍他一顿。夏生从小没少挨秋生的揍,对他好也揍,教训他也揍。夏生往外走时,听到背后传来秋生的声音:"如果你把她接回来,我也会把她赶走的。"夏生心里冷笑了一下,想,秋生管不了他,他完全可以自己做主。他决定把母亲接回来。

夏生走后,秋生颓然倒在沙发上。一会儿,他站起来,突然唱起戏来,尖细的曲调轻柔地从他嘴中出来,和他的形象形成奇怪的反差。好像这会儿他穿上了水袖戏服，成了舞台上的花旦，兰花指翘着，身段妖娆。这些戏都是秋生小时候在黑暗的剧场看着演员们排练学的。不过秋生从来没在任何人前展示过他的"才艺"。那时候母亲到哪里都喜欢带着秋生。剧团排练时，秋生在黑暗的剧院里钻来钻去。有时候去化妆间，天热的时候，那些女人几乎袒胸露乳。她们喜欢把秋生叫成干儿子。母亲不愿意她们这么叫，她经常说的一句话就是，他差点要了我的命，生他时我难产，不许你们当他的干娘。母亲越是这么说，那些女人越要占秋生的便宜。

那时候他们一家还是团聚的。母亲的演戏事业是这个家庭的中心。父亲是永城文化馆的一位音乐老师，可他的心思都在母亲身上。他正在根据母亲的演艺特长编写一出新戏，希望此剧能挖掘母亲的所有优点。很多人认为父亲不谙世道，行为怪异。秋生也信不过父亲，不认为父亲能写出好看的戏来。只有母亲崇拜并相信父亲，他们很恩爱，甚至在兄妹三人前亲热。"他们是一对活宝。"秋生对妹妹冬好说。但冬好觉得很好，很浪漫。秋生说，浪漫个屁，是不要脸。母亲在永城声名大噪后，父亲建议母亲去省城发展。"永城对你来说太小了。"父亲对母亲说。父亲渴望母亲有更大的成功，好像父亲这辈子的事业就是让母亲成名成家。母亲后来真的去了省城。父亲和母亲过起了两地分居的生活。一个男人愿意牺牲自己成全一个女人，虽然疯狂，也是一种美德。母亲去省城时，带走了秋生。

秋生唱完一段戏，屏住呼吸，稳定了一下情绪。他来到垃圾桶前，找一个星期前丢弃在那儿的母亲的来信。信居然还在。他拿了回来，摊开皱成一团的信，看起来。母亲给他的信，言辞和给夏生的完全不一样。在给夏生的信里，母亲对自己来永城显得理所当然，好像回到永城和他们生活是她应有的权利。不过在给秋生的信里，母亲是可怜巴巴的，几乎在乞求秋生收留她，母亲还表达了对秋生的想念。"你是我用命换来的。"一周以前，秋生看到这句话相当反感，这句话他听了太多遍，在母亲那里就是一句顺口溜，他不相信里面有什么真情实感。秋生把信折好，放到写字台抽屉里。

保镖敲门后，悄然进来。保镖也是他工作中的助手。秋生想起来了，今天需要去处理一下娱乐城的事。不久前，消防突然来到锦瑟年华娱乐城，找出一堆问题，下面的人搞不掂。他起身，来到大楼下。坐到车上后，他改了主意，同司机说，去广济巷。司机不明所以，掉转车头,向广济巷开去。半个小时后,小车驰入那条著名的由香樟树冠交叉而成的绿色通道,蓝山咖啡馆深绿色的门面一闪而过,咖啡馆的橱窗里放着做好的糕点和一幅巨大的话剧海报。蓝山咖啡馆的主人特别小资,喜欢各种戏剧,是标准的文艺青年。秋生让司机在蓝山咖啡馆前停下。保镖先下车打开车门。秋生出来后,没像往常那样让保镖跟着。他让他们在原地等。

永城越剧团在剧院后庭的一个院子里。就是夏生的单位。秋生怕见到熟人,从院子右侧一小道拐入,那儿有一个窗子,可以进入剧院内。凭着童年的记忆,秋生顺利进入剧院。没有演出的剧院黑暗一片,因为空气不流通,秋生被一股浑浊的霉味呛到了,打了一个响亮的喷嚏。他习惯性地看了看二楼,看管剧院的老头总是在二楼出现。他熟悉这个剧场的每一个角落,舞台后演员的化妆间,更衣室,剧场一楼和二楼中间的小小的电影放映室,虽然几年前剧院作了大的改造,但整体格局没多少变化。

秋生在最后一排坐下。现在他的目光适应了黑暗,剧场内的椅子和走道在黑暗中浮现出来。他默然坐着。他连自己都不清楚为什么来到这儿。他问自己,假设夏生接母亲回来(他断定夏生会这么干),他见不见她?

舞台上突然出现一对男女。两人是从幕后钻出来的,迅速黏在一起。舞台空旷,这对男女看起来很小。秋生看到这一切,很厌恶。这引起了秋生不快的回忆。母亲带着秋生来到省城,先是寄居在母亲同门姐妹家,后来省越剧团分给她一间宿舍。母亲在那个时候,背着父亲和一个男人好上了。

秋生下定决心,如果母亲到来,他绝不见她。他悄悄从剧院的前门退出去。在剧场的大厅,他找到电箱,把电闸合上。他知道这会儿,剧场里灯光闪亮,那对赤裸的男女一定惊慌失措。秋生穿过二楼的一个出口,这儿有一个铁梯,可以通往刚才进来的窗口。

秋生给孙少波打了个电话。孙少波是红酒商,娱乐城的红酒都是孙少波提供的。这阵子永城流行喝红酒。红酒生意利润高得惊人,秋生方方面面帮过孙少波不少忙。秋生到蓝山咖啡馆门口,保镖就出来打开车门。秋生竖起食指,向他摇了摇,然后走进咖啡馆。保镖迅速关了车门,严肃地站在咖啡馆门前。蓝山咖啡馆的电视机正在播体育新闻,但只出画面,听不到声音。电视机是新装上去的,奥运会不久将开幕,到时候有很多年轻人会聚到这儿来看比赛。六月奥运火炬在永城传递，秋生无意中看到了直播，夏生竟然是火炬手。秋生心里有所触动。一个人不管干哪一行要干到夏生这份上也算不容易了。成为一名奥运火炬手无疑代表着对夏生戏曲生涯的认可。不过秋生依旧认为演戏不是什么好职业，这个职业经常会毁掉正常的人生。他们家就是个现成的标本。

保镖看到孙总急匆匆朝这边走来。孙总老远向保镖打招呼。保镖问孙总怎么来的，孙总说，车停在剧场门口，这巷子不太好停车。保镖点点头，拉开咖啡馆的小门，让孙总进去。孙少波一眼看见坐在角落里的秋生。

孙少波在秋生对面坐下，脸上下意识露出谄媚之色。秋生替孙少波要了一扎啤酒，说："这里的黑啤不错，德国进口的，没掺水。"孙少波听了有点刺耳。有一次他被人告就是因为拉菲里掺水。其实不是掺水，是掺了同一个酒庄出产的红酒。秋生说："我小时就在这一带玩，现在这儿没人认得我了。"孙少波不知如何接口。他知道秋生不是和他来怀旧的。他喝了一大口啤酒。刚才跑得快，确实有点口渴了。

好一会儿，秋生终于说正事。秋生说："帮个忙可以吗？钱我会出的，你出个面就行。"孙少波很快就明白秋生的意思了。秋生想让孙少波出面赞助一笔钱给永城越剧团排一出新戏。孙少波没有理由不答应。秋生说："剧团就在那边，看见了吗？"孙少波说："原来这么有名的剧团在这个角落，我平时都没注意过。"秋生给了孙少波一张名片，说："你找他，是剧团团长。等会儿打电话给他吧。"秋生想了想又说，"不要搞得像施舍的样子，就说你从小喜欢唱戏，特别崇拜演员，现在有了点闲钱，想投资艺术，实现心愿。"说完秋生把服务生招了过来，结了账。孙少波要抢着结。秋生说："你少来，我拜托你办事，当然我来，再说这能花几个钱。"

二

从秋生的公司出来，夏生往庄凌凌家走去。一路上夏生心事重重。对夏生来说，生命中有一件事他绕不过去，像一个巨大的阴影笼罩着他，这件事就是父亲有一天失踪了。这个家的分崩离析是在父亲失踪后。关于父亲失踪这件事，夏生最初不无怨恨。后来夏生进入了演艺这一行，他听到各种各样来自戏曲界的传说，都是父亲所承受的种种屈辱,每次夏生听到,有一种如鲠在喉之感,似乎稍稍理解了父亲。父亲在写完《奔月》后去了省城和母亲会合,那时候母亲在省城还没混出来,主角轮不到她。为了能把《奔月》搬上舞台,母亲求爷爷告奶奶,动用了各种手段。父亲几乎没有世俗能力,除了艺术,在别的方面他帮不上母亲。后来《奔月》一炮而红,还拍成了戏曲电影,母亲因此成了全国人民熟知的明星,然而父亲神奇般地失踪了。如今二十六年过去了,父亲依旧下落不明,活不见人,死不见尸,这事想起来就让夏生心里发憷。那是一种空落落的感觉,夏生的内心生出一种辽阔的空旷感,这人世间因为父亲的这一行为而变得更为不可捉摸。母亲在父亲失踪后不断换男人,他们兄妹仨则在永城自生自灭。母亲偶尔想起他们来会寄一大笔钱过来(母亲在钱财方面一向大方),至于他们的生活从此不闻不问了。庄凌凌算得上是母亲的学生,她经常感叹,你们兄妹三个就像是你爸和你妈拉下的三粒屎,而他们像鸟儿那样飞走了。不过庄凌凌也劝慰过夏生,说,你妈啊,这辈子只喜欢一件事,就是演戏,别的对她来说都不重要。这正是夏生耿耿于怀的地方,他认为母亲被名利迷了心窍,到了对亲情缺乏概念的程度。

庄凌凌住在法院巷的一幢小洋房的阁楼里。这小洋房原来是永城越剧院的团部,后来团部搬到了大剧院,这幢小楼变成了公寓。庄凌凌一直住在这儿。前段听说要拆迁,后来这事就没影了。庄凌凌倒是安于住在这儿,什么都方便,去剧团也近。

夏生进去的时候,庄凌凌穿着睡衣,正在煲汤。这是她的美容汤。当演员的,特别是女演员,别的可以不在意,容颜是最看重的。用庄凌凌的话说,除了一副嗓子,一副皮囊还有什么呢? 这是她们的命。

"庄老师。"夏生叫了一声。见夏生来,庄凌凌非常高兴,说:"你真有口福,煲了一小时了,野生的河鲫鱼。"

夏生没同庄凌凌说起过母亲来信的事。可能是夏生满脑子往事,脸上有些恍惚,庄凌凌警觉地问:"有心事?"夏生没回话。庄凌凌又问:"那本子团长不喜欢?"夏生意识到眼下庄凌凌最关心的就是那剧本的事。夏生说:"现在团里的状况你也清楚,即便团长看中了,要排出来也不容易,得有钱才行。"

半个月前,庄凌凌拿到一个打印得整整齐齐的本子,让夏生给团长。意思是明确的,她想演女一号。她多次说,要和夏生合作一次。"我们都没合过一台像样的戏。"她强调。庄凌凌已有多年未上舞台了。演戏这件事就是这么残酷,过了四十合适的角色就不多了。庄凌凌和团长关系一直不好,这几年心情差,牢骚就多,谈起团里的事,总是用"乱七八糟"形容。"你们排的都是什么烂戏,只盯着专家、评奖,这样搞下去,会把所有的观众都赶跑。"庄凌凌公开这么说。

团里的人都知道夏生和庄凌凌的关系。这让夏生有些为难。他不知道怎么同团长开口。这年头,靠市场养不活剧团,演出的资金基本上是政府拨下来的。政府倡导主旋律,鼓励排反映现实的戏,这些年夏生一直在演当代楷模。早几年,戏曲界也排过不少现代戏,不过那时候是为了寻求越剧的可能性,引进了很多别的艺术手段,音乐和舞蹈都搞得很先锋,结果是传统戏迷看不懂,年轻人也不接受,观众变得越来越少。不管这样的实践是成功还是失败,总还是值得的,现在的状况和当时的探索完全不同,现在直白地同你讲,戏曲就是"高台教化",所以要多排现代戏,否则政府没理由资助。庄凌凌说,现代戏尝试一下我不反对,但全是这玩意儿,实在难以忍受,把越剧所有的程式都毁掉了。庄凌凌说的不无道理,没了水袖,演出时夏生常常不知怎么走台步。

庄凌凌说:"我明天找那土匪(庄凌凌私下叫团长为土匪)去。不是没钱吗?钱我去弄来,好不容易搞到这么好的本子,不排是瞎了眼。"夏生犹豫了一下,说:"你还是别去了,我去问团长吧。"庄凌凌脸上露出妩媚的笑容,说:"这就对了,你现在是团里的台柱子,你的话还是有分量的。"夏生说:"现在演员就是个屁。"庄凌凌表示同意,说:"戚老师在团里的时候,做演员才风光,演员是灵魂,导演、团长都捧着你妈。哪像现在,我们变得一钱不值了。"

庄凌凌突然提起母亲,夏生愣了一下。庄凌凌注意到夏生的表情,问:"怎么啦?"夏生说没事。他们一起吃鱼汤。庄凌凌给夏生喂鱼汤。庄凌凌这样做不仅仅是亲昵,也是习惯。夏生算得上是庄凌凌带大的,庄凌凌在夏生这儿有时候更像一位母亲。夏生说自己来吧。庄凌凌说肯定有心事。夏生就让庄凌凌喂鱼汤。庄凌凌继续着话题:"你妈妈这样的人,也就是在当年才过得好,要是现在,还不被踩得像蚂蚁一样。"

庄凌凌让夏生陪她睡一会儿。夏生没心情,不过还是上了床。天很热,一会儿两个人都汗津津的,庄凌凌整张脸都涨开了,双眼迷离。庄凌凌突然赤身裸体地在床上表演新剧本中的片段。床吱吱作响。夏生想象水袖在空中水波似的翻动。夏生觉得这时的庄凌凌特别美。

母亲来永城这件事一直压在夏生的心里。夏生的注意力涣散,眼前表演的庄凌凌成为模糊的一团。后来，庄凌凌揪着他的耳朵，他才醒过神来。

"你肯定有心事！是不是团长看了剧本不满意？"庄凌凌现在脑子里只有剧本，这会儿她的表情像是天要塌下来一样。夏生这次没办法，只好把母亲来信以及他早上找秋生商量的情况说给庄凌凌听。庄凌凌躺下来，难得温柔地问："戚老师真的快要死了？"夏生双眼茫然，说："不知道，她信里这么说。""秋生不同意你妈回来？"庄凌凌问。夏生仰躺着，看着天花板。

"看来你妈也老了，折腾了一辈子，到底还是想起你们来了。"庄凌凌说。

夏生坐起来，穿上衬衫。他不喜欢在床上讨论母亲，好像母亲这会儿正看着他。

三

下午两点半，夏生去剧团。一路上，脑子里依旧是早上见秋生的情形。夏生理解秋生的反应，秋生曾同他说过，他这辈子不会再原谅母亲。夏生想，他要是秋生，一样不会原谅母亲。

虽然他们兄妹仨就像庄凌凌所说的是父母拉下的三粒屎，但他们还是暗自成长。秋生担起家长的角色。冬好不服管，因此经常被秋生暴君般对待，动不动要惩罚冬好。夏生被秋生揍怕了，倒是很乖。冬好十六岁那年，不再上学。冬好唱着"乌溜溜的黑眼珠和你的笑脸"和永城一帮时髦青年混。冬好喜欢唱这首歌，因为冬好也有一对乌溜溜的黑眼珠。冬好学着香港明星烫了一个爆炸头，打扮前卫，还学会了霹雳舞。冬好经常戴着露着五指的黑手套，穿着当时流行的宽裆窄口裤，在永城的舞厅出没。秋生受不了冬好不学好，有一次到舞厅把正在跳舞的冬好扛在肩上带回家，并把冬好锁在屋子里好几天。冬好让夏生替她把锁打开。夏生不敢。冬好骂夏生是一个奴才，秋生的奴才。后来，冬好从窗口爬了出去，从此经常夜宿在外，偶尔才回家睡觉。

半年后冬好被人睡大了肚子。冬好开始还想隐瞒，最终还是让秋生看了出来。在秋生的逼问下，冬好承认了，说出了那个男人的名字。冬好那时候还没死心，一心一意爱着那个男人，等着那个男人来娶她。她对秋生说，哥，你不要为难他，是我自己愿意的，错都在我。秋生找过那家伙，是个有家庭的人，这个流氓根本不认是他让冬好怀了孕。那家伙说，冬好的男朋友多得很，鬼知道肚子里的孩子是谁的。秋生终于明白了冬好的处境，这个人不会为冬好做任何事，他不会负责。可悲的是冬好却依旧存着痴念，纠缠其中，不肯放手。

没有任何办法，秋生唯一能想得起来解决这个问题的人只有母亲。那一年秋生带着冬好去省城找母亲。那时候父亲失踪已有八年，母亲则已声名远播，演艺事业如日中天。秋生带着妹妹来到省城，希望母亲可以联系一个医生把胎打掉。母亲突然接到北京的通知，某首长想听她唱戏，她不管不顾，抛下秋生和冬好去了北京。母亲说，随便哪家医院都可以的，手术不复杂。那一年秋生只有十八岁，一点经验也没有，他走投无路，感觉天都要塌下来了。冬好怀孕后一直在崩溃中。

少年时母亲买给秋生的自行车还在车库里，那天晚上秋生决定带着冬好骑自行车回永城。省城和永城之间相隔一百多公里，他使劲全力踏着踏板，在黑夜中穿行。自行车后座上的冬好一直哭个不停。自行车颠簸得太厉害了，那天晚上，冬好流产了。秋生并不知道，只听到冬好在喊叫。他厌烦冬好的叫声，都是她自找的。

秋生骑了整整一夜。第二天清晨到了永城，秋生才觉得不对头。那时冬好已经安静了，双手抱着他，脸贴在他的背上。前面是秋生所读的永城二中，二中的左侧有一条小河。秋生把自行车停在桥头，借着晨光，看到一大片血迹黏在冬好裤子上，也黏在自行车上。血迹已经干了，结成了黑色的块。愤怒就在那一刻彻底击垮了秋生的理智，好像是为了发泄愤怒，他把自行车抛入那条小河中。河水激起巨大的水花。

就是那天早晨，秋生带着几乎迈不动步子的冬好，找到那个男人，当着冬好的面，把那人打得半身不遂。可怜的冬好，还一心想着和那男人重拾旧好，满脑子都是自我欺骗带来的幻想，以为男人最终会来娶她。看到这个残忍的场景，冬好当场崩溃。秋生因此坐了六年的牢。

秋生坐牢那阵子，是夏生照顾冬好。后来冬好的精神状态越来越不好，几次自杀送医。夏生没有办法，只能把冬好送进精神病院。中间接出来几次，没多久旧病复发，只好再送进去。他们这个家就这样彻底毁掉了。

一会儿，夏生进入广济巷。走过蓝山咖啡馆时，他看到秋生从里面出来，一脸不高兴的样子。他怕秋生看到他，在一棵香樟树后面躲了一会儿，直到秋生的汽车开走。

剧团驻地就在广济巷垂直的那条巷子里,属于永城大剧院的附属建筑,办公条件局促。正南的两层小楼用于办公以及存放道具,小院子四周是宿舍,未婚的演员们大都住在宿舍里。一些演员不是本地人,或从艺校毕业,或从别的团调来。

团长办公室的门紧闭着,夏生敲了几下,里面没有动静。夏生朝对面的宿舍望了望,天气闷热,几个女演员的宿舍门敞开着,她们穿得很少,大大方方地在屋子里走来走去。剧院的女演员似乎从来不把男演员当男人,在化妆间换戏服时也不回避,在宿舍也一样。有一个女演员看到夏生,从屋子里出来,穿了一件男生的背心,连胸罩都没戴。她用手势暗示夏生,团长在里面。

夏生不好意思再敲门。夏生近半个月隔三岔五来团里找团长。团长的门总也敲不开,夏生想,团长这是躲着他。这时,夏生看到团长和王静从剧院那边走出来,团长穿着整齐,还系着一条红色领带,王静穿着一件咖啡色吊带衫,不施粉黛。两人样子有点鬼祟。夏生假装没看见,走进自己的办公室。

作为剧院的台柱子,团长是很照顾夏生的,特地在剧院的道具室替夏生隔了一间办公室。夏生穿过堆放得杂乱无章的道具间,进入里屋。夏生是个爱干净的人,道具室这么乱实在让人难以忍受。刚分到办公室时,他把道具好好整了一遍。结果管道具的大发雷霆,因为他什么都找不到了。道具说,我乱中有序,什么东西放哪儿一清二楚,被你一搞,这么多东西,哪里还找得着。从此后,夏生只好忍受道具间的乱。

自己的办公室倒是弄得干干净净的。夏生烧了一壶水,替自己泡了一杯茶。团长在就好,今天无论如何要同团长谈谈。

响起了敲门声。夏生以为是团长,连忙站起身去开门。是王静。王静还是刚才的样子。夏生怀疑刚才团长和王静也看见了他。夏生看到王静素颜上长出一颗痘痘,想开一句玩笑,还是憋了回去。夏生有时候蛮感叹的,这些女演员在舞台上风情万种,走在街上也是人见人爱。在生活中,一个个邋里邋遢,宿舍也臭得要死。和她们同台演出,夏生偶尔会走神想起她们生活中的样子,情感就一下子恍惚了。

王静坐在夏生的办公桌上,说:"最近来得很勤嘛。"夏生说:"你坐好一点,你看你都走光了。"王静看了看自己的吊带衫,她乳房小,她觉得自己的乳房就是露出来也没人要看。王静说:"团里好久没排戏了,我都闷死了。"越剧开始从戏迷者众到如今无人追捧,演出的机会是越来越少了。很多演员闲着也是闲着,到处去文艺晚会客串。现在各级政府喜欢搞晚会。服装节,晚会。开渔节,晚会。每场晚会虽以流行歌曲或相声小品为主,也总归需要戏曲点缀一下的。也有些演员干脆去唱堂会,赚些外快,不然都生活不下去了。夏生说:"你每天晚上去给有头有脸的人唱堂会,还闷?"王静说:"都是些附庸风雅的人,现在饭局上流行唱昆曲,我学了几句。"说着王静翘起兰花指,唱道,良辰美景奈何天,赏心乐事谁家院……夏生说:"行了行了,你这腔调,唱的哪门子昆曲。"王静说:"反正这些暴发户也听不出来,只会一个劲叫好。"夏生感到无语。自从白先勇的青春版昆曲《牡丹亭》走红以来,唱腔古雅悠长的昆曲一时成了时尚,有钱有势的人更是趋之若鹜,很多越剧女演员到了饭桌上常常放弃自己的行当,反串着唱几句。夏生庆幸自己是男的,不然大概也不能免俗,同她们一样到处赶饭局,唱堂会。

王静直愣愣看着夏生。夏生问:"你看什么?"王静说:"听团长说,马上要排戏了,他手里拿到一个好剧本。"夏生愣了一下,问:"什么剧本?"王静说:"知道你会装傻,都在传剧本是你给团长的。"夏生欣喜,问:"你从哪儿听说的?"王静不耐烦了,说:"算了算了,当我没说,舞台上演得还不够吗?下了台还演戏,没劲。"夏生说:"团长真的说剧本好?"王静说:"这还能假,一个字,牛,团长都在找资金了。团长天天带着女演员请大小老板们吃饭呢。妈的,我乳房太小,团长不带我。喂,我就奇了怪了,男人怎么个个喜欢大乳房,你说我是不是去隆个胸啥的?"夏生见王静这么严肃,被她逗笑了,说:"你算了,小胸挺好的,我就喜欢小胸。"王静说:"吃我豆腐,谁信啊,庄老师的胸……"王静打住话头,靠过来,严肃地说:"夏生哥,资金好像有眉目了,我听团长说有人愿意赞助这台戏了。"夏生不敢相信,问:"真的?"王静岔开话题,问:"听说庄老师想演主角?"夏生敷衍道:"这个团长定。"王静说:"晚上的饭局,团长让我去,听说那位孙老板,就是愿意投钱的那位冤大头,喜欢听昆曲。"说完,挺直腰板,转身出门了。夏生有些感慨,他曾听一位机关的朋友说,要是机关里一女同事突然霸道起来,一定是"上面"有人了。

夏生等不来团长,想回去了。团长好像在办公室装了监视器似的,从办公室出来,让夏生别走,晚上有饭局,一起去。夏生说:"那些老板不是喜欢美女吗?再说我又不会喝酒。"团长说:"你去就是。"

团长带着夏生、王静和另外几个女演员到了石浦大酒店。客人还没来，主位空着，团长坐在主位的右边，团长命王静坐在主位左边，并说："王静，你等会儿和孙总好好喝几杯啊。"王静说："怎么让我喝酒？不是唱戏来的嘛。"团长刚要说话，红酒商孙少波到了。孙总只带了一位手下，应是办公室主任之类。孙总的架子大到不行，但还是客气了一番，说："这是团长的位置，我怎么可以坐。"团长向王静使了个眼色，王静就拉着孙总入了主位。那办公室主任殷勤地打开热毛巾递给孙总。团长说："王静，你怎么搞的，不是让你照顾好孙总嘛。"王静嗲声嗲气说："孙总要么我替你擦脸？"

孙总首先打量今天饭局的美女们，最后把目光移到夏生这儿。夏生礼貌地对孙总笑了笑。孙总觉得夏生有点面熟，一时想不起来。他憋不住问："我们在哪儿见过吗？"夏生摇摇头。团长说："可能在海报上见过吧，他是名角。"孙总频频点头，说："对对，有可能。"饭局像往常一样热闹，酒精让所有人兴奋。只有夏生，酒喝得少，冷眼旁观着这狂欢的场景。因为失神，某一刻好像周遭的喧嚣突然消失，他只看到团长、孙总、王静和别的女演员夸张而扭曲的表情，仿佛一幅变形的抽象画在风中飘荡。王静的昆曲倒是唱得清丽脱俗，大出夏生意外。他第一次发现王静嗓音的潜质，如果朝苍凉的方向发展，一定会有独特的面貌。孙总也被王静迷住了，他的手已经不老实了。王静知道团长凶巴巴盯着她，但她没有收敛，和孙总逢场作戏。团长一杯一杯敬酒，试图把孙总的注意力从王静那儿转到喝酒上。孙总喝高了，他晃晃悠悠站起来，作了两个宣布：一、这戏他来兜底，剧团尽快打个预算给他；二、他虽然没看过剧本，但女主角让王静来演，他喜欢她的嗓音。夏生心一沉，想糟糕，这是要了庄凌凌的命啊，这可是庄凌凌最后的舞台心愿，她说，此剧后她不再演了，让年轻人折腾去吧。夏生看团长，团长回避了夏生的目光。团长端起酒杯，站起来，向孙总表示感谢。团长字正腔圆，念台词一般说："要是老板们都若孙总这样趣味高雅，我们戏曲就有救了。"到了此时，夏生才意识到团长找他赴饭局的目的。团长明摆着把球做给王静，然后通过夏生所见把情况传给庄凌凌，让庄凌凌有心理准备。

散席后又有了插曲，孙总要带王静陪他去唱卡拉OK。团长反应快，说："好啊，孙总，确实余兴未尽，我们一起唱歌去。"孙总却板下脸来，说："我就喜欢同女主角一起唱，你们回去吧。"气氛刹那僵了。王静求救的目光投向团长。团长纠结了好长时间，又担心煮熟的鸭子飞了，咬了咬牙，打起哈哈："孙总啊，你可不能欺负女主角啊。"然后搂住夏生,大着舌头说:"林夏生,你叫辆车送我回去。"孙总油亮亮的笑脸突然冻住了,换了个人似的,一下子变得十分严肃。他拉住团长问:"他叫什么?"团长说:"夏生啊,我们团的台柱子,演男主角。"孙总问:"姓林?"团长点头,不明所以。孙总拍了一下自己的脑门子,暗想,怪不得先前觉得面熟,这个叫林夏生的演员原来有点儿像林秋生,虽然长得一个南一个北,气质完全不同,但总归是同一个爹娘生的,神似。孙总问夏生:"你是不是有个哥哥叫秋生?"夏生没回答。孙总打了个长长的哈欠,对团长说:"今天的酒劲儿挺大,我有点困了,这样吧,今晚就到这儿,都散了吧。"团长终于松了口气,赔着笑说:"孙总放心,女主角一定让王静来演。"孙总不言语。夏生想,不管从哪个方向看,庄凌凌离主演越来越远了。形势比人强,想起庄凌凌一心盼着这个角色,夏生感到难过。他决定,要是庄凌凌最后真的没法上舞台,他就和她同进退,辞演男一,也许只有这样才能让庄凌凌好受一点。

　　送走了孙总,团长把夏生叫到一边,说要同他谈谈。夏生说:"明天不行吗?"团长一定要今晚谈。夏生跟着团长向剧团走去。

　　夜已经很深了,街上行人不多。街灯昏暗,好像因为无人欣赏而显得无精打采。十分钟后,夏生和团长来到剧团。没去参加饭局的女孩子们都已睡了。在没有演出的日子,她们打发无聊的办法就是在宿舍睡大觉。

　　团长没有进自己办公室,而是进了夏生那道具间,进门前还看了看走道上有没有人,好像团长和他之间有见不得人的勾当似的。团长在沙发上坐下。团长的额头上渗着亮晶晶的汗珠。天虽热,团长坚持着西装系领带,似乎他只有穿成这样,剧团才是体面的,才能让外界认为他们是国家正规单位,而不是野鸡部队。夏生办公室的空调不是很好,夏生怕团长中暑,从道具室搬了一把巨大的电扇(这把电扇是用来吹舞台上干冰蒸发的云雾的),对着团长。团长好像被吹出来的风爽到了,长长地舒出一口气。

　　"夏生啊,终于有人愿意赞助我们了,好事啊。"团长正了一下领带,说,"连续二十天啊,老子天天喝酒,喝得我汗里面都是茅台味,这话是王静说的,我说那你尝尝,她还来真的,我立马就尿了,奶奶的,我们团女人都不是省油的灯。"

　　夏生的手机响了起来。是庄凌凌打来的。夏生犹豫着要不要接。团长说:"你先接。"夏生给团长看手机来电显示,团长沉默了。夏生掐掉了电话。

夏生不再说话。团长坐在那儿，汗更加多了，西装内的衬衫都湿透了，贴着胸口，能见到里面白皙的肌肤。团长停住话头，叹了一口气，说："夏生，今晚的场面你都看到了，你是不是劝劝庄老师？庄老师是好演员，可说实在的，演这个角色太老了，团里还是要多培养年轻演员。"夏生听了觉得刺耳，心想，借口而已，刘晓庆还演少女呢，还是电视剧呢，庄老师没那么老，戏服一穿，重彩一扮，谁又能看得出来？不过，夏生没有把这话说出来。团长看了一下夏生的脸色，知道自己说错话，连忙说："庄老师当然还很年轻，但我能有什么办法？这么同你说吧，今天的饭局是王静张罗的，孙总投钱完全是为了王静，不让王静演，钱不会到我们账上。没钱，再好的剧本有个屁用。"夏生有点疑惑，这说法似乎同王静说的不一样。庄凌凌说得没错，团长就是个"笑面虎"，城府深得很，没一句真话。

夏生伸出手，说："把剧本还我，我还给庄老师，这戏不演了。"团长一下子跳起来，说："夏生，你疯了！这么好的本子哪里去找？你怎么舍得放弃这样的角色？这么复杂的好角色你一辈子都难得碰到。"团长这么说夏生不是没有动心，他从看剧本那一刻起就被这个角色迷住了。但是有一点他明白，他和庄凌凌是捆在一起的，再有诱惑力，得放弃还是要放弃，他不能没有良心。

团长看夏生不再言语，站起来拍了拍夏生的背，安慰他："等资金到账，我们就开排。你可要好好演啊，这戏一定会既叫好又叫座，到时候全国巡演，进京演出都不成问题。"

回家路上，夏生又接到庄凌凌一个电话，他还是掐掉了。他想当面同她说，又想，见了面肯定也不开心，索性回家睡觉了。

第二天，夏生一早醒了过来，钻入脑中的就是怎么同庄凌凌说这件事。手机就在床边，不过，他关机了。他怕自己还没把事情想好，庄凌凌就打电话来。母亲的事也让他心烦意乱。唉，一团乱麻。有时候夏生觉得现实的戏码比戏里面精彩百倍。

后来夏生又迷迷糊糊地睡了过去。等他醒来已近中午。他心一惊，马上起床，打开手机。一下子蹿进来八个未接来电短信。庄凌凌打来五个，团长打来三个。夏生不知道出了什么事，正在思考先给谁打回去，团长的电话进来了。团长说："夏生你终于开机了，你快来，这边打起来了。"一会儿夏生才听明白庄凌凌在剧团闹，和王静厮打成了一团，团长让夏生赶快去劝架。团长说："你把庄老师带回家吧,王静的一缕头发都被庄老师揪下来了,再不来要出人命了。"

夏生没回一句,挂了电话。他也没给庄凌凌回电。他一个人坐在床边,脑子一片空白。他想,他赶去又有什么用?庄凌凌脾气大着呢,是他可以劝得动的?再说,虽然让王静演是孙总的意思,但总归对庄凌凌不公。庄凌凌作为剧团的名角几年没演新戏了,剧团的人都明白真正的原因是庄凌凌和团长不对路。

想起庄凌凌的处境,夏生不免心里有些苍凉感。他和她正式在一起十多年了,庄凌凌除了照顾他,对他几乎没任何要求。他们也没有婚姻,是庄凌凌不同意领证,说,这样很好,要那张纸干吗。夏生知道这是庄凌凌给他留了后路。夏生免不了心生愧疚。

在十年前,无论作为女人还是作为演员,庄凌凌处于一生最好的年华,至少在永城的舞台上她大放异彩,卓然独立。那时候也有很多达官显贵觊觎她的美貌,频频暗示她。庄凌凌心气高傲,抵抗住了诱惑,或者她认为凭自己的才华足以在永城舞台上立足。好时光一去不返,转眼庄凌凌就四十多了,新来的团长更看重年轻演员,每次庄凌凌和团长闹得不愉快,她都会咬牙切齿地说,也许我应该去睡一个官儿,这样你也可以解脱了。夏生知道庄凌凌这是气话,从前红的时候都没动过念,更不要说现在了。可是每次听到这句话,夏生心底百味杂陈,生出身为一名戏曲演员的苍凉感,庄凌凌说出这种狠话她得有多不甘啊。对演员来说,舞台就是生命,离开了舞台,等同于判她们死刑(尽管已没太多人在乎她们的演出)。庄凌凌对这部戏注入了太多的情感,她几乎对剧本的每个细节都了然于胸,如果不能登台,她因此遭受的打击恐怕要好长一段时间才能缓过来。

夏生起床后,没有打开窗帘,室内依旧是昏暗的。一缕阳光从窗帘的缝隙射入,分外刺眼。小区的绿植在阳光的背后,好像它们是阳光的一部分。夏生看了一眼墙上的钟,十二点快要到了。他到现在还没吃过早饭,奇怪的是他没有一点饥饿感。他目光呆滞地看着钟,脑子好像随着秒针在缓慢转动。夏生想起了孙总。昨晚孙总主动问起秋生,孙总应该是秋生的朋友。夏生从不和秋生的生意有任何瓜葛,也不纠缠到秋生的社交圈里,他和秋生就像两条平行线,无论想法还是行为都没有交叉点,唯一的交叉点就是他们还有一位共同的母亲。关于庄凌凌的事,他知道很难说服得了团长。团长辩才无碍,两件不挨边的事情他可以迅速建立起强大的逻辑,让人无从辩驳。夏生决定找孙总商量一下,也许没有希望,就算是死马当活马医吧。

夏生拿出昨晚孙总给的名片。他本想先打个电话过去,想了想,还是直接去他办公地算了。

夏生没想到孙总见到他会这么客气。孙总的办公室很气派,比秋生的要气派得多。办公桌后面一排的书柜,都是精装本,有《二十四史》《四库全书》等,还有各类西方学术名著和文学名著。夏生在孙总办公桌对面坐下,孙总一定要他坐到办公室右边的沙发上,并亲自泡了杯茶。"正宗龙井御树上采摘下来的明前茶。"孙总说。坐定后,孙总客气道:"昨晚幸会,有什么事您说一声就行,不用老大远跑来。"很久没有人对夏生如此客气了。在一些场合,比如演出结束,谢幕时,他能感受到作为演员的光荣和尊贵,更多时候,哪怕在酒局上,他经常感到的是不被尊重,那些人喝醉了后总比画着要他唱上一曲。他知道很多演员享受这种点唱,没人让她们唱还难受,但他以此为耻。

孙总表面客气,实际上一直观察着夏生。他不知道夏生为何而来。赞助一事是秋生交代他办的,他必须办好。秋生虽然架子大,但秋生对他不薄,他有什么难处,秋生总能帮忙解决。不过他听说最近有人盯上了秋生,要秋生的人头。若秋生有什么意外,他得替自己找个后路。

夏生虽然不善言辞,不过孙总马上弄清楚了夏生的来意。同时他还判断出夏生的到来无关秋生,是夏生的个人行为。孙总松了一口气,爽快地说:"你放心,我会同你们团长说的,就让庄老师演女一号。"

夏生不敢相信这事竟如此轻易地解决了。在回来的路上,夏生还觉得自己在做梦。

四

资金到位非常迅速,宴请后的第三天就到剧团账上。剧本的唱词还没有谱好曲,团长已等不及了,对导演说,先排练,需要演唱的地方,演员根据自己的流派唱腔自由发挥,到时候作曲完成了再照作曲的排,或者演员们自我发挥得好,就照演员们的发挥来。总之哪个效果好,用哪个。夏生觉得团长是真喜欢这出戏,他没见过团长如此投入。

庄凌凌今天显得特别高兴也特别得意。很久没有看到她这样满面春风和趾高气扬了。庄凌凌以为她出演主角是昨天她和王静打架的意外收获。昨天一整天她都认为自己与这部戏无缘了。她在团里和王静大打出手后，回到家里一个人放声大哭。她想过找夏生过来，倾诉自己的委屈。但她知道夏生的脾气，这样他会有压力，会放弃这次演出机会，和她共进退。这对夏生不公平。所以，她愿意一个人承受。没想到今天一早，团长就打来电话，让她去排戏。真是喜从天降。这"喜"来得过于突然，她一时不知如何反应，按掉了电话。团长第二次打电话来，她才多不愿意似的答应了，说："刚睡醒，收拾一下就到。"这回是团长按掉了电话。她连早饭也没吃就赶到剧团排练厅了。

昨天从孙总那儿回来，夏生本来想去见庄凌凌的，到了法院巷口，他站住了，想，虽然孙总答应了，可经验告诉他商人善变，哪知道最后会是一个什么结果。他在法院巷一个台阶上坐下来，看着对面的这幢小洋房。小楼红色砖墙因经年失修黏上很多青苔斑痕，二楼阳台白色罗马栏杆也几乎变成乌黑色。母亲没调到省城的时候，也曾在这小楼排练。如今那间小排练厅被隔成许多间，住进了不知从哪里搬来的居民。夏生看着这幢熟悉的建筑，觉得这座衰败的小楼像是对他这个行业的一个隐喻——戏曲现如今已经没落了。

庄凌凌主演的是戏里的落难公主。戏开始的时候公主才知道自己的真实身份，他们家是皇族正脉，因为宫廷争斗只好隐姓埋名流落民间，几代之后这一族已变成了平民，连他们自己都不知道祖上曾经的光荣。然而突然有人找到这一家，说出了这个惊人秘密。剧情就此展开。夏生演的是新科状元，他慢慢知晓他效忠的皇上的血脉出于异姓，是多年前一次阴谋的产物，皇上的祖先劫掠了宫廷和江山，是一位窃国之贼。在戏里，夏生有过非常艰难的选择，和落难公主有很多对手戏，这些对手戏表明状元心理的转折。

王静出演的是当今皇上的公主，她喜欢上了状元。只是此剧给她的戏份并不多。夏生听说团长要王静演Ｂ角，庄凌凌生病或有别的事由时可以顶替演主角，王静当场拒绝，说，你当我是要饭的？想让我在心里面天天咒Ａ角暴毙？因为有情绪，王静在排练时相当散漫，配戏敷衍。团长训斥王静。王静不服气，转身就出了排练厅。团长跟着出去了。不知道团长施了什么魔法，一会儿王静笑吟吟回来继续排练。

庄凌凌既然是人生赢家，所以也放下身段，在排练间隙主动和王静交流。仔细看王静的头，昨天被她揪下头发的部位似乎真有些稀疏。庄凌凌有点过意不去，道歉当然是没有的，她从自己包里拿出两瓶雅诗兰黛晚霜,是出国的朋友从机场免税商店里买来送给她的。"特别好用。"庄凌凌说。王静客气了一番,还是收下了。夏生看不懂女人之间的事,奇怪王静竟会收下。因为王静收下礼物时脸色并不好看,夏生觉得王静收下的像是两枚定时炸弹,随时会把这出戏炸烂。夏生心里祈祷千万别节外生枝,不然会要了庄凌凌的命。

这一天的排练很顺利,毕竟有一段时间没排新戏了。有戏排对剧团来说就像注入了兴奋剂,平时再怎么不团结,演戏时只能相互依靠,彼此之间成了一个共同体。夏生喜欢这种共同体的感觉,至少将来开演的那一刹,每一个角色都是这部戏生命的一部分。

排练时演员们都不着戏服,不戴头饰,也没涂油彩。因为身段的需要,水袖还是要穿的,水袖就套在日常穿着的衣服袖子外。庄凌凌对本子研究过多遍,不用导演指导,她也知道这个落难公主的角色其实是小花旦慢慢转变成青衣。关键要演好这个转变过程,要不着痕迹,自然天成。戏鞋还是要穿的,为了使身材更显妖娆,庄凌凌在绣花鞋里面还特意加了增高垫,足足有五寸高,一上午排下来,鞋带把脚背都勒出淤青。夏生则穿着一件深蓝色T恤,水袖吊在手臂上,水袖和T恤之间露着一截胳膊。夏生这次的行当是官生,程式中少不了官步,也穿着黑丝绒白厚底高靴。戏曲演员的日常就是练功。用行话说:一天不练自己知道,三天不练同行知道,一月不练观众知道。所谓的台上一分钟,台下十年功。是一桩苦活,好在是自己选的,自己喜欢的,总归苦中有乐,乐在其中了。因为演员们穿着奇特,排练场散乱而滑稽,人人都像抽风似的。不过他们习惯了,一个个无比投入,面色庄重,完全入戏了。有些人因为太投入,反而演得过火,被导演叫停,训斥一顿。

排练结束,夏生同庄凌凌说,先回一趟家,去拿一瓶玛歌红酒,再到庄凌凌那儿。这瓶红酒是上次去法国演出时买的,平时舍不得喝,今晚要好好庆贺一下。庄凌凌先回家做菜。

夏生刚进入小区大门,听到有人叫他名字。

夏生心头一热,是母亲在叫他。母亲正在门卫室里,两个管看小区大门的小伙子显得相当亢奋,显然母亲把他俩逗得很开心。夏生有多年没见到母亲了,平常都想不起母亲的样子,不过一见到她,所有的记忆都回来了。母亲没有大变,穿着一件绣着白色细花的浅绿色旗袍,身材没走样。一辈子做演员,在人群中总是提着一股子气,即使老了,举手投足总是透着一股子腔调。母亲看起来毫无病容,不像是得了不治之症的人。自接到母亲来信，夏生想起母亲，脑子里出现的是母亲卧床不起的画面。夏生松了一口气，母亲看来并无大碍。想起母亲信里的话，夏生觉得母亲可能撒谎了，只是为回来找借口罢了。演戏的人，以为靠表演就可以达成心愿，在旁人看来简直像小丑。

母亲从门卫室出来，一个门卫提着一只中号拉杆箱跟在后面。母亲这样的人，总是找得到愿意帮她的人。夏生把拉杆箱接了过来。拉杆箱不重，也许是夏季，母亲带的行头不多。

母亲说："西门街完全变了，一点也认不出了。当年，我回来，到了西门桥，到处都是我的戏迷，人山人海。现在都没一个人认得我了。"

夏生记得当时的场面。那时候母亲是真正的大明星，街道两边全是欢迎她的戏迷。母亲是个人来疯，她享受乡亲的夹道欢迎。穿过热情的人群，母亲把带来准备给孩子们的饼干、糖果都送给了街坊，见到年长者，母亲还施舍钞票。母亲足足花了两个小时才走完那条狭长的西门街。母亲回到家，精疲力竭，身无分文，连回省城买火车票的钱也没有了。母亲因此落下乐善好施的名声。

母亲跟在夏生后面，东张西望。前几年西门街旧城改造，老街坊都安置到了别的地方，夏生还是有点念旧的，虽然西门街的老屋拆掉了，但他有耐心等着新小区造好。三年等待期间夏生住庄凌凌家里。

夏生心里想着应该对母亲说些什么。想了半天，说不出一句话。

到了家，母亲突然疲劳了，无力地坐在沙发上。母亲在外面精神，回家就松懈了。夏生想，今天去不了庄凌凌那儿了，一是要照顾母亲，二是母亲不知道他和庄凌凌的关系，他也不想让母亲知道。夏生躲在一边，给庄凌凌发了一个短信，表达歉意。庄凌凌一直没回短信。平常庄凌凌回短信很快的。夏生想庄凌凌大概生气了，感到有点对不住庄凌凌，难得她今天好兴致，特意做了一桌菜。她一定很扫兴。

夏生说："小时候，天气热了，我经常给你打扇子，你记得吧？"母亲一脸茫然。夏生猜母亲不会记得这种小事。当年母亲的脑袋里都是戏，家里的三个孩子，除了秋生，她都叫不出名字，直接用老二老三替代了。

母亲指了指夏生的屋子："整得不错，多大？"夏生说："一百一十平，老屋拆掉，分了两套房，另有一套给了冬好，秋生不要。"母亲的眼睛红了，一会儿她说："秋生的公司做得怎样？他都好吧？可怜的秋生，白白坐了六年牢。"

夏生沉默了，他不知怎么同母亲说。兄妹三个，夏生算是最宽容母亲的，但心里面对母亲依旧有诸多不满。他们兄妹仨遭受的罪母亲的责任是逃不掉的。而母亲就是一只把头埋在沙子里的鸵鸟，从来不想了解事情的真相。冬好得病后，母亲去康宁医院探望过，回来大哭一场，难过得要死。之后却再也没去看过冬好，连提都不提起。这只有母亲才做得出来。比如这次，到目前为止，关于冬好，她没一句话。

　　母亲说："我这辈子就像做了一场梦，查出这个病，我才醒过来。"夏生将信将疑，几乎是机械地问："是什么病？"母亲不回答，眼泪大颗大颗地落下。母亲擦掉眼泪，说："我这不是为自己的病流泪，你们不会懂我的心思。"

　　夏生的手机响了一下，一看，是庄凌凌的短信，说她已在楼下，来看戚老师。一会儿庄凌凌敲门进来，手中拿着她刚做的几只菜，说，好久不见戚老师了，戚老师精神不错。又说，你们还没吃过饭吧？庄凌凌把菜放在桌上。母亲也不问庄凌凌是怎么知道她来永城的，母亲在这些事上迟钝到令人发指。母亲见到庄凌凌，一改先前的疲态，立马精神了。

　　第二天，夏生到了团里，刚坐下，团长就来到道具间。团长坐下来，对夏生特别客气，嘴上说："太好了，真是太好了，老天都帮我们忙，天时地利人和啊。"

　　夏生不知道团长在说什么。大概是遇到什么好事了。团长靠近夏生，问："戚老师回永城了？"

　　传得真快，大约是庄凌凌说的。夏生想不出母亲回永城，团长这么亢奋干吗。

　　团长说："夏生，我们这出戏得让戚老师当顾问，这是老天送我们礼物，戚老师的牌子一打，就不怕没观众，至少戚老师的老戏迷都会来捧场。"

　　原来兴奋点在这儿呢。夏生觉得团长是天真了，夏生对母亲现在还有那么强的号召力存疑。再说以母亲的脾气，要是让她掺和进来，少不得会矛盾四起，乱成一锅的。夏生刚要开口，团长打断他，好像怕夏生说出不吉利的话来。团长说："明天你在家等着，我来你家看望戚老师，聘书都备好了，你回去先同戚老师打个招呼，让她有个心理准备。"夏生这一点很佩服团长，要么不干，干起来雷厉风行。

　　晚上回家，母亲一个人坐在客厅，在生闷气。夏生以为是自己不替她问医，不关心她的缘故。但是她信中已经说了，她不就医，到时候死了拉倒。夏生误解了，不是为这个，白天母亲去秋生公司找过秋生，还带了特意为秋生买的礼物（一瓶男用香水）。秋生拒见，让手下的人把她赶走。母亲在大堂和保安对骂，说："我是他的娘，为什么不让我进去？"没有人相信母亲的话。有两个黑衣人抬着母亲，把母亲扔到大街上。母亲穿着旗袍倒在地上，双脚朝天的样子，很是狼狈。

母亲对夏生说："他这样对我，我真是白生了他。"

母亲对秋生有一种奇怪的偏爱。也许就像她说的因为难产的缘故。小时候夏生倒经常拍母亲马屁。没用。有年母亲急着回省城，需要买一张火车票的钱。母亲知道秋生有钱，她给孩子们的生活费都寄给秋生的。她可怜巴巴向秋生要，秋生理都不理她。夏生知道秋生的钱藏在哪里，秋生房间的墙壁上有一个洞，洞口那块砖是活动的，钱藏在里面。母亲听夏生这么说高兴坏了，拿来凳子，踮着脚把手伸入洞里，取出一只盒子。里面除了有二十块钱，还藏着一块钻石牌手表。看到这块手表，母亲和夏生都吃了一惊。这表是失踪的父亲的啊，怎么会在秋生这儿。母亲因为赶火车，也没多想，带着夏生进了当铺，把手表换成了钱。后来又带着夏生进了商店，以最快的速度，给夏生买了一件红色T恤，给秋生买了一根金利来皮带，然后赶到火车站走了。夏生很嫉妒，觉得母亲就是偏心，好东西总是留给秋生，他也多么想要一根金利来皮带。夏生把金利来皮带交给秋生时，被秋生揍了一顿，下手从来没这么狠过。秋生还烧掉了皮带。烧掉皮带的那一刻，看着火光和浓烟，夏生是多么惋惜。

母亲一脸委屈看着夏生。夏生不知怎样劝慰她。夏生想，看来秋生真对母亲恩怨已绝。

母亲生气归生气，不过亲自上灶做了一桌菜。她说，从秋生那儿回来去菜场买了点海鲜。夏生看着母亲做菜的样子，竟有一些触动。他这辈子从来没有吃过母亲做的菜。这是太阳从西边出来了吗？母亲没有解释，做完菜后，坐下，让夏生吃，自己几乎不吃。母亲问，味道怎样？味道很一般，但夏生不想扫母亲的兴，点头说不错。母亲说，知道你骗我，我这辈子很少做饭，你要是不嫌弃，以后我做给你吃。夏生低着头，控制自己的情绪，虽然算不上可口，却是第一次吃母亲做的菜，他自己也弄不清楚，此时的情绪是多年来压抑着的委屈，还是一种突然被关心的软弱。

新小区很安静，窗外传来戏文声，伴着低沉的二胡演奏，大概是小区里的老年人在花园的亭子里娱乐。夏生有点吃惊听到这曲声,之前他从未听到过。他想,他可能对越剧这种曲调不敏感了。他因此想起团长要母亲做顾问一事,他考虑是不是要告诉母亲,他不确定母亲的身体是否可以胜任。

母亲默默看着夏生吃饭,双眼慢慢泛红,她说:"秋生这么恨我吗?"夏生愣了一下,不知如何回答。母亲说:"他坐牢时,我去看过他,不肯见我。"夏生想,难道母亲指望秋生见她时和她相拥哭泣?

母亲说,她去探望秋生那天下着雨。母亲很早就去了,填了约见单,在特见室外排队等候(很多家属比母亲到得早)。管教喊到名字,家属才能进去会见。那天母亲等了一整天,直到走廊上的人散尽。管教告诉母亲,秋生一整天都在车间做工。母亲哭着问秋生怎么不见她。又问管教,秋生在里面缺什么,她带给他。管教没有回答她。母亲从那幢建筑的大门出去,一直在流泪。

"我这三个孩子,就数秋生最有艺术天分。"母亲把头转向窗外,好像她这会儿也听到了曲声。

夏生低头吃菜,没看母亲。他怕看到母亲的眼泪。虽然演员的眼泪说来就来,夏生还是无法面对。

"秋生这孩子心思藏得深,不像我们家的人。我们家一个个二百五,就他什么都放在心里。"母亲说。

夏生惊讶母亲说出这话。看来母亲表面上无心无肝,也还是有洞察力的。

"那时候我还在永城,刚入行,心里不踏实,每次排好戏,都要在秋生面前表演一次。秋生这孩子,不知哪里来的天赋,每次都能指出问题所在,说到我心坎上去,还会像模像样给我示范,可他还是个孩子啊,怎么会懂那么多。那时候我想,要是秋生是个女孩,他一定会成为闪闪发亮的明星。"母亲说。

"你是说秋生会唱戏?我一次也没听过。"夏生觉得母亲在胡扯,太夸张了,她大概把幻象当成了真实,是母亲对秋生的情感投射吧。

"他不肯在人前唱戏。他喜欢摆臭男人的架子,讨厌自己变成一个女人。他啊,唱戏时很妖的。有一次我让秋生在我同行面前唱,他就翻脸了,有一个星期不理我。"母亲表情柔软,脸上露出一丝笑意。

夏生很难相信。他和秋生是兄弟,秋生怎么瞒得了他。一个人的天赋怎么可能深藏不露这么久。

夏生吃饱了，放下筷子。母亲正目光灼灼地看着他，那目光既热切，又带着某种谄媚。母亲说："夏生，你可不可以同秋生说说，就说我快死了，想见他。"

　　夏生站起来，拿起遥控器，开启电视。他背对着母亲。他的背能感受到母亲的目光。夏生实在是不愿去找秋生，但还是心一软答应了："我空了去找找他吧。"他的背部感受到母亲的兴奋。母亲站起来开始收拾桌子上的剩菜。夏生关掉电视，说："你休息吧，我来收拾。"母亲说："你看你的电视。"

　　晚上，从母亲房间传来越调，是《奔月》的唱段，母亲唱得很轻，但透着辽阔的清寂和无奈。

　　　　吞灵药，生翅膀，入了广寒门，
　　　　晓星沉，云母屏，独对烛影深，
　　　　寥廓天河生，
　　　　寂寞云裳赠，
　　　　空悔恨，
　　　　碧海青天夜夜凡尘心……

五

　　团长几乎没费工夫，母亲就答应做这出戏的顾问。第二天，母亲来到排练现场顾问起来。母亲本来是来看笑话的。她虽然是这个团出去的，可打心眼里瞧不起小剧团。况且现在的年轻演员太多心思花在别处，没几个会演戏的。当她看完第一场排练，神色严肃起来，向团长要了本子。团长其实昨天已给了她剧本，她放在家里，还没看。母亲坐在排练厅的一角，低头看起剧本来。夏生在排练的间隙，朝母亲坐着的角落里张望。母亲一动不动，专注地看着，好像眼前的喧哗于她根本不存在。直到母亲看完，她抬起头来，目光幽远，泪流满面。厚厚的底粉被泪水冲刷掉了，使她看起来苍老了许多。

　　中午吃饭的时候，母亲对夏生说："很棒，你的角色一直在两难之中，演员一生中很难有这样的好角色，这是运气，你要珍惜。"来自母亲的肯定，夏生竟有些受宠若惊。母亲很少肯定他的戏，在专业上，他自知和母亲还有差距。因不想让母亲知道和庄凌凌的关系，中午吃快餐时，夏生和庄凌凌坐得很远。这会儿，庄凌凌正和王静聊天。自从庄凌凌送了王静雅诗兰黛后，两个人又像姐妹了。在戏里，两人都是公主，是仇人，争夺同一个状元。戏外倒是一团和气。她俩正在聊着一则八卦，说的是孙总。那天孙总要带她走，把她吓坏了。庄凌凌说："现在的男人真的比不上戏里的男人，所以我愿意活在戏里。"王静却沉溺在自己的话题里，说："也奇怪，我以为孙总还会骚扰我，他好像忘了这事。"王静这么说像是很遗憾似的。这时候，母亲端着快餐盒，坐到庄凌凌边上，说："你的唱腔要纠结，不能太顺畅，你演的这个角色很复杂，她开始没野心，是一次一次的屈辱让她爆发。"母亲已进入顾问的角色了。

　　这之后，母亲是尽心尽力指点。夏生发现，母亲已经记得每一句台词。夏生很敬佩母亲的记忆力。

　　排练一周后，孙总来过排练厅。孙总是团长陪着进来的。团长一直赔着笑脸，孙总倒显得很安静，在排练厅角落的椅子上坐下，一言不发看演员们排戏。团长递一根烟给孙总，孙总接住。团长要点烟，孙总摆了摆手。王静暂时还没有戏份，过来同孙总打了声招呼。她上穿一件短袖束腰衫，下着一条裙裤，手里拿着水袖，眼巴巴望着孙总。孙总只是点点头，好像没认出王静来。王静坐到孙总身边。团长白了王静一眼。团长从椅子上站起来叫停排练，他说："夏生第一次见庄凌凌的戏，夏生正春风得意时，要显得趾高气扬，既要庄重，又要带些轻浮。"说完离开了排练厅。夏生愣了一下，庄重和轻浮完全矛盾，如何才能表演出来呢？王静叹了一口气，说："孙总是答应了我的，结果主角还是别人的。"孙总没听见王静抱怨似的，说："你把夏生叫过来，我有话同他说。"夏生下场休息时，王静挽住夏生的胳膊，同他耳语。庄凌凌目光疑虑地看着他俩。一会儿，夏生来到孙总边上，孙总让夏生坐下。两人看演员们继续排练。孙总感叹："人生哪里如戏，现实丑陋无比，戏里的情感多么美好。"夏生没想到孙总这样的成功人士会发出此般感叹。孙总没看夏生一眼，继续说："夏生，你哥秋生有情况，要是方便你告他一声，出门小心。"夏生说："他出了什么事吗？"孙总说："我只能说到这儿，他明白的。"说完孙总突然站了起来，态度同刚才一样严肃。王静已在台上，水袖正朝这边抛来，同时传来的是一阵香风。孙总站住，愣愣地看了看王静，喉结动了一下。

　　母亲特别喜欢王静。王静嘴巴比庄凌凌要甜得多，一口一个戚老师，语调像唱戏，婉转曲折。母亲纠正了王静好多动作。母亲对庄凌凌很严厉，一有不到位的地方，就开骂。从一介平民到确信自己是公主的心理转折时，庄凌凌演得很软弱。母亲骂道："你要高傲，尊贵，想象你是帝王的女儿，别糟蹋这么好的角色。"作为母亲的学生，庄凌凌觉得母亲吃里爬外，对外人好，但心里还是暗自佩服母亲，意见一针见血。庄凌凌对剧本已经烂熟，以为吃透了戏，但演戏这件事真是深不见底，总是有深挖的空间。

看着母亲这么精神，夏生再次确认母亲信里说的都是扯淡，就不再惦记母亲生病的事了。这天排练，母亲从王静身上抽下水袖，自己套上，给庄凌凌示范身段及表演，大概是由于戏太激越，母亲的脸突然变得苍白，头上冒出汗珠。母亲停了下来，护着腰向休息椅上走，脚不小心踩到水袖，差点绊倒。她在椅子上坐下，大口喘息。排练停了下来，夏生的心抽了一下，不过也没多问。

晚上，夏生问起母亲的病情。母亲没理他，说："暂时死不了，会活到你们这出戏开演。"语中带刺。夏生不甘心，说："是不是明天陪你去一趟医院？你也没必要天天去做顾问。"母亲白了夏生一眼，说："让我去医院不如你让秋生来见我。"

听到母亲的话，夏生感到内疚。他答应了母亲的，他生性拖拉，一直没去找秋生。他内心拒斥见到秋生，能不见最好不见。秋生和母亲一个德性，不会好好说话。

夏生想起孙总让传的话，也让他有点犯难，他若传话，免不了给秋生一顿臭骂，秋生讨厌别人管他闲事。不过关于孙总所说的事，夏生也没太当回事，他觉得对付这种事秋生有的是办法。

一会儿，夏生出门，进入永城的夜色之中，他拦了一辆的士，去永江边的锦瑟年华娱乐城找秋生。他知道自己此去更大的可能是无功而返，但无论如何他得替母亲跑这一趟。

刚下过一场大雨，这会儿小了一点。的士车窗被雨水淋湿，刮雨器机械地来回运动，夏生看到的街景模糊不清，街头的霓虹灯、路牌、透着光亮的建筑此刻像是河中的倒影，在波光中晃动。对面的车打着远光灯，在雨中射出一道惨白的光，刺得人心慌。的士司机减慢速度，诅咒了几句。

"先生经常去锦瑟年华吗？"司机问。

"不，我不喜欢那儿。"夏生说。

"都这么说，可谁都喜欢往那儿跑是不是？"司机从后视镜中看了看夏生，从口袋里拿出一张名片，递给夏生。"若有需要，你找我，包你满意。"司机说。

夏生看了看名片。名片上印着一个裸露的女人和一个电话号码。夏生把名片攥在手里。他看到那司机再一次通过后视镜观察他。

锦瑟年华到了。夏生付了费，下车。他站在雨中，抬头望了望这座建筑。北边，辽阔的永江完全被它遮挡住了。他看到"锦瑟年华"几个大字在雨中不停地闪烁，字后面的大楼则隐藏于黑暗之中，好像这几个字是凭空出现在空中的。有一个坐轮椅的人从另一个方向进入娱乐城。他的脸显然受过致命打击，面目狰狞，躬着的身子犹如弯弓似的，整个形象显得颇为古怪。夏生奇怪下这么大雨这人竟还有雅兴到这地方来。在娱乐城门口，可以看到一排小姐站在大厅里，每有客人进入，她们弯腰鞠躬，口中喊"欢迎光临"。那张名片还捏在夏生的手中，夏生看到远处有一只垃圾箱，把名片塞了进去。

秋生的保镖从里面出来，问夏生是不是找秋生？夏生说是的。保镖带着夏生来到电梯边。电梯停留在四楼，这会儿正缓缓下降。电梯的数字一直跳着，像某个倒计时装置。

"生意不错嘛。"夏生没话找话。"还行。"保镖说。"下这么大雨，都有人来？"夏生本来想说，这场面比戏曲演出票房好多了，连坐轮椅的也来。"夜很长，总归要找个地方打发的。"保镖说。"叮"的一声，电梯到了。夏生和保镖进入电梯。电梯四面是镜子，夏生看到自己脸色苍白，形迹可疑。怪不得刚才保镖带着夏生进大厅时，两边的小姐没有弯腰欢迎。她们应该凭直觉辨认得出他不是她们希望的恩客。

保镖带着夏生进了保安室，他让夏生先待会儿，自己则去了秋生那儿。夏生看到保安室有一个监控器，能看到进来的每一个人，还能见到每一个包厢里的情况。难怪保镖会知道夏生的到来。夏生看到刚才那个坐轮椅的人独自待在一个包厢内，不停有小姐进出供他挑选。那人很挑剔，没找到合意的。被拒绝的小姐出去时都松了口气，面带逃过一劫的微笑。

一会儿，保镖回来，告诉夏生，可以去了，秋生正等着他。

秋生还是那副居高临下的令人讨厌的模样，他指了指办公桌前的位置，让夏生坐下。夏生白了秋生一眼，坐在不远处的沙发上。他没说话，长时间看着秋生。母亲说眼前这个人会唱戏，他实在想象不出来。

"你在看什么？我哪里不对吗？"秋生问。

"她来了，在我家里。"夏生说。

"我知道，听说她身体好得很，在给你们的戏当顾问。"秋生说。

夏生想，秋生毕竟还是关心母亲的。他至少还打听了一下母亲的状况。

"听说戏效果好得不得了？"秋生问。

"还好。"夏生奇怪，这段日子秋生老是谈这出戏。夏生不想谈戏，他说："你什么时候来看她？"

秋生狠狠地看了夏生一眼，沉默不语。

"她老说你，她说你会唱戏，旦角唱得可好了，她说你是天才，你要是一个女的，会是一朵艺坛奇葩。"夏生觉得自己说这话时带着满满的挖苦。

秋生碰翻了桌子上的茶。他抽出几张餐巾纸，把桌子上的茶水擦干净。他一边抹桌子一边说："你说什么？"秋生语调很轻，但内里有一股子狠劲。夏生了解这种语气意味着什么。当秋生这样说话时，可能会动拳头。

"我是不相信的，但她说你唱得好，说我同你比只有一个小指头的份。"夏生的话里透着不服气。

"你最好别信她，她的话没一句可信。"秋生陡然提高声量，像给夏生一个警告。夏生看着秋生，秋生一脸严正，看不出他在撒谎。夏生疑惑了，他不知该信谁。"她想同你说话，她每天叨念你，你不去看看她？"

"冒这么大雨就为这个来的？"

"是。"

门被敲响了。保镖同秋生耳语了几句，秋生神色严峻，同保镖出去了。秋生不忘回过头来对夏生说："你等我一会儿，我有话同你说。"

空荡荡的办公室只留下了夏生。窗子外，雨依旧下个不停，这间办公室可以看见永江，雨中的永江是暗的，只看得见江边的路灯。偶尔有闪电从天边划过，不过没有雷声。或许是窗子隔音好，听不到。娱乐城在隔音设施方面应该很讲究吧，否则噪音污染会让四邻不得安生。秋生办公室几乎没有任何装饰，那张办公桌悬于一角，显得孤零零的。

秋生一直没回来。夏生想可能娱乐城出了什么事情。夏生从不来这种地方，脑子里的想象反倒更为丰富，他潜意识认为这种地方藏污纳垢，出现棘手问题应该是常态。他记起刚才在保安室的监控，想过去看看究竟发生了什么。保安室的门紧锁着。夏生等得也有点不耐烦了，觉得自己应该说服不了秋生的，不想再多费口舌，从电梯下去，走出了娱乐城。娱乐城的大厅空无一人。他想，大概出事了，他突然想起孙总让传的话，与此有关吗？他犹豫是不是应该留下来，把孙总的话传给秋生。最后，他决定什么也不说，坐上的士回西门街。

夏生进门时，母亲还没睡，她坐在客厅投来探询的目光。见夏生沉默不语，母亲的脸上露出失望的表情。"他说空下来会来看你的。"夏生撒了个谎。"真的吗？"母亲喜出望外。母亲就是这么天真。夏生进了自己的房间。

六

秋生回到办公室，夏生已经不在了。

刚才秋生去处理娱乐城的事。娱乐城不是个省心的地方，什么人都有。秋生不想娱乐城弄得乌烟瘴气，他给她们订下规矩。在娱乐城，和客人逢场作戏没关系。不能在这儿苟且。可以跟客人走，但出了这个门就同娱乐城无关。即便是这样，依旧会惹出是非。有人中意的小姐被人捷足先登，不乐意了，加上酒劲，就想闹事。有时候双方两队人马就直接开干。自古以来所谓的风月场所概莫能外吧。

今晚来了一帮人，明显不是来娱乐的。他们都是年轻人，穿着特别"社会"。他们喝了不少酒，开始在包厢里砸东西。在场的小姐都吓坏了。秋生到现场，看到地上到处都是破碎的酒瓶，红酒和啤酒流了一地，电视机和点唱机都被砸得粉碎，连骰子罐都被砸破了。他们站在那儿鄙夷地看着秋生。凭经验秋生认为他们没喝醉，他们就是来闹事的。秋生一直赔着笑脸，用近乎讨好的方式送他们走。秋生说，招待不周，多多谅解。秋生看到自己的手下一脸不服。不过没有秋生的命令，他们不敢动手。秋生告诉过他们，能用脑子解决的事，就不要动手。在没摸清他们来历之前，秋生不能轻易挑起事端。秋生都没想过让他们赔偿。一台电视机和几瓶酒能值几个钱。

秋生送那几个年轻人去大厅的时候，看见一个坐在轮椅上的男人。那人扭曲的脸和残破的身体给秋生留下了深刻的印象。那人目光是明亮而尖利的，他肆无忌惮地看着秋生。秋生的心沉了一下，他认识我吗？秋生翻遍记忆，想不起那人是谁。那人应该是第一次出现在娱乐城。秋生站在雨中，看着大楼外闪烁着的"锦瑟年华"灯箱。他喜欢让霓虹灯彻夜亮着。

　　劳改时秋生在里面做灯泡。灯泡的玻璃以及钨丝都是成品，他要做的就是把这些成品安装在一起。日复一日，秋生不知做了多少大大小小的灯泡。那是一种单调的生活，机械重复的劳作让秋生内心的躁动慢慢平息了。在里面秋生最喜欢的事是装好灯泡后试验灯泡能不能发光，特别是试验五颜六色的小灯泡串成的装饰灯。当灯泡亮起来时，他的心也会跟着亮一下。秋生因此对以后的生活还存留着指望。

　　夏生第一次来探监，带来了冬好不幸的消息。秋生听了特别难过。夏生那天态度很差，不但不安慰秋生，反而指责起秋生来。夏生说，冬好是秋生害的，冬好对那男人还有情感，她怎么会受得了男人被打成那样，任谁都会崩溃。那时候秋生还没把心里的火气改造掉，不知反省，当场和夏生吵了起来，还给了夏生一记老拳。结果秋生被管教训斥一顿，还被关了禁闭。

　　要等到内心的戾气慢慢平复，秋生才意识到夏生讲的不无道理，冬好发疯自己是有责任的，他太冲动了，不但自己付出了代价，也把冬好毁掉了。在夜深人静的时候，秋生会想起冬好那张青春美丽的脸，内心充满懊悔。秋生开始明白这世上处理事情还有另一种方式。这世界并非黑白分明，有时候很难分出对错。秋生想，出去后无论如何不能再使用蛮力，要靠头脑生活。

　　刑满出来后秋生找不到正经工作，只好给人当马仔。他给老板处理了不少棘手事。他谨记牢里的教训，没再惹出事情。秋生因此深得老板信任。

　　老板对秋生不薄。五年前，老板看中了一幢楼，它北临永江，南边对着一条热闹的马路。原本是一幢烂尾楼，营建公司断了资金链破产了，那家公司在法院查封前和老板达成交易，老板以很低的价格买了这楼。老板经过一番装修，开了这家娱乐城。秋生也占了公司的股份。最初老板股份占了大头，不过老板一直在撤资，不着痕迹地慢慢把股份转给了秋生。半年前，老板告别江湖，对秋生说去了澳大利亚，可也有人说去了巴西。秋生处处谨慎，独自管理着锦瑟年华娱乐城。

　　夏生留了一张纸条。纸条上写着："我不等你了，你哪天如果心血来潮想来看她，你电话我。"夏生用了"心血来潮"这个词。秋生想象夏生写这个词语时一定面带讥讽。秋生知道夏生对他的看法，夏生对他有很多不满。秋生很想为他做事，可不知怎么搞的，夏生现在越来越不想同他讲话了。每次夏生坐在秋生前面，秋生总觉得夏生好像穿着一件无形的隔绝衫，让人无法亲近。

秋生打开电脑，看孙少波带给他的排练录像。录像是孙少波今天向团长要来的。录像是固定机位，像一个监视器俯拍着排练厅，整个排练厅一览无余，每个人显得很小，因此有些模糊不清。秋生一眼辨认出了母亲。

一周前秋生去过西门街新小区。秋生躲在小区大门对面的一家五金店里，他看着母亲从一辆的士上下来。母亲穿着一件丝质蓝底白细花旗袍，走路时腰板挺直。秋生一直看着母亲，直到母亲从小区大门口消失。他已经有十八年没见过母亲了。那次带着怀孕的冬好去省城见过母亲后，他再也没见过她。出狱后，母亲想见他，他拒绝了。几年前，秋生曾在电视新闻上看见过母亲，他本能地换台了，等他再想看她一眼，换回那台，母亲的镜头已经消失。

秋生看着录像，目光一直盯着排练中的母亲。这是秋生从小熟悉的场景，这些吊着水袖，穿着日常服装的演员，在录像里看起来既庄严又滑稽。他看出一些排练中的问题。他记录下来，看看有什么法子传给剧组。录像播放到中途，母亲突然支撑不住，在一张休息椅上坐了下来。秋生心里面竟然激发出奇怪的情感，专注而揪心地看着这一幕。他想，看来母亲真的病得不轻。秋生对自己的反应感到陌生。在里面，他几乎没想过母亲。他刻意让她从自己的记忆中抹去，把她当成不在世上的人。

可还是会有一些母亲的消息传入秋生的耳中。她又离婚了。她又结婚了。她很任性地在一次会议上和某个大人物吵了起来……这是件奇怪的事，为什么这些消息偏偏传到秋生的耳朵里？从里面出来不久，秋生得了一种少见的怪病，由于在里面试验过太多灯泡，用眼过度，出狱后的第二年，他的眼底开裂了，生了几个小孔。他为此需要戴墨镜，减少光线刺激。当秋生得了这种病后，发现很多人都有这种病。后来有一个孕妇告诉秋生，她没怀孕时，街头几乎没有孕妇，当她怀孕后，总是能在街头碰到孕妇。

秋生承认某些关系不是想抹去就可以抹去的，它比理智要来得顽固得多也深刻得多。

有一件事情，秋生从来不去想它。即便在牢里也不想。好像这件事不曾发生过。但它是发生过的。当秋生听到母亲回来的消息，这件事在他的心里慢慢苏醒了，它活了过来。

在省城，秋生撞见了母亲的不忠。母亲哀求他千万不要告诉父亲。他本来想隐瞒此事，但他发现母亲并未因此收敛。他受不了母亲如此"不要脸"。他告诉了父亲。父亲根本不信。那天父亲浑身震颤，拿着一根棍子要揍他。秋生冷冷地看着父亲，等待着棍子落下。对峙了一会，父亲扔下棍子，说，你妈是个好女人，你不可以这样侮辱她。当时他觉得父亲无可救药了，非常失望。谁能想得到，父亲在《奔月》搬上舞台后失踪了。母亲来永城找过秋生，问秋生是不是对父亲说过不好的话。秋生当即否定。母亲当年真的是悲伤，一夜之间变得十分憔悴，脸上泪痕斑斑，她不住地摇头，不肯相信秋生的话。母亲一遍一遍地问，你觉得你爸会回来吗？又说，他一定活着，有一天他会回来的。后来秋生才明白父亲一直是母亲的生命支柱，没有了父亲，母亲失去了主心骨，她的生活坍塌了，终于变成了连她自己也难以理解的人。母亲唯一正常的领域大概就是演戏了，一旦到了戏里，母亲又变成一个懂得人情世故的人。

    秋生几乎一夜未睡，满脑子都是往事。第二天，秋生决定去看望冬好。从牢里出来，秋生做的第一件事就是去看望冬好。这些年他几乎每月都去一次康宁医院。

    康宁病院在城北偏僻一隅，进入病院需要穿过一道长长的林荫道。行人和车辆不多，好像这条通往医院的路是不吉祥的，人们唯恐避之不及。

    秋生和医院院长熟，院长为秋生安排了一间接待室。冬好见到秋生，问秋生："你是谁啊？"秋生习惯了，冬好每次这样，他把这句话当成问候。秋生试图去握冬好的手，冬好好像见到一条蛇，怕被咬似的，手迅速缩了回去。秋生只好摸了摸冬好的脸。药物使冬好显得有些浮肿。

    "冬好，妈妈回来了。"秋生说。

    "妈妈，妈妈……"冬好陷入沉思。

    "冬好，你忘记妈妈了是不是？要是她不出现，我也忘记了。冬好，我不知道怎么面对她，你知道的，我一直恨她……"秋生摇了摇头，"可她总归是我们的母亲对不对？"秋生好像在说服自己。

    冬好一直愣愣地听着，目光炯炯。秋生以为冬好听懂了自己的话，心里升出一丝希望。难道是母亲回来带来了好运？

    冬好究竟什么也不懂。她目光瞬间变得黯淡，茫然看着墙上某个点，好像白墙是一块银幕，上面正在上演着什么。一会儿冬好打了个长长的哈欠，目光变得越来越呆滞，她肩膀耷拉着，双手紧张地贴在身上，好像细小的手臂正被什么东西缠住了。也许她正见到一些可怕的事，身子颤抖起来。

"冬好，你看到了什么？"秋生问。

冬好把目光收回来，凄惨地对秋生笑了笑。她的鼻腔里传出曲调，"乌溜溜的黑眼珠和你的笑脸……"秋生不忍再看冬好，他的内心一阵酸楚，突然失控，掩面抽泣起来。

秋生相信，因为他向父亲告密母亲的事，父亲才不堪忍受，在人间消失了。他觉得某种意义上是自己毁掉了这个家。要是父亲在，母亲也许不是现在这个样子。冬好也会健康成长，而他也不至于去坐牢。可人生没法假设。没人有能力回头重新活一次。所有的因都是果。

"冬好，哥对不起你。你知道吗？哥是个坏人，哥把一切都毁了……"

秋生说不下去。他已经有多少年没哭过了？自坐牢那天起，他没哭过一次。他不明白自己怎么就失控了。他掩着脸，调整呼吸，让自己的心情平静下来。

冬好走过来，摸了一下他的头。他抬头看冬好，冬好正在傻笑，好像她刚才看见一件滑稽的事。

再次回到那条林荫道，秋生看到昨晚那个坐在轮椅上的男人，他突然反应过来，此人就是十八年前被他打残的那位。秋生的心紧了一下。

从牢里出来时，秋生打听过这个人。他想和那人和解。但秋生没有找到他。人们说，那个男人被打残后就在永城消失了。

七

母亲全身心投入到排练中。关于秋生的事不再提起。也许是她健忘的毛病又犯了。或者在一出戏面前，无论秋生还是别的事情都不是重要的。

排练十分顺利。团长在一次排练会上宣布9月1号正式公演。海报竟然也做好了。海报中，母亲放在最中间的位置，边上是夏生和庄凌凌。夏生想，团长难道真的相信母亲有号召力吗？母亲看了海报当然很高兴，她谦虚道："怎么把我放在演员中，我是幕后。"团长说："戚老师是永远的演员。"

后来夏生想起演出那天出的状况，认定是这张海报惹的祸。是这张海报激起了母亲内心的渴望。夏生是事后知道的，演出那天，母亲派了王静，让王静偷偷给庄凌凌吃了十颗安眠药。庄凌凌昏睡了过去。母亲是这么对王静说的，你不想当配角对吗？你有一次首演的机会，如果你首演成功了，观众喜欢，谁也取代不了你。王静因为戏份不多，排练时也没太上心，要换成主角，那么多唱词要背熟哪来得及。母亲鼓动道，你有一个下午的时间记台词，你的角色我来演。王静内心惴惴，还是经不住诱惑，愿意冒险。

　　到了开演前半小时，庄凌凌还没出现，团长问夏生，庄凌凌去哪里了？再不到，化妆都来不及了。夏生也不知道庄凌凌下落，打了无数个电话，通了，没人接。夏生想，果然自己的预感没错，究竟还是出了状况。夏生长长叹了一口气。这时王静胆怯了，她没有准备好，她不敢向团长提出来自己可以取代庄凌凌演。眼看着首演要砸，团长着急，票都卖出去了啊，市领导也都请了啊，这可怎么办。他狠狠地骂了庄凌凌几句娘，关键时掉链子。这时，传来母亲笃定的声音，母亲说："如果实在没办法，我可以救场。我只演一场，以后还是庄凌凌的。"团长看了母亲足足有一分钟，脑子里转过排练时母亲指导的画面，长长地松了口气，命令化妆："你们站着干吗，赶紧给戚老师化妆。"

　　等庄凌凌醒来，赶到永城大剧院，戏差不多快结束了。她坐在最后一排，她以为是王静取代了自己，不是，是戚老师。在愤怒之际，她瞥见在她前面三排左侧坐着一个熟悉的身影，她认出是秋生。她没多想秋生何以在此，她的情绪在失控的边缘，几乎要哭出声来。她最终还是与这部戏擦肩而过。她付出了这么多心血，白忙一场。命运是多么不公。

　　庄凌凌定了定神，开始看戏。戏曲是重彩宽袍，戚老师扮相依旧姣好，岁月并没有减损戚老师的舞台风采。她承认戚老师演得非常好，同时，她因为错过了首演，杀人的心都有了。戏的高潮处，全场观众都在流泪，她也在流，只是她流的是愤怒之泪。但是她不能这时候冲上台去发飙，她忍着，等待着戏结束。

　　母亲在晚上10点40分离开永城大剧院。她眼前还浮现着庄凌凌打向王静的那记闪电般的耳光，就好像真的有一道光在庄凌凌的手掌和王静的脸颊间闪过。她不意外。这是剧团里经常出现的场景。当庄凌凌把愤怒的目光转向母亲时，母亲非常冷静，说："庄凌凌，以后的戏都是你的，我只是救场。"团长热烈应和，对母亲感激不尽。母亲卸完妆，离开了剧场。母亲知道这是首演,团长会带着演员们去永江边吃夜宵。团长叫母亲了,她当然不能去,天知道接下来还会闹出什么是非。另外,晚上的演出耗尽了她体力,她只想早点回家。

路过蓝山咖啡馆,母亲想喝杯咖啡提提神,顺便歇一会儿。她推门进去,走过一个类似车厢的包间,看到两个人坐在那儿。正面坐着一个穿黑色夹克的男人,相貌堂堂,好像在哪里见过。也许没见过,长得像他这样的男人蛮多的。另一个她只能看到后脑勺。她看到"后脑勺"手中拿着照片,上面竟然是秋生。她顿时警觉。她听到他们的谈话,她没怎么听清,她听到定金以及成事后在这儿支付之类的话。

母亲要了一杯咖啡,在他们边上坐下。现在她听清楚了,他们的谈话越来越让她相信秋生在危险之中。她喝了一口,咖啡太烫,她呛着了,轻咳了几声。那两个人站起来走了。她赶紧跟上去。她还没买单,被服务生叫住。那两个人回头。她看清那个"后脑勺"的脸,一只眼睛贼亮,另一只眼睛飘忽不定,好像在看另外一个地方。此人很瘦,骨架很大,双手会不自觉颤抖(刚才他拿着秋生的照片时就在不住抖动),看上去有些神经质。两人警觉地看了她一眼,转身走了。那只超大电视机这会儿正在重播奥运会开幕式,不过把声音调成了静音。此刻电视机上满屏烟花,透着落寞的气息。

外面是深不可测的夜。街灯暗淡,车流已过了高峰,街头行人已稀。走出广济巷,到了解放路,看到城隍庙飞檐上的小灯泡展现庙宇的轮廓,其余部分都沉入黑暗之中。母亲想起当年带着秋生在城隍庙小吃摊前吃各种小吃,秋生食量惊人,令她惊叹。这段日子,她喜欢回忆从前,可能记起来的关于孩子们的事并不多。许多年来,她就像一束光,射向远方,从不回首。从前的生活都沉入到重重黑暗之中。

夏生回来的时候,看到母亲一副心事重重的样子。夏生以为母亲在为抢了庄凌凌戏而不安。

庄凌凌没去吃夜宵,夏生也没去,晚上夏生一直在庄凌凌家安慰庄凌凌。庄凌凌忍无可忍,当着夏生的面对母亲口出恶言。庄凌凌一边哭,一边说,有一段日子,庄凌凌为了学戏,住在省城母亲家。那时候母亲在省城刚刚起步,每天很晚回家。母亲回家时,庄凌凌殷勤伺候母亲,给母亲打洗脚水,给母亲敲背。母亲往往在这样的放松中睡着了。庄凌凌来省城有自己的目的,她想母亲带她去见见戏曲界的重要人物,她还想在省城的剧团发展。母亲没那么细心体察一个学生的梦想,真以为自己请了一个用人来。庄凌凌说:"你母亲就是个自私鬼,她老了才想起你们,天底下哪里有这种人。"夏生没辩驳。母亲确实自私。后来要不是团长来电话,要庄凌凌准备好演明天的戏,夏生恐怕现在都回不来。

母亲对今晚的事没有任何不安。母亲问了个奇怪的问题:"秋生的生意很危险吗?"夏生说:"我怎么知道,怎么了?"母亲说:"你怎么一点不关心秋生?"夏生想,秋生轮得到他关心?夏生没回话。

八

与往常一样,早晨,秋生走着去公司上班。接近永江时,秋生闻到了空气中特有的海腥味。永江的出口是大海,海水会通过潮汐灌入永江,江水带着咸味,阳光一照,海的气味会更浓烈一些。有一些人在往永江边跑,秋生猜想,江边可能出事了,即便是盛夏也难以抵御人们围观的热情。

昨天晚上,秋生偷偷溜进剧场看了夏生的新戏。他没告诉任何人。当他看到夏生和母亲同台演出时,惊讶得下巴都要掉下来。母亲怎么会登台演戏?一会儿他见怪不怪了,在母亲身上出什么幺蛾子都不足为奇。戏很精彩,秋生看录像时发现的一些问题都得到了改善。母亲还是保持着对戏曲的敏锐感受。

秋生怀着温柔之心看完了母亲和夏生主演的戏。秋生承认母亲身上天生具有一种让人原谅她的气质。母亲身上有一堆毛病,她自私、说谎、逃避责任,可她一旦穿上戏服,站到观众面前,这些毛病顿时变得不那么重要了,她的光芒让这些毛病显得无足轻重。这大概是母亲如此折腾还能走到今天的原因。

过了老江桥,那个坐在轮椅上的男人在马路的转弯处出现了。已经是第三次了。他不知道这男人想干什么。人世间时有死结,但也总能找到解决之道。秋生想了想,朝那人走去。男人对秋生发出古怪的微笑。秋生注意到这个丑陋男人的目光依旧带着冷酷和高傲。秋生站在那人面前,无话找话:"这鬼天气,越来越闷热了,从前可没这么热的。"那人对秋生搭讪没感到奇怪,只是抬头看了看天,没有回答秋生。天很蓝,有几朵白云在天边一动不动。好像是为了让那人看清他的脸,秋生蹲了下来,说:"还认得我吗?"那人一脸严肃看着秋生,一会儿突然笑了,他摇摇头,指着自己的脑袋,说:"我这儿坏了,被人打坏了,什么都记不得了。"秋生说："我们是不是找个地方喝一杯？"那人低下头，看着人行道，几只蚂蚁在人行道砖块的缝隙间爬行，那人伸手把其中的一只掐死。他抬起头，轻声说："我和你不认识，为何要坐在一起喝酒？"秋生很失望，既然这男人假装不认识自己，只好算了。人生的死结常在一念之间。一念成佛，一念成魔。梦幻泡影，如露如电，皆生于一念。秋生轻轻拍了拍男人的肩走了。

快到公司时，秋生回头朝那边张望，一个瘦长的家伙在问坐在轮椅上的男人一些什么事。不过从两人的表情看，他们显然是不认识的。秋生注意到那瘦长的家伙有一只眼睛好像患了白内障。

秋生进办公室，站在办公室窗口，看着街上的一切。他看到在办公室东边那个路边公园里母亲正神色紧张地往这边张望。秋生想，也许上次对母亲太过分了，母亲不敢再进公司。脱了戏服的母亲光芒不再，瘦弱，苍老，缩小了一号。母亲老了，孤单了，可她终究是位母亲，不管以前她多么折腾，老了总还是想得到儿女们的认同。一会儿，秋生看到那个瘦长的家伙出现在公园里，母亲向那家伙走去。

秋生吩咐保镖把母亲接上来。当他再次站到窗前时，母亲在街头消失了。

九

上午10点半，母亲出现在剧团。母亲变成了光头（原来母亲头上是假发，夏生和她一起生活了一个多月竟没发现），她的衣服黏满血迹，样子十分骇人。夏生从小害怕见血，见血就会晕过去。夏生努力让自己镇静下来，想，看来母亲重病不是假的。夏生很内疚，他一直不相信母亲已病入膏肓。母亲苍白的脸上表情庄重，甚至带着某种不明所以的骄傲，和母亲平常的不成熟判若两人。剧团的人围着母亲，问："戚老师，你怎么啦？"王静因为受到母亲的欺骗，在一旁不以为然地冷笑，说："大白天的，戏还没开演呢。"母亲没理王静，对夏生说："夏生，你跟我来。"夏生说："好，我这就送你去医院。"团长派了一辆车，要送。母亲拒绝，她说："我找夏生有话说。"夏生跟着母亲来到一个角落。母亲说："夏生，你听好，我杀人了，你送我去派出所自首。你不要担心，我是将死之人，我不怕。"

夏生再次来到秋生的办公室。秋生已听说了母亲的事。秋生非常震惊，不过秋生并不奇怪母亲做出这样的事。少年时在省城，秋生骑着自行车带着母亲在一条小巷子穿行，有一次秋生差点撞着一个小孩，幸好及时刹车。孩子的父亲身材魁梧，大概也被吓坏了，一把把秋生从自行车上揪下来，要揍秋生。就在这时，母亲冲过来揪住那个男人，高喊，你敢动一下我儿子看看，老娘杀了你。母亲的气势把那人镇住了。母亲的身体里面藏着惊人的能量。

秋生接过夏生递过来的一只用来装文件的信封。秋生看到信封，就想起黄德高。这是黄德高的单子。谁装在这个信封里意味着死亡。昨天秋生看戏回来，在娱乐城见过黄德高，黄德高是特意来向他告别的，说明天他将飞去香港，不回来了。黄德高舒了一口长长的气，好像因为吐出这口气而感到无比的轻松。一会儿，黄德高带走了一位小姐。

秋生打开信封，从里面抽出三张照片。他看到自己的"尊容"。秋生不是没有想过这一出，但看到一个装入信封的自己，还是超出他的想象。最近娱乐城发生的一系列事情，让他警觉，但他没想到如此危险，竟有人想置他于死地。他思考背后的人是谁。是那个被他打残的男人吗？或者是某个对"锦瑟年华"另有所图的江湖中人？他了解过那天来店里打砸的那帮年轻人的身份，来自秋生从前老板的死敌。难道因为老板隐退江湖，他们就拿他来复仇泄恨？但如果那人想要解决他也不需要黄德高啊，他手下的人就足够。假如是坐在轮椅上的男人，也不合惯例，他已经出来这么多年了，为什么此时才来报仇？后来警察问秋生时，秋生并没有提起那个轮椅上的男人，老板的仇人也没有提及。江湖的事江湖解决。

"她在看守所？"秋生问。夏生点点头，说："她生病是真的，她说，她会在一个月后死，是医生告诉她的。"秋生把头转向窗外。天越来越热了，街角的那个公园植物蓬勃，其中点缀的花盆开着缤纷的花朵。只是再也见不到母亲的身影。

"她想你去看她。"夏生说。秋生白了夏生一眼，他当然要去看的，难道他是一个如此铁石心肠的人吗？夏生总是对他充满误解。秋生又从信封里抽出照片，看了一眼。母亲经常说的一句话是"你是我拿命换来的"，这一次母亲真的是拿命换了他的命。

秋生在看守所看见母亲时，母亲的脸上露出天真的笑容，那是一种从心里涌出的笑容，一种满足感，根本看不出她刚杀了人。

"我知道你会来看我的。"这是母亲说的第一句话。

秋生强忍住自己的情感，握住母亲的手。母亲的手很小，很柔软，好像没有骨头，也没有重量。他很难想象这双手怎么有力气杀人。听说她包里藏着刀子，让那个左眼患白内障的家伙一刀毙命。

"你怎么找到那个人的？"秋生问。

"天意。"母亲说，"你相信有天意吗？"

秋生不信。不过他没说。

"现在你安全了吗？"母亲问。

秋生没回答。

"警察介入了，应该没事了。"母亲断定。

秋生仔细看着母亲，瘦弱的母亲给他一种轻如鸿毛的感觉，秋生想起放在手心的死去的麻雀（刚才握住母亲的手就是这种感觉），死去的麻雀没有一点点重量，好像因为死亡，麻雀的肉身也跟着消失了，只留下一身的羽毛。母亲没有把假发戴上，光头的母亲并不难看，母亲的头型匀称，看上去像画片上的尼姑。秋生看过母亲演尼姑的戏，不过那时候并没剃发，化妆师把母亲的头发藏在人造的头皮下，头形和现在完全不一样。他看到母亲神色安详，好像她因为终于做了一件早该做的事而心安理得。

母亲看到秋生瞅她的头，说："化疗的缘故，头发全掉光了。"

"为什么不治了？"秋生问。

"没必要，我倒想活，有一天我和医生闹，让医生告诉我还能活多久。医生被我烦死了，一生气就告诉我，最多三个月。我愣住了。我问他真的假的。医生没回答，我知道是真的。"母亲看了秋生一眼，又说，"我就从医院逃出来，回永城了，我得在死前看看你们。"

秋生一直知道母亲是勇敢的。比父亲要勇敢得多。秋生又想，母亲生这么重的病独自住在医院里也没告诉他和夏生，母亲表面上简单，实际上心里什么都明白的吧。

秋生搞到了母亲的病历，给母亲办了保外就医。母亲不肯去医院。秋生威胁母亲，不去医院就得去看守所。母亲还是乖乖听话了。进永城第一医院后，照例是一系列的检查，动用各种仪器。对于这种检查，母亲很不耐烦。秋生说："检查一下也好的，万一北京检查错了呢？"说着秋生把母亲从床上抱起来，放到检查床上。秋生抱着母亲，再一次想起死去的麻雀。母亲身体的瘦弱程度让秋生吃惊，真的没有一点分量了。母亲搂着秋生的脖子，诡异地笑起来，像一个孩子一样配合。秋生想，他和母亲从来没这么亲近过,这让秋生感到心酸。

医生看到检查结果,非常吃惊,几乎不敢相信。医生说,照例来说母亲应该失去意识了,但母亲看起来尚好,这是奇迹。

一天,病房里只有夏生和母亲,母亲突然说:"我想去看看冬好。"夏生想,母亲终于想起冬好来了,他以为母亲早已把冬好排除在记忆之外了。夏生说:"好,我向医生说明一下,明天上午我陪你去。"母亲说:"不用同医生说,医生很烦。"夏生点了点头。母亲说:"冬好能认出我来吗?"夏生不响。母亲说:"上次她没认出我来,当自己是孕妇,摸着肚子,一直喊着宝宝。"夏生看着窗外。每次想起冬好,他都心情沉重。

早上,夏生很早就起来了。天色微明。他来到医院时,看到母亲一个人坐在黑暗中,早已梳妆打扮好了,身上穿着回永城时穿的那件浅绿色旗袍,为了遮掩病容,脸部施了厚粉底,唇膏也涂得艳。母亲去公共场合向来是隆重的。

一会儿,两人乘公交车去康宁医院。车上,母子俩没说话,母亲看上去心事重重。母亲这会儿在想什么呢?夏生偶尔会去看冬好,回来后要好些日子才能平复内心的压抑和悲伤。每次夏生都是怀着恐惧去看冬好的。

公交车在大庆路站停下来时,母亲也没同夏生打招呼,突然跳下了车。夏生也跟了下去。母亲脸色苍白,穿过车站后面的人行道,穿过人行道边的树林,径直来到建筑物的墙边,无力地瘫坐在水泥地上。她的双眼早已沾满了泪水。母亲说起她那次去看冬好的情形。那天冬好突然说起小时候的事情,说妈妈偏心,总是把好吃的偷偷塞给秋生,还告诉秋生不要同冬好说,冬好会记仇的。母亲吓了一跳,以为冬好终于清醒过来了,激动地对冬好说,冬好,你醒了对吗?你认出妈妈来了对不对?冬好,是妈妈不好,你要吃什么,妈妈这就买好吃的给你。冬好没醒,冬好没理会母亲,脸上露出仿佛看透一切的微笑,慢慢地,那微笑变成了试图控制又抑制不住的狰狞大笑……母亲边哭边说。

母亲终于平静下来。母亲已没有勇气去看冬好了。夏生想,不看也罢,看与不看又有什么区别呢?对冬好来说,一切都已没有意义了。夏生叫了辆出租车,和母亲回到了医院。那天,母亲一整天情绪低落。

过往

十

这之后,母亲的身体每况愈下,她看上去极度憔悴,同先前判若两人。好像看望冬好这件事彻底击垮了母亲。母亲出神地看了一会窗外。医院在闹市区,窗外是高楼,在高楼的间隙能见到天空的一角,像一块巨大的蓝色玻璃屏,在屏上,零星有几只鸟儿飞过。秋生经常来陪母亲,这会儿他安静地坐在母亲的对面。

"秋生,你说你爸还活着吗?他怎么就突然消失了呢?有好多个晚上,我以为他回家了,打开门,门外什么也没有。"母亲说。

秋生不敢看母亲。自从父亲离家出走后,这个家再也没提起过父亲。秋生以为母亲应该早已把父亲忘得一干二净了。她后来有那么多次婚姻。

"他要是死了,我可以去见他了。我要向他道歉对不对?"母亲的目光看上去十分无辜,好像孩提时代在学校里犯了一个小错误。

秋生实在忍不住了,在母亲耳边轻语了几句。母亲睁大眼睛,惊异地看着秋生,一会儿,泪水夺眶而出。

脆弱的肉身不存在什么奇迹。母亲不是金刚不坏之身。母亲入院后第三天,癌细胞迅速地攻城略地,占领了她的身体,她因此陷入长长的昏迷之中。其实秋生早有准备,医生告诉他,母亲可能随时会昏迷。

在母亲昏迷的阶段,秋生和夏生一直陪在身边。病房很安静,只住母亲一个人。病房是秋生想办法搞到的。母亲一辈子热闹,在最后的时光让她安静些吧。兄弟俩偶尔说说话。秋生说:"戏很好,你演得很好。"夏生说:"你来看了?"秋生说:"对,首场。"夏生说:"那你也看了母亲的演出。"秋生说:"没想到,我把钱都花在自己人身上。"夏生吃了一惊,看着秋生。秋生说:"对,赞助的钱是我出的,我让孙少波出面的。"夏生有些动容,想秋生平常对他恶声恶气,反感他演戏,可还是愿意帮助他。夏生说:"谢谢你。"秋生摆了摆手,不再说话。

中途母亲奇迹般醒来过一次。母亲醒来时精神状态意外地好,这使得秋生和夏生生出新希望。但医生说,这只是回光返照。母亲对夏生说,你把庄凌凌叫来,我想同她说说话。夏生有些犹豫。不过母亲温和地说,别担心,我会同她好好说话的。

庄凌凌来的时候,母亲把夏生支开了。病房里只有她俩。庄凌凌已经不生戚老师的气了。主角最终还是她的,并且演出如第一场那样成功。她感到在这出戏里,她不是在表演,而是在生活。对她来说这是全新的感受,戚老师的指导功不可没。庄凌凌早想来看望的,夏生一直没有同意。夏生怕庄凌凌的看望会影响母亲的情绪。夏生说,她抢了你的戏,她会以为你是去报复她呢。病房的空调发出轻微的声音,母亲身上插着输液针,脸色苍白并且消瘦。母亲指了指床边的一把凳子,让庄凌凌坐下来。

母亲伸出右手,握住了庄凌凌的手说:"小庄,谢谢你照顾夏生。"

庄凌凌吓了一跳。她和夏生的事一直瞒着戚老师,为此这些日子以来他们都不太见面,哪知她早已知道。庄凌凌一时不知如何回答。

"我不是好母亲,我都记不得夏生小时候的样子了。"母亲说。

庄凌凌当然记得。那会儿母亲在省城风头正劲,庄凌凌意识到自己在省城没有前途,回到了永城。她见不得三个孩子无人照料,尽可能地去照顾他们。她最喜欢夏生。夏生天性仁义乖巧,讨人喜欢。不像秋生,对世界有仇似的,对谁都恶狠狠的。

"夏生老是缠着我。"庄凌凌想起夏生,露出甜蜜的笑容。

庄凌凌没有同任何人讲过她和夏生的事,现在她很想讲给夏生的母亲听。她说,夏生小时候喜欢跟着她,像个跟屁虫。庄凌凌和别人聊天时,夏生在庄凌凌身上爬来爬去。有人开玩笑,说夏生是不是庄凌凌的私生子。庄凌凌并不反感这样的叫法,反倒开心地笑了。

"这我记得,夏生小时候喜欢到你阁楼里睡觉。"母亲说。

庄凌凌脸红了。夏生的生理开始变化的时候,庄凌凌不再带夏生去法院巷阁楼了。夏生却像个鸦片鬼一样,每天晚上出现在庄凌凌的小楼外,久久不肯离去。这样闹了一个月,庄凌凌心软了,放夏生进来。最初什么也没发生,但总归还是会发生的。夏生和庄凌凌是正常的男女。那年夏生只有十五岁。一开始,庄凌凌还是有罪恶感的,她觉得她和夏生之间不应该这样的,夏生还未成年,而她和他的年龄相差悬殊。她和夏生之间的关系注定是极为隐秘的。这期间庄凌凌一直没找男朋友。

夏生二十岁那年,庄凌凌提出给夏生找一个正牌女友。庄凌凌说,我们不能一直这样不明不白在一起啊。再说,我不可能和你结婚的,你妈会杀了我。夏生想了想,同意了。他觉得庄凌凌需要一个正常的婚姻,她都三十多了,他不能太自私。在庄凌凌的安排下,夏生认识了一个女孩。女孩是个戏迷。那时候,夏生在舞台上已崭露头角,女孩特别崇拜他。他很快和女孩同居了。女孩虽然小鸟依人，什么都由着他，什么都听他的，但他不太适应一个需要他照顾的小女人。另一个困扰他的问题是他的身体强烈想念庄凌凌，即便在和女孩做爱时，抚摸着女孩青春而单薄的身体，他会想象庄凌凌，想象和庄凌凌的肉体欢愉。他觉得这是一种罪恶，对女孩极其不公。

有一天，夏生听说庄凌凌处了男友，并且在那阁楼同居了。夏生像疯了一样，他无法想象自己的生活中没有庄凌凌。夏生迅速甩了那小女孩，回到庄凌凌身边，赖着不肯走。庄凌凌心软了，说了一句冤家，让夏生回到她身边。一晃就过去了十多年。

"你们为什么不要一个孩子？"母亲说。

庄凌凌吓了一跳。难道母亲不知道她和夏生的年龄差距吗？她会老去，而夏生正值壮年，夏生总有一天会厌烦她（事实上她现在越来越不自信了），她不确定和夏生能走多久。

"你们要个孩子吧。你会是个好母亲，不像我。"母亲说。

庄凌凌愣住了，想，毕竟是女人，戚老师老来也会生愧疚之心。为了安慰她，庄凌凌开了个玩笑："夏生守着我这个老女人是不是太亏了？你做母亲的舍得？"

"你还很年轻啊。我在你这年龄，折腾个没完呢。"母亲说。

"我现在连夏生都对付不了，还折腾啥啊。"庄凌凌笑道。

"夏生是真心喜欢你，我刚到永城那天，你带着菜到夏生家来，我一眼看出你和夏生的关系。夏生看你的目光都让我嫉妒。"母亲说得尽量轻松，"除了夏生他爸，我后来再没遇见过这种目光。"

说到父亲，母亲目光突然变得幽深，她直愣愣地看着庄凌凌。庄凌凌觉得母亲的灵魂此刻似乎就聚在她明亮的目光里。母亲说："我要和他爸团聚了，夏生就拜托给你了。"

后来，庄凌凌同夏生说过这句话。庄凌凌对夏生说，她不忍看母亲的目光，那天她从病房出来后，一直在流泪。

十一

很快，母亲又进入了昏迷阶段。这次是深度昏迷，母亲开始梦呓。有一天，母亲竟哼出曲调，曲调断断续续，不成旋律，不过夏生很快辨认出来，是父亲编的《奔月》。这个唱段因为母亲的传播已是越剧的经典段落。在越剧风靡的年代，广播和收音机经常会播放这个唱段，很多戏迷都能随口就唱。这是母亲的代表作，一出让母亲大放异彩的戏。不过对这个家来说这出戏也许不是什么好事，谁能说得清呢。

　　几天以后，母亲昏睡过去，变得无声无息，只有各种插在母亲身上的医疗仪器在嘀嘀嘀地鸣叫。母亲没让任何人来打扰她。她在昏过去前交代秋生，她的亲朋好友来看她的话，都要拒绝。母亲爱美，她不想让自己不堪的一面示人。在昏睡的中途，母亲的眼角突然流出泪珠，她仰面躺着，使得流出的泪珠像是从一口深井中冒出来。母亲再一次开口说话了，不过听不清她在说什么。秋生和夏生听清了父亲的名字，也听清了秋生、夏生、冬好的名字。这是母亲第一次完整说出三个孩子的名字。母亲一直在重复一个句子，听了好久，夏生才听清楚，那句子是：原谅妈妈。

　　夏生流下泪来。秋生习惯性地把目光转向窗外。天气晴朗，那原本蓝色的天幕在夕阳映照下霞光四射，就好像天国降临了一样。

　　永城越剧团新排的戏广受欢迎，演出一直在继续，可能要连续演一个月。因为要演出，晚上夏生就不再去医院。那天演出结束，夏生去了庄凌凌家。好久没有亲热了，夏生对庄凌凌都有了陌生感。要不是庄凌凌主动，他可能不会上床。他现在没有欲望。夏生同庄凌凌讲起昏迷中的母亲唱《奔月》的唱段及叫唤父亲的名字。庄凌凌陷入沉思。夏生问庄凌凌在想什么。庄凌凌说："有一件事，不知道该不该说出来，关于你父亲的。"夏生愣了一会儿，看着庄凌凌。庄凌凌说："说到这儿了，还是说了吧。"夏生不响。庄凌凌说："你记得吧？有一段日子，我去省城找你妈学戏。"夏生当然记得。庄凌凌又说："《奔月》公演那天，你爸喝醉了酒回到家，当着我面大吼大叫。你爸是个文弱的人，我从来没见他这么疯过。他把我当成了你妈，他抱着我，伏在我怀里泣不成声。你爸说，他看见了那个官员欺负你母亲，可他一直忍着，无能为力，现在戏终于公演了，他已经受够了……那天他很狂躁也很软弱……我好不容易把你爸推开，你爸酒醒了，认出是我，我忘不了他当时的表情。"夏生听了相当吃惊，他没想到和庄凌凌处这么久，她竟瞒着他这么重要的事。庄凌凌说："你爸就是那天晚上离开了省城，在这个世界上消失了。其实我知道你妈的事，一直以为你爸不知道呢。后来我一直想，你妈当然是你爸最大的心病，可是他那天在我这儿失态是不是也是导致了他离家出走的原因呢？你爸失踪后我还内疚了好一阵子。唉，你们家的人只有秋生像你妈，有韧劲，你和冬好像你爸，脆弱。"有好长时间，夏生不知道如何反应。夏生这会儿想着父亲。太久了，他已没办法想象父亲现在的样子，死了还是活着，两者都想象不出来。应该是不在人世了吧。

　　夏生的手机突然响了起来。是秋生来电。秋生的声音听起来有点哽噎，好像在哭，但又克制着。秋生说，妈走了。夏生猛然从床上坐起来，说，我马上过来。庄凌凌知道发生了什么，要和夏生一起去。"我总归算是她的学生。"她说。

十二

　　母亲曾经是一位明星，她的死无疑会引起公众的关注。但秋生不想渲染这事。他认为一个低调的葬礼符合母亲的心愿。夏生也同意秋生这么做。他们没通知母亲单位，也没让媒体知道。

　　母亲火化时只有秋生和夏生。

　　秋生早已安排好一切。当秋生捧着母亲的骨灰盒，走出殡仪馆大门时，一辆黑色奥迪等在门口。夏生跟着进了小车。一会儿，小车向东开去，那是舟山群岛的方向。夏生不知道秋生的目的，也没多问。他知道秋生的主意大着呢，一件事他如果插手了，就不会问夏生的意见。不过夏生担心秋生会把母亲的骨灰撒向大海。母亲可没有这样的遗嘱。一路上，兄弟俩没说一句话。夏生不时抚摸着一串绿松石珠子，那是母亲遗留在他屋子里的，他打算在母亲下葬时，放入墓穴里。

　　小车在一个小码头停了下来，那边停着一只快艇。秋生庄重地捧着骨灰盒，向快艇走去。秋生要把骨灰撒向大海的预感变得越来越真实，夏生停下了脚步。秋生回头瞪了夏生一眼，让夏生跟上。夏生来到快艇里边。夏生问："需要我抱一会儿吗？"秋生没吭声。他端坐着，腰板笔挺，好像在完成一个仪式。

　　四周是白茫茫的海水，原本混浊的海水突然变得清澈起来，好像海水在这里划了一条界线，他们进入到另一片海域之中。远处有几只渔船，一动不动，可能正在完成抓捕的某个动作。一群海鸥在头上掠过，发出几声凄厉的叫声。天空意外的蓝，阳光洒在海面上，海面反射的光芒晃得人眼睛生痛。夏生有点分不清天空和海面，好像他此刻进入了另一个空间，好像是快艇在天空和海水之间开辟出了一个通道。这是惯于陆地的人在大海深处容易出现的幻觉。秋生沉默肃穆，目视前方。坐在后面的夏生不知道秋生在想什么。

半个小时后,眼前出现一个小岛。岛远看很小,上了岛倒是一眼望不到头,且植被丰茂。岛上有一个小寺院,寺院有三个和尚,其中当家的认识秋生。后来秋生告诉夏生,那和尚原本是个生意人,生意比秋生做得大,突然有一天,把公司卖了,买了这个岛,建了寺院做起了和尚。秋生说,这个岛是他介绍给他的。这个岛原来太荒凉了,需要有些人气。此人面容方正干净,若有光明。那两个打杂的小和尚,一个少年时杀了邻居家的一只狗,两家因此大打出手,父亲被邻居打成重伤,不久毙命。另一个说是女儿犯有癫痫,久病不治,发愿出家,求菩萨佑护他的女儿。

那和尚有一部手机,在岛上迎接秋生和夏生。想必秋生早已同和尚联系过了。和尚对着秋生手里的骨灰盒念了一会儿经,然后就不声不响地走了。夏生已不担心秋生会把母亲的骨灰撒到大海了。他想,秋生安排好了一切,自己跟着就是了。

秋生捧着骨灰盒向岛深处走。一会儿,夏生看到一个小山包,在向阳的位置,有两块墓碑。当夏生看到其中一块墓碑上的名字时,立在那里不动了。他只感到血液猛地涌上脑门,心里面一种长期压抑的情绪被唤醒了,让他想毁灭些什么或砸烂些什么。他暂时得忍受着,他得等母亲下葬。那墓碑边立了一个新的墓碑,上面写着母亲的名字。墓地整得很干净,别处树木枝叶散乱,杂草丛生,这个地方整得像一个花园(事后夏生了解到那个和尚经常会来收拾一下)。秋生把骨灰盒放入墓穴,再用盖子盖好封住(边上早已准备了新拌好的水泥浆)。先是秋生跪下祭拜,再是夏生伏地磕头。

几乎没有任何停顿,夏生磕完三个头后,迅速转身,像狼一样扑向秋生,把秋生扑倒。这是夏生生平第一次向秋生攻击。兄弟俩扭打成一团。夏生看上去虽然没秋生壮实,但毕竟平时练功的,动作灵活。最后两人力气耗尽,气喘吁吁地躺在地上一动不动。夏生没少挨秋生的拳头,浑身骨头都疼。疼痛让夏生获得了意想不到的快感。

"为什么你这么干。"夏生说,"他死了你为什么不告诉我们,你有什么权利不告诉我们?你知道吗,他下落不明让我们多恐慌?"

"我不想让你们难过。"秋生说。

"你没有权利这么做,对我们不公平。"夏生说。

两人躺在墓前的草地上,看着天空。天空是另一摊海,只是比海平静。母亲这会儿在哪里，在天上吗？在这么蓝这么平静的天上吗？有好一阵子，两人都没说话。过往的一切历历在目，可就是说不出来。

"你是怎么找到他的？"夏生问。

"他离家出走前给我讲过这个岛。他和母亲是在这个岛上相好的。"秋生说。

夏生从来没听说过这件事，略微有些吃惊。

秋生说，那时候父亲和母亲在舟山群岛的一个渔村当知青，就在远处那座岛上。秋生指了指远方。远方什么也没有。听父亲说那岛很大，是一个镇子，父亲和母亲当年在同一个村子插队。母亲是个美人，经常有男人从大陆过来看她。父亲说，当时他的感觉母亲好像认识全中国的小伙子。父亲是个才子，当知青前在艺校学习编导，会拉手风琴，唱苏联歌曲和越剧。父亲发现了母亲的天赋，私底下教母亲越剧。

有一天，父亲从老乡那儿借了一条小船，划到这岛上。哪知道，小船靠岸时撞到岩石上，撞烂了，他们只好留在这岛上等人来救。当时父亲和母亲都很紧张，这岛很少有人来，他们在岛上过了三天，都绝望了，后来来了一艘军舰把他们救了回去。父亲和母亲就是那三天好上的。

"回去后他们就结婚了，一年后有了我。"秋生说。

夏生没想到父母有着这样的往事，听着感觉像一个神话。

秋生说，母亲一度认为父亲是故意把船撞破的，说父亲是蓄谋已久。父亲就笑，父亲是真心喜欢母亲。父亲说当年在岛上一点也不害怕，他觉得就这样死去也没什么了不起，他感到心满意足。结婚那几年父亲很幸福，也很甜蜜，母亲不是一般的女人，讨男人喜欢，父亲当年把她当成掌上明珠——这样形容不对，但真的是那样，父亲惯坏了她。他们回城后，父亲去了文化馆，母亲去了华侨商店。不久，在父亲帮助下，母亲考入了永城越剧团。就是那段日子，父亲开始写《奔月》这出戏。

父亲是出走前一年给秋生讲这个故事的。《奔月》首演后，父亲神秘失踪，留下《奔月》红遍了大江南北。秋生一直在找父亲的下落，有一天他突然想起这个故事，于是来到小岛，发现了父亲的遗骸。他是凭着身边的遗物确认了父亲的身份的。遗物里有一块钻石牌手表。秋生把父亲埋在了小岛上，没告诉任何人。

秋生和夏生还躺在草地上。岛上的天气比陆地要湿热，他们的衣衫早已被汗水浸透。夏生朝寺院方向望了一眼。寺院被巨大的菩提树掩蔽，显得安静而清凉。天边突然布满了云彩，把整个海面都映红了。但慢慢云层变成灰色，天空变得阴沉起来。

"你们演的那出戏是父亲写的，本子我是在岛上发现的，在父亲的包里，用一只塑料袋包裹着，所以字迹没有损坏。你说巧不巧，这戏他是为母亲写的，老天有眼，结果首演竟然真的是母亲。"秋生仿佛在自言自语。

夏生侧脸看了看秋生，这一次他竟没有感到奇怪。他在看剧本和排练时，脑子里多次闪过父亲的形象，这是直觉吗？

"三个月前我搬家翻出这本东西，我让人打印了一份，托人交给庄凌凌，庄凌凌看了剧本像疯了一样，吵着闹着要搬上舞台，后面的事你都知道了。"秋生说。

夏生想，难怪庄凌凌一直不肯说出此剧的作者。夏生以为这是庄凌凌的把戏，她想演主角，把剧作者搞得越神秘越好，免得团长直接去找剧作者而把庄凌凌撇在一边。看来庄凌凌根本不知道剧作者是谁。

"你手上的珠子是母亲的？"秋生问。

夏生看了看手腕，没回答秋生。刚才因为太生气，忘了把珠子留给母亲了。不过他觉得这样挺好，也算有个想念。夏生想象当年父亲和母亲在这个岛上的情形。他好像代替了苍白的神经质的父亲的目光，看着当知青的母亲。母亲眼睛里都是光。她总是这样，一直以来眼睛里永远有一缕光，好像有无限的前程等着她，好像她的人生会无比精彩……不过得承认母亲的人生真的很精彩。

"这珠子能送我吗？"秋生说。

夏生犹豫了一下，把珠子从手腕上撸下，递给秋生。两人沉默不语，看着天空。这时从秋生口中突然传来尖细的越调：

  吞灵药，生翅膀，入了广寒门，
  晓星沉，云母屏，独对烛影深，
  寥廓天河生，
  寂寞云裳赠，
  空悔恨，
  碧海青天夜夜凡尘心……

秋生唱的是《奔月》的经典唱段。夏生想母亲说的没错，秋生真的能唱戏。唱的是青衣，竟唱得这么好。他侧脸望向秋生，秋生眼角挂着泪痕。

中午大和尚准备了素食。吃饭的时候，天阴沉得更厉害，好像马上要下暴雨。因为晚上夏生还有演出，夏生有点担心海面会起风浪，快艇开不了。要是回不去，团长会急死，票都卖出去了的，而他的角色没有B角。吃过中饭，夏生催秋生赶快上快艇回本岛。还好，虽有点小雨，海水依旧平静。一会儿就到了小车停泊的码头。他俩坐上车回永城。车过永城二中，秋生让司机停车，自己跳了下来。秋生对司机说："你送夏生回团里，我想在这儿转转。"秋生沿着学校外铸铁围栏向河边走。刚才阴沉沉的天气突然放晴了，有一缕阳光从云层中穿出来，照耀在河岸边的青草和树叶上，世界焕然一新。

秋生来到桥头，扒在桥栏上。有两个工人在河道上清理淤泥和垃圾。河道比过去干净了许多。这条小河曾经浑浊不堪，河面上总是漂浮着诸如快餐盒、塑料泡沫、垃圾袋，有时甚至还有避孕套。秋生读书那会，河道经常散发着工业臭味，在教室里都能闻到硫黄的气味。一个工人操纵着一条机帆船，发动机发出脆响，大约因为河面安静，发动机声并不喧闹。河道里没有太多东西需要处理，他们显得很放松，那捞淤泥的工人甚至故意把水洒到开船那位身上。开船那位大呼小叫起来。

他们慢慢来到桥墩下，那个捞淤泥的人似乎在水下碰到了什么，脸上露出少见的认真来，他使劲拉杆。杆被什么东西缠住了。开船的那位去帮忙。一会儿一辆自行车从水上浮了起来，其中一个趴在船边紧紧地抓住了它。自行车染上了污泥，经水冲洗后一下子变得簇新，油漆基本完好，只是钢圈处生了一些锈迹。那两人像捡到宝一样，脸上布满了笑意。

秋生认出了这辆自行车。他的脑海中浮现出多年前的那一幕：他骑着这辆凤凰牌自行车，带着冬好在漫漫长夜中穿行。329国道路况极差，自行车时刻处在颠簸之中，有好几次秋生差点摔倒在路边的沟渠里⋯⋯

桥头围观的人多了起来，人们对这里捞起一辆自行车很稀奇。两人中的一个有点人来疯，他像大力士一样把自行车高高举起。阳光投射到那人的脸和自行车上，看上去犹如一座雕像。

2020.4.25 一稿　杭州
2020.5.10 二稿　杭州
2020.6.25 三稿　杭州

获奖作品《荒原上》作者索南才让

索南才让简介：

　　索南才让，蒙古族，青年小说家。1985年出生于青海。

　　在《收获》《十月》《花城》《小说月报》《民族文学》《青年作家》等杂志发表作品，作品入选《小说选刊》《中华文学选刊》等选刊以及《2020青春文学》《2021中国短篇小说20家》《2021中国微型小说年选》等年度选本。

　　获2020年《收获》文学排行榜、钟山之星文学奖年度佳作奖、第六届华语青年作家奖。2022年获得第八届鲁迅文学奖。

　　代表作品《荒原上》《巡山队》。

获奖感言

索南才让

我写作十五年，《荒原上》是我的第一部中篇小说，却也是写的时间最久的一部。我想，这部作品的进展过程，就像我这十年的生活，有闪电般的瞬间，也有一日长于百年的煎熬；有激荡情绪下的决绝之心，也有日复一日中的倦怠懒惰。一部作品的创作，总是会带来一些惊喜和遗憾，激励着作者。我年幼时辍学，为生计在草原和城市之间奔波，不知不觉间丰富、充实了自己的生活阅历，我的人生经历有别于书本知识多于生活的人，我在社会的学堂中学到了很多需要去体会才能学到手的知识。我学会了观察和聆听，学会了不急于对一件事作出评判，因为有许多事情教育我，你想当然觉得是这样的事，最终它都会给你扇上一耳光。

写这部作品的初衷来源于一次亲身经历。我十五岁的时候，跟随灭鼠队去牧场灭鼠。在那段严寒而封闭的时间里，我切实感受到了人的心理变化过程。寂静、空辽、闭塞的环境凸显了这种变化。而我更感到震惊的是文学所产生的力量。因为无聊寂寞，每当夜晚来临，我们都会以讲故事的方式打发时间，而等到他们所知道的那一点小故事讲完以后，读书最多，讲得最好的我便成为唯一一个讲故事的人。那时候我已经读过很多武侠小说，加之在前一年跟随舅舅去挖虫草又学到很多荤段子小笑话，这些"丰富"的知识震慑住了他们，让我这个小屁孩成为最受尊敬的人。光怪陆离的武侠世界让他们痴迷，荤段子小笑话让他们开心。我看到他们的憧憬、幻想，看到了文学带来的最壮观的景象。这一次特殊的经历让我久久不能忘怀，所以当我开始写作时，这个故事就来到我的笔下，它以更复杂、更微妙、更命运的姿态出现了。

荒原上

★索南才让

第一章

紧急召开的村委会上,村长气急败坏,既自责又别有用意地说:造成这种后果的除了那些该死的老鼠,还有我们自己……我们赶紧行动起来。

会议决定派遣一个"灭鼠工作队"进山去,利用这个没有畜牧的冬天对整个牧场进行一次彻彻底底的清理。"灭鼠队"有工资,所以父亲第一个报了名,然后叫我顶上去。第二天一大早,我就背着行李,提着吃食,站在路边的小广场等乌兰的拖拉机。我是第四个上拖拉机的人。除了说话疯疯癫癫的确罗和肉墩墩的金嘎,还有一个穿着已经很少见的红氆氇的中年大叔,我后来才知道他叫兀斯。等人都接齐后,乌兰兴致很高地检查了轮胎和车厢下的钢板,说哦哟,钢板压弯了。他有一个肥大的屁股,和整个身体极不相称。好像他吃三顿肉其中两顿都跑到屁股上去了。但他并不因此而显得笨拙。他坐回驾驶座又站起来,跟确罗讨烟。他的脖套上有一个小洞,烟嘴从洞口进去插在他嘴里,这样他就不用因为要抽烟而把脖套抹下来了。离开315国道不久,进入山区。拖拉机在山路上吃力地爬着,一连串黑烟喷向低空,不及散开便被阴云吞噬。沿途一片荒芜,一眨眼,前方白茫茫一片,大雪飘然而至。我们几个人痴坐在拖拉机兜箱里,车厢最底下是十几个大尿素袋子,里面装着足以毒死几百万只老鼠的麦子。这些"鼠粮"上面是我们的行李和伙食。我们就在灰扑扑的行李上抖动、摇摆,追着时间奔来的疼痛从骨头里溢出来。这条路被无限拉长了,我们仿佛一遍又一遍地重复在时间里。

确罗终于忍不住了,骂骂咧咧地跳下车去。我们也都下了车,顶着风雪疾行,不一会儿便将拖拉机抛在身后。走了几公里,兀斯突然说等一会儿等一会儿。确罗问,怎么了?兀斯说,听不见声音了,怕是出事了。确罗说,不可能。兀斯说,还是等一会儿。确罗说,真麻烦,我都快冻死了。兀斯说,万一拖拉机坏了怎么办?确罗说,你这乌鸦嘴,要是车真坏了就怪你。兀斯说,你这年轻人,怎么一点教养也没有?确罗说,去你妈的教养。兀斯这下气得不轻,粘满冰雪的白乎乎的胡子颤颤巍巍,他拾一块石子砸向确罗。确罗避开。兀斯还要再打,被南什嘉拉住。但兀斯不甘罢休,越劝他越来劲,看样子只要扑上去就会把确罗撕碎。确罗一边嘻嘻哈哈地看兀斯出洋相,一边点了一根烟,乐呵呵地吸着。他今年二十五岁,他更小的时候又乖巧又老实,分外讨人喜欢,但随着年龄增长他的张狂劲儿也长了。他红彤彤的脸上以双眼皮为代表的相貌组合,常常让人错误地认为他还像原来那般又傻又可爱。这一路上他以欺负金嘎打发时间,他还想从我这里找点乐趣,但他每次想和我说话我都装着睡觉,所以他和金嘎说得更多了。

金嘎粗着嗓门喊,来啦,车来啦!

拖拉机来了。乌兰从驾驶座上跳下来,在我们面前蹦跶,一个劲儿地喊冻死手了,冻死脚了,冻死脸了。因为直面寒风,他的脸冻得像一块青坨坨的石头。他让南什嘉帮忙点了一根烟,一边吸着一边跳着。等他烟抽完了,我们又坐上了拖拉机。每个人都累得心慌意乱,盼着早点到达目的地。我旁边坐着南什嘉,自从在十一道班上拖拉机后他很冷漠,一副死气沉沉的模样。他穿一件崭新的绿军大衣,竖着领子,用冬帽和围巾把脑袋裹得严严实实。他想瞅瞅外面的时候,眉毛一扬,眼睛就忧郁地露出来;一缩脖子,眼睛又给蒙上了。他身形魁梧,有一个大脸盘,上面安着一个大鼻子,乍一看不怒自威。他念过几年书,算是一个有点文化的人,所以他被村主任指定为灭鼠队的队长。但刚才他只是心不在焉地劝了几句,没有发挥队长的作用。因为他的心思根本不在这里。他站着的时候,一点样子也没有,我觉得好身板被糟蹋了。

终于到了桑赤弯口。这里是京巴的夏季营盘,现在我们要住这里,因为这里是洪乎力夏牧场的中心,从这里去任何一个地方都是最近的。

我的手套没起多大作用,手指头都冻僵了,卸车的时候连绳子都解不开。东风像牙签一样在露脸的地方戳个不停。雪花硬如沙子,渐渐积厚，已经没过鞋帮。才过5点，天已黑了。毡包下好了，一个用水桶做的铁炉子安在毡包天窗底下。生了火，大伙儿围着炉子伸着手取暖。

来到昂冷荒原的第一个夜晚我们吃了糌粑、锅盔馍馍和浓浓的酥油茶。来的时候乌兰买了两瓶青稞酒，天气这么冷，正适合喝酒暖暖身子。我说我不会喝酒，确罗说你怎么不喝？我没理他，转身去铺被褥。确罗一把抓住我的手臂说，不要睡觉，喝酒。我告饶说，我真不喝。确罗说，你凭什么不喝酒？

兀斯说，卡尔诺不喝就不喝，你干啥强求？

确罗说，我就喜欢让他喝。但兀斯已经闷头睡下不理他了。确罗讨了个没趣，就放过了我。他又去缠着金嘎，金嘎很快喝醉，失声痛哭。确罗说，我又怎么你了？金嘎哽咽着说，没事，我就想哭。南什嘉说，酒也喝完了，哭也哭完了，睡觉吧。他封了火，躺进铺好的被窝，舒舒服服地哎哟一声。

确罗没有醉，但他装作醉了的样子盯着金嘎，一直盯到他睡下，把头埋进被子里。然后他又盯着乌兰。乌兰是真的有些醉了，他说，你干吗瞪我？确罗说，我什么时候瞪你了？乌兰说，你现在就瞪着我，你什么意思？确罗说，没酒了，我们应该再喝一瓶。乌兰说，我们为啥就买了两瓶酒，谁买的？确罗说，你买的。乌兰说，哦对，是我买的。你们为什么不买？你要是买了我们就有酒喝了。确罗说，我本来要买，但买了方便面后忘了。乌兰说，忘了？你忘了吃狗屎吗？

我以为他们会打起来，但没有。他们很奇怪地相互瞪了一会儿，睡觉了。

第二章

东风吼了一晚上，毡包的骨架们吱吱呀呀地跟着叫唤。骤然换了又冰又干的空气，我难以适应，战战兢兢地睡不踏实。到了早晨，大地白净一片，让人觉得来到这里，显眼地踩踏在这片雪原上是犯罪。可真正的罪犯藏在雪下，生活在纵横交错、宛如迷宫的地下世界。它们绞断草根，囤积草根、草籽，囤积一切可以吃的东西，舒舒服服地过着小日子。如果没有大雪，它们就吃地面上的草。早晨太阳刚出来时，它们全体出动，一边用光补充热量一边用草补充能量。所有的平地，所有的河谷，所有有土地有草地的地方，它们无所不在。而现在，它们仿佛不曾出现过。因为它们不需要出来受冻,它们囤积食物正是为了应付这种局面。它们破坏整个草原的生态系统得到的食物,足够轻轻松松地过一个冬天。它们不会觉得破坏了什么,它们在为生存而奋斗。正如我们为了生存来到这里。真是棋逢对手!

面对这片异乎寻常的白色大地,连不着调的确罗也感叹,真干净啊!

兀斯马上哼一声,全是假的,就像人一样,外面看着干干净净,其实心里脏得吓死人。

老家伙,我今天可不想和你吵架。

我说你了吗?兀斯蔑视确罗,我说的是人。

我们都没想到兀斯居然这么机智,都笑起来。确罗也笑起来,兀斯,看在你这么机灵的分上我让让你。

我们上完厕所的第一件事是检查带来的"鼠粮",虽然都放在毡包里,整整齐齐地码在毡包一角,还用一块帆布严严实实地包裹着。但昨晚太冷,怕冻上,一旦受冻,毒性会减弱,我们就真的给它们送粮食来了。所以村长千叮咛万嘱咐,绝对不能被冻上。只要最关键的前三天不受冻就没事。而因为大雪封原,我们来到昂冷草原的前三天,是没法工作的。

我们在惨蓝的烟雾中商量由谁来做饭的事。当务之急就是要选出一个做饭的人,免得饿肚子。可没人愿意干,都说干不好。问到我,我傻乎乎地愣神,他们以为我愿意,就高兴地说卡尔诺你真是好样的!但兀斯嗤笑道,卡尔诺会做馍馍、会和面吗?会揪面片吗?

乌兰瞧着兀斯说,我看,最合适的人就是您呐!为什么呢?因为您年纪大了,腿脚又不方便。您要跟我们这些年轻人走远路肯定是吃不消的,也不合情理,我们怎能让您去忍饥受冻呢?所以,您一定要留下来给我们做做饭,烧烧茶。我想,大家一定会同意的。我们连连点头,都说好。

兀斯沉思了一会儿说,这个饭我可以做,但是,做得不好你们不要嫌弃,出门在外,吃得饱就行啦,填坑不要好土。只要不饿肚子,就算是好的。他冷冷地乜斜一眼确罗。确罗故意把脸转开。

大伙儿表示就算他做的是狗食都不会说什么。兀斯生气地说,能有那么差吗?你们放心,肯定没有难吃到那个地步。

于是兀斯成了我们的厨师。他烧了一壶茶。毡包里茶香缭绕。喝了暖心暖胃的茶，兀斯烧了一锅开水，我们泡了方便面吃。这是路过甘子河乡的时候买的，本来想多买几包，但那家商店里的方便面仅够我们每人买十五包。兀斯没买，他说一吃就胃疼。

南什嘉、确罗、乌兰和兀斯抹了嘴开始打麻将。我从装衣服的枕头里摸出《白鹿原》，刚翻开金嘎就靠过来，笑嘻嘻地瞄一眼书。

你看的是什么书？

我给他看封面。

他缩着脖子说，我不认识字。

你没念过书？我记得你好像上过学。

念了十天，后来不念了，我一个字也没有学到。

我调侃说，那你可真厉害。

唔，就是学校里的那些心疼姑娘一个都没忘。

敢情你有很多初恋情人呐。

啥？

你喜欢的姑娘有几个？

你是说学校的时候吗？

除了学校，还有吗？

金嘎腼腆一笑，有啊，怎么没有？难道你没有？

我也有啊。

学校里有三个，后来都变得不好看了。

现在呢？是谁？

我先问你一件事。

你说。

你睡过女人没有？他眼睛一眨不眨地盯着我。我说还没有。他"哦"一声，明显轻松了不少，低声说，他们笑话我这么大了还是个"娃娃"。

该有的时候你自然会有的，这得遵循一种神奇的规律。说完，我被自己惊了一下，觉得这句话充满了经历、创伤和明悟感，还有那么一点神秘。金嘎不认同地撇撇嘴，邀我出去散步。

太阳低低地悬在离地平线两尺的高度上，稳稳当当向西移动着。但只要稍多留意，就会发现太阳其实远比想象的要移动得快。就是说，脚下的这颗星球远比我想象的要转动得快，而人们却没有丝毫不适，仿佛快啊慢啊都是一天，没什么大不了的。

我把这感受跟金嘎说了，他疑惑地、木然地点点头，然后去提水了。过了半个小时,他像拎着两个空桶似的拎着两桶水回来了,然后坐在确罗身边看他们打麻将。兀斯把炉子烧得红旺旺的,火苗从茶壶和炉口之间的缝隙中蹿出来,毡包里的温度在兀斯的得意扬扬中急速上升。他们把场地换了又换,最后挪到了门口。南什嘉提醒兀斯要节约烧柴。兀斯说不用颇烦①,吃完饭咱们背牛粪去。

背牛粪要到三四公里之外的一个牛窝子。那里的牛倌令人诧异地把每天的牛粪都拾出来堆成一个大大的牛圈,这样连圈牛的铁丝网都省了。而且牛粪圈还有抗风御寒的作用。他把自己的地窝都用牛粪墙给圈起来了。

牛倌和牛群早已转到冬牧场去了。

我们惊叹地观赏了一会儿壮观的牛圈,找了一个缺口,张开麻袋开始往里揽牛粪。我们用皮袄的带子或者绳子把两袋、三袋的牛粪装好捆在一起背回营地,一个个排立在毡包外面。有了这么多烧柴,兀斯就更不会节约了。毡包里的温度简直跟烤箱似的。我觉得根本用不着这样。但他们却一边夸赞兀斯是个顶呱呱的好厨子,一边冒着汗大呼过瘾。可我实在受不了,就出去透气。等在外面挨冻挨够了,再回到里面。我刚坐下,金嘎又来了。他挨着我坐下,笑嘻嘻地说,垭口那边有一个惹人心疼的藏民姑娘,你想不想认识?

我瞥了他一眼。你怎么知道,你见过?你们都见过?

当然啊,每年转场的时候,运气好就能见到。我已经见过好几次了。他脸上露出那种我比你运气好多了的得意劲儿。

我回想了一下仅有的几次转场的经历,没有一点关于一个"心疼的姑娘"的印象。她住哪儿啊,我怎么一点印象没有?

金嘎嘿嘿一笑,你的运气可真够差的。她家就住在大垭口那边啊,最后一个牧道拐角过来不是有好几户人家吗?就在那儿。

他这么一说我就知道了,那里的确有几户人家。

你到底去不去?金嘎十分笃定地说,不去看看你会后悔的。

不去。

去瞧瞧也没什么,对吧?

不去,你自己去吧。

我要是有机会就不跟你说了。

---

① 颇烦,青海方言,麻烦的意思。

你怎么就没有机会了？难道……

我跟她搭不上话。

她那么转呀？

他接过书一页一页地翻动着，羡慕地说，她跟你一样。

什么一样？

她和你一样会看书。

你怎么知道？

乌兰告诉我的。

哦，他去约会过了？

哈，他才不行，你看他那娘娘腔的样子。说完他笑了，又担心地马上结束了高兴，他怕乌兰听见。他在小心翼翼地讨确罗的欢心，以期得到平常对待。他的那副样子我不喜欢，所以我不想搭理他。没想到他反而纠缠不放了。此刻他目光炯炯有神地盯着我，誓不罢休的样子，我被逗笑了，说你怎么这样子？他疑惑地哦一声，说，我怎么了？真的是一个漂亮女孩。

毡包里乌烟瘴气，人人手不离烟，我被呛得咳嗽不止，嗓子眼一阵阵胀痛，眼睛又疼又痒。掀开门帘，让一股股冷风挤进来，烟雾像潮水一样往外涌去。但过不了多久又会被烟雾占据，所以几乎整整一下午，我都在忙着兑换空气。

兀斯要做饭，他叫金嘎再去提两桶水。金嘎一脸不情愿，低声嘟囔为什么不让别人去，没想到兀斯耳朵贼灵，一下子就听见了。他严厉地看着金嘎。金嘎不敢吭声，灰溜溜地去提水了。兀斯很满意金嘎这么听话，干巴巴地笑了一声。他在一个铝锅里淘洗大米，又黑又粗的手在米中搅了几下后把水倒掉，而后端盆进来，把早就切好的小块牛肉倒进锅里，舀了一盆水"哗"地泼进去，粗粗的大黑手指搅动了几下。最后，他盖上锅盖，把锅端起来，"咣"地放在炉子上。他搓了搓手，拿起几块牛粪填进炉膛里。他从裤兜里摸出一包"花好"香烟，麻利地抖出一根来，又从另一个裤兜里摸出打火机"啪"地打出火苗，叼着烟猛猛地吸了两口。至此，他的午饭大功告成。兀斯的厨艺既不卫生又粗暴，几乎没有美味可言。但我们谁也不说，大伙儿都机灵着呢。

金嘎回来后又悄悄问我想好了没有，到底去不去？

我觉得这样冒冒失失去见一个素未谋面的女孩子是一件特别不靠谱的事，何况还是晚上不怀好意地去。人家给好脸色才奇怪。但金嘎的兴奋传染给了我一部分，于是又想，去一去也无妨！权当凑个热闹。

金嘎说，太好了，我就知道你会去，咱们9点钟出发。

吃过晚饭，还没到九点，金嘎已然按捺不住，他和乌兰过来说，咱们走吧。眼看就到点了。

还是不去了吧？这天也太冷了。看见乌兰也要去我就不想去了。

冷怕什么，还能冻死我们不成？乌兰嘴一撇，说你真矫情！

我有些恼怒，但又不能发火，让他们觉得我是一个开不起玩笑的人。我默默承受了这句颇有分量的评语。

确罗也走过来了，你们鬼鬼祟祟干吗？

乌兰说，我想让卡尔诺认识一下银措。

确罗斜视着我，阴阳怪气地说，那你可别尿啊，你软塌塌地说话不行，你得硬邦邦的。他咕咕地怪笑，一脸卑鄙的样子。

我不去了。说完我不管他们回到毡包里。他们几个随后也进来了，嚷嚷着打麻将。金嘎终于按捺不住，也学着玩起来，他们玩了一个晚上。到清晨睡觉的时候金嘎脸色灰暗难看，输得很惨。但他难过是因为整个晚上他像玩具——更像某种可以提神的东西——被确罗他们玩来玩去。我觉得金嘎在他们心中已经形成了一个不怎么光彩的形象，想要扭转改变可不容易。为什么会这样无从得知，但他唯唯诺诺小心翼翼的样子的确使人来气。我甚至觉得他卑微得让人压抑。

第二天上午11点多醒来后，我趴在被窝里继续看书。睡在我旁边的确罗也醒了，好奇地陪着我看了一会儿，说，你真他妈能看，有那么好看么？

我说，有啊。

那你讲个故事吧！

我可不会。

你看的这书不是故事吗？

是啊。

那你讲个故事吧，干吗那么小气。

不是小气，是不会讲。

我们不挑不拣，只要有女人就行，哈哈。

正在盛饭的兀斯插话说，有野狐精的故事吗？

他一边把一碗一碗的面片摆放在矮桌上，一边无限感慨地说，我小时候听过一些好故事，年龄大了忘掉了，真可惜！

确罗嘲笑说，或许你还想着有一个狐狸精晚上来你的被窝里呢。我们都笑起来。兀斯听了也不计较，只摇头。老啦，早就不想了，剩下的全是颇烦了。年轻的时候，就多想想，老了就想不动了。

第三章

暴躁了一天的狂风终于歇息了，夜世界静默安然，星空凛冽，雪原敞亮。我们说话的声音轻巧地跑出去很远。

确罗咧着嘴，看着我。我就爱听漂亮女人的故事，来一个。

我拿起《白鹿原》说，这里面有个人娶了七个女人，娶一个死一个，就娶了七个……一个叫小娥的女人，又漂亮又……

好好好！就讲这个。确罗催促我快讲。乌兰也精神抖擞地说，你可不要随随便便糊弄我们。我说，我脑袋里装的故事三天三夜都讲不完，连外国的都有很多。乌兰说，多才好呢，最好天天都有，就像单田芳说书一样，那人最气的是说得太短了，刚听得舒坦他就哑着嗓子一声"欲知后事如何，且听下回分解"，我最气这句话，天天说，烦死了。确罗捏着嗓子学了一遍后说，卡尔诺你可别那样，你可以讲几个小时。南什嘉说，每天晚上12点收音机里有一个叫姚什么的女人讲故事，那女人的声音又甜又柔，那是永远都听不过瘾的……可惜这里什么也听不到，要不然我就带收音机来了。

第一次做这种事，我有点小兴奋，迫不及待地想享受把自己欣赏的故事分享给别人后所带来的那种喜悦和成就感。酝酿了一下后我开始讲述起来：

白嘉轩后来引以为傲的是一生里娶过七房女人。

娶头房媳妇是他刚刚过十六岁生日。那是……

我讲了两个小时，讲得很慢很投入，讲到白嘉轩费钱费力救出和尚那里。我说明晚接着讲。可大家意犹未尽，恳求我再讲一会儿。而我口干舌燥，不复开始时的激情，于是坚持明晚讲。

确罗啧啧称奇道，真是不敢相信，那人的老二怎么那么毒？是真的吗？不管怎么说，反正他很厉害，你们说是不是？大家哈哈大笑着说那当然。

我们胡天胡地地聊天，消磨着时间。但冬夜的时间被冻得走不动了，只能一点一点地向前挪动着。南什嘉站在炉前，神色犹疑不定。一根烟吸完,他说,卡尔诺,陪我走一趟吧?

干吗去?

别问,快起来。

黑漆麻糊的,我眼睛不好。我知道他要去干吗,但我一点都不想起来。

就这一次——

我不干,我要睡觉……

最终我还是跟着他纵身跃入了白茫茫的、冷酷的寒流中。我拿着一根木棍,他握着一把忽明忽暗的手电筒,我们深一脚浅一脚地走着。靴子在厚厚的积雪上踩出"吱吱"的老鼠叫一样的声音。大约一个钟头后,我再也忍不住了,怎么还不到……你不是说很快吗?

转过这个山嘴就到了。

你刚才就这么说,这都第几个山头了?

你看,拐过去就到了。他指向前方说。

我就不明白,你怎么在这儿找了一个。

冬天放牛的时候认识的。

她没有男人?

大多数时候没有,一回来就打她。他沉默了一会儿说,一天晚上,我们一帮人喝罢酒,麻京要我给介绍一个姑娘,我就答应了。她那时候住在恰乌日。

他停下来撒尿。尿液浇在雪上发出一种有质感的声音。

那你为啥不娶她?

他猛地加快了脚步,却不说话了。

终于听到狗的吠声,在快速地靠近我们。他说,到了。我握紧了棍子,南什嘉打开手电筒,孱弱的光里出现了两个敏捷的黑影。两只大狗!我说,好大的狗!南什嘉早已从怀里摸出打狗链,恶狠狠地冲上去,呼吼着,打死你狗日的……

冲我来的是一只花斑狗,它龇牙咧嘴朝我大腿咬来。我一闪身避过,手里的棍子砸向它的脑袋。一声闷响,大狗惨叫着倒向一边去;而缠着南什嘉的那只狗却格外机灵地逃之夭夭了。

我们又走了一阵子,朦朦胧胧地看见了一堆物体。一片房屋出现了。有一栋羊棚接连着羊圈,对面是一个很大的有土墙的牛圈,它们中间是土平房,有三四间并排着,有两扇门,三扇小窗户。南什嘉让我去最东边的那间屋子。你先去那里眯一会儿,里面有被子,走的时候我叫你。他说完便不再理我,径自走向西面的那个门。

这屋子的炕上铺着一条牛毛毡,一床被褥和其他乱七八糟的杂物一起堆在毡上,其余的地方被两副马鞍和垫子占满了。我把那些杂物清理一下,腾出一个可以睡觉的地方,披着被子躺下,侧耳倾听。夜阑人静,只有大花狗在似泣似吠。我望着窗外的星空,吸着凛冽的空气进入梦乡。

南什嘉把我摇醒,我迷迷糊糊地跳下炕,就跟着他走。狗已不知去向。刺入骨髓的寒风飕飕地响着,我哆嗦着打了个喷嚏。东方的启明星格外耀眼,远方的群山依稀显出暗淡的轮廓。天快亮了。

我好奇地问他,怎么样?美不美?

他用一种冰冷语气说,不是所有的恋人都像你想的那样龌龊。

我一听也生气了,反驳说,怎么,你大半夜拉着我过来,就是证明自己的高尚的?

南什嘉一怔,说,她心里苦,那么难过,我却给不了多少帮助。

世界上不是只有你们一对苦命鸳鸯。我犹自不解气地说。

他苦涩一笑,默默走在前面。

瞧他哀伤的样子,我也说不出气话了。

难道你们就没想过私奔?

私奔?别跟我提什么私奔。他突然对我大吼起来,我他妈恨私奔!我他妈恨私奔!

为什么?你还不让我说话了?你什么意思?

为什么?南什嘉仿佛听到了世间最好笑的事,他咬牙切齿地说,因为我父母就是私奔的,那对狗男女就是私奔的!

怎么会?没听说过呀。我真是太吃惊了,想不到他那个吝啬至极的父亲还有这壮举。

你不会以为我是在说老抠吧?

你说的呀。

他不是我父亲。

啊?我更吃惊了。这是什么意思?

你不知道我的事?

你的什么事?

南什嘉把烟蒂弹出去，冷冷地说，他们生下了我就死了。不，是一死一逃。女的死了男的逃了。他们把我丢在了这里。

我怎么从来都没听说过？

谁又在乎这些？

这么说你不是乔合柱的儿子。

你说呢？

我哑口无言。

第四章

雪还是很厚，但地面上已经出现了数不清的拳头大小的窟窿，老鼠爪印和踩出来的道路也越来越多。我们制订了灭鼠计划。计划将整个牧场分成六片区域，河那边是两片，河这边四片，大小都差不多。这样一分，很具体，效率也更高。我们先从毡包这一带开始。这是第三片区域。东到热力木出口，西至大肖兴出口。南面到河边，北边到隆瓦山脚。这片区域长八公里宽两三公里，一个长条形状。其实牧场比画出来的六片区域大得多，但这场大雪帮了我们双方的大忙，因为山里雪更厚更结实，除了正宗的大阳坡，其他地方的雪会一直保持原样到春天。这些地方我们不用去，老鼠出不来。所以我们减少了工作量，它们保住了性命。等到了春天，平地上的老鼠灭亡大半，它们就从山上迁徙到平原。我们从来没想过要灭绝所有老鼠，这是不可能的事情，能够灭杀大半老鼠就心满意足了。

我们每人背二十五斤左右的药，投药的工具是两升的百事可乐或可口可乐饮料瓶。削去瓶底，用铁丝将瓶子两边穿起来（像提水桶一样可以提在手里），瓶口盖子上弄出一个小拇指大小的洞，将瓶口在老鼠洞口一戳，瓶子里的麦子十几粒二十几粒撒出来；再一提，麦子堆挤在小小的瓶口，等待下一次碰到地面。这是为了自己的腰着想而发明的。我们不用弯下腰去放药，解放了腰，更节省了弯腰放药的时间，提高了效率，时间越久越明显。因为你可以坚持一天弯腰触地一百次两百次，但你无法坚持一千次两千次，你更不可能天天弯腰两千次。

投药第一天我们地毯式地前进了四公里，几乎每一个出现的老鼠洞门口都撒上一勺子青稞，请它们吃。下午返回的时候，已经可以看到很多老鼠倒毙在雪地上，而看不见的洞内会有更多。死了这么多仇敌，我们感到满意,心情特别好了。心情一好,确罗开始胡来。他用一根树枝把这些老鼠像肉串一样串起来,血淋淋的十几只老鼠在树枝上排列整齐,十分恶心,但确罗玩得不亦乐乎。他还将脚底下碰到的也一脚脚踢出去,有的囫囵地飞向远处,有的就在他脚下烂开。

我们劝他别这样他不听,兀斯一说话他更来劲了。我就爱玩你管得着吗?我又没踢你家的母羊。

你怎么一点敬畏心都没有?死了的亡灵你干吗要这样欺负?

我为什么要对老鼠有敬畏?要是其他东西我才不这么做,正因为是老鼠我就有气,死老鼠我也不放过怎么了?确罗理直气壮地看着我们,我才不管死老鼠活老鼠,所有的老鼠我都不在乎。

你别乱来啊!兀斯终于意识到跟确罗对着干实在行不通,他转变态度,几乎是哀号地说道,这也是跟我们一样有气的东西,是命,死了就还给你了,都算清了……你不能这么干……老天爷看着呢。

确罗果然吃这一套,好好好,我丢掉了,你看。他把手里的一串老鼠远远地扔出去。然后闻了闻自己的手,说有一股酸臭的味道。他用雪搓洗了手。

越接近毡包,死掉的老鼠越多。已经冻得硬邦邦的死老鼠成了动物的餐点。野狐几乎成群地溜达,老鹰、兀鹫、鹞子和隼等飞禽频繁地出现,盘旋俯冲不止。自从有了不会二次中毒的毒药,它们的小命就有了保障,不会出现十年前的那种惨事。兀斯说十年前因为一个失误,成群成群的野生动物吃了死老鼠而中毒死亡。那景象百年不遇,惨不忍睹。但奇怪的是没有谁为此事负责。

到现在没人再提这件事,它们就那么可怜,死了就死了,没啥大不了的。但不是这样的,我们跟一个狗一个牛一模一样。兀斯难过地说。

这两年还是有点不一样了,保护动物的政策多了。

你懂个屁。乌兰说,上有政策下有对策,那些人照样啥也没损失。

我气愤地瞪乌兰,他说话太不客气了,不拿我当回事。那些人是谁,没有一点头绪。我刚要问,他诡异地笑了,说了你也不懂,而且饭不能乱吃话更不能乱说。你问我也不说。你问南什嘉去。

连续几天的高强度劳作使得身体快吃不消了,尤其双腿,疼得厉害,晚上睡不着觉。而感到累的不止我一个,大家的意见都一样:把强度降下来,把工作时间缩短。南什嘉从善如流,下一个十天的工作时间从九个小时十个小时缩短成六个小时。

这样过了三天，身体缓过来了。我决定去看看那个女孩。金嘎已经提过好几次了，而确罗无论如何也要跟着。他们要求我认真对待此事，因为这是男人和女人之间的较量。这让我感到可笑，我只是想去看看而已，没有想那么多。

　　天擦黑的时候，我们四个人踩着冰面过了昂冷河。一阵疾行，走得浑身热乎乎的。一个小时后我们停下来稍作歇息。

　　乌兰拍着我的肩膀说，翻过垭口就到了，从现在开始小心一点，她们家有两只狗，一大一小，她们家有两个帐房，一大一小，大的住着她阿爸阿妈，小的里面才是她。

　　帐篷？她住帐篷？

　　确罗撇撇嘴说，她家的冬窝子在三公里之外呢，就是我们每年转来夏牧场的那个大拐弯那里。这儿是她家最远的一片冬草场——

　　我挥挥手打断他说话。我已经明白是怎么回事。她家是临时在这片草场住一段时间，把草场吃完了就回去，不然每天赶着羊群来回六七公里谁家的羊能吃得消？这种情况我们村里也有，只不过我平时并不注意。但这么冷的天气里要住帐篷，我开始可怜这个还未谋面的姑娘。

　　我们几个人悄悄移动着。翻过垭口，沿着山坡向下走了几百米后，隐约看见几个黑影。确罗捅捅我，轻声说，到了。

　　我们猫腰继续往前，走到能模糊地看见帐篷时停住，有一只狗从帐篷后面跑出来发出警告，紧跟着另外的一只也叫起来。

　　乌兰看着我，我摇摇头。他说，要不，我进去说说？

　　说什么？

　　就说你大驾光临呀。他捂住嘴嗤笑。

　　我就是来看热闹的。我说，我真没想要干什么。

　　确罗说，我去看看。

　　金嘎说，我们来是陪卡尔诺的，就让他自己去。

　　确罗说，你少跟我来这套，难道我不知道？我是担心他，他有点悬。

　　我去探探风。乌兰抢在确罗前面，弯着腰溜了过去。狗叫得愈加欢实了。我们几个瞪着眼一眨不眨地看着那边。乌兰在帐篷门口探头探脑许久，然后一闪，没了。我缩在了大衣里，想着事情会怎么发展，突然间紧张起来。

　　高原寒夜里的星星最是明亮，深邃的天空给挤占得满满当当。我一口口吸着冷气，冻得浑身发抖。金嘎频频抬头朝帐篷张望。后来，他干脆翻身趴下，目不转睛地盯着帐篷门口。狗不叫了。大地静下来，时间仿佛停顿了。我在金嘎的嘟囔中，在这仿佛永不歇息地闪烁着的星星底下，呆呆地出神。不知过了多久，背心一痛，然后听到金嘎兴奋地压着嗓门说，出来了出来了。

乌兰无声无息地过来，几只狗这回却仿佛看不见他一般连半点声音也没发出来。乌兰一脸不高兴，连骂狗屁。

金嘎咂咂嘴，把要问的话吞了回去。

别怕，你怕个啥？我就不信，她看书，你也看书。你们会没话说？你去。乌兰怒气冲冲地对我说。

我很不情愿地朝那边走去。这种事完全超出我的经验范围，不知道该怎么做。而且那个大帐篷里虽然静悄悄的，但里面可是住着她的父母。我总是胆战心惊地朝那里看，生怕她阿爸突然冲出来，把我打死。

到了门口的时候，我的心都快跳出来了，我在门口伸长了耳朵听，但帐篷里静得可怕。身后那么多双眼睛推着我，我来不及多想什么就掀起帐篷门的一角把自己送进去。里面黑乎乎什么也看不清。我定定地站了一会儿，发现前面有一团东西，青蒙蒙的。本能告诉我这是一个活着的东西。心一下子提到了嗓子眼，几乎下意识地……我又向前走了两步。这时，这东西突然动了，接着我的脑袋里轰然一响……

在倒下去的时候我想，这是怎么回事？我挨打了？我摸到一条被子，暖烘烘的。我使劲呼吸，脑袋嗡嗡响得厉害，疼痛难忍。于是我一动也不动。她也一动不动。过了许久，"嚓"的一声火柴燃了，点了蜡烛。眼前是一个直挺挺的背影，披着满背黑发。有一股说不清的香味，好像是从她头发里散发出来的。她突然转过身来，粗粗的眉毛紧紧地揪在一起，眼睛比我想象的要小，但很有看头。我不由得多看了一会儿。她的嘴唇有点厚，但唇线非常完美，给人的感觉是她说话吐音是极为准确的。她穿着一件紫色的毛衣，上面套着深红色缎子的羔皮马甲，一条蓝色的牛仔裤，脚上是一双棕色的高帮马靴。她的穿着异常干练，仿佛一夜都在准备着对付我这样的人。她一言不发地盯着我看，我想站起来，但几次都没成功，不由得惨呼一声。

"嘘！"她怒气腾腾地把食指竖在嘴前，示意我闭嘴。然后一边侧耳倾听，一边用嘲弄的眼神斜视着我。我觉得什么也不用说了，于是牙一咬，站了起来。头上被打的地方疼痛欲裂，吸口气都头晕目眩，伸手一摸，黏糊糊的，鲜血从来没有如此腥气肆虐，刺激我的神经。我走出帐篷，难言的羞愧涌上心头。我朝他们走过去。我不想放弃最后一点可怜巴巴的尊严，但眼前一阵阵发黑，已然难以控制的身子颓然摔倒了。金嘎跑过来，惊讶地问这是咋了？我黯然沉默。他们几个咧着嘴，白晃晃的牙齿格外醒目。他们想笑又不好意思笑。都安慰我说没事没事，这次不行，还有下次。但我连回头看看的勇气都没有。

第五章

灭鼠工程卓有成效，随着地面出现得越来越多，老鼠洞越来越多。一天下来前进不了多少但放药的速度却更快了，到处都是老鼠洞，一亩草地的所有洞都放上药得好一阵子。二十五斤药以前能放八九个小时，后来是五六个小时，现在四个小时不到就能放完。增加到三十斤也不到六个小时。我们早晨好好吃一顿早饭，9点半出发，下午4点就回来了。第三区域一个星期前投放结束，现在是第四区域，比第三区大，而且有两条河谷，隐秘的地方多，增加了难度。但再难也被坚决的行动解决了。药投放得越细致越精准——尤其是看到放过药的地方出现了大量数目惊人的死老鼠——心里获得的满足感便越充实，甚至欣慰变成幻想，仿佛经此一役，鼠患永绝，草原的毒瘤成为历史，草原的身体重获新生！

心中有执念，投药的积极性和态度从不懈怠。

因为死去的老鼠太多了，多到野生动物们吃不过来。我们会尽量把这些尸体收集起来，堆成一座尸山烧了。那味道有时候散发着烧烤的肉香味，有时候又难闻恶心得要命。有时候会遇到一些刚刚死去身体还软塌塌的老鼠，确罗还有串起来玩的冲动，都被我们严厉制止了。

每天，投放老鼠药无聊的时候，我那晚的经历就可以让大家开心起来，我像一瓶酒一样被他们传来传去，我想着等他们的新鲜劲过去，这件事也就过去了。我一直在等，可我太天真。在他们看来，没有比这个更加有趣的事了。他们越说越精彩越说越离谱，到后来，这件事就成了一个非常非常有说头的故事。

我不想和他们说话。只要我开口，他们总会把话题引到这件事上来。最可恨的是确罗，他因为没有目睹我被打的场景而耿耿于怀，嘲讽我最带劲，说我根本就不是谈情说爱的材料，说我以后有了女人也会被别人抢走。他公开表示，他要和我争夺银措。他果然行动了，利诱乌兰陪他去了一次，也被赶了出来。更有意思的是，他被狗追咬，撕烂了裤腿。在那个格外寒冷的夜里，他就晃荡着已经扯到大腿根的布条回来。乌兰说，确罗的裤子宛如一面投降的旗帜在风中飞舞。但确罗誓不罢休，总是央求乌兰去给他做伴挡狗。乌兰说，你以为你是谁？还要我来做保镖，有本事自己去，没本事一边去。

确罗说，你也会有求我的一天。乌兰说，我不在窝里干缺德事儿！确罗说你把话说清楚，我做什么缺德事了？我和他公平竞争，看谁有本事，我有什么错？乌兰说，那你之前干什么去了？确罗说，畜生！两人打起来了。一会儿工夫确罗已经在乌兰脸上落实了好几拳，乌兰被打得毫无还手之力。

我们拉开两人后，确罗骂骂咧咧地把金嘎带走了。

南什嘉看事情平息也去约会了。

我又感激又惭愧，向乌兰表达感谢。但他说这不关我的事。

乌兰的脸到晚上才彻底肿起来，惨不忍睹，痛得直哼哼。我给他几片去痛片，他就着茶咽下去，把自己捂在被子里，不再出声。我把小小的蜡烛挪到眼前，趴在被子里读《平凡的世界》，但心烦意乱，心思跟着确罗走了。一个小时一个小时，一点睡意没有。

到凌晨三点，确罗和金嘎披着一身寒霜归来。确罗看我还没睡，就寒气森森地说，看书也能让人不想睡觉？

那当然。书中的女人……书中自有颜如玉。我观察他们的表情（尤其是金嘎），看不出头绪。心里既羞愧又愤怒，又瞧不起自己。可是我从来没说过要怎样怎样，一直以来我都是被动的，我把自己弄到了一个窝囊的尴尬的处境上。

你神经病吧？确罗说。

你又不是去跟母狼约会，干吗发这么大的火？

她是火气不小但又如何？她缺的就是一个我这样的男人降住她。

我倒是羡慕你的厚脸皮。

他得意地哼着调子，有意无意扫过乌兰，开始脱衣服睡觉。这会儿金嘎早已躺在被窝里，把自己严严实实地包起来。

我又装着看了一会儿书，怀着一种灰败的失落感睡了。睡也睡不踏实，有无数梦的碎片组成一个巨大的场景，旋转着，揪着我的心。

早晨，嘈杂声中闻到了酽茶和酥油融合的浓浓茶香，肚子就感到一阵阵饥饿。困意也浓浓地像一壶酽茶，但我还是坚持起来。他们都已经洗了脸，这会儿正吃着早饭。不知什么时候回来的南什嘉在穿裤子，他的裤带是一根牛皮绳。黑乎乎油腻腻的。他的鞋帮上有冻干的血迹。我惊异地多看了几眼，认不出是狗血还是人血。

每人背半麻袋老鼠药，途中休息了三次，差不多一个小时才到了桑赤弯。休息了一会儿，就各自在饮料瓶里装上老鼠药，一只手提着，另一只手将药袋子背在身上。然后大家一字儿排开，间隔十数米，缓步向前，一个洞也不放过。因为只要漏掉一个洞，可能就会有一家老鼠逃过一劫。我们把目标定得高高的：每一窝老鼠，都要全家死光光。

放完药，几个小时过去了。小心翼翼地将药袋卷起来塞进饮料瓶里，我们坐下来休息。天气晴朗，无风、暖和。周围的老鼠慢慢多起来，不知死到临头的它们欢天喜地地抱着麦子就往嘴里送，一边观察我们一边飞快地嚼食。

老鼠中毒后在多长时间内死亡，我们起了分歧，有的说是两三分钟，有的说十几分钟。不管多长时间，只要它吃了麦子，那就是死路一条，这点大家有目共睹。头一次对草原站的"专家们"说了好话。兀斯尤其觉得今年有盼头，因为这么多年，今年的药最劲道。他说，千辛万苦来放药，但没死多少老鼠的洋相，我们也出过，今年是个好年份。你们看这地，湿度满够了，今年是一个多雨水的好天年。

我们开始往回走。走着走着兀斯指向右方，语气沉重地说，你相信这里曾经是一大片可怕的沼泽地吗？

一点不相信。我说。眼前是一片干燥的荒野，哪有什么沼泽。

别说是你，就是我也不信。要不是我心里装着整个草山，有时候以为自己老糊涂了呢！

可不是。我说。

兀斯说，退化得太厉害了，真可怕啊。

人越来越多，牛羊也越来越多，加上气候原因，退化是必然的。

明明知道身体不好还要往死里折磨，是不对的。

我向四处看了看，老鼠踩出来的道路四通八达，犹如一张密集的渔网，顿时心悸不已。但马上又抱起希望，因为我意识到如果不这样做，满心满肺的担忧会淹没我。我怕重新认识这片草原，一个和眼前不一样的更加悲惨绝望的草原。

我们年年整治，就不怕治不好。我大声说道，功夫不负有心人，还有我们人办不到的事情吗？

兀斯没好气地说，我已经参加了四次灭鼠，我不知道年年灭的好处吗？村长书记不知道吗？但有的人心没有，光知道喝酒、耍，吃啥吗喝啥吗一点不知道，草山好吗不好一点不知道，老鼠多吗不多一点不知道。

去年没有灭鼠，前年也没有。

兀斯颓然地叹息一声，灭个鼠都这么难，其他再别说了。哎，要不是我这个腿子攒不上劲道，我才不愿意做饭呐，我自己放药才踏实。

但今年我们干得不差。我说。

今年是最认真最好的一年，今年的效果夏天你看着，肯定大不一样。

我听说了，明年的灭鼠是大规模的，好像每一家都要来人。

他疲惫的脸上总算露出笑意，一瘸一拐的身子也好像轻快了一些。

第六章

营地上停着一辆白色皮卡。村长来了，和草原防疫站的人等着我们。他们都全副武装，把自己搞得严严实实。我们差点没认出村长。

草原防疫站来了两个人，其中一个还是南什嘉的姐夫。那个姐夫说事情麻烦了。内蒙古发现了鼠疫。他说，已经有很多人被传染。

虽然现在青海还不知道，但是这个事情可不得了……你们都没事吧？村长担忧地观察我们。

我们面面相觑，鼠疫？

你们的身体有没有不对劲的地方，比如发高烧、咳嗽、恶心、浑身疼这样的症状有没有？那个姐夫说。

我快速地确认了自己这些天的状态，好得很。除了熬夜有些瞌睡，并没有他说的那些反应。然后我回忆他们的情况，也好像没有。

等到我们一个个确认无事后，那个姐夫说，我们北部地区暂时应该还没有鼠疫，所以灭鼠的力度更要加大。而且还要做好个人的自我保护工作。这次我们带来了手套、防护口罩、消毒酒精、消毒液这些除菌的工具，以后出去灭鼠，你们要严格按照我们的要求工作。

然后他详细地讲了一遍以后工作的流程。再三叮嘱，一定要搞好个人卫生，做到万无一失。

回来后一定要用消毒液洗手，一定要喝开水，外出一定要戴口罩……

尤其是死在外面的老鼠，全部烧掉。村长说。

烧的时候远离。另一个人说，车上还带来了一百斤汽油，每天出去的时候带上一点。不要用手去抓老鼠，用我们带来的钳子。

村长自始至终没有说过你们谁不想干的话。那意思就是我们必须得干到底。事实上我们已经被隔离了。我想到这点，盯着村长。但他全神贯注地盯着南什嘉，一遍又一遍地交代注意事项。

傍晚之际他们终于说完了，卸下了带来的东西走了。

这场突如其来的鼠疫事件完全打乱了我们的阵脚。尽管事发区域远在千里之外，但明显感觉到所有人的心情都变得沉甸甸的，一场随时有可能会爆发但我们不得不面对的危机在等待着我们。

将那些防护消毒用品搬进帐篷安顿好，然后用消毒液将毡包里里外外仔仔细细喷洒了一遍。我们闻着消毒液怪怪的刺鼻的味道开始讨论这场突发事件。

我认为没什么大不了的。确罗首先说，我从来没听说过这种事。

没什么大不了？你没听说过？你知道什么？兀斯突然对确罗大吼起来，他凶巴巴地恶狠狠地盯着确罗。确罗被兀斯的乖戾吓得不敢出声了。

兀斯瞪着确罗一会儿，颓然坐下，自言自语又像是在跟我们说：这种情况不是没有发生过，而且还不止一次，每过几十年就会出现一次。上一次的鼠疫，就到我们家里来了。我的阿爸、我的妹子，就死在了鼠疫上。

我们这里有过鼠疫？我们面面相觑，谁也不知道这件事。

你们不知道我也奇怪，我不知道你们家的老汉们为啥不给你们说。但是这件事情是真的，我们村的人死了一些，好像是四个，两个就是我们家的。这也活该，因为鼠疫就是从我们家出现的。

你们家的人得了鼠疫？确罗问道，你们家？

先是我妹子。兀斯沉默了一会儿，仿佛在回忆自己的妹妹。那时候我才十一岁，我妹子才九岁。我妹子本来不在家里，她可怜……五岁的时候就抱养给别人家了，在那个人家里生活了几年，好好地活着，可没想到得了鼠疫，那个人家看着人不行了，就送回来了。送来的时候她还知道事情着呢，还高兴地说回家了回家了……可是第二天就昏迷了。阿爸搂着她骑马走了一天才到县医院里，一进去就再也没有出来，两个人都死在里面了。

毡包里静悄悄的，兀斯沉浸在遥远的家事中不能自拔。

金嘎打破沉默说，我们来的时候，一只死老鼠也没见。我们放药后才出现死老鼠。

不管会不会出现，先预防起来，先把老鼠全弄死准没错。我说。

我们的工作量成倍加重了，没有灭过的地方要尽快灭，灭过的但还是有老鼠的地方还要重灭。要把死掉的老鼠毁灭干净……就我们几个人，离完工遥遥无期。

确罗你以后再不要把老鼠用棍子串起来，更不要朝我们身上扔老鼠，你太不像话了。南什嘉训斥确罗。

想起确罗犯过的"罪行"，我们不寒而栗，齐声讨责确罗。他保证再也不那么干了。

"鼠疫事件"第十天，我们的心态看上去平复了。我们没有畏首畏尾。

但是不行，做不到像从前一样了。至少我不行，有两种奇怪的感觉在交替扰乱我，支配我。一种是勇敢，一种是懦弱。勇敢说没什么大不了的，至少认认真真去做，小心谨慎就不会有事；懦弱说赶紧想办法回家，这里有无数老鼠，有无数感染的机会，你再防范都无济于事，因为活在危险中，你还每天碰几百只老鼠……

恐惧太真实了，一刻不停地证明它的存在。每次出门工作穿戴得严严实实，绝不轻易脱去手套和口罩，装老鼠的袋子绝不挨到身上，在地上拖着。回来后第一件事是洗手，一遍又一遍，用滚烫的开水，用洗手液用酒精……还是不放心，端着碗胆战心惊，看着手仿佛看到可怕的东西。

我以为就我是这样，但他们都这样。只是不说，只是默默地干自己的事。晚上睡觉戴着口罩。毡包每天三四次喷消毒液，味道越浓郁越觉得安全。

这种情况持续了近一个月，大家才真正地正常了，或者说是懈怠了，疲惫了，麻木了。

兀斯瘦了，沉默了，眼睛更大了；金嘎的裤裆扯得越来越宽了（但他就是不补）；南什嘉频繁地夜不归宿；而确罗呢，隔三岔五去垭口那边，后半夜披霜戴寒地回来。

只要他去了那边，我就烦躁地睡不着觉，我一分一秒数着时间等他回来，我从他脸上看不出异样的情绪来。他是得逞了吗？他在失败着吗？

又过了一段时间，我们不是傻子，就都知道是怎么回事了，但谁也不提。我也开始打麻将，但从来没赢过。输光了兜里的几十块钱，欠了一百多块。确罗天天跟我讨债，让我烦不胜烦。为了还债我玩得更加勤奋，赌得越来越大了。到后来我输了三百二十六块，我的债主又多了乌兰和金嘎。确罗威胁说，再不还债就把我的狼皮褥子拿走。

我对此嗤之以鼻，想要我的狼皮褥子，没有五百想也别想！

确罗意有所指地说，咱们走着瞧！

后来他和乌兰达成协议，乌兰要我把欠他的钱转给确罗。于是我欠了确罗五百多块，我的狼皮褥子被他拿走了。我只能睡在牛毛毡上，半夜里三番五次冻醒。金嘎竟然也不客气，他把我的东西搜索了个遍也没发现什么值钱的东西，最后，他拿着《平凡的世界》问，这个多少钱？

你又不识字，拿它干啥？

多少钱？

我心里一动，说，要不，我教你认字吧？识了字那就可以看这本书了。

我真的开始教他认字，每个字一块钱。这样，他可以识字，我可以还债，一举两得！事实证明这件事是非常明智的。十天后他掌握了五十个汉字。而我也还了欠他的三分之一的债务。他的学习兴趣大增，麻将也不怎么打了。《白鹿原》被他翻了一遍，几乎每页都能找到一两个他学过的熟悉的字。这让他感到很骄傲。不厌其烦地猜测那些还不认识的字的意思。他总是问我，我烦不胜烦，就给他讲故事。虽然我以前照着书念，但不曾想没有书我照样把故事讲得声色并茂。他听得津津有味。大家都听得入迷。于是我说这个故事免费，我还有更多特别好听的故事。《白鹿原》好听吧？还有更精彩的。如果你们想听，我给你们讲。我不多要，每天晚上一个人就一块钱。我告诉你们，我的脑袋里，男人和女人的故事可多了，而且一个比一个好听。

讲个故事还要钱这让他们不高兴，觉得我不知好歹。

确罗说，上次《白鹿原》完了后让你讲你推三阻四不答应。

我说，你们到底要不要听？我的水平你们是知道的。

确罗说，便宜点，太贵了。

一块钱还贵？世上哪有这么便宜的故事？

确罗说，故事我们也会讲。

能一样吗？土种马和纯血马的速度能一样吗？

确罗说，你有多少好故事？

我说，那就要看你们听故事的水平了，有些你们不会懂。

乌兰说，你这是什么意思？我们当然听得懂。

最终他们都同意了。

我从《西游记》开始讲。这本书我从七八岁开始读，读过不下十几遍，早就烂熟于心了。又是整整两个小时，毡包里安静得只有我一个人的声音，所有人都不出声音，害怕破坏那种气氛。

往后的多少天里，我为他们讲了许多故事，我讲故事的能力日新月异，他们听故事的水平层层提高。我给他们讲《鲁滨逊漂流记》《飘》《平凡的世界》《藏獒》《堂吉诃德》《高老头》《穆斯林的葬礼》等等我读过的书。

我的记性真好！我讲故事的才能真好！我都开始佩服我自己了。每天晚上讲完了故事，我们在讨论哪个故事好笑哪个太悲惨谁让人心里湿湿的谁又使人想起许多往事的时候，我们本身也发生着许多故事。我对他们说我讲了这么多别人的故事但是我们自己的故事讲出来也是一样的精彩。他们不赞同，说我们哪有故事我们没有故事。我说我们现在的生活就是故事。我以后就写这个故事给别人讲这个故事。他们说你写的时候别忘了写我们每个人，讲的时候别忘了讲我们每个人……

金嘎已经认识了五百多个汉字，他的聪明和记忆力让我刮目相看。至于学了这些字金嘎该给我多少钱，这个早就不提了。他已经没有钱了。而且我也相信再过一些日子，他们所有的钱都会在我身上，他们会连一分钱也没有。

在这期间，乌兰几次三番地要大家跟在确罗的后面去看个究竟，他说他敢打赌，确罗根本没有去约会，是死要面子活受罪，傻乎乎地去外面挨冻。我虽然怕事情的真相不是我想的那样，可我还是去了。因为我又渴望见到她。即使见不到，我也想看看她的小帐篷。

那天晚上，乌兰对确罗说，你该出发了，时间不早了。

今晚不想去。确罗说。

你已经好多天没去了，难道你忍心让你的情人失望吗？

确罗没说话，他眯着眼斜靠在被褥上，仿佛魂游天外。

你不去我们去了？乌兰说。

确罗说，去啊，干吗问我？

乌兰说，你不会是吃了门板吧？

确罗抓起皮袄离开了。乌兰看着确罗的背影再次强调，我敢打赌他

荒原上

有问题，没有才怪哩！

半个小时后我们也出发了。我默默祈祷，但愿乌兰的猜测是正确的、唯一的答案。不久以后，眼睛渐渐开始适应了黑暗，脚下的小土坎都看得清清楚楚。很多地方被狂野的大风吹得露出了草地，更多的地方是厚厚的积雪。我们和确罗保持着距离，等他过了垭豁之后我们加快了脚步。站在垭豁上，对着下面的斜坡观察了一会，没有发现确罗的身影，我们一溜儿下了坡。一有风吹草动就立即趴下。整个山坡上都没有发现任何可疑之物。金嘎的眼睛最好使，因而走在最前面，我们落后二十多米跟着。这样走了一会儿，金嘎突然蹲下，然后敏捷地跑过来。我们头挤在一起，金嘎低声说，前面一个东西，看不清。

有多远？

一百多米吧。

你再去仔细瞧瞧！

金嘎爬去十几米后，我们也跟了过去。没多久就见前面出现一个人，看样子是确罗无疑。他走到金嘎前面十多米处停下，金嘎一动不动地趴在地上，仿佛死了一般。过了一会儿，他开始向金嘎扔石头，接着就听金嘎喊道，别扔别扔。

确罗说，金嘎，你在这里干吗？

还有我！乌兰一下子跳起来。我也站起来。确罗干笑两声。乌兰佩服地说，确罗，你是怎么熬过来的？不行就不行，你死要面子活受罪啊。

我心里高兴死了，我几乎欢叫出来了。要不是我还有一些理智，我真就高兴地跳起来了。

确罗说，卡尔诺你去，银措不讨厌你。

你怎么知道？

第一次来到时候她说的。

她怎么说呀？

让挨打的那个有本事再来。

乌兰转而看着我，你去，这回她肯定不打你。

她也不知道我——

快去，就算她生气你也要去。男子汉大丈夫别尿。

帐篷的门被堵得严严实实，有两道系住门的绳子是从里面扣住的，我弄了好一会儿也没成功。这时听到里面有动静。

谁？她的声音让空气更冰寒了。

我屏住呼吸，不敢说话。我想缓缓，我想叫她多注意身体，想让她知道鼠疫的事情。我一直都在担心她。但我太紧张了，说不出话来。她已经开始骂了，我知道你是谁，滚！快滚！！

第七章

早晨，洗脸的时候南什嘉说，今天投药的那片地范围大，我们早点去。

今天是二号区的最后一片地吧？我也去，争取早点放完。兀斯说。这是兀斯第十次还是第十一次跟着我们放药了。自从鼠疫事件之后，兀斯对灭鼠的态度有了转变。以前他总是找机会对我们这些看着不怎么上心灭鼠（他坚持说我们吊儿郎当不认真）的年轻人进行说教，一套接一套的理论，而且头头是道。我们并不喜欢听，甚至很烦，但他不为所动，一有机会总是说上两句。但现在，他不说了，他开始行动了。他沉默寡言地拖着瘸腿自己行动。这么一来反而让我们感受到一股压力，工作得更认真了。当然和鼠疫的发生有关，但兀斯的举动是另一个原因。我们要不好好干活，好像既对不起自己也对不起兀斯，更对不起他死去的妹妹和阿爸。

现在我对兀斯也颇有微词，形势是很严峻，但他连气氛也搞砸了。要不是有我的"故事"和我的"爱情"调节调节，相信大伙儿更不好过。

我的事情他们现在格外关注。他们兴致勃勃地打算帮我渡过这次感情危机。不知是谁提到了写情书，于是他们认为这是一个具有高度可行性的计划。一上午，他们都在为这个计划而热切磋商。他们当然知道归根结底还是要看我，他们给我打气，让我振作起来。用我的才华写情书，写一封不成就写两封，两封不行就三封五封，一直写，直到打动她同意见面为止……我意动了，觉得这样的交流方式可能更适合打开我们之间的障碍，这种书信的来往本身就有一种诱惑性。可是送信是一件特别艰苦的事儿，谁愿意大半夜的跑那么远的路？

我把主意打到金嘎身上，他不同意，但在我的威逼利诱之下还是答应了。

既然有人送信，就差写信了。对此他们踊跃提出自己的真知灼见，乌兰甚至说要教我怎么写情书。我一笑拒绝了。我觉得在这方面还是我比较在行。那天下午的全部时间，我都花在了这封情书上面。我足足写了两千字，写了很多废话，我不知道说什么，就从见她第一面的遭遇和感受写起，我写着写着，就觉得仿佛干了一件见不得人的事情；写着写着，就觉得写下的这些字怎么看都糟糕透了。我从头开始写……我像小学生写作文那样先打草稿。等又写了五百字，这天的下午时光就过去了。晚上，躺在被窝里我没有别的心思，只想着怎么写。我以前不怎么写东西，因此没有意识到写字的艰难。尤其是写出让自己满意的文字更是意想不到的难。我是一个字一个字斟酌，一个字一个字写的。我去掉了"亲爱的"这种太暧昧的词，改成了"叫人难忘的银措"，也不满意，又改成亲爱的朋友！朋友？这不成。我划掉了。决定先不管了，先写内容。我趴在被窝里打草稿。金嘎和确罗一左一右老是偷看我写的内容，虽然他们认不出潦草字体，可也很烦人，搅得我不能认真写。于是就发了一通脾气，他们便不看了。但这样一闹，我心情糟糕，什么头绪也没有了。气呼呼地蒙头躺下，一会儿生他们的气，一会儿生自己的气，不知不觉，睡着了。

次日一早，天还没亮，我醒来。终于想通了，干吗要纠结于形式呢？我们交流的不是感情吗？只要真心真意地写心里话就好了，只要她知道我的真诚就好了。

这下我浑身感到轻松了，立即翻身从枕头下取出纸和笔，在新的一张纸上写：

银措你好！我叫卡尔诺，就是那个第一次被你打，第二次被骂"滚"的胆小鬼。我说自己胆小鬼是对的，因为要是第一次我胆子再大一点可能根本不会挨到打，同样第二次我要是胆子大点也不会被骂一声就灰溜溜地离开。我也觉得自己的脸皮不够厚，我的朋友说一个男孩子要是没有锻炼出足够厚的脸皮是追不到漂亮女孩子的。这话让我感到很吃惊，但一细想，也觉得有些道理。在他之前，从来没有人跟我说过这些，我也不知道怎么去追女孩子，尤其是像你这么漂亮的女孩子，别说去追，我甚至都没怎么见过。

我第一次见到你就喜欢上了你，应该说我从你可怜兮兮的背影喜欢上了你，从你好闻的长发喜欢上了你，更从你转身的那一刻喜欢上了你。你一定要相信我那天晚上不是来干坏事的，我就是好奇。他们把你说得像天仙一样，我就想，这么美丽的女孩子有么？于是我就带着强烈的好奇心想去看看，我对自己说，去看看又怎么了？我甚至都没有想到别的可能。

但显然你误会了，你把我打了。这活该，我觉得你打得好！回来之后我好些天都神情恍惚，恨不得打自己一顿。我真的打自己了，有一天晚上，我想你想得痛苦，就到外面去，在寒冷的野地里流了一点泪，给自己的脸上来了两巴掌，以惩罚自己对你的冒犯。可是，随着时间越久，我对你的思念就越深沉，我真想再见到你。

你可知道我们这儿的一个叫确罗的人叫嚣着说也要追求你，那会儿我吓坏了，我担心得不得了。可我不知道该怎么办。你那晚的态度让我失去了再去找你的勇气。我只能心被刀割一样地看着确罗去找你，心里默默祈祷你也像对待我一样对待他。那天晚上我一点也没睡着，我一秒一秒地数着，我一分钟一分钟地等着，终于把他等回来了，他一点伤都没有，那一刻我的心都碎了。我以为你喜欢的是他。你知道那是一种怎样的毁灭的感觉吗？可是，我又高兴起来，因为第二天晚上他没去，第三天晚上他去了，可回来得更早。于是，凭着男人对男人的直觉我知道他在撒谎，你同样也把他拒之门外了。那一刻，你又知道我有多开心吗？

后来，我们跟踪确罗，他果然和我想的一样，我都快高兴死了，所以当确罗说你说了，叫那个挨打的人来的时候，我就来了。我想那天晚上你肯定不知道是我，要是知道了就可能不会骂了。但我脑子里一阵迷糊，一听到你骂就伤心欲绝，稀里糊涂地走开了。

现在给你写这封信，我是听了他们的建议写的。不是说我不想给你写信，而是我觉得你可能也会讨厌。自从受了两次打击后我的状态确实出现了问题，我自己也知道。他们其实也是为了开导我，也确实给了我一点勇气，就像乌兰说的，我不写，又怎么知道你讨厌我给你写信呢？

那天我虽然没怎么看清但一定不会看错，你的帐篷里有书。说明你也喜欢读书。我想如果你不反对我们用书信的方式交个朋友，就给我写一封回信吧！明天晚上10点半，会有我的朋友带着我的第二封信来。到时候你把回信放在门口（记得用石头压住)，我的朋友取了信，也会把信放在门口。或者，如果你觉得这样不太好，就在回信里说一下我们在哪里交换书信。

另外你知不知道鼠疫的事情？据说很严重，但我们并不知道更多，这里没有外来的消息，即便有也是一星半点，不足为信。但肯定的是这件事对我们都有影响，你们那里有没有什么措施？

祝你睡个好觉，做个美梦！

永远都这么漂亮！

真奇怪，写这封信我有一种酣畅淋漓的感觉，仿佛一口气将这些字写在纸上，把精气神都调整好了。我甚至感觉到要是再次见到她，我一定不会惊慌失措。同时也感到遗憾，我拐弯抹角地提出想带去一些消毒防护用具，遭到他们异常强烈的反对。这不能怪他们，是我的不对。乌兰说她们村里肯定也会发这些的。我不太相信。

我认认真真把信修改了两遍，然后规规矩矩地抄写在一张崭新的纸上。我精心叠制了一个信封，将信装好，用一点面糊封了口。信封上写：银措亲启。

本来可以不封，但我怕金嘎偷看。如果以后常常写信他就知道我们的所有事了。他的进步太快太恐怖，以至于现在我都感到害怕。现在他翻看一页书，认识的字更多了，有很多词他能读写，虽然还没有完全搞清楚意思，不过我想这种情况要不了多久就会改变。而且我也相信再过一两年他会毫无疑问地超越我。如果他有一本字典，他的成就将不可限量。因为他帮助了我，所以我答应回去后将我的一本字典送给他。他这两天一直念叨着。我对他的这种恐怖的天赋既羡慕又嫉妒，如果说以前是带着玩笑心态的话，那么现在我是认真的。我怀着强烈的好奇想知道他会走到哪一步，会不会创造一个奇迹？

吃过晚饭，金嘎带着我的期望和他的保证一头冲入夜色。

他走后，确罗唆使我说说信的内容。我不说，他便骂我小气。

金嘎走的时候是8点过一刻，回来时快到11点了。我等得心急如焚，以为他被狗咬了。他对我的担心嗤之以鼻，喷着寒气说，我看见一只受伤的小狼，就追了去，没想到跑远了。

你有病吧？大半夜的你追什么狼，碰上狼群怎么办？

我才不怕。他犟嘴道，再说哪有什么狼群呢？

你怎么知道没有？

这里又没有羊群，它们会跟着羊群走，它们都在冬窝子上呢。

孤狼也不好对付，你可不要大意。兀斯吓唬他，有的狼会悄悄跟着你，找一个好机会把两只前爪搭到你肩上，这时候你可千万不要回头，你一回头它就轻松地把你脖子咬断……

老掉牙的故事当然吓不住金嘎。他根本就没好好听，又捧起书看。我的《白鹿原》被他霸占着。我给过他一个旧本子，现在他快写满了。从这个本子上就可以清晰地看出金嘎的进步有多快。刚开始写的时候每一个字都扭扭捏捏，东倒西歪，而且奇大无比，每个字都有他自己的大拇指那么大。写了几页，变化开始了，首先字变得小了，做到了在一条格子里勉强框住，再过几页，连字的整体形象也统一起来，也就是从那个时候开始，他的字再也没有出格过，到现在，猛一看，我们的字还真没多大区别。他很快就会超过我，我坚信这一点，因为他是天才，而我不是。

夜已经很深了，我叫金嘎快睡觉。

我要吹灯了。我说。

你睡你的，我马上就看完啦。他煞有其事地说。

你看个屁！确罗怒气冲冲地说，不灭灯我睡不着，快点……

金嘎不敢犟嘴，气呼呼地睡觉。煤油灯刚熄灭，他还是忍不住"哼"了一声。

你"哼"啥？确罗马上就问道，你想骂我？

金嘎翻来覆去地折腾，一会儿便轻轻发出叹息，一会儿又把牙咬得咯咯响。

他肯定是恨死确罗了，却又不敢反抗。确罗把他吃得死死的。

夜阑人静，我睡不着。我想她想得睡不着。她的容貌是那么清晰，以至于把原本有些模糊的样子轻轻松松补齐了，她的影像活生生留在脑海中，只要我愿意，我一天到晚都可以看着她。而且我也由此坚信我已爱她爱得深沉，我相信切身感受到的才是真实存在的，为此我不断地去触及我灵魂里那块柔软的地方，不断地接受我对她的爱所带给我的折磨和疼。

第八章

翌日一大早，我趴在枕头上，点了一根烟，静静地抽着，一边思考今天要写的信。想了半天也没有头绪，只觉得越想越乱，怎么写都不对。我又担心昨天的信，当时觉着挺好，但现在拿出草稿一看，心里就凉了，这都写的什么呀？看看这语气，这滔滔不绝的架势，她一定会觉得我是个自大狂，一个自以为是的家伙。

去放药之前我们照例检查了自己的装备：胶皮手套、有一股子干燥刺鼻的气味的口罩、轻便的钳子、汽油，都带上了。南什嘉照例问我们有谁觉得不舒服？于是我们就嘻嘻哈哈地都说不舒服，要求休息一天。南什嘉说在这里待着有什么意思，赶紧干完了回家休息去。但我们都知道不会那么容易让我们回去的。自上次村长走了后，这里再没人来过。他说过如果有事会有人来通知，没人来就是没事。但南什嘉说并不是如此，鼠疫事件现在闹得沸沸扬扬、风声鹤唳。

我们千万千万不能马虎大意，你们一有不对劲马上报告。南什嘉警告说。

他怎么没来通知我们？

所以我们要尽快干完，然后撤离。

尽快？怎么个尽快法？还有老大一片呢。确罗说，干脆我们马上回去，剩下的爱谁来谁来。凭什么是我们？

这能怪谁？你要是不贪图那点工资也就不会出现在这里，既然来了，那出了事就不能逃避。

南什嘉你这是什么意思？

要么别来，既然来了就得有始有终。这不仅是我的意思也是村长他们的意思。

你觉得我会在意他们和你的意思吗？

那你想怎么着，想离开？

确罗沉默不语。眼下的处境他清楚得很，只是心里愤愤不平，觉得上当了，被抛弃了。

路上金嘎一口气背了五首诗，把他们惊得够呛，因为我教他这些诗的时候他们都不在场，现在金嘎突然来这么一手，他们就感到不可思议。确罗既嫉妒又愤怒地说，你光背有屁用？你知道意思吗？

金嘎得意地说，现在我当然不知道，但我以后绝对会知道。我的将来一片光明，简直是金光大道。他终于从确罗这里找到些许优越感，幸福得脸都红了。

兀斯对金嘎的表现相当满意，昨天下午还让他写一写他的名字，金嘎写对了后一个字，前面的兀字他没学过，以为是无或五，他把两个都写了，让兀斯挑一个。兀斯掏出身份证，原来是吴斯，连我都弄错了。但我觉得归根结底还是当初登记身份的人弄错了。兀斯说那时候根本就是随便写，才不会考究名字的字义，户口上添名字是要看运气的，要是那天填写之人的学识不咋的，他就随便弄一个字了事；有时候就算有学识也靠不住，他不想动脑筋，也随便填写，于是兀斯就成了吴斯，好像一个汉人的名字。

金嘎信誓旦旦地说他的名字绝对没弄错，他老子对这类事可是很认真的。

确罗说你有种再背五首。金嘎说行啊，我明天背给你听。说完他看着我。我点点头，金嘎就再次得意地朝确罗一扬眉毛。

确罗讽刺我说，你既然那么想当老师，就连我也教一教吧？不过我想你除了写字也没什么可教的，我是不会学字的。

孺子不可教也！

你啥意思？

说你无知还真没错，连骂你什么都不知道。要不我教你一些骂人不带脏字的话？

他哼哼唧唧地跑到前面和南什嘉走在一起。我趁机叫金嘎再把昨晚的经过好好地详细说一遍，好让我知道接下来的信怎么写。金嘎苦恼地抠着头，说也没啥呀，就是去了后把她叫醒，然后把信从帐篷的缝子里塞进去，然后说明晚来取回信，然后就走了。

我连连点头，不知是错觉还是真的，反正我觉得仿佛得到了点什么。我说难道她连一句话也没问？

没有。她连一声都没出。

不行，今天晚上我也去，我要亲自感受一下才能写出好的情书来。

那你自己去吧。

我……还是我俩去吧，我们可以在路上学习。我没说我害怕走夜路。金嘎支支吾吾，显然不想去。但我不给他找理由的机会，说就这样定了，以后我们一起去送信。

金嘎说我还没同意呢。

我是你老师，你是不是应该帮助我？是不是应该尊重我？是不是应该听我的话？

可我给了你钱啊。金嘎反驳道，那就是学费。

哪有那么美的事，哪个老师会因为那点钱就教你那么多？你老实说，我这些天来教给你多少知识？你有没有想过，等我们回去的时候，你可能就是以一个知识分子的身份回去的，那些中学生在某些方面也不能和你比，你想想。

金嘎自豪地笑起来，说你说得对，我果然要以知识分子的身份回去。他兴高采烈地同意奉陪到底。他对天天夜里走路受冻这种小事不屑一提，因为这对他强壮的身体而言根本就没啥好说的，所以他一点也不在意。

放药的时候我心不在焉，一门心思想着信的事。真是书到用时方恨少！我自以为读书多，有见识，写几封情书理当不在话下，但只有真正写了才知道有多难，需要考虑的问题太多了。而一封糟糕的情书起到的作用是灾难性的。难道没有这种可能？不不不，这种可能性太大了，大到我不得不一次又一次地揣摩要怎么写。我越想，就越沮丧。眼看下午开始返回营地了，但我还是没有想出来。这让我意志消沉，和谁也不说话。兀斯和我走在一起，他说你觉得她怎么样？

我想了想，不知道该怎么形容她。她很霸道。但我不想这么说。

那你是怎么打算的？

我想了想，还是不知道。

你不知道，你没有好好想过，这就是问题。兀斯说。

我一直在想，我会好好想的。

你白天想的和晚上想的是不一样的，你也没有往长远里考虑。

回到营地，兀斯问我们晚饭吃什么。

金嘎说吃面片，确罗说吃拉条。兀斯说，那就吃面片吧。然后就开始做饭了。

我吃了两个馒头，喝了三碗茶，趴在铺盖上展开皱成一团的草稿，看了一遍，暗想也没那么糟糕，然后我在空白处写下了以下这些句子：

  亲爱的银镯，我在想你会给我什么样的回信。我想了半个夜晚，今天又想了一天。此刻我在写第二封信，之前焦躁的情绪消失了，我的世界安静安详了，我的世界只剩下你了。由于没有更适合（我是说适合于我们之间彼此的称呼）的名称，我暂且这样称呼你，希望我们能够建立起一种相通相融的阅读方面的关系，以一种我们的"亲昵"的称呼来区别我们与别人的关系。我是说如果我们的阅读和现实的符号一致，那么是不是意味着我们归根结底都是在虚幻着？我觉得我们应该想办法建立实质的根基……

另外，还是"鼠疫"的事。刚开始几天把我们吓坏了，连最不知天高地厚的确罗都吓得不知所措，却还装作一副无所谓的样子（他就是这副德行），但我们都看得明明白白，没有揭穿罢了。我们都担忧，担心外面的情况，这是最可怕的，我们不知道外面发生了什么，到底怎么样了。真觉得我们被抛弃了，自生自灭。你知道些什么，请告诉我。

我想我又写了一些幼稚的、不知所谓的东西。世上有这样欲盖弥彰、自以为是的情书吗？但我不想改。我觉得我正是用这种有毛病有缺陷的方式在和她构筑我们的关系，所以这封信的意义就不是单纯的情书，而是一个沟通我们之间的某种氛围的东西。我感到一丝满足。虽然我在她面前头破血流，没有一点用处，但在文字交流中我预感到我一定会占据主动，找回尊严。

兀斯在面片饭里放了好多肉，因为我们的肉多，菜少。我们有土豆、甘蓝、大葱、洋葱、红薯粉条、土豆粉条、菜瓜等，大部分菜已经吃完了，剩下的土豆和粉条最多。牛肉和羊肉还各有一条完整的大腿。这顿面片里的羊肉就是那条羊大腿的新鲜第一刀。兀斯把冻得跟铁一样的大腿放在案板上剁的时候我看了一眼，按照他的用量，这条腿吃不了几天，但他肯定不担心肉不够，因为除了两条大腿还有别的肉。

我和金嘎一起帮兀斯揪面片。金嘎来这里学到的第二个本事是揪面片，揪得很不赖。每做一次面片，兀斯就使劲夸他一次。这样一来，金嘎成了兀斯的助手，干了很多本应该兀斯干的活儿。有几次我还替金嘎打抱不平，但他自己说十分愿意，就像他现在愿意识字一样，那我还能说什么呢？

我吃了两碗面片，想了想，又硬是多吃了半碗。金嘎已经吃第四大碗了，白瓷瓷的大碗里好像装的不是食物，而是空气。其实我们所有人都能吃，做饭用的是直径有四十厘米、深达五十厘米的大铝锅，兀斯要做满满一锅才能满足我们一顿吃喝。为此兀斯已经抱怨过无数次，但最让他感到吃不消的是蒸馒头。我们吃得太狠，他辛辛苦苦蒸出来三四锅馒头不够我们吃一星期,而且是馒头做得越好我们吃得越快,后来他耍心眼,做得差了,但也只是多吃了一天,他还是每过三四天就要花费大半天蒸一次馒头。我猜他想方设法把金嘎搞定,多半是为此考虑的。因为自从金嘎愿意帮助他以来,他就没再和过一次面,所有做馒头的面都被金嘎玩儿似的弄好了。所以他现在是越来越喜欢金嘎了。

饭后金嘎说要睡一会儿,他果然睡着了。我是无论如何也睡不着的,于是就坐在门口,眺望远方昏暗中的群山发呆。我意识到关于银措的一切对我层层叠叠(几乎是突然)的追加的影响,这是始料未及的。我有时从乱糟糟的脑海中努力提炼出一点意象,那些小火苗一样的念头似乎足以燃烧我,让我更能感受到爱。

9点钟我叫醒金嘎。我们穿戴好,走出毡包。遵照我们的协议,我得教他点什么。他说要背诗,明天给确罗背。我就勉强凑出五首教给他。他仅仅听了一遍,就背会了,然后就不怀好意地把我抛下,眨眼间消失了。我喊了几声,又惊又惧地加快脚步。他等在上次我们窝过的凹地里,嘿嘿地朝我坏笑。我稍作歇息,怀着某种激荡而壮烈的情绪朝那边走去,信已经被紧紧捏在手里。我听见那两只可恶的狗叫起来,但没有冲过来。

我远远绕过大帐篷,从那门缝里仿佛有一双冷酷的眼睛在盯着我,我走一会儿,就觉得有人悄悄地出了那帐篷,悄无声息地跟过来了,一回头,却什么也没有。我走到帐篷门口,静默地看着帐篷外面厚厚的门帘,我似乎还记得当初我推开里面的木门时的那种沁人心脾的冰凉,那种令人感到镇定的错觉。如今,我又觉得人生奇怪的历程其实在很久以前就有迹可循,只是人们没有能力把它抓住。我们时常以麻痹自己来度过劫难,而且还会找一些方式来弥补这个伤痕。我的伤痕,就需要情书来弥补。我低下身去,很顺利地在一块宝贵的红砖之下摸到了一片纸。是一个信封。我像幽会成功的少年一样愉悦起来,我甚至有一种探险完成后庄严的仪式感。我把信揣好,把给她的信连袋子压在红砖下,在红砖四下里摸了摸,确认没有暴露出来。我站起来,再一次屏住呼吸,努力延伸听觉,试图得到一星半点她的动静,但我失望了。我站立五分钟,一点声音也没有。

好像她的不出声更让我感到幸福。终于我带着满足的心情离开了。回去的路上我几次都忍不住想看信,但每到最后关头都硬生生忍住了。就在快要回到营地的时候,我突然想到要是进去了再看,他们也会来凑个热闹，我不知道她到底写了些什么，要是她把我绝情又狠辣地臭骂一顿……

我和金嘎找了个避风的地方，他掌着手电，我拿出信。信封还是我的那个信封，她没有封口。我哆哆嗦嗦地抽出一张折叠的纸，凑着一束白光盯住纸面：

　　卡尔诺，你还真有意思。我确实没有想到你会给我写信，所以当我被你的朋友叫醒，然后接到信的时候半天都没回过神来。首先我要说明的一点是，我并不是特意针对你的，我这几天心情不好，因为和一个算是朋友的人闹别扭，不过现在好了，今天我去把她揍了一顿，我把她打倒在地……算了，不说这个了。能收到你的信，这封平生第一次收到的信还是让我很开心的。你说的很多话我一时半会儿还没想明白，但有一件事你说得对，我爱读书，我的帐篷里有一些书，但不是很多。而且你不知道的是我还在写诗歌。我很早就知道自己有这方面的天赋，我的诗歌也得到过一些人的好评。虽然我写得并不是很好，但时间和阅历、感悟和沉淀会慢慢把我磨砺成一个优秀的诗人，这一点我相信就足够了，不需要别人的认同。

　　写信交流我乐见其成，觉得可以把很多话都写上去，可以写得肆无忌惮，可以写得天马行空。我们总是不能好好地随心所欲，越是长大了越受束缚，越是变得笨重木讷。所以一旦有机会就要抓住。写在纸上就是这样一种机会，所以当然要珍惜。

　　关于鼠疫……老实说我不在意，生死有命，真要是来了，我们这些和老鼠生活在一起的人，又能逃到哪里去？不过你放心，我们也有那些东西。而且好像有人死了（我真的没怎么在意），但不知道多少人，我会打听打听。我们家和外面的人不接触好一阵子，简直和你们差不多。我阿爸出去过，到乡里去了，回来说乡上忙得紧，啥事也办不了。好像已经到来了似的。我只知道这么多。

我五味杂陈地读完，然后又一字一字地读了一遍。一个性格开朗而果断的形象就套在心中那个女孩身上，直到这时，我才真真切切地感受到了她的气息，她在我心中彻底活过来了。我不由自主地呻吟一声，完了！看看她写的信，看看她字里行间的飞扬的霸气，看看她理所当然地掌握主动权的意识。我的脑门一个劲儿地突突跳。

金嘎陪我看完了信，咂着嘴夸张地嚷道，哇哇，你女朋友好厉害！居然在写诗？连你都不会写吧？

我猛然一惊，对呀，她在写诗，她是一个诗人！

你会写吗？金嘎用胳膊撞了我一下。

当然会写，但……但要写出好诗是很难的。

我知道不容易，所以我才觉得她好牛啊！

我无法反驳了，而且我为什么要反驳呢？他说我的女朋友好，我应该高兴，从她回信的那一刻就已经算是我的女朋友了。可让我感到难受的是她远比我想的要有才华。我之前自以为是地认为她虽然读书，但也只是限于读书……人总是在顾着埋怨而忘了防备的时候遭遇袭击，我就在毫无心理准备时被她刺了一下，我没有把这件事展开分析的勇气，急匆匆地遮盖掉了。

第九章

金嘎大嘴巴一张，就把银措学问好、还会写诗的事情说了出来。他们惊讶、兴奋、感到不可思议。他们以为她的回复信是一首情诗，怂恿我念给他们听。我一拒绝，他们便强行把我摁倒，抢走了信。他们让南什嘉念。南什嘉看着我，我说你要是敢念你就走着瞧！他龇牙一笑，就开始念了。

他们听完了个个都张大嘴巴，和金嘎一个样咂巴着嘴，一个劲儿地说厉害厉害，真他妈厉害。因为没有诗出现，所以他们也就没有深入探讨到底厉害在何处，只是觉得一个女孩子能写出有条有理的信，还能写更高级的诗，这就不是一般的厉害！他们对她打人的事情只字不提，仿佛没有这段叙述一般。不理会他们各种古怪的想法，我又要烦恼回信的事情了。这回又要说些什么呢？

思来想去，觉得还是得从她喜欢的诗歌上谈，可是怎么谈？我对诗歌了解多少？我想了想，我对诗歌几乎可以说是一无所知。那么又能跟她说些什么呢？她的水平一定是超过我的，我说得不好等于是在自找死路，不说又显得和她不是一路人……太纠结了。这天晚上我又失眠了，自从认识她以来,我没睡过一个好觉,我时时刻刻都被她折磨着,有时候我想,难道她是我前世的仇家,今世来复仇的吗?

  亲爱的银措:

   以前,我从来没有想过缘分这回事,但现在这个东西活生生出现了,出现在你我之间,我用炽烈而明净的态度拥抱住缘分,不让其轻易离去。我有时候感到一阵阵惊悸后怕,我不知道要是我没有认识你会是一件多么可怕的事情,我浑浑噩噩地一天一天过活着是一件多么可怕的事情……可是,幸好,你出现了,你来了,你在我毫无准备的时候来了。幸福来得太突然,我猝不及防地接住,难免感到手足无措,并且愚蠢地伤害到了你,我真恨自己!

  读了你的信,知道了你是一个诗人,这几乎再次打垮了我,我感觉和你的差距这回是明显地拉大了,但我很快也调整过来了。因为我觉得自己用不着去妄自菲薄,我也有自己的长处和优点,我也有优秀的一面,所以,我才这般从容地给你写这一封信。这是我写得最自在的一封信,也是最自信的一封信。可我不知道自在在哪里?又自信在哪里?不管你看了后是什么感受我都可以坦然地接受,期待你的回信。我喜欢读你的信,哦,不!事实上是我喜欢你的一切东西!

  关于读书,想必我们因为读的书的不同而有着自己别样的观点,但你是诗人,读的文学书籍应该多一些吧?我也是。我尤其爱读小说。但要我在这里说出个一二三来我也不知从何开口。哎,这可就让我有点尴尬了,本来在写信之前是想写一写的,但现在,我的笔变得无比僵硬了,索性算了吧!

  想了想,还是忍不住说,昨天晚上来送信的是我。

  这封信会带给我什么样的"命运"?我觉得自己以一种隐蔽的方式挑战了命运。为此我既高兴又悲哀,不愿意考虑后果了。

  晚饭前,兀斯又骂金嘎了。兀斯老是骂金嘎,但这种骂是父亲对儿子的骂,所以金嘎有时候一顶嘴兀斯就特别生气,这回他也是气呼呼地说,你以为你是谁?要知道我们都是孽障的人。你也是一个孽障的人,你想乱来,那能有啥好处?没有!

原来金嘎异想天开，想要努力学习知识，然后离开草原去城市生活，他还想找一份好工作。大伙儿一听这话就笑得很欢实，七嘴八舌嘲讽金嘎。兀斯认为金嘎学了几个字就不知道天高地厚，简直可笑至极。

金嘎很不服气，他认为只要他把所有的字都学会，只要他有学习的强大能力，就可以去试一试。他说，我才不信，凭什么我不行？你们又没有试过，你们也不识字。等我到了可以像卡尔诺一样看书的时候，我就会去的。他说得信誓旦旦，态度也十分严肃，和以往判若两人。

兀斯又气咻咻地骂了几句，无奈地看着我。意思很明显，就是让我去劝劝。可我觉得金嘎是好样的，我支持他这样想也去这样做，于是悄悄地给了他一个鼓励的眼神，他就高兴起来，把晚饭的面团揉得十分起劲儿，再也不管兀斯对他的横眉瞪眼。

兀斯没有从我这儿得到想要的，就对我也生气了，把锅瓢弄得噼啪作响。以前兀斯做饭，尤其是做面片的时候，还会把肉块啊葱啊先在锅里炒一下，等到肉变色了，烧焦的葱散发那种特有的香味，他再把水倒进去。但现在他不这样，他已经懒得那样做了。这段时间他常常说的一句话是上当受骗了，他说他没想到我们竟是如此能吃，而做饭又是如此辛苦，比起去放药简直不知道辛苦了多少倍……尤其是蒸馒头的时候，尽管有金嘎帮忙和好了面，但他还是累得够呛，而我们又没人愿意帮忙，每当这时，他的脾气就异常火暴，稍有怠慢就会哼哼唧唧地骂起来。他的辛苦我们看在眼里，所以倒也没谁去抬杠，只当是一阵带着噪音的风，吹一会儿也就过去了。就连和兀斯闹过矛盾的确罗也缄口不言，一点不给小心眼的兀斯找他麻烦的机会。

面片饭里没有了烧葱的味道，便降低了不止一个档次。结果就是原来吃四大碗饭的人，现在只吃三碗，或者两碗半。兀斯对此结果非常满意，做饭更加随意了。要是有谁抗议，他就会说，行啊，那你来做，我去放药。我又放药又做饭，你还弹嫌起来了？

好在他有分寸，而且极好地掌握着，一直都没有超出我们忍受的底线。现在大家都对兀斯敢恨不敢言，那滋味，难受极了！即便这样，兀斯还是时不时闹一些小情绪，他会让我们自己凑合着吃一顿午饭。因为每天放完药回来已经是两三点钟，有的时候都4点了，很快就会吃晚饭，所以大伙儿也能接受这个，但也不能天天的午饭都是茶和馒头啊，连吃几次，胃里直冒酸水。直到南什嘉用组长的身份提出抗议，兀斯才不情不愿地炒了两天土豆片，但到了第三天他又不做了。后来形成的默契是每隔两天，他会炒一大锅菜。由于没有什么蔬菜，所以不是牛肉土豆就是甘蓝粉条，这两种菜轮换上阵。不知道兀斯是不是故意的，自从这种规矩形成后他炒的菜不是没放调料就是咸了，要不就像一锅汤水。但我们只能乖乖地吃了，而且不能表示不满。如果再说他的不是，他就会指责我们得寸进尺，并理直气壮地拒绝再做饭。所以谁和他说话都要小心翼翼，也就金嘎能够顶撞几句。

因为心情不好，兀斯早早就睡下了。他这段时间情绪低落，不愿意说话。兀斯并不老，但年龄和身体像一条洪水一样把他分开了，时间越久他越害怕，现在他更害怕，因为鼠疫来了。事实上他已被恐惧牢牢套住，他一直在挣扎，这我们都看得出来，他活得艰难。

他提到的另外一次鼠疫他不愿意说，我问了两遍才告诉我。原来那不是鼠疫，是另外一种瘟疫，发生在他的祖父祖母身上，那已经是差不多八十年前的事情了，那时候都是部落。那场瘟疫在信息、交通都落后的那个年代毫无征兆地降落到部落里，短时间内就有大量的牧民死去。直到死了很多人，部落才知道瘟疫又来了。部落与部落之间不再走动，需要交流他们就约定在一个地方，隔着山谷站在两个山头对话，若有更重要的事就写信，然后用抛石绳将绑着信件的石头打过去……来往的信件都要从两堆火之间穿过，然后用柏香熏，把一切不干净的东西除掉……

为了消毒，人身上、衣服上、毡包里、家具上、被褥上、马具上、马身上、牛羊身上、牛羊圈……所有看得见用得着的东西都熏烤，还在整个部落里撒上牛粪灰，因为牧民们相信，牛粪灰会把看不见的那些魔鬼淹死。

兀斯说，我们家一直以来都多灾多难，我的祖父祖母在那场瘟疫里死了，到了我阿爸这一辈，我的阿爸和妹子死了，现在是不是轮到我了？但我想不会，因为我这一辈已经死了人了，虽然不是瘟疫但反正是死了，而且我的下一辈也死了。我们家里，每一辈都要死几个人，其他的才能活着。

他在年富力强的时候，在一个无风无月的夜里杀死了三只同样年富力强的草原狼，那是他人生最辉煌的时刻。但这不久之后，他妻子就死了，莫名其妙地死了。顺便带走了腹中的儿子……他坚持认为他的家族背负着巨大的罪孽，所以他不会停止对自己的谴责，他手上的佛珠长久以来从未停止滚动，他嘴里若有若无的经文仿佛与生俱来，永远成了生命的重要部分……

　　我同情他，但每个人、每个家庭都有磨难。他身上发生的事情，同样会发生在别人身上。我不会太在意他的祖辈他的父辈和他的妻儿和那三只狼，不会在意那串佛珠磨平了他多少指纹，磨掉了他多少指甲，更不会在意他嘴里的经文是为了忏悔还是为了祈祷……但我和金嘎出门，我去追求爱情，他去追求知识的时候，我由衷希望兀斯能够拥有安稳安心的日子。

　　路上金嘎迫不及待地问我对他的想法有什么想法。我说挺好的。

　　挺好的？他提高嗓门质问，那是怎么个好法？你在耍我？

　　不要说耍，可以换成敷衍。

　　嗯，你在敷衍我？

　　没有，我得想一想，我刚才觉得你有魄力，既然有那个心，有那个决心就去干，你才二十多岁，有时间犯错和挥霍。但现在又觉得还是得慎重一些。

　　我就是想出去看看，我觉得出去走一走总比一辈子待在这里强一些。

　　当然强多了，所以我支持你。而且我觉得你一定会生活得很好，因为你有强大的学习能力，只要有了这个，你在哪里都会活得很好！

　　一说到他学习好，他就高兴，走路更轻快了。

　　　　黄河远上白云间，
　　　　一片孤城万仞山。
　　　　羌笛何须怨杨柳，
　　　　春风不度玉门关。

　　他特别喜欢唐朝诗人王之涣的这首《凉州词》，总爱用那半生不熟的普通话大声朗诵。他还喜欢王昌龄的《从军行》，就因为里面有"青海长云暗雪山，孤城遥望玉门关"。诗中有青海，所以他也常常挂在嘴边。

　　他最自信最豪迈就是在念诗的时候，那些诗仿佛根本不是我教给他的，而是他与生俱来的。他在读出来的时候自然而然气势十足，他才是真正的诗人。我对银措写诗这件事不再忐忑了，因为我突然明白不是只有写诗的人才叫作诗人，有一种诗人是不用写诗的，他会让诗用灵魂的声音诵唱天地间，永不消散。只有那些一遍一遍、一次又一次用灵魂写诗读诗的人才是真正的诗人。只有他们才能将诗歌永远流传下来……

我激动地说，金嘎，你才是真正的诗人你知道吗？你才是诗人！

他得意地哈哈大笑。

我径直朝帐房走去。我已经不再害怕她家的狗了，也不担心那个大帐篷了。而奇妙的是自从我不怕它们以来，它们就再也没有出现在我眼中。这个夜晚仍然静悄悄的，我借着月牙儿的微光摸到砖头，摸到了下面折叠的纸张，把怀里的信用砖压好。当我站起来准备离去的时候，我听见她在里面喊了我的名字。这声轻微的招呼是如此清晰，我根本就不怀疑是自己听错了。我的心又不争气地怦怦乱跳起来，我颤抖着轻轻地叫了一声她的名字。里面是一阵沉默，然后她说，你进来。

我脑后的筋脉仿佛要从皮肤里鼓胀出来，那鼓起的筋线一点点地延伸着，很快头皮就开始疼起来，我双手摁住头，惊恐得不知如何是好。我呆呆地站立着，我又听见她在说，快进来，你——

但我的耳朵也不听使唤了，嗡嗡地响着，后面她说了什么我听不清。我头昏脑涨地进去了……我的嗓子眼被一大团东西堵住，张了张嘴，喉咙里便一阵刺痛。我甚至有一种小腿要抽筋的感觉，我觉得会晕死过去，这样一想我就有了一个古怪的感觉，仿佛自己真的会晕过去，接着我居然真的晕过去了。

也许是我自己不愿意醒来，也许是我真的醒不过来，反正应该是过了很久，我看见了眼前的一片漆黑，我第一次看见黑暗中的黑色，像空气中的呼吸一样自然地出现在我眼前。我动了动，好一会儿才想起来在哪里。于是我发现自己躺在床上，我听见了旁边的呼吸声。我不知道自己该不该坐起来，我不是特别紧张了，仿佛一个昏晕把所有的紧张都带走了。我想咽一口唾沫，但嗓子太干了，一点水分也没有。我很自然地，连自己都没有意识到地说了一句，有水吗？我一怔，在打火机的光亮中接过水杯。我不敢看她，可这杯水真凉啊！凉得进入喉咙时仿佛一条流焰倒了进去，那是一种撕裂的融化的痛，旋绕着将我的咽喉摧毁，我吐出半口气，终于可以确定喝了这杯杀伤力十足的水，我是要受罪了，因为嗓子眼正在以一种飞快的速度肿胀起来。我再次咽一口水，嗓子眼里感冒严重时的那种熟悉的疼痛和艰难就出现了。我怀疑她是不是故意的……

她就躺在我身边，我看不见她。但我坐起来的时候，她也赶赶咐咐地起来了，她点燃了蜡烛。她披着她阿爸的大皮袄，面无表情地看着我。

我在想……我得有多可怕，才会把你吓晕过去？我有多可怕？她好像极为愤怒我的表现,所以声音冷得就跟那杯水一样。

我是因为紧张才晕过去的,可不是怕你。我沙哑着声音说。

那你紧张什么?怕我打你?

你再打我多少次我都不在意,我就是因为太喜欢你才……

她突然吹灭了蜡烛,你喜欢我喜欢得晕过去了?

我是因为太喜欢你,所以激动得晕过去的。我几乎是一字一句地说。

她扑哧笑了,说,你确定真是这样?她戏谑的语气让我感到不舒服,但转眼一想,她这是在以这种玩笑的方式缓解尴尬吧?不然我们怎么交流呢?

于是我就高兴起来,也嘿嘿地笑起来。去捉她的手却被她避开了。

我晕过去多久了?

十分钟吧?我没注意,反正有些久。

你可不要嘲笑我。

她咯咯地轻笑起来,我没嘲笑你呀!

那你笑什么?

我……我就是觉得好笑……

那不就是在嘲笑么?

没有。我就是……今天很高兴见到你。她用这句话表明了她没有看不起我的意思。

我得意起来,多大的进步啊,写信果然是好办法,这回她可比上次好相处多了,而且还笑个不停,这是好兆头啊!

你快走吧,不然你同伴要冻死了。

明晚我再来看你,我担心的是这一天一夜叫我怎么熬。

她的脸一红,胡说什么,不要来。

我来给你送信。我说着,从帐篷探出身子,取了砖下的信递给她。我握住她的手,舍不得松开。我更舍不得离开。赖着和她又说了好多话。我不知道说了什么,反正我们都在说着笑着。不知过了多久,我恋恋不舍地在她的再三催促下轻飘飘地走出帐篷。我浑身滚烫滚烫,连嗓子也不怎么痛了。

金嘎冻得直哆嗦,但很兴奋,一个劲儿地追问是不是搞定了。

我说,嗯,搞定了。

你真的睡了她?金嘎一把拉住我的手,一双眼睛都快要冒出光了。

胡说什么呢,我们只是聊天。

少扯淡，你进去一个多小时了，快说说怎么样？你摸她了吗？

我都说了只是聊天，再说她是那种随便的人吗？

金嘎遗憾地叹息一声，仿佛我没有做一些事情，是他的损失似的。

我们在前一个晚上看信的地方停下看信。这回她的信比较长，我俩忍着冻挨着冷一连读了好几遍。

　　可爱的卡尔诺，你的第二封信在我看来只说了一件事：我们的发展。

　　你果然听话（感觉怪怪的），这封信写得云山雾罩，让我不明所以。我连猜带蒙，不知道对不对？但这样一来就更有趣了，至少不是一封干巴巴的信，显然我们以书信交往现阶段是成功的。哎呀，你可知道在寒冬深夜，哆哆嗦嗦地给你写信可不是一件容易的事儿，但有趣极了。我的过去平平淡淡，甚少发生有趣的事情，不知道为什么，我很少有朋友。女性的更少。上学的时候总有几个女的看我不顺眼（大概是我长得比她们好看的原因吧哈哈），我对她们也是如此。因此倒是没少打架。你见过女人打架吗？可比男人凶恶多了去了，仿佛都是仇深似海。这点让我特别感慨，我甚至有一段时间因为自己是个女人而了无生趣，开始恨自己的身子了。但后来一想，他妈的，这是我懊恼就能解决的吗？于是也就想开了。

　　前天——还是昨天，我忘记了——阿妈拐弯抹角地侦查了我，他们俩好像知道夜里的动静了，心里肯定担心死了，但嘴上不明说，还装作若无其事的样子，好笑死了。改天我想吓吓他们——就说我已经怀孕了哈哈……

　　再过一个月就可以回到冬窝子去了，好怀念家里的火炕啊。真是冻死我了。每天夜里至少要被冻醒两三回，每次一醒来，鼻子和耳朵都要掉下来似的。我仿佛听见它们可怜兮兮地在哀求我好好照顾一下它们，不要没心没肺的不管。我现在在锻炼自己闷在被窝里睡觉的本事，但困难在于呼吸，闷一会儿就受不了了。而且一旦睡着，我的脑袋自己就钻出被窝去了。真烦恼啊！我问过阿妈该怎么办，她奇怪地看着我（仿佛不认识似的，又好像在怀疑我是不是她的孩子），估计在她看来一个在高原上土生土长的孩子，居然会害怕高原的夜晚，实在荒唐。

说来你也许不信,我这会儿是脖子里夹着手电,跪在被窝里写信的。这样比刚才好多了,至少手指灵活了一些。写的字嘛是丑了一些,但和真实水平没关系,我写得忘乎所以的时候才不管那么多呢。

行啦,我的脖子都发酸了,就先到这儿吧!

至于"鼠疫"的事,抱歉啊,我没打听到什么有价值的消息,我阿爸知道的不比我多,应该没什么事吧。管他呢,先把眼前活好,我可没有那么多脑子想很多事情,我劝你也不要管,我特意调查了一下,我们草原人,就是几乎天天和老鼠打交道的人,从古至今好像都没有因为它们身上的什么东西而死了人。这一点实在奇怪死了,但又好像在情理之中。我阿爸说魔鬼只会找害怕它的人,所以啊别担心,还是多想想怎么给我写好玩的信吧。

我一连读了几遍,鼻子发酸,心头涌起强烈的怜爱,恨不能将她的寒冷统统都揽到我身上来。她写得真好!我炫耀似的问金嘎,怎么样,厉害吧?

金嘎满口佩服,她写的比你的多多了。以后你也写长一点。

我答应着,但觉得以后似乎不用再写信了。我每天晚上都要去见她。

而事实上我确实每天晚上都去和她幽会。我晚上七八点钟离开,早上五六点钟回来。我像一个上班和回家的人一样行走在一个垭口的两边。这点山路对我来说已经不算什么,我乐此不疲,不怕寒冷侵袭,不怕黑暗世界。我们每天晚上聊奇奇怪怪的话题,然后做爱,相拥着沉睡。早上她像一个温柔的妻子轻轻地摇醒我,说你该出发了,于是我就离开温暖的被窝,迎着寒风翻过垭口奔向工作。而她忙着家里的事,等着我晚上回来……

第十章

日子一天天过去,我们工作的范围越来越小。再困难的事情都有结束的一天。大家都挺高兴,离家都三个多月了,想家想老婆想孩子想坏了。想睡热乎乎的炕,想吃热乎乎的家里饭。再不用忍冻挨饿了,不用担惊受怕。但我们没有接到通知,南什嘉说没有接到通知就不能回家。

但他又保证说工作全部结束后,顶多三五天我们一定可以回家。

可是我不想回家,我感到难过。我不想离开她。我们才刚刚开始。我觉得漫长冬夜变得越来越短促了,几乎一眨眼,天就亮了。我说到我们的未来,她笑而不语。有几次我见她欲言又止,但最终这些话语在做爱中消耗了。

这天午后,南什嘉说他又分手了。可他还是一如既往地去约会。在我之后,确罗成了他的跟班,我不知道确罗跟了几次了,但我知道他心甘情愿并且乐此不疲。据说狗都被确罗包了打,并且越打越上瘾。南什嘉承诺回去之后从某处给他借一把枪。他之所以答应给南什嘉做保镖完全是看在那把枪的分上的。他常常用质疑的口气问南什嘉那枪是不是八成新,会不会哑火之类的问题。南什嘉再三保证枪绝对不旧,而且也绝对不会发生哑火之类的问题。但他还是不放心,必须要每天问一次,仿佛一天不问那枪就会出现那种情况。

这几日南什嘉跑得格外勤快,他说时间所剩无多,机会一瞬即逝……

我听着心里慌,说我也是没多少机会了。

不一样,你和我不一样!他说,我再也没有机会了,但是你有机会,好好把握!

我说,你舍得吗?

我就这点好,从来不留恋任何女人,所以往往关键时刻毫不犹豫。

你真舍得?

又不会马上死掉。他说。

我办不到。

今晚我陪你去。

不用。

没事,就是想跟你聊聊,以后可就没时间了。

翻山的途中他跟我说他要去玉树了。他再也不想待在这里。

玉树?

我招女婿去了。

这是干吗?我感到很诧异,他突然这样说,好像一去就是永别似的。

我和他不对路,像仇人一样很没意思,与其这样不如远远分开。

我就不明白,这么多年你们兄弟就一点感情没有吗?

有什么感情,一直都是我在家放羊干活他上学。我很早就知道,我只不过是他们家的一个仆人，他把我领养的时候大概就是这么打算的吧。

南什嘉说得让人心酸，让人不由自主地去想象他遭受过的困苦。我实在不知道他对自己现在的家庭到底持有一种什么样的态度，是恨呢，还是无奈？

我觉得他当初领养你大概没有想那么多。

你不知道，你不了解。我的养父啊，别看平日里一副老实样子，主意多着呢。

你这是打算离开，还是要彻底断绝关系？但毕竟，他把你养大……

南什嘉苦笑着摇头。就因为他把我养大，我才为难，要不然你以为我会忍气吞声受这份窝囊气？

远走高飞，也好。我在想，我要是去她家招女婿的话会怎么样……我回头望了一眼亮堂堂明晃晃的月亮，那清光把我打了个激灵。我把皮袄往紧里拉了拉。我俩的影子就在眼前晃动着，清晰得难以置信。我的围巾松了，寒气扑到脸上，直透骨髓。远处灌木林里一只孤狼在长啸，那悲戚的声音把我的心绪搅成一团绵绵的伤愁。我紧跑几步追上他。

走完长长的下山路，他朝四处看看，挥挥手，转身离去。他远去的身影悲戚如那匹孤狼。我用衣袖擦了擦眼睛，转身走进帐篷。

我没有见到她。但奇怪的是我一点儿也没有惊讶，我一点儿也没有感到意外。我惊讶什么？我又意外什么呢？我早该料到这种结局了。我看到叠得整整齐齐的被子，上面是一封薄薄的却沉重如山的信。打量整个帐篷，一切如旧，只有她的消失留下了巨大的空间。我突然感到这个帐篷里的陌生和冰冷，把最后一丝暖意也吞噬了。我坐在熟悉的小床上，熟练地点上了蜡烛，抚摸着我们共同枕过的枕头。我拿下那封信。在打开信的时候，我双手沉稳，我知道如果一抖，我就会号啕大哭。而我，却不想在一个无情的夜晚，流淌没有用处的眼泪。

　　看见这封信……也许不用打开这封信，你就明白发生了什么，就已经有了预感。我们现在这样子，这真是讽刺又可笑。也许这就是命中注定，我不会为此去改变什么。请原谅，可能我当初就不应该去搭理你，不应该把你引来，可是，我也有不能控制自己的时候，我对你充满好奇和愧疚，还有一种说不出的感觉。正是这些东西害了我也害了你。让我们无端地受了一次爱的伤害。请不要怀疑我们拥有这一份美丽爱情的真诚。回想我们在一起的每一个夜晚，我们写的那些情书……我一生都不会忘记的……

我很快就会结婚了。不是我不在乎我们的感情。我就是想给你留下一个坦白的心。我知道这样做会使你伤心悲痛，但所有的爱情都会有伤心和悲痛的，不是吗？

我永远不忘记你。把我好好地放在心里。

你的女人，写于冷夜。

看完信，我把信揣在怀里走出帐篷。我揣着仿佛还有她的温度她的气息的诀别信踏上归途。

我的围巾又被风吹开了，在脖子后面迎风飘扬。天地间只有我一个人。雪，又开始飘下来。

第十一章

当我从一种浑浑噩噩的状态中冻醒的时候，大雪纷纷扬扬，天地一片朦胧。云层低沉沉地压在头顶，强风横扫每一寸雪地，轻盈的雪花有了箭一般的速度和力量。空气冷酷得令人窒息，呼出的每一口气被毫不留情地封杀在了围巾上，形成一层坚硬的冰布。我的眼睛和额头赤裸裸地见证着这一场恶劣的大风雪。

我发现一匹老狼威风凛凛地站立在不远处。它饶有兴趣地凝视着我。过了一会儿，它朝周围看看，仿佛在寻找几个同伴，以便一起来分享我这个大餐。可是当发现除了大雪和呼啸的大风之外什么也没有的时候，它无比留恋地望了我一眼，夹着尾巴摇摇摆摆地走了。而我身后的脚印，飞快地消失。自我离开小帐篷，山的那边，山的这边，所有我存在过的痕迹都被抹除了。

我悄悄回到营地，异常疲惫地躺进被窝，流了几串眼泪，然后昏昏沉沉地睡去。

我被乱哄哄的喧闹声吵醒。我听见麻将声，听见他们在争论着吃什么。有人说吃好一点，反正快要走了。有人反对说不行，大雪封山，这些剩余的东西可能都吃不了几天。大家七嘴八舌地说着。

我拉开被子,见南什嘉也在被窝里。他看着我笑,事情怎么样了?

我下意识地摸了摸信,说,我们也结束了。

很好,这下你可以开始新的生活了。他毫不惊讶地说。

我也这么想。我强迫自己这么说。

今晚你陪我吧!你说得对,我们要做个了断。

我接过一根烟,默默地吸着。

下午,确罗说他发现了一个秘密。

金嘎这家伙,他在弄这个,你们说有意思不?他的手做了一个手淫的动作,夸张地嚷嚷道,这天气……他就不怕冻掉……哈……他一个劲儿地说着。

兀斯说,你这是吃饱了撑的,你管那些干啥?你没干过?

确罗理直气壮地说,我当然不会干,我需要就去找女人。我就想要问问他,冷天里的感觉怎么样?

谁信你的鬼话,我就不相信你从来没干过。南什嘉说。

我就是没有,你们爱信不信。

乌兰乐呵呵地说,确罗你做了也承认,在前些天你去"约会"的晚上有那么多时间,你做什么了我们也没看见,你的怎么没冻掉呢?

确罗说,乌兰,你是不是又想挨打了?

乌兰站起来说,你试试。

确罗沉着脸,突然一笑,开个玩笑,玩笑。你们看,金嘎来了。

金嘎一进来,确罗就笑嘻嘻地说,金嘎,你哪去了?

我去哪儿了?金嘎本能地感到不对劲。

对呀,你去了哪里?你不会连自己去了哪里都不知道吧?

我去上厕所了。金嘎结结巴巴地说。

你紧张什么?难道还有什么事?确罗不依不饶地追问。

确罗你想干什么?你什么意思?兀斯第一个阻止,你要是吃多了就滚出去。

就是,确罗你过分了。南什嘉接着说,他去哪里干什么跟你有什么关系?

我和乌兰也指责确罗多管闲事,破坏团结。

确罗成了众矢之的,气得哈哈大笑,态度更强硬了,你们不让我说,我偏要说,金嘎你说,你干什么去了?你说不说?

金嘎摇着头,茫然地站着。

你不说是吧？好好好，你不说我替你说。确罗激愤地嚷嚷，我刚才看见一个人，在那里……有个人在那里干这个……

确罗夸张地挥动右手，皮笑肉不笑地冷冰冰地盯着金嘎，你说说，你在干什么？

金嘎痛苦地闭上眼睛，眼泪滑下脸颊。

你说啊，确罗没有开玩笑的意思，恶狠狠地说，你那家伙是不是已经被你训练出来，已经很抗冻了？

金嘎大叫一声，你是魔鬼神。他哭号着跑出去，一直跑到冰面上去了。

确罗撇着嘴，摇摇晃晃地躺到自己的毯子上。金嘎的表现让他很失望，他继续玩下去的兴致没了。

毡包里一阵沉默。气氛诡异。确罗越来越能搞事了，而且还不愿意改正，他铆足了劲儿找碴儿，谁也拿他没办法。南什嘉是个失职的队长，几乎什么都不管。但也不怪他，他有自己的事情，他连自己都管不好。我们都什么也不是。我突然感到难过，金嘎年轻，我也年轻。乌兰、确罗、南什嘉都年轻，但我们仿佛经过了一百次年轻的时候，仿佛现在厌倦了年轻。

我不明白。首先，我不明白发生这些事的原委，到底哪里错了？然后我不明白为什么时间一长，我们就开始仇视彼此，鼠疫来了不是我们任何一个人的错，可我们不着痕迹地提防别人。是个人就能感觉到那种不正常的交流。

我们竟然都变得凶巴巴的。

一个小时过去了，金嘎还不回来。我磨磨蹭蹭地走过去，和他站在一起。我不敢看他，摸了摸裤兜，掏出烟。在给他点烟的时候打火机几次被风吹灭。我偷偷地瞅了一眼，他已经不哭了，很平静。看不出任何表情。我不知道该怎么劝他，任何劝解都显得无力。

你说，我窝囊吗？风一来，他的话被吹散，像是从遥远的地方飘过来的。

什么？窝囊？这有什么窝囊的？我赶紧说。

其实我一点不窝囊，你相信不相信？他看着我。

我当然相信，这跟窝囊不窝囊没关系。我不由自主地躲避开他灼人的目光。

你也不相信吗？我该怎么办？

我真的相信。我怎么会不相信？我是了解你的。而且这也不是什么大事，你想那么多干吗？

他们都会知道的，所有人都会知道的。我家里人也会知道的……她们也会知道的，谁还会看上我？还有谁会瞧得起我？

金嘎终于崩溃了，蹲在冰上呜呜地哭。

我站着，一句安慰的话都说不出口。

他哭了一会儿停下来，冷冰冰地说，我不会就这么算了的，我会让确罗后悔死这么做。

他的确不像话。我说，说明他吃的亏太少。

他把我当小狗一样。老天怎么不把他劈死？

他就是那么个不长记性的人，不知道分寸的人。我顺着他的话说着。

他会有报应的。

迟早的事。我说。

我想一个人坐一会儿。他说。

我点点头，走开了。

金嘎傍晚回来了，回来后去提水。然后帮兀斯做饭，很正常了。我松口气，这件事这么过去是最好的结局。金嘎对这件事的反应是有些出乎意料，但也情有可原。女人是他的一道深渊一道坎，这谁也看得出来，但这是因为他年轻，我相信很快他自己会解决的，或许若干年后，他会怀念地把这段经历讲给别人听，因为时间会把一切改变掉。

金嘎总有一天会为今天的行为感到好笑，并顺便怀念青春的。

第十二章

我和南什嘉出发了。四野白茫茫一片，一如我们刚来的时候。坚硬如砂的雪粒子还在空中飞荡，时不时地打在脸上。南什嘉沉默而伤感，他再不能克制自己的情绪了。走着走着，我们身后那已然被悲伤晕染的圆月突然光芒大盛。月光清清爽爽地照耀雪原，大地就在那一瞬间燃烧了一样红亮了，夜色也在这一刻动了一动。

我们身后透迤的脚印，仿佛爱情的符号，断断续续。

我承认，我到现在一直放不下她。南什嘉喃喃自语，我承认我说的都是假的，可我没有其他的机会。

那天夜里有哭哭啼啼的声音锲而不舍地烦恼我，我在梦境与现实之间的地带茫然无措，不知该往何处去，只觉得面向何方，都是一条绝望的路。黎明之际，他来叫醒我，我们走出低矮的木头门，一起远眺黛青色的山峦。天地肃穆，没有因为一对恋人的分手而多出一丝变化。悄然出现在门口默默相送的她和大步流星离去的他都承受着难以释怀的悲伤，我见证了一段五味杂陈的爱情的终结，心里像被割了两刀。

天色刚刚亮起来，昼夜交替，正是一天中最冷的时候，呼出去的气还没消散便成了冰，冻结在围套上，眉毛上。雪地不再反光了，变得灰暗，即将到来的阳光让一切物体都做出了迎接的准备。

迎着第一缕阳光，我和南什嘉几乎同时看见毡包门口的热闹。我们隐隐约约听见哭喊。

他们在干什么？南什嘉停下，变换视线的角度，极力想从迎面而来的强烈光线中看清楚发生了什么。

好像有人在哭。我说，出事了。我有很不好的预感，是那种大难临头的预感。

南什嘉跑起来，一边跑一边说，肯定出事了，要不然他们不会这么早起来。

走近了，确罗呼天抢地的号哭清晰了。

再近一些，看见他们站着。乌兰、兀斯，木桩似的站着。在他们前面，是跪倒的确罗。确罗的前面是金嘎。

金嘎盘腿坐着，披一身霜雪。

金嘎一动不动。

金嘎结结实实冻住在雪地上。

不久前他还活蹦乱跳地读诗念字，如今已经从头到脚冻死了，嘴巴、眼睛、手还有心灵都冻掉了，甚至连灵魂也冻死了。

确罗他把头深深埋进雪里，哭声渐渐变得哽咽，最后只剩抽搐。他跪在金嘎面前，一遍又一遍地把头撞在地上。

我不敢靠近，浑身剧烈颤抖，恐惧。我试图让自己发声，可是我失语了，我只能看着。我觉得这一定是一场噩梦，我还在那间冰冷的小屋里睡着，等着南什嘉来叫醒我。

一只手来到我鼻子底下，南什嘉应该是想抓住我站起来，但没抓住，他的眼神错乱了，比我更不堪。他再次一抓，抓到我手臂上。我把他扶起来。

他冻死了。南什嘉喘着粗气。和我一样，他的目光不敢停留在金嘎身上。他冻死了。他自言自语地说。

他就是这么个人。我终于可以说话了。话一出口，泪水横流。

南什嘉也哭了。

他狠起来比谁都狠，他把狠用到自己身上了。是的，我早该想到他会有行动的，但他往日的懦弱麻痹了我。我忘记了老实人狠起来才是真的狠。他真的报仇了。他把有自己精液的碗放在了确罗的头顶，他让自己结束生命。他报仇了！确罗得到了一个一辈子也无法洗脱的报应。

金嘎，这世上只有你最有尊严。

第十三章

金嘎走了。

我们把他抬上车，南什嘉和乌兰送他回去。

我们剩下的人，躲在被窝里，谁也不说话。炉火灭了，没人点。

我感受着白天和黑夜的轮转，仿佛经历着什么。在这种经历中长了十岁，我从一次死亡长大成人了。我明白了生活就是这样。我身边的一个个人，就是一次次死亡。我明白了如果没有死亡，无论是现实还是精神，我们都将有一个完全不同的人生。我们从死亡的一边出发，走向死亡的另一边。

为什么感受到风吹和雪花？因为我们在死亡之间的人生里。

兀斯沉睡了两天，脸庞浮肿，眼睛充满血丝。他时而发出沉痛的呻吟，时而大声念出长长的、包含情感的经文。

两天后，兀斯起来了，把确罗踹起来，将水桶踢给他。

确罗蓬头垢面地去提水了，这是以前金嘎的活。两天前南什嘉让确罗出山，他不敢。他的胆子被恐惧和愧疚包裹起来了。他成了一具行尸走肉，但这不是我们愿意看到的。逝者已逝，生者向前。我们原不原谅他无关紧要，他得自己走出来。兀斯是过来人，他知道仇恨是最没有用的，最会害人的，所以他才打确罗。

南什嘉和乌兰回来了，带来了消息。鼠疫终究没能得逞，这片草原保持了原有的平衡。该怎么样还怎么样。兀斯终于可以放心了。

金嘎走后第七天，我们可以回家了。这是一个世纪般漫长的七天。

来的时候满载而来，沉甸甸的，走的时候轻车简行，空荡荡的。

来的时候是六个人，朝气蓬勃；走的时候却成了五个人，死气沉沉。

金嘎留在了草原上，他所向往的大世界……

我们绕道去了那卡诺登，登上了敖包山。在敖包跟前，我们跪倒磕头。确罗呜呜嘤嘤地哭泣着，强劲的东风吹散了他的哀声，吹得他像狗一样匍匐着向前爬。南什嘉也哭了，轻轻地、无声地流泪。这是我第一次，也是最后一次看见他流泪。

　　当我们再次坐上车，朝遥遥在望的家驶去时，我说我们念一首诗吧，金嘎经常念的那首。于是，我们一起大声地、歇斯底里地喊道：青海长云暗雪山，孤城遥望玉门关……青海长云暗雪山，孤城遥望玉门关……

获奖作品《飞发》作者葛亮

葛亮简介：

  葛亮，学者。先后就读于南京大学、香港大学，文学博士。现任高校中文系教授。

  著有小说《燕食记》《北鸢》《朱雀》《瓦猫》《七声》《戏年》《问米》《浣熊》《谜鸦》，文化随笔《小山河》《梨与枣》等。作品被译为英、法、意、俄、日、韩等国文字。

  历获鲁迅文学奖、"中国好书"奖、首届香港书奖、香港艺术发展奖等奖项。长篇小说代表作两度获选《亚洲周刊》"华文十大小说"。作者获颁"海峡两岸年度作家"、《南方人物周刊》"年度中国人物"。

获奖感言

故事岭南

葛 亮

感谢鲁迅文学奖组委会和各位评委对《飞发》的肯定与厚爱。《飞发》写的是发生在香港的故事。在岭南生活了二十余年，写这方水土，我相信，这其中必然包含情感的积蓄。自我求学的时代，便知这水土为许多前辈步履所在。鲁迅、茅盾、钱穆、许地山、戴望舒、萧红。他们有的匆匆而过，雁过留声；有的在此笔耕经年，鞠躬尽瘁。1927年，鲁迅先生曾三次来到香港，接连发表了重要的演讲《无声的中国》《老调子已经唱完》。如今经过香港青年会，只觉余音犹在。这两次演讲，振聋发聩，直接促动了香港新文学的发展进程。也由此，有了"岛上社"、《伴侣》杂志，其间文脉接过内地新文化运动的薪火，于是带来这城市的崭新气象。

近一个世纪之后，这城市有了许多的步进。它的回归、历史社会的变迁、经济上的长足发展，皆在文化的图版上留下深深辙印。我有幸以二十余年的生命身处其中，与之同奏共聱，体会与见证。这些步进，伴随着许多人的努力，并以之为建筑时代的砖瓦。砖瓦的温度，见乎日常砥砺，炼就了狮子山精神。这精神不止于香港，也遍及岭南。粤人的勤奋与务实、不分朝夕的胼手胝足，有着对传统的继承与传扬，也都是朴素而砥实的。

这其中，有许多的手艺人。近年在粤港澳地区的走访与考察，便是为了他们，也渐渐进入了他们的天地。这天地在外人看来并不大，但走进去，便是朗朗乾坤。里面是一个人对传承炽热的忠诚，也是求索与常变之心。这心的宽容，是让人敬畏的，衔接古今中西、世相万物。这时，才会发现笔下的绵薄，难尽其一。

说到底，《飞发》是写一群人对自己行业的信仰与坚守，也在关注传统与现代、历史与代际等问题。任何一种文化形态的成长，势必伴随着文化基因的兴变与融合。这是每个写作者都要面对的命题。

广东人说故事，叫"讲段古"。这一听，便连着许多的前后、源头。可这"古"，又岂止是往日铿铿锵锵、宏大叙事，往往关联着凡常的万家烟火。历史大哉，归根结底，都连着个人。"一均之中，间有七声。"零落声响，可凝聚为闳音。中国的好故事说不尽，其中必有岭南的"一段古"。要讲好这一段"古"，"古"里必涵藏着今人的目光。如同小说中叫作"孔雀"的理发公司，某种程度上，也成为过去向现在的馈赠，进而远及未来。

再次感谢鲁迅文学奖对我的肯定。感谢我江南的故乡。这里有一切母土的意义，于斯生长，温暖守望。感谢我这些年所生活的岭南，它的开放、丰饶与包容，将一直是我文学创作的源泉。

飞 发

★ 葛 亮

喂呀呀！敢问阁下做盛行？
君王头上耍单刀，四方豪杰尽低头。

——题记

楔子

"飞发"小考

清以前，汉族男子挽髻束于头顶；清代则剃头扎辫，均无所谓理发。

辛亥革命，咸与维新，剪发势成燎原。但民国肇造期的"剪发"，把辫子齐根剪断而已，发梢披散，非男非女。发而能"理"，决定性条件乃西洋推剪之及时传入。有了推剪，中国男人才有延至今日之普遍发型。

"理发"之英文表述，是 to have a haircut。cut 者，切割而已，就与"发"之动宾配搭而论，规范化汉语把它演绎为"理"，言简意赅。

不过粤方言自有特点，广府人善于吸纳外来词并使之本土化。例如"理发"，地道粤方言要说"fit 发"，把 fit 读得更轻灵，便成"飞"。何以粤方言弃 cut 而选 fit？首要，是 fit 之核心内涵乃"使之合适"，把头发修整得合适，正好跟"理"相符。"飞发"即"fit 发"，其有上海话可资佐证。自19世纪中叶出现洋泾浜英语迄今，上海俚语把配备传动装置的小机械称作"飞"，如单齿轮作"单飞"，三级变速自行车叫"三飞"。洋泾浜的"飞"，已被确证为对于 fit 的借用。异曲同工，粤方言借 fit 指称理发。

民间另一"桥段"即与配备了弹簧的推剪相关。剪发师傅是用推子和剪刀来剪发，每推一下，手部都有一个向外甩的动作，把顾客的头发甩至一边，因此便有了"飞发"一词；而近更有一说，源于男发剪技之"铲青"，亦作"飞白"。铲也要铲得有层次，可看出渐变效果。此"渐变"，便是英文的 fade，也就是飞发之"飞"。由此源自西方的"barber shop"，便顺理成章，成为港产的"飞发铺"了。

壹

年初的一次春茗。我的朋友谢小湘对我说，你们中文系，真是个藏龙卧虎的地方。

我摆摆手，表示谦虚。

我和小湘算是港大的校友，但在校时并不认识。他是读电机工程的。他爸是港岛一间酒楼的主理，机缘巧合，在一次朋友的婚礼中相识。他每每和我饮茶，总是会告诉我一些学系的新闻。大约因我深居简出，他四处包打听的性格，是有些讨喜的。

他说，真的，我前些天遇到了你的师兄，翟博士，他开了个理发店。

我一时愣住，头脑里风驰电掣，想起了翟健然。他比我高了一级，跟系主任研究古文字。博士论文研究楚简，四年，认出了五个半字，在当时的学术界还引起过不小的轰动。毕业以后，传说他在新亚研究所做过一段时间的研究员，许久没有联系了。

我于是明白了小湘说的"藏龙卧虎"。是的，近年来，我们中文系不走寻常路的同窗，的确不少。在一次文化部组织的活动上，我和学妹小哲惊喜相遇。才知道她早就放弃了对"新感觉派"的乐理研究，投身梨园，已经是香港粤剧界崭露头角的花旦。依稀谈起当年我给她带导修，说，师兄，我大二古典小说课程演讲提到任白，唯你一个还能聊得上，我就觉得自己得出来闯一闯。至于闯得更大的，是我同门师弟陆新航，博论跟导师研究南社。前段时间，还在巴士上看到他巨大的照片，写着港大五星导师。才知道已经跻身补习行，是业内甚有名望的"四小天王"。同学聚会，他自谦下海不过是要给女儿买奶粉。旁边同学起哄，瞒不过上了新闻啊，"天王陆生斥半亿，喜购康乐园跃层别墅"。

但是，翟师兄开理发店这件事，还是有些超越了我的想象。印象中的他，头发有些谢，终日穿一件深灰的美式夹克，见人脸上总是有谦卑的笑。但只要不见人的时候，立刻换上了自尊而清冷的表情。

五月的一个周末，我收到了一张甲骨拓片。是个搞现代艺术的朋友，要做一个专题展，叫"符语千年"，大约是有关中国巫文化的。他电邮中说，这是新出土的甲骨，上面有些字不认得，请我找人帮他认一认。

我忽然想起了翟健然，就找出小湘给我的地址。

当我到达北角时，太阳已经西斜。我沿着春秧街一路穿过去，才发现，这里已经和我印象中的发生了很大变化。早就听说要仿照台北的松山，做一个文创园区。没想到几年间已经成形了。路两旁的唐楼，都带着烟火气，保留了斑驳的外墙，甚而还能看见五十年代鲜红的标语的痕迹。墙上装有简洁的工业风的外楼梯，虽也是复古的，但因为明亮的红色，却带着劲健的新意。我想一想，原来是《蒂凡尼的早餐》中防火梯的样式。大约走到了以往丽池夜总会的旧址，已经是一个广场，这才看见有一些肥胖的铸铁雕塑。这些人形没有面目，或坐或卧，都是很闲适的样子。我立刻意会，这是本地一个艺术家的新作。他的雕塑系列《新欢·如胖》(For New Time's Sake)，分布在这座城市不同的地点。比如油塘地铁站，或是湾仔利东街。这些作品中的形象一律是富足而悠闲的，有着今朝有酒今朝醉的表情，或许寄予了对本地人生活的亟盼。其实香港人是如何都闲不下来的。我就在转身的时候，看见了"乐群理发"的标牌。

这幢红砖墙的独立建筑，在广场的一隅，不知是什么名堂。外面是转动的红白蓝灯柱，在香港其实也很少见到了。

我确认了一下地址，推门进去。门上有铃铛"当啷"一声响，提醒有客人进来，也是复古的装饰。店里有人迎出来，正是翟师兄的脸，挂着殷勤的笑。他招呼我，问我预约了几点。我说，我并没有预约。他说，不碍事，正好有个客 cancel 了 appointment，他可以为我服务。

但是，翟师兄始终没有认出我来。我一时竟不知怎么开口与他叙旧。他的模样依旧，并未老去，但神情昂扬。穿着洁白的制服，身姿也是挺拔的。更不可思议的，头上竟是一头丰盛的黑发，用发油梳得十分整齐。

在我愣神的时候，他问我怎么剪。

当时我的眼睛，正盯在墙上挂着的一张猫王海报。埃尔维斯·普雷斯利，在这店里昏黄的射灯光线中，浅浅地笑。

翟师兄站在我身后，微笑说，虽然侬家兴复古，但这个"骑楼装"，还是有点夸张哦。

我这才回过神，说，那，那就稍微修一修。

"修一修"这个似是而非的要求，往往会让理发师和顾客，都有台阶可下。

但是，翟师兄却忽然现出肃然的表情，道，到我这里，怎么可以修一修。来，我给你推荐一个发型。

我嚅嗫着，以为他会拿出一本目录给我挑，这是一般发廊通常的做法。然而，他指着橱窗玻璃的一幅招贴画说，我只剪这六种发型。我放眼望去，这张发型示意图是手绘的。模特都是欧美人的样子，暗影呈现深邃的轮廓，头顶一律用白色标记了耀眼的高光。

每张图底下，有英文的注释。比如 City Slicker[①]，Aristocrat[②]，Valentino[③]，Executive[④]。在一张看起来十分浮华、布满了波浪的发型下头，写着 Play Boy[⑤]。

翟师兄跟着我的目光，详加介绍说，这个"水浪涡"靓仔得来，但打理起来好麻烦。"九龙吊波"就好些，出街冇问题。

他反身看一看我，依你的头型，剪这个"蛋挞头"最正。既然怀旧，就做足。

这烟火气的名字，让我愣一愣，看不出怎么像"蛋挞"，但却似曾相识。他瞧出了我的犹豫，便说，潮流就是这样。兴足十年，兜兜转转又十年。当年 Casablanca 里头的 Humphrey Bogart[⑥]就是这个发型。

我顿时明白为什么觉得眼熟，于是点点头说，那就这个吧。

坐下的时候，我的心情很复杂。因为我在翟师兄的眼中，只看到了面对一个陌生顾客的殷勤，以及职业性的微笑。我想，即使并非同门，但毕竟在一个系里待了四年的时光。记忆竟然真的可以了无痕迹。

---

① City Slicker：城市滑头，系美国俚语，本意指油头滑脑的城市人，后引申为一种时尚风格。
② Aristocrat：贵族式，一种时尚发型样式。
③ Valentino：瓦伦蒂诺式，一种时尚发型样式。
④ Executive：一种风靡20世纪60年代的发型样式，其代表人物是披头士乐队。
⑤ Play Boy：花花公子，一种浮浪夸张的时尚发型样式。
⑥ Humphrey Bogart：亨弗利·鲍嘉（1899—1957），美国男演员，1942年与女星英格丽·褒曼出演爱情电影《卡萨布兰卡》（Casablanca），饰演玩世不恭、率性而为的酒吧老板里克·布莱恩。该片获第16届奥斯卡最佳影片奖。

他走到了墙角，打开一只电唱机，又弯下腰，挑拣了会儿，才将一张黑胶唱片放进去。音乐响起来，瞬间就将这店里的空间充盈了。沙沙地响，圆号和萨克斯风的前奏，是久远前灌制唱片的信号。即使许久没听爵士，我还是认出来了，Summertime。比莉·哈乐黛的声音，永远略带苦难感。

翟师兄按了一个按钮，开始将理发椅缓缓降下，我的脸冲着天花板。听着音乐充盈着空间，让不算狭窄的店堂，忽然显得拥挤。

翟师兄给我干洗头发，手法十分轻柔。我的眼睛，停留在了天花盘旋的裸露的排风管道上。我看到一滴冷凝水，与另一滴聚合在了一起，越来越大，就快要滴下来了。

这时候，我感觉到眼睛上一阵温热。翟师兄将一块毛巾覆在我的脸上，同时间闻到了植物清凛的味道。黑暗里头，我听到他说，这是柑叶精油，能够放松心神。听爵士，要闭上眼睛。哈乐黛的声音，像一个黑洞，进去了，就一眼望不到头。你知道吗？我第一次听 Strange Fruit，听到泪流满面。

说到这里，他的语气轻颤了一下。其实此刻，我努力想睁大眼睛，看一看翟师兄的神情。我回忆在大学里的每一个和他交谈的线索，他的寡语、不苟言笑，都恍如隔世。

包括在头顶工作的一双手，按摩间的停顿和敲击，也让人踌躇。当我终于想要问句什么，他告诉我，头已经洗好了。

他用吹风机将我的头发吹干，然后说，我要开动了。

翟师兄拿出一只电推，在我的后脑勺动作，手法十分娴熟。我面对着落地大镜，看到他专心致志，这倒是有几分印象中面对古文献的情形。此刻，我放弃了唤起他记忆的想法，于是有充裕的时间看清楚整个店面的陈设。虽然墙体用原木砌成，没什么多余的装饰，走的北欧路线。但细节上，却有许多欧洲 barber shop 的痕迹。取光的玻璃柜里，摆着品牌的洗发水、润肤皂，甚至还有不同款型的须后水。普普风的大幅电影海报，镶嵌在镀金的画框中。桌椅，包括他特制的工具箱，都规则地铆着铜钉，是略有奢华感的暗示。

我从镜中看到对面的墙上，贴着许多的黑白照片。有风景，也有人。仔细看去，大都是本地风物，拍得非常有韵味。光影之间，竟让我联想起喜爱的摄影师何藩。其中一张，我一眼认出，是在港大附近水街的甜品铺"有记"。照片上的女人，是我们都十分熟悉的老板娘。她以精明著称，但对学生仔，永远有一种宽容慈爱的神情。

我不禁说，这些照片，真好。

别动。翟师兄略使了一下力气，将我的头扳正。然后轻轻说，我过去这些年，都花在这些照片上了。

我心里倏然漾起暖流，虽然不知道他何时有了摄影的爱好。但是感慨，师兄原来以这种方式，记录下我们共同的母校时光。

我说，"有记"去年关门了啊。

他说，嗯，是啊。

我发现他在用推刀时，话少了很多，似乎神情也肃然起来。我想，这样好，还是以往的翟健然。

过了一会儿，他改用了剪刀。在两鬓铲青的上缘修剪发梢。这时唱片放完了，我只听到耳畔有极其细碎的声音。嚓嚓嚓，嚓嚓嚓，好像蚕食桑叶。

他说，再冲下水。

他给我擦干头发，一边问我，等一阵出去系倾公事，还是去 party？

我愣一愣。

他笑说，莫误会，我要为你塑型。不同场合，塑型的方式不同。

我说，其实没什么所谓。

他开了电吹风，一边用手指一点点地将湿头发顺着一个方向捻开。吹风的声音很大，忽然戛然而止，店堂里过分地静了。我的目光又移到那些照片上，其中一张，看不出是什么年代，但应该是久远的。一位理发师傅，站在街边给一个孩童剪头发。理发椅不够高，上面还架了一只矮凳。旁边有个穿着碎花短衫的母亲。她看着理发师的手势，一边用手绢擦着汗。脚边是个菜篮子，里面装着丰盛的果蔬。

翟师兄一边将一些发油抹在我头顶，一边说，还是做个斯文的型吧。

我问，你为什么把理发店开在这里？

他手略为停了一下，然后说，这里原本是我的摄影工作室。

我说，你只拍黑白照片啊。

他笑一笑，对。你不觉得拍摄黑白照片，其实和剪头发是一回事吗？

我想一想，无从发现其中的联系。

他指着其中一张给我看，那是一个巨大的天台，有星星点点的光晕构成了斑驳的形状。他说，为什么黑白相好，因为是用最有限的，表现最多的。不同的光影部位间，黑色与白色的浓度都不同。黑白之间，还有太多的层次，我们叫灰度。灰度的频率、节奏和连贯性，最变幻莫测。我们亚洲人的发色以黑色为主，懂得观察，处理得出色的话，中间也绝非只纯粹地有黑、白两色而已。最可看的，其实是中间渐变的部分。

这就是我剪头发的道理，男人的发型，无外乎厚、薄两个部分。头顶发线最厚，发脚和"的水"部分的发线则最为单薄，每每露出头皮与皮肤。一个优秀的发型，同样存在着灰度，如何去铲青或偷薄，使头发在薄与厚之间，展现出优美的渐变、结构、轮廓和光泽，道理就如摄影中对灰度的处理一样，无比奥妙，要将这个灰度拿捏得好，是门很大的学问。懂得欣赏的话，实在又是一件很好玩的事。

他将一面镜子放在我身后，左右观照，我果然看见，中间有水墨退晕一般的渐变，从鬓角到耳际，是圆润青白的流线。

我看着镜中的自己，也有些陌生。这是一个我从未剪过的发型，带着某种老派的年轻，但似乎还原了这些年在我身上消失的一部分。

我说，剪得真好。

翟师兄眨一眨眼睛说，谢谢侬。

他见我愣住了，便说，你的广东话很流利，但是能听出上海口音。我认识一个老人家，口音和你一模一样。

他从上衣口袋里掏出一张名片，对我说，谢谢帮衬，欢迎下次再来。

我接过名片，上面是一个英文名字，Terence Zag。

在校时从来不知道，一直循规蹈矩的翟师兄，还有个时髦的英文名。

我终于忍不住。我说，师兄，你不认识我了吗？我是毛果。

这回轮到他愣住了。

但很快，他就哈哈大笑起来。他说，你是不是找翟健然？

我茫然地点点头。

他笑得更厉害了。我一直以为比我大佬要靓仔好多，还是时时被人认错。

他将名片反转过来，一拱手道，我是翟康然，幸会。

在明园西街见到翟健然时，已经是黄昏了。

翟康然带着我，在北角的街巷往返穿梭，终于停下。我再一次看到了"乐群理发"的标牌，但这个门脸却要小得多，甚至有点过于简陋。

它的左边是一个花店，右边是一个腊味铺，两者间其实应该是一处后巷。它就在这巷口上搭建起来。门口也是三色的灯柱，但却是用油漆画在墙上的、静止的螺旋形的图案。

翟康然并没有进去。只是在门口喊，大佬，有人揾你。

就有人掀开了塑胶门帘，走了出来。

没错，是我的师兄翟健然。

我一时有些恍惚。因为面前是两个一模一样的人，但似乎又大相径庭。走出来的那个，仿佛比我印象中的头发更为稀薄了。他佝偻着肩膀，架着高度数的近视眼镜，但并没有挡住青紫的黑眼圈。他脖子上挂着围裙，出来时，还使劲在围裙上擦一擦手。

而我身边的这个，挺拔而壮硕，穿着合体的 A&F 的 T 恤衫。站在夕阳里头，金灿灿的。他见翟健然出来，没有多话，但目光却向店里草草扫了一眼，转身便走了。

见到我，翟师兄眼里有惊喜的一闪，这让他刚才木然的神情生动了一些。

他说，毛果。

而我也只是微笑了一下。因为，毕竟刚才和翟康然的见面，已经消耗了大半故人重逢的热情。

这时候，天上忽然下起了淅淅沥沥的雨。翟健然拍了一下我的肩膀，将我让进了店里。

店里的空间非常局促，还有两个人。准确地说，是两个老人，一个站着给另一个在剪头发。站着的那个，头发已经快掉光了。我注意到，他和翟健然的脸相十分相似，更瘦一些。脸色干黄，也戴着眼镜。眼镜腿上缠着胶布。

翟师兄开口道，爸，这是我学弟。

老人轻轻"嗯"了一声，并没有抬头，只是说，坐。

翟健然将椅子上的一摞杂志搬下来，让我坐。这椅面上的皮革似乎修补过。我坐上去，感到不太平整，大约是里面的海绵脱落了。迎面是一个变电箱，上面贴着一个财神，手里拿着"招财进宝"的条幅。下面有个接线板，延伸出各式缠绕的电线，蜿蜒向店里各个角落。

我看到翟健然有些抱歉似的，看着我。我才想起说明自己的来意，从包中拿出 iPad，找出朋友传来的拓片，说请师兄帮忙认一认。

翟师兄扶一扶眼镜，很仔细地看，然后从手边拿出一张报纸摊开，开始用笔在上面勾画。

有些淡淡的香气，在空气中浮动，是隔壁的花店传来的。但同时也有些陈年腐败的、酸而发酵的味道，是这老旧巷弄的气息。

每几分钟，便有行人匆匆经过，大概是抄后巷作为捷径。耳边传来老人清喉咙的声音，间或有孩子的吵闹和女人大声的呵斥。

翟师兄专心致志，似乎没有被这些所打扰。同样专心的是他的父亲翟师傅，大概因为视力的缘故。他将头埋得格外低，几乎贴着那位客人的脖颈。他用剃刀，细细地在客人"的水"处刮着。这是理发最后的程序。他仿佛做工艺的匠人，用了很长时间刮完了一边，接着又去刮另一边，又用去了很长时间。他轻轻对客人说，得喇！

翟师傅用一只鬃毛在客人后颈轻轻地扫，一边很小心地将围单一点点地扯开来，好像生怕头发茬儿掉进客人的衣领，然后扑上了爽身粉。客人满意地在镜中看一看，从口袋里掏出包烟，递一颗给他，道，好手势！

客人付过钱。翟师傅忽然喝一声道，你畀多咗喇，老人优惠二十八蚊咋！①

他一边敲敲大镜上的价目表，上面写着：长者小童，二十八元。

客人一愣，却即刻佯怒道，老人？你话我老人？丢！我无头发咋？收咗佢啦！

他也不依不饶，硬是抽出了几张，塞回这老客人手里，道，你以为我唔知咩，你上个月满六十五，都可以申请长者八达通啦。同我扮后生，唔知丑！

两个人就这样嬉笑怒骂着。老客人终于拗他不过，将钱收回去，却没忘回头追一句，得闲来搵我饮茶。我请！

翟师傅用围单在理发椅上掸一掸，然后对远处挥了挥手。

他坐下来，点上那颗客人留下的香烟，抽了一口。翟师兄立刻抬起头，对他道，阿爸，医生话，你唔好食烟啦。

他一拧颈子，背对着我们，说，你理我做乜嘢？

翟师傅走到门口，看着外头的雨，好像下得大一些了。我听到他和隔壁腊味铺的人寒暄。对方说，今日落雨，生意唔好。早点收。

他点点头道，都系，长做长有啦。

这时候，翟师兄叹了一口气。我安慰他说，不急。我让朋友再问问

---

① 你给多啦，老人优惠只要二十八块啊。

别人。

他摇头道,都认出来了。翻来覆去,不过还是那几个字。可见近几年,也并没什么新的发现。

我很开心地说,师兄还是你厉害。好汉不减当年勇!

"认出来又点?又不能用来搵食。"①这时候,就听到翟师傅苍老的声音传来,虎声虎气的。

我们两个于是都沉默了。

这时候,我才看到翟师傅盯着我看,目光透过眼镜片,鹰隼一般。他拍拍理发椅,冲我说,坐低。

我犹豫了一下。他更大力地拍,说,坐低。

我于是坐下,翟师傅给我围上了围单。拿出剃刀,开始在我后脑勺上动作。我感到了一阵凉意,但那不是来自锋刃,倒好像是丝绸柔软地掠过我的脖颈。

这时,头顶响起了一个炸雷。雨忽然更大了,势成滂沱。雨水沿着塑胶皮的门帘流下来,外头的景物也都模糊了。雨打在铁皮的屋顶上,砰然作响。但翟师傅的手并没有一丝停顿,甚至没有过犹疑。那种凉意渐渐暖了,像是猫尾巴在皮肤上轻扫,有种舒适的痒,一下又一下。

暴雨卷裹。终于有雨水从屋顶渗漏下来,滴落在了我面前的镜台上、隔壁的座椅,以及打湿了那一摞杂志。翟师兄倒是有条不紊地,在滴水的各处放上不同的容器接着,仿佛驾轻就熟。他将一只空保鲜盒放在镜台上,很快里面就积聚起了一汪小潭。

这时,吱的一声,灯忽然灭了。店铺沉入一片黑暗之中。

暗中只有一星光,在镜子里头一闪,那是翟师傅还叼在嘴里的香烟。

我什么都看不见,想他也是一样。但我感到他的手没有停,锋刃丝绸一般,熟练而清晰地在我颈项、两鬓游走,有极轻细的摩擦声。

翟师兄点亮了一支蜡烛。昏黄的光晕中,我忽然看见了一颗人头,在我的身后的柜上微笑,不禁一个激灵。

我有些恐慌地转了一下头。终于看清,那不过是一颗塑胶的模特儿的头,有茂密卷曲的头发,大概是用于给理发师日常练手。

感觉到有一双手轻轻地将我的头扳正,说,别动。

声音似曾相识。在黑暗中,这双手没有停。

---

① 认出来又怎么样,又不能用来讨生活。

翟师兄找到了电箱。将电闸拉了上去，店堂重现光明。

翟师傅已经在用毛扫扫着我颈子上的头发茬，他笑笑说，睇下点？

我看到我的两鬓、后面的发际，被他刮得十分干净。是匀净的青白色。然而，让 Terence 引以为傲的灰度，所谓 fading，没有了。不见退晕，非黑即白，界线分明。

他将我的围单取下来，有一些轻柔的光，从眼镜片后放射出来，对我说，依家青靓白净①翻！

但即刻，鼻孔里轻"哧"了一声，说，不知所谓，飞发佬呢啲位都整唔清爽，畀啲客出街，好丢架！②

我听出了他话里的针对。站起来，下意识地掏出了钱包。他用手使劲一挡，说，你在那边付过了。我帮条衰仔补镬，唔收得。

翟师兄送我出门。沿街的店铺陆续关门了。也是华灯初上的时候，不知是哪户人家，飘出了极其浓郁的炒虾酱的香味。

我们默默走着。我说，师兄，你离开新亚多久了。

他愣一愣说，有一排喇。③

我说，你学问这么好，不可惜吗。

他摇摇头，说，你知道的。我在校时就不善人际，应付不来这么多的事情。好多都是功夫在诗外。与其要费心机和人打交道，不如整天和人头打交道，还简单些。

我说，你在这帮你爸爸。那 Terence 那边呢。

他又沉默了，半晌，说，一言难尽。

送我到了路口。我说，师兄，好久没见了，一起吃个饭吧。

他说，不了，改天再约。我要回去帮阿爸收铺了。

我顶着新发型，去学校上课，意外地受到了学生们的赞美。

如今的大学生，行止已不以含蓄为准则。他们总是如此直接而发自肺腑地表示喜欢与不喜欢。下课时，有个学生专门走到讲台对我说，毛老师，呢个发型好劲，好似 Sam 哥。

---

① 形容人清俊，白皙洁净。
② 理发师连这些地方都不能剪干净，还要给客人上街，太丢脸了。
③ 有一段时间啦。

Sam 是吴镇宇在《冲上云霄》里扮演的角色。当年街知巷闻，是个型到爆的机师。

我承认，我的虚荣心莫名地得到了很大的满足。

于是两周后，我又去了"乐群理发"。

我的头发生得快和茂密，而且发质硬挺。九十多岁的老外公常说，我刚生下来，就是"一头好鬃毛"。所以，想保持一个时髦的发型，于我殊为不易。

我和翟康然预约了下午的时间。他见到我，似乎很高兴。

我有些意外的是，翟健然也在。他佝偻着身形，坐在一边的沙发上，看着翟康然为上一个客人做收尾的工作。

那客来自法国，有着巴黎人一贯的健谈与爱交际。他走的时候，连坐在旁边的我，都知道他是一家欧洲香精公司的驻港代表，住在西半山，有两个孩子和一条金毛犬，以及一只英短金渐层猫。他似乎对翟康然的服务十分满意，说要介绍更多的朋友来。

终于，翟康然让我坐下，去换了一张唱片。*Torn Between Two Lovers* 的吉他前奏，在店堂里头响起来了。所有的陈设好像都镀上了20世纪70年代的昏黄。

他给我围上了围单，看看镜中的我。忽然眉头一皱，轻轻说，有人动过了。

嗯？我有些茫然。

他说，那些 fading 的部分，有人动过。

我明白了，他指的是用去了很多的时间，打出的渐变式"飞青"。但我吃惊的是，这头发已经长了半个多月，他竟依然一眼看出，那些他所说的黑白之间的"灰度"，被人染指。

他咬了一下嘴唇，似乎忽然明白了。他转过头，狠狠对翟健然说，你看看，他永远不放过。别人都是错的，只有他自己那套老古板的套路，才是对的。

我在镜子里，看到翟健然张了张口，终于欲言又止。

在以下的时间里，没有人再说话。翟康然面目十分严肃，格外细心地为我剪发。剪刀在我的面颊、前额、耳尖游动。

金属摩擦的声音，混合着音乐的声响。

"Couldn't really blame you, If you turned and walked away.

But with everything I feel inside, I'm asking you to stay."①

他的动作依然很轻柔，应和音乐的节拍，金属在皮肤上游动。我倏然记忆起了另一把剃刀，是丝绸轻掠过的感觉。

在他为我塑形的时候，翟健然终于站了起来，走近了我们。

或者是为了打破一直沉默的尴尬，我说，师兄，这张照片上的人，好像你们两个。

我指的是墙上一张很老的黑白相。因为我在另一间"乐群"见到过同一张，只不过更为老旧些。那上面有几个年轻人，都是在彼时很时髦的打扮。他们一律留着齐肩的长发，站在中间的那个，眉目酷似翟师兄和 Terence。

翟健然目光落在了照片上，愣住了。他没有回答我，但似乎是什么让他下了决心，他很认真地说，阿康，你再考虑一下。

翟康然也就开了口，但声音有些冷：我说很多遍了。他想剪头发，可以到我这里来。

你知道那是不一样的。翟健然叹了口气。

Terence 在我脖子上扑爽身粉。口气软了下来，说，大佬，就算林生不收回间铺，好快政府也要清拆。他不是要更怒气？依我看，长痛不如短痛。

翟健然搓一搓手，说道，你知道老窦②的情况，我们要对他好一点。

我听到了他声音中的无力。Terence 手停一停，回转了身，眼睛直直看着他的胞兄，说，他的情况，难道不是在安老院更保命。你辞咗份工，由他性子，陪他日做夜挨，就是对他好？

翟健然哑然。他没有再说话，而是径直向门口走去。

走出去的一刹那，好像被猛烈的阳光刺了眼睛。他用手挡了一下，似乎回头又看了我们一眼。

当我出去的时候，看见翟师兄还站在烈日底下。整个人呆呆的。

我走过去，说，师兄，你怎么还在这儿。多晒啊！

他这才回过神，用一块不太洁净的手帕，擦了擦额头的汗。他说，

---

① 选自 *Torn Between Two Lovers*，是由美国女歌手 Mary MacGregor 演唱的一首歌曲，发行于 1976 年。中国歌坛天后王菲曾翻唱过此歌，曲名《中间人》。

② 老爸。

我在等你。

等我？我说，为什么不在里面等。

他用殷切的眼光看着我，说，我，我想请你帮个忙。

我们坐在附近一间冰室里。外面的阳光，似乎是太猛烈了。景物在蒸腾的空气中，影影绰绰地抖动。炎热得不太像是初夏。我们靠窗坐着，可以看到外面依墙生了一丛芭蕉。叶子浓绿而肥厚，在暴晒中耷拉了下来。

翟师兄呆呆望着面前的杯子，说，这个冰室，有四十多年了。小时候，阿爸收工，会带我们来吃红豆冰。你看那个肥仔老板，是我的小学同学。

我说，师兄，我能帮什么忙。

他似乎立时不安起来，用手指捻动吸管。他眯起眼睛，忽然抬起头，对我说，医生话，阿爸还有一年多了。

他将身体前倾，想要与我靠近些。他说，肺癌第三期。我们只要一年，再租一年就行。

他说得支离破碎，但因为早前他和康然的对话，我基本上拼接起了事情的大概。

我说，所以，是业主不肯续租了，但你们还想将老店做下去？

他点点头，说，阿爸不知自己的情况，还想要做。其实是几十年的街坊了，但林伯去年过身，他的仔想收翻间铺，不租给我们了。

我们近来成日收到匿名投诉。"四大部门"都来，消防、地政、食环什么的，好折磨。又说你是僭建，要看地契。那么旧年代的地契，业主不帮手，我真的应付不过来。

想起了翟康然的话，我说，按理讲，休息一下，对伯父是比较好的。

翟师兄摇摇头，你不知道，阿爸好硬颈。明知成条街都快清拆了，还要做。

我和业主谈过一次，可他觉得太麻烦，不如收回。我嘴巴又笨，都不知该怎么说。博论答辩，我都结结巴巴，是上不了台面的。其实前年你发新书，我去书展听过你的演讲，讲得真好。你能不能帮我去跟业主说说，我们只要一年，就一年。

我说，其实，Terence 说让他到新店里来，倒是个两全的办法。

翟师兄沉默了一下，终于说，阿爸和细佬，已经几年没怎么说话了。还是你陪我去,好吗?

我看着他热切的目光,说,好。

翟师兄似乎舒了一口气,整个人也松弛了下来。

他想起什么似的,对我说,你在店里看到的照片,是阿爸在"丽声"的电影训练班拍的。旁边都是他同期的学员,后来蓝天和丁虹,都做了大明星了。

贰

"飞发"暗语

旧时广府理发业,内部使用暗语繁多。

如称理发为"摩顶、割草、扫青";理发师则称"摩顶友、扫青生";理发店称"扫青窑";头发叫"乌云"或"青丝子",剪发洗头叫"作浆";胡须叫"蚁王",剃胡须称"管蚁",挖耳称"推雀";徒弟拜师为"单零"。

到了近时飞发铺,又用"草"来指代头发。以此类推,厚头发是"叠草",短头发是"短草"。剪发为"敲草",洗头则为"浆草",烫头发为"放草"。染发为"包草",吹头发为"爬草"。头发茂盛的客人,则为"草王"。

理发师傅之间,交换顾客信息,也自有一套话语系统。"生"代表男性顾客,"莫"代表女性。小女孩为"莫仔",成年女性为"莫全","顺莫"指靓女,"波亚莫"则专指"挑剔麻烦的女客"。

店堂内外,数目字的暗语则从一至十,编成顺口可唱歌诀:

百万军中无白旗,夫子无人问仲尼。霸王失了擎天柱,骂到将军无马骑。

吾公不用多开口,滚滚江河脱水衣。皂子时常挂了白,分瓜不用刀把持。

丸中失去灵丹药,千里送君终一离。

这些暗语乍看玄妙,但细看不过是关于数字笔画拆分的字谜。如"百万军中无白旗",即把"百"字的上边一横与下边的白字分开,便成了"一";"夫子无人问仲尼"的"夫"字,将其"二"与"人"分开,便成了"二";"霸王失了擎天柱",将"王"字的中间一竖抽去,便成了"三";"骂到将军无马骑"的"骂"字,将下边的"马"字去掉便成了

"四"……以此类推,"九中失去灵丹药",将"九"字中的"、"抽去,就成了"九";"千里送君终一离",将"千"字的上边一撇"离"去,便成了"十"。这种类似文字游戏的暗语,亦似江湖隐语,长期流行于市井业界,也别有一番趣味。

叁

翟师傅叫翟玉成。年轻时候,有个外号,叫"孔雀仔"。

这其中有一段故事。他当年考上"丽声"的电影训练班,培训期间,是要住宿的。年轻的孩子们,晚上玩得疯一些。夜里回宿舍迟了,吵醒看更的阿伯,不免被唠叨几句。阿伯是新界大埔人,没有读过什么书,一见他就说:"雀仔,外出揾食咁迟都知返啦。"原来是不认识他的姓"翟",只当是"雀"。一来二去,"雀仔"就成了他的花名。翟玉成自己是不甘心的,因为他格外的骄傲和自尊,又精于潮流装扮。有人便完善了这个外号,叫他"孔雀仔"。虽然他的相貌可称得上清秀,但却并非特别出众或个性张扬。这个绰号就显得名不符实。久了,大家仍旧叫他"雀仔"。

后来,当他在理发店做工时,老板为了招揽生意,便将他在"丽声"时的照片放大,贴到了店里当眼的位置。果然吸引了一众师奶,到了店里便点名让他剪。追着他问,丁虹是不是割过双眼皮,蓝天和赛落是不是一对,李由是不是有私生子。开初时候,因为能带出自己的见闻与掌故,他便好脾气地一一作答,至少也是敷衍。一时之间,他成了当红的理发师傅。但久而久之,他的故事不免重复而缺乏新意,而在这个过程中,每次的讲述其实多少也触碰了他的痛处。毕竟这些同期学员,有一两个已经成为了明星。而他又是格外自尊的人,有次,一个太太忽然向他打听起梁慕伟,他终于不耐烦,冷笑一声,说,他迟过我好多先入来"丽声"。

或许是他的神情,触怒了太太敏感的神经。于是客人在服务结束时,去经理那里投诉了他,还抛下一句,故意很大声让他听到,"有乜巴闭[①],不过一个飞发佬!"

或许如此,让他动了自己开店的念头。

---

① 有什么了不起。

至于为什么要开理发店，他也有一套说法。

那时节的青年人，在工厂里打工其实是时髦。可翟师傅除了短暂地在一间塑胶花厂做过一个星期，再也没有打过一天的工。用他自己的话来说，"工"字不出头。要想出人头地，就要有自己的一爿生意。

这观念，大约是家里世代累积的言传身教。按说50年代时，内地迁港移民如涛而至。翟家来的时候，已是尾声。情形又是较为落魄的，不像前人带了雄厚的资本来，他们除了几枚傍身的黄鱼和细软，别无所有。

翟家在佛山也是大户，家里有种植香柑的果园。但到他父亲一辈，已经是强弩之末。时代的一番迭转之后，自然是动了根基。到了香港，本想过东山再起，但人生地不熟，英雄难有用武之地。将不多的家底跟人投资，不知底里，也败在了里头。按理说，如果甘下心来，细水长流地过倒也算了。翟父是心气高的人，爱面子，先前的排场不想倒，便更加速了衰落。他们从半山搬到了北角，是在翟师傅上小学的时候。在他成长的记忆里，父亲是个半老的人，总是带了周身的酒气，和输了牌九的怨气。翟师傅是二房庶出。他的"大妈"，父亲的原配，终日躲在逼仄的小房间里，吃斋念佛。所有的持家的重担，便都落到了翟师傅的母亲身上。母亲又的确是能干的，迅速地将自己嵌入了这福建人与上海人混居的地界，独当一面，几年后竟在春秧街开了一爿南货店。翟师傅自小就浸淫在这方吋之地，深谙于福建人的务实和上海人的精明。这让母亲大为放心，觉得家业有继。

但她不知道的是，这做儿子内里呢，却觉得自己是个理想主义者。虽然读书不成，却深爱电影和戏剧。大约皇都戏院一有新的戏码，便迫不及待地翘课去看。而且呢，海纳百川，并不挑戏。从邵氏的黄梅调，一直看到张彻的新武侠，当然还有午夜二轮重放的詹姆斯·迪恩的黑帮片。看得多了，自然人就自信，觉得自己也可以演。北角一带，当时有一些左翼剧团，都是以热情的年轻人为主力。他就报名参加。可试戏的时候，那剧团的负责人说，演戏靠天分，但得有个方法。你底子不错，还缺些方法。

这话对他是很大的激励。他并不当是托辞，而体会出了自己是块璞玉的意思，"玉不琢不成器"。后来在报纸广告上看到电影训练班在招收学员，便毅然辍了学。

如今，翟师傅仍然保留了定点看粤语残片的习惯。甚至在理发铺里，终日开着一台小电视，有个台叫"岁月流金"，都是老电影。台词他都背得出，只当是店铺里的背景音。

在训练班期间，他照样早出晚归，似乎比以往更为勤奋。因为这孩子独来独往惯了，家里竟没有看出一丝破绽。直到了年尾，有个女孩子找上门来，才知道自家儿子，竟瞒天过海了半年。

这女孩是翟师傅在训练班交下的女朋友。后来他回忆起，便说是初恋。但他对这初恋的回忆并不美好。也怪自己儿女情长，夭折了演艺事业的大好前程。这女孩后来也并没有读完训练班，草草地就嫁人了。中年失婚，后来又嫁，境遇也每况愈下。翟师傅便评价说，将自己当戏来演，可不就败给了"命"字。

这事让翟家大为光火，尤其翟师傅的父亲。老翟先生的亲生母亲便出身梨园。这女人到了翟家，生下了他，却抛夫弃子，又偷偷跟戏班子跑了。这令他成长的境遇，很不如意，所以一辈子痛恨伶行。此刻，老翟先生前所未有地清醒，指着儿子骂，我是戏子养的，知道戏子的德行。生个儿子，还要当个下贱的戏子，死都合不上眼。

好说歹说，翟师傅不学电影了。但中学他也是死活不想再上。家里就想他早点接手南货店，他便说，人各有志。我这辈子，可不再劳你们操心了。

他自然有自己的主意。在公司上训练班时，年轻的孩子们没少见到往来的明星，便也提前染上了娱乐圈虚荣的习气。男的要型，女的要靓，除了衣装，便是被前辈们带去 salon 做个好看的发型。发型要 keep 住，绝非易事，常常帮衬便也日渐看出了端倪。一来二去，他便懂得，这里不单是整个香港最潮流的地方，还是个如假包换的交际场。这发廊开在铜锣湾百得新街，叫"新光明"。客人大抵是社会绅商名流、导演明星和骑师等等。

翟玉成便去毛遂自荐。老板见小伙子是以往的客人，以为他胡闹。他就将训练班的照片拿出来。老板看照片上方烫了四个字："明日之星"。他说，我一个"明日之星"，都来给你撑场面，不就是店里的生招牌吗。

老板一想也对，便叫他试试，半年出不了师便走人。何曾想读书不行，演技欠奉，这年轻人学起剪发却灵得很，合该是祖师爷赏饭吃。活好，加上人样子标致，说话又很伶俐。打小在南货店锻炼出的好口才，全都派上了用场。不出一年，已惹得新老顾客都十分喜爱，人人点他。他在店里是"8号"，行话叫"番瓜"。预订的电话来了，大半是找"番瓜仔"或"雀仔"的。木秀于林，长了自然惹人不待见。再加上他自己，见技术上再无所精进，也有些疲于敷衍那些九不搭八的故事。所以，后来遭遇了投诉，对他并不是意外。或许，反而是一个台阶，他便就此跟老板辞了职。

老板自然早看出了他的心气儿，也不想再留了。算是好来好去，还多给了一个月的工资。但他没想到的是，一个月后，这小伙子便和自己打起擂台。

说起鲗鱼涌英皇道上的"孔雀理发公司"，那真是翟玉成师傅一生中的高光。是他落手落脚，亲自打理起的生意。

北角一带的老辈人，谈起"孔雀"，总是有许多可堪回味之处，仿佛那是他们的集体回忆。如同时下上海静安区的老人儿，谈起百乐门，谈得眉飞色舞，其实并不见得都是当年叱咤舞场的老克腊①。毕竟"孔雀"作为一间高级发廊，当年用的是会员制，并非可以自由出入。

大家记忆中的，大约是"孔雀"堂皇的门口，高大的西门汀罗马柱上是拱形的圆顶，上面有巨大的白孔雀浮雕。灵感来自翟玉成爱去的"皇都戏院"上的浮雕"蝉迷董卓"，声势上却有过之而无不及。据说当年在夜色中，这孔雀便是缤纷绚丽的霓虹，不停地变换着颜色。在罗马柱旁，则有一对汉白玉的维纳斯。但和人们所见的断臂女神不同，这对维纳斯复原了自己的双臂，一个举着镜，而另一个则托着一只地球。创意谈不上高妙，但足以让人印象深刻。

就如同对这繁华包裹下内里的不知情，当这间高级发廊在北角的版图上荡然无存，人们也并说不出子丑寅卯，仿佛先前描述的，只不过头脑中的海市蜃楼，连自己都疑心它曾存在过。对于这个花名叫"孔雀仔"的发廊老板，也就有了许多的猜测与想象。因为他的年轻，没有人会相信白手起家的传奇，坊间流传的是他与一个女富商之间的暧昧。

多年后，翟师傅已入老境，再回忆起霞姐这个人，会觉得恍若隔

---

① "老克腊"指某一类人群，曾盛行于20世纪。在当下，他们的言谈举止，生活品味仍保持着老上海的旧日风尚。某种程度上说，"老克腊"代表着昔日考究和精致的上海文化风貌。

世。因为开始与结束，似乎都没有清晰的界限。但有件事他记得很牢，可谓眉清目楚。

那时他还在"新光明"。有天黄昏时，正在为一位女客梳很复杂的盘髻。时间久了，客人阖目养神，忽然睁开了。在镜子里头，他看见这女人原本严厉的目光柔和了，落在他在头顶动作的手上。她说，你的手真好。指头又白又长，比女仔的手还漂亮。可惜了，应该去弹钢琴。

对于"可惜了"的评价，他在心里不置可否。但当下却是享受这句话，手势便分外地仔细与尽心。

后来，霞姐的确教会他弹钢琴，但他也只会她教给他的那几支曲子。在如水的夜凉中，他坐在"丽池"顶楼的落地窗前，弹《致爱丽丝》。霞姐说，我教会你，就是只要你弹给我听，你不要弹给别人。

"丽池"有三分之一的业权，属于霞姐的先生。准确地说，霞姐是他的外室。这男人发迹于南洋，捭阖半生，在一片莺歌燕舞中想通透了，终于叶落归根。霞姐跟他，从青春少艾到寞寞徐娘。他自然也没有负她，算是打点好了她的后半生。香港就这一点好，交易都在明处。哪怕中间有情，都是实打实的，没有一丝虚与委蛇。霞姐对翟玉成有真心，但也是"讲清楚"后的真心。她看出这个年轻人，有着同辈不及的现实与早熟。这份自知之明，不会给她带来麻烦。只是因为年龄的关系，还欠缺见一些世面。这她不怕，她的过去，就是他的世面。

翟玉成承认，这个女人深刻地影响了他，并不仅仅在经济和事业上。还有她的品味和审美，在漫长的岁月中以心得与阅历做底，没有保留地传授给了他，塑造他，并使之居高不下。至于爱情，因为年龄的悬殊，于他们都显得奢侈。毋宁说，她给他带来了十分完整的情感教育。有关爱的质量，门槛被无限提高。这让他此后，对女人变得很挑剔。与他个人的境遇无关，就只是挑剔。

无疑，是她为"孔雀"带来丰沛的人脉，使得"会员制"经营实行得顺风顺水。这其间形成了微妙的舟与水的辩证。达官巨贾、名人士绅以"孔雀"的服务彰显地位，后者自然也倚重于前者打开局面。而从"新光明"这样的发廊挖来师傅与客源，到后来似乎成为顺理成章的常态。尤其是邓姓大哥，是霞姐的"契哥"。作为家喻户晓的明星，兼有三合会首脑身份。他入股"孔雀"，自然使得业内不敢再有任何微词。至于有心还是无意，本地的小报都算是拍到了几张他口中叼着雪茄，在保镖簇拥下进入"孔雀"的照片，算是坐实了"力撑"的姿态。

让翟玉成抱憾的,始终是半途而废的演艺生涯。在他又蠢蠢欲动时,邓哥适时发出警告,有关这一行的水深难测。但这不影响他格外善待娱乐界的朋友,例如女猫王沈梦、歌手吴静娴等等,都是他的座上宾。后来,在他们的鼓动下,他终于在两部电影中客串过角色。一部因为尺度问题,没有上映。他在里面演一个偷渡而来和女友团聚的青年,因后者的背叛而自尽。最后有一句台词,"香港也没这么香"。而另一部里,则是和女主角有简短床戏的花花公子。他在里面的表现十分生硬,且能隐约看到松弛的肚腩。他为对自己身体的不自律而懊恼,也从此放弃了演戏的梦想。霞姐也只是宽容地笑笑,"'雀仔'就是这个脾性,你说他不听。试过不行,他就安生了。"

在现在看来,这句话有如谶语,甚至预示了翟玉成一生的转折点。当"试"成为常态的时候,人往往会忽略评估其中的代价。何况彼时,香港的经济已走向了蓬勃,每个人对自己能力的预判,都会稍微夸张一点点。然而就是这么"一点点",可能会影响未来的走向。

并非是要为翟玉成开解,但是有一些历史事实,可能会帮助我们了解他的心态。20世纪整个60年代,是香港工业腾飞时期。由1962年至1973年,香港的本地生产总值GDP撇除通胀后,每年以9.4%复式增长。1962年的本地生产总值为八十六亿港元,上升至1973年的四百一十亿港元。60年代,香港工业成就举世知名,是全球最大的纺织制衣、钟表、玩具、假发、塑料花等的出口王国;旅游业亦享有盛名,有"购物天堂"之称。就业情况良好,失业率几乎接近零。

不得不说,翟玉成得自遗传的生意头脑,比较他的父辈,还多了与生俱来的野心。在家人尚在犹豫时,他毅然投资了一家成衣公司,并且在此后的两年获得了丰厚的利润。当然,这其中自有霞姐的点拨。在一个蒸腾的时代中,她要做他的底,让他放心地当他的弄潮儿,而不至于从浪尖上跌下来。他是风筝自飞于南天,卓然同俦,他身后有一条看不见的引线。而放线人,便是霞姐。

但是,翟玉成对这条引线的感受,渐渐地从牵挂而转为牵制。其中有一种很难言喻的傀儡感。迅速的成长,让他产生了一种错觉,自己的骨骼血肉,已经足够的丰满强劲。而这一点,让他在性事上表现出更为明显的主导。这是具有迷惑力的细节。霞姐点上一支烟,拍拍他光裸的后背,满意地叹一口气,称他已"大个仔"了。他们都没有体会到,这句话下面暗藏的危机。

仅仅在两年后，香港爆发了前所未有的工潮，并因此发展成为轰轰烈烈的反殖运动。百业萧条，"孔雀"自然难以独善其身，翟玉成在成衣厂的投资，亦有不小折损。他没有听霞姐的，选择壮士断腕，关闭"孔雀"。这间高级发廊每天都有着庞大的开支，不得不将晚上的霓虹也关掉。翟玉成对霞姐说，"孔雀"是我的梦，还没有做踏实，我舍不得醒。

事实上，这次坚持成为日后他与霞姐争持的资本。这个时代，或许先天就是为翟玉成这样的年轻人所准备的。为了"孔雀"，他日渐逸出了霞姐那代人相对保守的轨道，而与这城市的起伏同奏共鸣。年轻的翟师傅，曾是1969年底远东交易所开业以来，第一批入市的香港人。恒生指数两周后创下160.05当年新高，从而由此开启了这座城市的股市神话。

这神话的覆灭，是在五年之后。老辈的香港人回忆，都说其中过程不突兀，有许多不可思议的信号，如今被称为笑谈。翻开当年的报纸，"置地饮牛奶"收购战，"过江龙饱食远扬"事件，桩桩足可警惕，但在一个全民嘉年华的时代，只当是这神话链条中的异彩。自1972年至1973年，香港有一百一十九家公司上市。市民们陷入了"逢买必涨，不买则输"的狂欢中，每日以粗糙而世俗的方式，举办自己人生的盛筵。"鱼翅捞饭""鲍鱼煲粥""老鼠斑制鱼蛋"是1973的荒诞与疯狂。这一年，"孔雀"也迎来了它的巅峰时刻。翟玉成亲自登高，将两颗硕大的哥伦比亚祖母绿，镶进了浮雕白孔雀的眼睛里。

孔雀瞳仁中的绿光，说不出的艳异，其实是最后的回光返照。只一个谣言引发的蝴蝶效应，便破碎了泡沫，让恒指在一年间跌至150点，跌幅近91%。来势汹汹的股市坍塌，殃及楼市，元气大伤。数万股民毕生积蓄，朝夕化为乌有，哀鸿遍野。这场股灾，让多年后的香港人谈起，仍是噤若寒蝉。以致TVB以此为题材的剧集《大时代》播映，派生出了都市迷信般的"丁蟹效应"，如幽灵在城市上空游荡不去。

即使到了暮年，翟玉成听到了《大时代》的主题歌《岁月无情》，总会伴随着一阵生理的痛感。

"爱几多，怨几多；柔情壮志逝去时，滔滔的感触去又来。"所谓柔情与壮志，只不过都是孔雀的尾翎，盛时展开来是一幅锦绣。一根根地脱落了，被踩踏进了泥土，怕是自己都不想回头去看一眼。

幸耶不幸，当年他遇到的，也还都算是重情义的人。最后的疯狂中，他暗自转移了霞姐的部分资产投入股市，直至一败涂地。她没有起诉他，甚至没有追讨，权作为了分手的礼物。而因道上的规矩，邓姓大哥要为"契妹"讨个公道，便叫手下人斩了他的一根手指。斩断了，即刻派人送去医院，给他接上了，也算是顾念交情，留足面子。

在医院里醒来，他睁开眼睛，看到陪在病床边的，是好妹。

郑好彩是"孔雀"的美发助理，其实干的是俗称"洗头妹"的活儿。当然她一边为贵客们洗头，一边也在接受着剪发的训练，再过一个月就满师。

在"孔雀"这样的理发厅工作，于她这样的女孩，多少有一些虚荣的性质。对其他人来说，还未来得及体会这场中的浮华，便要离开，是会不甘心和落寞的。但她却没有。

"好彩"在广东话里，是"幸运"的意思，经理就顺理成章给她起了个英文名字，叫lucky。如今要离开了，lucky没有了，她还是好彩。

她自然说不出"成败一萧何"这样的话，但她信命，也服气命，是随遇而安的脾气。日后，她便总是想起当年面试时的一幕。那日看其他来面试的女孩，都是漂亮的。她也算生得周正，胳膊是胳膊，腿是腿。但身形却敦实，其实是很好的干活的身架子。但是，她举目四望，看这理发厅里，是她想不到的堂皇，水晶吊灯将繁花般的光影投在了天花板和四壁上。喷泉跟着音乐的声音起伏，上面有个小天使，手中是一把金色的弓箭。这些都与她的日常无关，她便有点慌，好像自己走错了地方。面试的一个环节是洗头。到了要她下手的时候，她的手不听使唤，不停地抖。被她洗头的那个模特，索性站起来，说，不行了，这妹仔抖得厉害，跟触电了一样。我都跟着抖。

好彩叹口气，擦一擦手，准备离开。手却又不抖了。这时她听到一阵笑声。就看见一个青年靠着门站着，西装搭在肩膀上，嘴上叼着一根烟，似笑非笑望着她，说，留下吧。

好彩愣愣地看着，想，这人可真是个靓仔啊。

经理便赶紧说，还不快谢谢成哥。

她张一张嘴。此时的翟玉成，还未从一夜笙歌的宿醉中醒来，他揉一揉惺忪的眼睛，悠长地打了个呵欠，对她摆了摆手，转身就离去了。

或许，就是这惊鸿一瞥，让好彩总是有了种种的回味。日后，她常问起翟玉成，当时为什么要留下她。翟玉成开始会笑着敷衍，说，睇你靓女嘛。她自然是不信，再追问，翟玉成就不耐烦再说了。

其实进来"孔雀"后，她极少能看到翟玉成。因为大堂里的电梯，可以直达三楼，那里是办公区和贵宾室。而老板照例并不会在他们工作的地方出现。偶尔看见了，他往往和别人在一起寒暄或应酬。她远远看见他在笑，却觉得这笑里其实是疲惫和肃然的。

那天，她最后离开"孔雀"时，禁不住还是回头看一看。巨大的拱顶上，已经没有了霓虹闪烁。在渐沉的暮色中，是一团突兀的灰。她心里头有些哀伤，倒不是为了自己。她想，不知道这么大的房子，以后可以派什么用场。会是什么人接手，那么美的喷泉，不知还留不留得下来。"但我再也不会回来了。"这样想着，她心里莫名地也有些悲壮。

可是呢，离开没有很久，她却又回来了。但大门已经贴了封条，进不去了。她透过大门的门缝向里看，里面一片漆黑。这让她觉得十分狼狈。她开始在门口徘徊，一面在想办法，一面在心里骂自己"大头虾"。她想，丢什么不好，哪怕丢了整个工具箱呢，偏偏丢了这件。

丢掉的是一把剃刀。Zwilling J.A. Henckels，德国产，很贵。才买了三个星期。原本是想用来做自己出师的礼物。可实在是太喜欢，就提前买了。这花去了她半个月的工资，想来还是十分肉痛。她沮丧地想，这真是赔了夫人又折兵。公司匆匆散了伙，还有半个月工资没着落，这把刀一丢，可凑了一个月的整。

正当她左顾右盼，终于准备放弃时，看到公司的后门开了，她想天无绝人之路。刚想要溜进去，却看走出了一伙人。几个魁梧的汉子，中间架着一个人。那人走路踉跄着，脸色煞白，一只手上裹着纱布，已经被血渗透了。她仔细一看，是翟老板。吓得一个激灵，忙躲到了暗处去。她心里头风驰电掣般，想起了公司里听到的许多流言。不是说，这人已经和姘头卷款逃去了国外吗？

她又看了一眼，看到翟玉成向这边方向偏了一下头，青白的脸上是种麻木和绝望。她回忆起了，那长久前的惊鸿一瞥，他似笑非笑地看着她，说，留下吧。

她看到一辆车在后门停下，那几个人将翟玉成推了上去。她心里咯噔一下，不知哪里来的勇气，飞快地拦住了一辆"的士"，说，跟上前面那辆车。

翟玉成醒来时候，看到的人，是郑好彩。

她俯在床头的栏杆上睡着了，睡得很熟，竟微微打着鼾。他在回忆里使劲搜索了一番，终于想起了这个长相敦实、脸庞红润的姑娘，是

"孔雀"的员工。听有些人叫她"好妹"。

他感到肩膀有些酸痛，轻轻移动了一下身体，床"咯吱"响了一声。郑好彩揉揉眼睛，懵懂地抬起头，看着翟玉成正看着她，这才猛然醒了过来。她用手背擦了擦嘴角的口水，一时又愣住了，和眼前的这个人对望了一下。

忽然，她想起什么似的。站起身，将床头柜上的保温桶打开来，倒出了一碗，往翟玉成面前一杵。翟玉成下意识地往后一躲。好彩说，猪脚啊，今朝起早炖了两个钟，以形补形。

翟玉成和郑好彩的婚礼，并没有留下什么痕迹，甚至没有一张像样的结婚照。

好彩是个孤儿，在圣基道福利院长大。翟玉成早先因为投资股票的纠葛，跟家里断绝了关系。其实他父亲早已去世，母亲积劳成疾，前两年也过身了。留下一个"大妈"，已经老得不行了，倒是还在家里吃斋念佛，不闻窗外事。翟玉成跟几个兄弟反目后，也再没回过家里，从此形同孤家寡人。

结婚那天，便自然省去了一个"拜高堂"的环节。来的都是以前好彩在纺织厂上班的工友，都是一样敦实爽朗的姑娘，在一个潮州卤味店摆了一桌。到拍照时，姑娘们簇拥着好彩，倒将翟玉成挤到了一边去。照片上新郎就讪讪地站着。日后好彩看那照片，说，好像是一群女工旁边站着个傻佬工头。

其实，好彩并不想铺张婚礼，她甚至从未对小姐妹们说过翟玉成的过去。关于以前，她只想记得那个将她"留下来"的瞬间，中间可以跳过所有的事，再连接到这个眼前的人，依然是她在乎的。

婚礼后，她将姐妹们的"人情"都记了账，这一块将来是要还的。她经年的积蓄，都是嫁妆，竟然也有不小的一笔。翟玉成没有人来随份子。但是第二天，却收到了一个很大的礼包。打开来，里头是厚厚的一沓"大牛"（五百块）。这礼包没有具名，只在右下角写着四个字："孔雀旧人"。

这笔钱，他们没有动，因为不清楚来历，便存到了银行里头。但后来，终于还是用掉了，因为"孔雀"虽然申请了破产，翟玉成却还有一些零星的外债没有清。息口不高，但几年间的通胀很厉害，都怕夜长梦多。

好彩没和翟玉成商量，自己出去觅了间铺子。她本不是个精打细算的人，但她现时手里握着压箱底的嫁妆，却知道一分一毫都是未来，不能有半点的差池。

到了开张的前一天，她才带了翟玉成看那间铺子。这铺子搭在明园西街的后巷，左手是个五金铺，右手是个烧腊店。外头粉白的墙，是好彩落手落脚刷的。铺子上头，"乐群理发"四个字，一笔一画都格外方正踏实。门口的三色灯柱，不是红白蓝，倒是红白绿。翟玉生想，这是仿照"孔雀"的灯柱。他是别出心裁的人，别人要用蓝，他偏要用绿。但眼前这灯柱，是转动不了的。因为也是好彩，一笔一画地画在墙上的。

好彩左右看看，悄悄对他说，我们好好做，往后把隔壁的店也盘下来。

翟玉成看看好彩，眼里满满憧憬，全是将来。此时，他心里却都是过去，忽然发酵一样，堵住了他的胸口。他深深地吸一口气，想，这辈子，就这样了。

小门面的生意，靠的是街坊帮衬。好彩醒目，知道开业那天，自己给自己送了一个花篮，又放了一挂鞭炮，便是让左邻右舍都知道。

人们便看，这小夫妻两个，女的有股市井的爽气，见人三分亲。男的很俊秀，话少，神情倒是郁郁的。虽然没有什么夫妻相，干起活来，倒是十分默契。两个人都是勤勉的。那时候的香港人，别的不认，就认人勤力，所以都慢慢地喜欢他们了。

其实，翟玉成被斩了手指，接上了，但却留下了后遗症。大概是伤了神经，雨天疼，拿起稍有重量的东西，便抖。越想集中心神，越是抖得厉害。

他不能剪头发，也不能替人刮胡子，只能给好彩打下手。夜晚在灯底下，他惨然一笑，说，当年你手抖一时，我留下你。如今我可能要抖一辈子，你能留我到几时。

好彩什么话也不说，只是将他的头揽到自己胸口，紧紧的。翟玉成听到好彩的心跳，也听到自己的心跳，渐渐地，就跳到一处了。

可他究竟是不甘心，闲下来，便跷起二郎腿。举着剃刀，拿自己的膝头哥练。开始不行，手稍微一抖，膝盖上就是一道血痕。他便擦掉了渗出的血珠，再练。一个小时练下来，就是密密麻麻、蛛网似的血道子。

好彩见到了吓一跳，说我好彩唔好彩，怎么嫁给个傻佬。她便买了个冬瓜。冬瓜大小像是人头，上有一层茸毛，像是人的须发，正好给他练手。

练完了,晚上他们将这冬瓜吃了。从此一时冬瓜海带汤,一时蚝豉肉碎,一时花生瘦肉,轮番地煲。晚上吃,他们就笑,都觉得这一餐好像是赚来的,心里满足得很。

他这样练着练着,手倒真的渐渐定了。

有一天,他们收到一个包裹。打开来,里头是一把剃刀,还有一只推剪。好彩认了认,"哎呀"一声叫起来。原来这把剃刀,是 Zwilling J.A. Henckels。和她在"孔雀"丢掉的那把,一模一样。

包裹上没有具名,还是那四个字:"孔雀旧人"。翟玉成看好彩高兴得像个孩子,心里也笑,暖一下。

到了年底时候,好彩有了身子。第二年入秋,生了一对双胞胎。两个男孩,广东人叫"孖生仔",是好兆头的意思。孩子的眉眼像翟玉成,清秀。身形似好彩,敦实实。他们就给起了名字,一个叫阿健,一个叫阿康。

但都觉得意犹未尽,就请教店里的老客,教中学的叶老师。叶老师就给加了个"然"字。翟健然,翟康然,果然雅了许多。

孖生仔六岁的时候,好彩又怀孕了。夫妻两个就说,这回要好彩的话,就是个女仔。

翟玉成对好彩说,女女好,知道疼惜人。好彩说,对,长大了,会帮阿爸捶筋骨。

两人就说,那我们去黄大仙,烧香许个愿,求给我们一个女仔。

生下来了,真是个女仔。夫妻俩欢喜极了。对他们来说,这是双喜临门。隔壁的五金铺不做了,租约夏天到期。他们就跟业主商量,想把铺子盘下来。两厢就谈好,就差签约了。他们说,这女女是我们的福将,以后会越来越好。

给女女取名字,爷娘各一个字,叫"彩玉"。到街坊发猪脚姜、红鸡蛋,都说这名字好听,很吉利。

出了月子,好彩要抱了女女去福利院看院长。这些年,逢到年节,好彩都要去自己出身的福利院,好像回娘家。翟玉成说,路途远,我陪你去。

好彩说,前街孟师奶,约了今日来烫头发,她晚上要去北角饮宴。老街坊,不可失信于人,你好好帮她整。

见他不放心，好彩说，我叫阿秀陪我去，总成了吧。

阿秀和好彩是一个福利院出来的姐妹，这些年一直要好。翟玉成便说，好，那你早去早回。

好彩到了福利院。大家都很欢喜，聊了很久。院长说，我也快退休了，看到你过得好，心里真是开心，我当年没给你取错名字。

回程时，好彩就想，如今有了女女，天遂人愿，该去黄大仙烧炷香，还个愿。

她便让阿秀先回去。阿秀忖一忖说，那行，家里等我煮饭，你知道我婆婆厉害。你自己小心点啊。

好彩在黄大仙庙烧了香，又发了新的愿。从庙里出来，她闻着自己一身的香火味，觉得心里定定的。

她往大巴站的方向走，看见迎面走来一队童子军。小小的男孩子，穿着浅绿制服，走路雄赳赳的，都很神气。大概是刚刚野营回来。好彩想，孖生仔再过一年，也到了幼童军的年纪，到时穿上制服，也会一样的神气。

她这样想着，心里满足，一面就看这队童军手牵手，过马路。

当临近她的时候，忽然看见一个男人斜刺跑过来，摇摇晃晃地，手里举着一把刀。孩子们一哄而散。男人愣着眼睛，只追其中一个男孩，眼看就要追上，刀要斩下来。好彩没时间想，一个箭步上去，挡在了男孩前面。一回身，护住了那孩子。那刀便刺在她后背上，她推一把孩子，叫他快跑。男人拔出刀，又更猛地刺下来。

好彩倒在血泊里。人们制伏了那疯汉，报了警，叫了救护车。想将她扶起来，扶不起，见她已经没有了知觉，手里还紧紧抱着自己的婴儿。女女脸上身上都是血，直到将她与好彩分开，才号啕地哭起来。

翟玉成赶到医院，跟着担架车往手术室里跑，一边大声叫着老婆的名字：好彩，好彩……

好彩煞白着脸，这时忽然张开眼，看着他，竟淡淡笑了下。她说："我唔好彩啊。"

就又闭上了眼睛。

好彩死后的那个月，翟玉成那根被斩断的手指天天疼，疼得钻心。

有人来探他。他就狠狠扇自己耳光，说，那天要跟去，好彩就不会出事。

别人劝他。他就说，千不该万不该，去什么福利院。福利院是孤儿所，她好来好去，留下仔仔女女做孤儿。

人们就又劝他，还有你在，孩子们怎么会做孤儿呢。

这时候，女女彩玉哭起来。他冷冷斜一眼，并不管。他说，不是为咗呢个死女胞，好彩点会出去，点会去黄大仙还愿？佢累死佢阿妈，抵死。

人们看他哭着，一边诅咒自己的亲生女儿。有些不解，更多的也万分同情，这男人突然遭遇不幸，是觉得人生坍塌了，糊涂了。总要时间，才能走出来。

但翟玉成，这以后，天天任由婴儿在家里哭，哭到没力气。也不开工，自己一个人，坐在家门口喝酒。喝到酩酊，就躺倒在了地上不起。

孖生仔的小哥俩，却因此迅速地懂事了。他们还没有消化和真正理解母亲的死，却已经在讨论和试探中，模仿阿妈的手势照顾妹妹，给她喂奶粉，换洗尿布。

但他们，毕竟也还是很小的孩子，并不具备常识。如果不是因为社会福利署的义工来家访，他们都不知道妹妹已患上了黄疸病。

待发现了，已经迟了。婴儿太小，也太弱，没抢救过来，不到两个月，便随阿妈去了。

将女女葬了，葬在阿妈身边。当天回来，翟玉成又喝了大醉。孖生仔远远看他，谁都不敢说话。他看儿子们，眼光里忽然都是恶。走过来，左右开弓地打。阿健闷着头，任他打。打累了，他喝一口酒，又换了阿康打。阿康挣扎一下，他打得更凶。小小的孩子，捉住他的胳膊，狠狠咬下去。趁他一松手，跑出家门去了。

街坊的舆论，渐渐就变了，不再同情他。

但可怜一对孖生仔。阿妈走了。还是长身体的年纪，没有人照顾，还有个不生性的老爸，往后可怎么办。

有善心的，便偷偷招呼了小兄弟两个，到家里吃晚饭。临走，哥哥眼睛定定地看饭桌上的叉烧包。街坊以为他没吃饱，便包起来给他带走。

回到家，清锅冷灶。翟玉成一只手拎着酒瓶，看到儿子们，骂道，死扑街，放学唔知返，学人做古惑仔！

从腰间抽下皮带就要打。阿健不躲，由他揪住衣领。阿健从书包里拿出叉烧包,说,阿爸,你先吃了吧。你一天没吃饭了,吃饱了才有力气打。

翟玉成一愣,抬起的手,慢慢垂下来。他觉得这只右手,忽然间抖得很厉害。他用左手牢牢地握,但终于无力地松开了。他猛然将儿子揽过来,用下巴紧紧抵住,觉得眼前一热,立时模糊了。

手这时候,倒是慢慢不抖了。

第二天,人们看到翟玉成在"乐群"门口,脚下搁着几只油漆桶。他弓着身子,细细地刷那三色的灯柱。是缘着好彩当年画下的轮廓,一笔一画,刷了一道又一道。

肆

有关"三色灯柱"的典故

迄今香港的飞发铺,店外仍然悬有一到两条红蓝白灯柱,被称为Barber's Pole。这通常被理解为招揽顾客的手法,实则不止灯饰这么简单。

其渊源可追溯至中世纪的欧洲。在《开膛史》一书中,我们可以看到一张中世纪理发师画像。理发师的右手拿着剪刀,平时为人们理发用;而左手拿的是比刮胡子用的剃刀大得多的手术刀。这是因为,1215年拉特兰会议作出裁决后,形成了一个新的职业——理发师兼外科医生(barber-surgeon),并且风靡中世纪的欧洲。1361年法国巴黎理发师协会颁布规章,并于1383年重申:"皇帝的第一位侍从理发师掌管全巴黎市所有理发师的业务",且是"国内所有理发师和外科医生的首脑"。从这则规章中可以看出,当时被理发师一统的外科医学地位。

在那个时代,很多手术都是由理发师完成的,所以有种说法,理发师是外科医生的祖师。1365年巴黎已有四十名理发师出身的外科医生。在英国,爱德华四世(King Edward IV)在1462年成立了第一个理发师公会,并将其作为其他行业的典范,授予公会成员在伦敦拥有理发和外科手术的垄断权。至1540年,亨利八世准许有证书的理发师参加外科医生协会。

早在中世纪,欧洲已出现并流行一种放血疗法,但是血在宗教教义里一直是一种比较敏感的存在,所以早期实施者都是教会内部的神职人员,直到1163年,教皇亚历山大三世下放了放血疗法权力,将任务交给了民间理发师(barber)。每逢春、秋两季,许多人特别是有钱人,都要定期接受放血,以增强体质,适应即将来临的气候变化。

由此,理发行业的柱状标志就起源于放血之举。因为放血通常就在浴室中进行,病人先用温水沐浴,使血液流动加快,这样更容易放血。病人手中握着一根木棍,理发师在要放血部位的上方缠上绷带(通常是在上臂)阻止血液流动,再用小刀割破隆起的血管,血就此流出,由于压力较大,有时甚至喷涌如泉。放血后,理发师把绷带洗干净,放在室外的柱子上晾晒。久而久之,这种在风中飘动的绷带竟然成了理发师招揽生意的广告。

于是,人们设计了一个招牌。顶端的黄铜水池用于盛放水蛭,底端的水池用于收集血液,圆柱代表病人手中握着的木棍,而柱子上的红色和白色条纹则是源于理发师将洗过的绷带悬挂在柱子上晾晒。风中的绷带相互扭转,围柱环绕。大约1700年,这种圆柱就成了理发馆的固定标识。随着外科技术的发展,外科医师协会规定外科医生的标识为红白相间条纹,理发师的标识则调整为蓝白相间的条纹,以示区别。后来,理发店标识将二者结合起来,使用红、白、蓝三色条纹,红色代表动脉,蓝色代表静脉,而白色则是缠绕手臂的绷带。

此后,放血以及其他外科医疗交还给医生,理发师回归本业。然而,门口使用三色灯柱,却已经成了理发店的一种标志。直至今日,旋转的灯柱在世界各地依然被当作理发店的象征,甚至还出现在某些地方的法律文件中。例如,2011年美国宾夕法尼亚州的理发师执照法就要求:"每个理发店应提供一根旋转灯柱,或一个表明能提供理发服务的标志。"

伍

我陪同翟健然见了飞发铺的业主林先生。在一个钟头后,林生答应了我们续租一年的要求。他最后对翟师兄说,我是看当年好姨的面子。这一年,叫你阿爸好来好去,莫再荒唐了。

这话里的话,隐隐地,未免冷酷。但既然已有了结果,也就不深究了。

年底时,我一个好友结婚,让我做"兄弟"。朋友是个华侨,在美国长大，对中国文化抱有海外华裔归根式的好奇。因为和本港一个女孩迅速地堕入了情网，这个婚礼便要成为他们共同想要的样子。中西合璧的婚礼形式，包括"兄弟们"的服装与发型，也是一种不可思议的复古。因为多年的交情，自然是迁就了他。我看着他发来的图片，想象着我们将要顶着一式一样的发型出现在婚礼上。我终于揶揄他说，你是要让我们都做你的葫芦兄弟了。

他在 whatsapp[①] 的那头，似乎很茫然。我于是知道，以他的成长环境，是不会理解这么曼妙而贴切的比方的。但是，我仍然答应他，去为兄弟寻找能剪出这张早期好莱坞电影海报中出现的发型的师傅。

于是我找到了翟康然。我说，Terence，麻烦你，我知道复古是你的拿手好戏。

他看了一眼，笑笑说，这个我恐怕剪不来，太古早了。不过我可以带你去见我的师父。

我有些吃惊，心里想，他的师父，不会就是翟老先生吧。

但是，鉴于我知道他和他父亲的关系不是很和睦，于是也没有多问。

于是我见到了老庄师傅。

别误会，我这样称呼他，并非因为他如何仙风道骨，而是他的年纪看上去，确实足够大了。这是从他脸上的皱纹和体态看出来的，尽管他极力地让自己看上去挺拔些。是的，在我看来，他是个很体面的老人。头势清爽，梳理得一丝不苟。制服里头的白衬衫领子浆洗过，抬手时可以看到一颗考究而低调的袖扣。

大约因为 Terence 作了介绍，他见我便用上海话打招呼，侬好？

我说，我其实是南京人。

老庄师傅便笑了，说，江苏人啊，那我们才是老乡，你听我上海话里有江北口音。我老家是扬州。伊拉香港人也搞不清爽，江浙人在这里都叫上海人。

这时，一个满头发卷的师奶说，庄师傅，你好帮我弄一弄啦。

他忙走过去，把一个宇航员帽样的东西推上去。那是台烘发器，看得出有了年头。他一边轻声和师奶说了句什么，一边拆下她头上的发

---

① whatsapp 是一款可供 iPhone 手机、Android 手机和 Blackberry 黑莓手机用户使用的、用于智能手机之间通讯的应用程序。

卷，又喷了点水，才开始给她吹头发。这时候眼里的笑意没了，眉头因专注紧锁，嘴也抿起来。

他熟练用卷发梳，一边梳理一边吹风。这吹风机是白铁制成的，是个海螺壳的式样。我依稀觉得在哪里见过。忽然想起来，是年前的一个贺岁的卡通片《小猪佩奇》。有好事的网友将祖师版的吹风机刷成了粉色，竟与佩奇别无二致，不期然掀起一股怀旧风潮。如今在这里见到了实物，有异样的亲切，不禁多看了几眼。那师奶以为我在看她，有些不好意思，用广东话说，后生仔，你是不知我们年纪大了，头发薄，卷一卷才好出街见人。庄师傅就说，吹出力道，打松了，又年轻十岁。

师奶便笑了，改用上海话说，庄师傅嘴巴甜得来。

庄师傅说，我老老实实，不讲大话的。

师奶呵呵笑道，冲这个甜嘴巴，好手势，我月月都从九龙过来帮衬的。大家好讲上海话，认牢这个师傅。

庄师傅说，哪里有，有两个号头没来过了。

师奶便立即说，你都晓得，阿拉在浦东买了别墅，虹口也有套房子，一年总要回去住一住，才划算。

庄师傅便接话，侬就算不住，房价这些年，都是坐火箭升上去，富婆做得适意得来。

师奶似乎急了，身形一扭，开口声音忽然有些娇嗲，侬弗要乱讲啊。

这时候，Terence 忽然低声说，师母来了。

那个师奶便好像定住似的，正襟危坐。一个身形精干的女人走过来，蜡黄脸色，利落的短发，面目严肃，倒不太能看出年纪。她抱了一沓白色的毛巾，放进了座位旁边的抽斗里。打量那位客人，倒是微笑了一下，说，何师奶，好气色。

这瘦小的人，竟是浑厚的烟嗓，倒显得整个人不怒而威了。

先前的师奶，声音低下去了八度，客气道，老板娘讲笑。阿拉侄孙周末摆满月酒，飞个靓头发去饮宴。

老板娘说，多谢帮衬啦。

说完，收了几条用过的毛巾，放进一只塑料篮子里，利落落地又走了。

她前脚刚走，这何师奶便道，阿弥陀佛，得人惊。

"唔好郁。①"就听到庄师傅柔声道，大概头发吹到了尾声。师奶熟练地从桌上抽出一张纸巾，掩住口鼻。庄师傅用一大罐喷发胶，喷洒了一圈；又找出一罐小的，在额头喷了喷。

"何师奶，我同你讲……"庄师傅一开口，"自然定型，今晚唔好落水洗……知道喇，次次来，次次讲。"何师奶不耐烦似的，却又轻声笑起来。

庄师傅拿一面镜子，给她左右照照。又给她细细掸掉身上的碎头发。何师奶站起身，说，真的好手势，靓翻啰。

便到柜台去结账。她临走先搁下五十块小费在台上，然后才出门去，身姿虽丰润，竟是有些婀娜的。

庄师傅将钞票塞给 Terence 说，康，拿去给你朋友买雪糕。

Terence 笑着推却，说，师父还当我们是细路仔。

庄师傅就装到自己口袋里，倒有些不好意思，说，嗨，世道不景，阿拉这辰光，唯有靠熟客啰。

这时候，便听到那把庄太的烟嗓，是熟，熟得很。六十岁的人了，还跟人飘眼风。这个何仙姑！

庄师傅呵呵笑着，说，话是话，好歹人家也帮衬了二三十年。

老板娘说，是啊，住在北角就帮衬，搬去了土瓜湾，坐船也要过来同上海老乡倾倾偈。

Terence 就说，师母，何师奶口水多过茶，师父可是目不斜视。

庄太就佯怒道，康仔，你就护你师父的短罢。

说罢叹一口气，说，如今都请不到小工，我一个要顶八个用。你们男人家进来剪头发、剃须、汏头、擦面，至少要用六条毛巾。我哪里洗得过来。

庄师傅便道，夫人辛苦，谁叫你是女中豪杰。

庄太嘴里"哧"一声，我是劳碌命，老板娘是摆摆样子，人家有别墅的才是女中豪杰。

庄师傅回过头，对我们做了一个鬼脸。庄太说，以往生意好时，我们光师傅就有十几个。你看现在，那边的龙师傅，来香港时才二十多岁，现在刚过八十寿，也还是在做。

---

① 不要动。

我远远看去，这个师傅须发皆白，胖胖的，一脸的福相，倒真看不出已经是耄耋老人。他哈哈一笑，说，我这是香港精神，手唔震，就做落去。我们这间老字号，客同师傅，都是死一个少一个。有啲一百岁、坐住轮椅都嚟帮衬。两三个月冇嚟，到个仔嚟剪发，我话乜咁耐唔见你妈姐？佢就话过咗身啰。①

庄师傅这时坐下来，接口道，对，李丽珊是香港精神。我孙女最中意麦兜，吃菠萝油也是香港精神。

他打开一只纸袋，拿出面包，又打开一只保温杯。一边啃面包，一边便说，从早上到现在，才有空吃口饭。你是 Terry 的朋友仔，不和你见外了。按规矩我们上海师傅做事，有客时不能吃东西。不像广东师傅，叼着香烟给客人剪发，冇眼睇。②

这时候龙师傅转身收拾手上的活计，背影有些蹒跚。庄师傅轻声说，看他乐呵呵，去年底心脏才搭了桥。没办法，也是没有年轻人肯入行。

Terence 便说，师父急用人，我就来帮手。

庄师傅使劲摆摆手，大概是面包吃得急，堵在嘴里讲不出话来。庄太就接口道，可不敢请你，你老窦不要上门一把火烧了我们"温莎"。

这时候，我才仔细环顾了这叫作"温莎"的理发店。带我来的时候，阿康特别强调，这是一间上海理发公司，不是一般的飞发铺。

其实地方不很大，大约是因为两整面墙都是镜子，感觉阔朗了许多。地面用石青色的马赛克，唯有柜台镶嵌一面大理石，在柔和的灯光里，也并不显得冰冷。上面钉着几个明星的黑白"大头相"，赫本、梦露和吕奇。巨大的月份牌，上面有个旗袍女子。丹凤眼，腮红，欲语还休的样子。整个厅堂里，响着极其清淡的音乐，是上个世纪的风雅。惟有一只方形的挂钟，式样和做工，虽是金灿灿的，却显出批量生产的简陋，让这气氛有些破了功。

这时，庄师傅吃完了，将那装面包的纸袋折叠好，扔进垃圾桶里。细细地洗了手，这才走过来，说，拿给我看看。

---

① 有的一百岁了，坐着轮椅都要来帮衬。三两个月没来，到了他儿子来剪头发，我说很久没见你阿妈啊？他就讲已经去世了。

② 看不下去。

我将朋友发来的照片给他看,他说,哟,花旗装,这发型可是很久没剪过了。你这个朋友仔有眼光。

他便拍拍我的肩膀,先去洗个头,然后遥遥地喊,五叔公!

刚才那个龙师傅,便引我过去。我走到洗头椅上躺下来,他说,后生仔,到这边来,这边是男宾部。

我茫然站起来,才看到他站在店堂的另一侧,有几个水盆。庄师傅哈哈笑着说,阿拉上海理发公司,分男女,"架生"不同。广东理发店汏头朝天囥,阿拉铺头,男宾是英雄竞折腰。

我在龙师傅指引下坐下来,俯下身将面冲着白瓷洗脸池。龙师傅用手试试水温,这才轻轻将水淋在我的头上。这感觉很奇妙,好像童年时外公给我洗头的感觉,是很久以前的了。这位老人家手力道很足,又有很温柔的分寸。擦干前,用指节轻轻敲打,头皮每一处都好像通畅清醒了,舒泰极了。

站起身,庄师傅冲我招招手,让我在一个庞大的理发椅上坐下来。

我这才注意到,男女宾的座椅原来也是不同的。女宾部的要小巧简单一些。

五叔公汏头适意吧?他一边用吹风机给我吹头,一边问。

他便好像很得意,说,那是。我们这边啊,人手侬家少咗,可功架不倒。汏头、剪发、剃须、擦鞋,讲究几个师傅各有一手,一条龙服务。哪像广东佬的飞发铺,一脚踢!

这吹风机的声音很大,我有些听不清他说话。吹完了,我说,师傅,这风筒有年头了吧。他说,你话这只"飞机仔"?你自己看看。

我借着光一看,刻着字呢,隐约可见字样,"大新公司,1960年3月7日",算起来有六十年了。

我说,是个古董呢。

他一边剪,一边说,要说古董,我这里不要太多。就你坐的这张油压理发椅。我在日本订了来。盛惠三千八一张,我买了八张。当时一个师傅的月薪才三百块,是一年薪水。60年代,可以买两层楼呢。

庄太接口道,埃个辰光(这时候),真不如买了楼。乜都唔做(什么都不做),现在卖了手头两千多万来养老。

庄师傅不理他,你看这老东西,质量交关好。真皮座垫头枕,几十年才换了一次皮,脚踏可调高低,椅背可校前后,还带按摩。适意得来,这么多年,帮我留住了多少客。

他一边说说，一边踩那脚踏，椅背便降下来。我似曾相识，便说，"乐群"那里也见过这张椅。

Terence便道，我那张，是找人仿制了师父这里的，如今买少见少。"温莎"这几张真古董，林家卫拍《一代宗师》，张震的白玫瑰理发店，在这借过景。景能借，椅子能仿，可手艺借不了。艾伦你就闭上眼睛，叹下什么是真功夫。

我果然闭上眼睛，一块滚热的毛巾敷在面上，顿时觉得毛孔都张了开来。就感到一把毛刷在脸上轻抚，有一种小时候的花露水味道，滑腻而冰爽，是剃须枧液。一丝凉，从唇上开始游动，然后是下巴、颈项、面颊两边，奇异的张弛，是伴随手指在脸部的轻按与拉伸。这感觉似曾相识，但似乎又是全新的体验。大约因为一气呵成，有一种可碰触的洁净。像是锋刃在皮肤上的舞蹈，令人几乎不忍停下。

我忽然明白了，翟康然师出有名，的确不是来自他的父亲。

我的脸上又被敷上了毛巾，作为这冰爽后的一个温暖的收束。

椅子被渐渐升起来，我看到庄师傅牵过椅子侧面的一条皮带，将剃刀在上面打磨。他说，这东西我们叫"吕洞宾裤腰带"，我一柄"孖人牌"，磨了几十年，还禁用得很。

他笑道，你大概听说过扬州三把刀。这剃刀在上海理发公司才叫发扬光大，我"温莎"的回头客，来来往往，都是为了再挨我这一刀。

我看见他将刀刃已经磨成了波浪形的剃刀，用布擦干净，很小心地放进手边的盒子里。

庄师傅剪头发，不用电推，只用牙梳和各色剪刀。他的手在我头顶翻飞。剪刀便如同长在他的手指间，骨肉相连，无须思考的动作，像是本能。流水行云，甚至不见他判断毫微。手与我的头发，好像是老友重逢的默契。

待那只大风筒的声音又响起来，已是很长时间后了。但我似乎又没有感到时间的流逝。镜子里头，是个熟悉的陌生人，却如同时光的倒流，与这店里昏黄的灯影、墙纸上轻微蜿蜒的经年水迹、颜色斑驳的皮椅，不期然地浑然一体。

成个电影明星咁！庄师傅赞道。他最后细心地调整了我额前发浪细微弯折的曲度。

临走时，庄师傅从柜上取下一个金属樽，对我说，你的发质硬，要仔细打理，照我说的方法，我送你一罐发蜡。

我接过来道谢,上面只有"温莎"两个字。他倒是眨了眨眼睛,道,都说我们上海师傅孤寒,那是没遇到知己。

走出店,翟康然看看我说,我师父做的花旗头,是一绝。和外头不一样,但他不教我。

我问,为什么。

他问,你没看出,他根本看不上广东飞发吗?

其实,他是看不上我阿爸!没有等我回答,他说,但师父答应他,不给我出师。他一天不教我花旗头,我就不算是他徒弟。

我终于问,你为什么不跟翟师傅学剪发呢。

翟康然没说话。我们俩在北角默默地走,我看到了翟师兄对我说过的皇都戏院。在英皇道的拐弯处,巨大的玫瑰色的背景,是业已斑驳的浮雕,"蝉迷董卓"。我细细地辨认,看不出蝉,也不见董卓。但可以想见昔日的堂皇。如今熙熙攘攘的人流,没有谁在此驻足,哪怕抬起头看一眼。不期然地,我想起了"孔雀"。

我说,Terence,我想进去看看。我们走入去,其实里面并没有什么可看的。只有两个卖玩具的档口和一个临时搭建起的报纸摊档,兼在卖色情杂志。翟康然翻看了一下,说,也不知还卖不卖得掉,价钱倒没怎么涨。当年冲田杏梨那期出街,我们几个男生,集钱买《龙虎豹》来看。摊主说,铺租可涨得好犀利。翟康然就掏出钱,买了一本,说,当个纪念吧。

这地铺的尽头,是个眼镜店,叫"公主眼镜中心"。他对我说,那时候我哥刚上初中,来这里配近视眼镜。我爸说,"讲好孖生,又不见康仔眼有事,晒咗啲钱①!"你说谁好好的,会想要近视。我哥读书勤力,家里那个十五瓦的小灯胆,不近视才怪。

自然这地处偏僻的眼镜店,也并没有什么生意。我们驻足,老板便走出来,脸上挂了殷勤的职业笑容。他愣一愣,招呼说,康仔!

Terence便道,水伯,我陪朋友来看看。他是个作家呢。

这叫水伯的老板说,好好,作家好。我细个时,成日睇梁羽生小说,你写不写武侠的。

我便说,我想写写老香港。

---

① 浪费钱。

水伯踌躇一下，便大笑道，说，老香港，咪就系我哋呢班老嘢①，有什么好写哦。

接着他又说，哈哈，康仔，不如写你老窦啦。我好耐未见佢，仲未死？②

阿康便答他，就快了，肺癌第三期。不过他自己唔知道。

我只觉头脑轰的一声。水伯变得手足无措，他显然没预计老伙计之间的玩笑话，会招致如此答案。但阿康说得不露声色，风停水静，仿佛只是在讲一件极小的家庭琐事。

我看出，他眼里有淡淡的恶作剧的神情，在面对这一瞬难言的尴尬。他并没有给水伯足够的反应时间，就告辞离开。留下这个老人，五味杂陈的表情还凝固在脸上。

我们走进北角官立中学。大概因为这天周末，并没有什么人。校园里有一棵参天的榕树，垂挂下的气根，在地上又生出了新的枝叶。它的大和古意，与校园里翻新的校舍、运动设施似乎有些不相称。

我们在树底下的长凳坐下，阿康说，我好久都没回来了。现在看，这些东西怎么都变得这么小。

你不知道，以往对面有个夜总会。舞小姐的宿舍就在楼上。我们这些男生一下课，就跑到教室天台上看，好彩能看到她们换衣服。她们也不避人，还跟我们抛飞吻。有一次啊，我们刚跑到天台上，就看见了教导主任，眼巴巴地望对面。

我大佬，就从来不跟我们去看。他们都说，我跟翟健然，除了长得分不清，没一处一样。可是我第一次逃学，就是我哥帮我顶下来的。

那天逃学，翟康然走进了"温莎"这间上海理发公司。

他是受了一个同学的影响。这个同学是 Queen 乐队痴迷的拥趸。20世纪70年代，因为 Queen 和 The Osmonds，加之本港温拿乐队的推波助澜，几乎全港的青年男性都开始蓄发，留椰壳头，成为盘桓良久的时尚标杆。但此时这波风潮早已经过去，这个男生仍然坚定不移地将一头长发，作为对偶像表达忠诚的标志。哪怕冒着被处分的风险，仍然在

---

① 不就是我们这班老东西。
② 不如写你老爸啦，我很久没见过他，还没死吗？

所不惜。但某一天,他走进了教室,同学们惊奇地发现,他的头发剪短了,一同剪掉了他的不羁。但他的新发型,整洁而精致,却呈现出了某种高贵而成熟的气质。对这些成长于北角街巷的孩子们来说,这是新奇的。翟康然和他们一样,第一次体会到发型对一个人的改变,可以如此巨大。他看到这个同学,显然对自己的改变持某种骄傲的态度。当反复被人问起,这个孩子才言简意赅而略带神秘地说出"温莎"两个字。

翟康然站在这间理发公司门口,看着这两个字。它的标牌上有一个简洁的男人人形,用的是剪影的手法。他打着领结,嘴上叼着烟斗,是个西方的绅士的形象。在一瞬间,翟康然觉得自己十多年养成的审美,受到了某种击打。

他走进去,首先就看见了大理石影壁上赫本与梦露的大幅黑白海报。梦露浅笑着,垂着眼角望着他,带着某种欲语还休的魅惑。他同时听到了舒缓而节奏慵懒的音乐,这和此时本港的流行,也大相径庭。年轻的他并不熟悉,这是爵士,来自柜台上的一台山水牌唱机。

他模仿着身边的大人,坐下。立即有个胳膊上搭着毛巾的人走过来,半屈着身体面对他。他的手里有一只木盒,里面放着几种香烟,有万宝路、总督等牌子,供客人挑选。学校的规矩,此时让他仓皇地摆了摆手。这人便转向下一个客人。他看着身边的人,接过了报纸与香烟,立刻有一只 zippo 的 K 金打火机,"咔"地在嘴边打响。这"咔"的一声,在翟康然听来,有一种难以言喻的形式美感。他想,他自己家的铺头,只在阴湿的墙角放着几本公仔书——《傻侦探》《财叔》《老夫子》《铁甲人》,用来哄一哄哭闹的街童。

他远远地看见这店里的师傅。

这些师傅各司其职,有的在给人洗头,有的在刮脸,有的在客人临出门前为客人擦鞋。有条不紊,是他所未见过的排场与讲究。师傅原来都是一样的装束,穿着枣红色的制服。这是"温莎"许多年没变过的 barber jacket。这制服上两侧各有一个口袋,左红万、右马经。

唯有一个人,穿着深蓝色。这个人和他的父亲年纪相仿,但却比他老窦挺拔得多,浆洗得挺硬的衬衫衣领,将他的身形又拔高了一些。他打着黑色的领结,和门口招牌上的绅士一样。此时,他正弓下腰,与一个客人耳语,脸上是专注与殷勤的表情。

就这样,翟康然目睹了庄师傅为一个男客服务的整个过程,并且就此做了决定,要拜他为师。

在回家的路上,翟康然步态轻松,尽管他花去了他积攒的零花钱。但他耳畔似乎还响着带着上海口音的那句略软糯的"先生",而不是粗鲁地叫他"细蚊仔"。他觉得自己的脸颊无比光洁。因为这声"先生",他剃去了在荷尔蒙涌动下,已经长得旺盛得有些发青的唇髭。此前,他从未刮过胡子。这个上海师傅柔声问他要不要刮去,因为此后长出来,会更加坚硬。他毅然地点了头,像是接受了某种告别青春的仪式。他在路上走着,忽然闭上眼睛,回味着手调的剃须泡在脸颊上堆积的润滑,而后锋刃在皮肤上游动略为发痒的感觉。他再睁开眼睛,觉得神清气爽,他是个真正的"男人"了。

翟康然傲然地走进了逼仄的家。他已预计到了父兄的反应。在昏暗的灯光里头,翟健然抬起头,看着胞弟顶着从未见过的发型,进了门。他恍惚了一下,大约因为这张和自己一模一样的脸。他的目光从眼镜片后投射过来,定定地、呆钝地落在了阿康身上。然后猛然转过头去,他看见醉酒的父亲,红着眼睛,像是在望一只误打误撞、从外面走进来的野猫。

翟康然在父亲的眼睛里,终于看到了一丝怯懦。为了掩饰这怯懦,翟玉成从腰间抽出了皮带,走向自己的儿子。他比平时走得慢一些,并不是因为他喝得比平时更多,而是他有些犹豫。当他说服自己,"慢"只是更为表现自己权威的动作,翟康然已经捕捉到了父亲的犹豫。当后者终于抢起了皮带,要抽向他的时候,他一把握住了父亲的手。眼神里浮动了一种轻蔑的笑意,这笑意和他的新发型配合得天衣无缝,是见过了世面的少年老成。这笑终于激怒了翟玉成。他使了一下劲,却发现自己动弹不得。这时,他惊恐地发现,原来儿子已经长大了,长到了与自己相等的身量,甚至更高,因看向自己的目光是俯视的。

翟康然当然有了得逞的快意。一个飞发佬的儿子,却去了别人那里剪了头发,并且是他从未操刀过的发型。他知道父亲已经深深体会到了羞耻。是的,这十几年来,经过父亲的手,他多年剪的是最为简易的"陆军装"与"红毛装"。身为一个飞发佬,翟玉成并不想将精力用在自家孩子身上,因为无关乎营生。他对两兄弟向来是粗疏和敷衍的。

这个精致而略显浮华的发型,在一个中学生的头上,无论视觉与心理,都对他造成了打击与挑战。他想,他长年寄身于街巷,大概有多久没剪过这样的发型了。

翟玉成后退几步,颓然地坐下来。翟康然只当是他内心的挫败与虚弱。他的举动,印证了孩子对他的想象,这就是个终日酗酒、混吃等死、虚张声势的飞发佬。

但是做儿子的不知道,在这一刹那,父亲的脑海里闪出了"孔雀"两个字。这是他内心最后的体面,多年来隐藏在他记忆的暗格中。像所有的秘密一样,被用酒精麻醉,行将凋萎,但终究是没有死。

翟康然自然不知道当年"孔雀"的盛况,即使有老辈的北角人曾经提起,他也不会觉得与自己有一丝毫的关联。这间港产的发廊,已经彻底从城市版图上消失,成为某个阶层温柔的时代断片。前无过去,后无将来。

翟玉成知道,尚年少的儿子,终于与他青年时的职业理想,出现了交叠。这或许是遗传的强大。幸耶不幸,但儿子的理想,却是寄身于另一个人身上。

你要同个外江佬学飞发?他问儿子。

对!翟康然并未正眼看自己的父亲。他仅仅是通知他。

庄锦明看见这个男孩走进来,直截了当地向他提出了学师的要求。

他望着这个不知天高地厚的孩子,心想,如今是什么世道,广东仔都这么理直气壮,想学上海理发?

彼时,尽管整个香港飞发业在时代的浪潮中节节败退,"上海理发公司"在其中,仍然是个奇妙的闭环。

这大约因为某种流传至今的排场与尊严。

剪头发在庄锦明家里,算是世业。老早的扬州三把刀,他家里是占了两把。爷爷辈除了剃刀,还有修脚刀,一上一下。后来时世迭转,背井离乡,便都转做了头上功夫,出了几个有名的理发师傅。"上海老早剃头店,都是阿拉同乡开的嘛。"这是颇令他自豪的一句话。他父亲出师后,便在上海金门饭店的"华安理发"做,算是很见过了世面。"埃个辰光,剃头店的门是旋转的,有红头阿三开门,老高级的。"后来庄老先生积攒了客源,自己出来开店。再往后,便和几个朋友南下了香港。

大约过了些时候,庄老先生便将儿子也申请了来港。说实话,刚来时,少年的庄锦明对香港是失望的。他回忆起当时的感受,常以"蹩脚"

一言蔽之。满眼是低矮陈旧的三层唐楼。而因为还未大规模地填海,湾仔铜锣湾一带,也是缺乏气象的。虽说他出来时,相形昔日繁华,上海已有些"推背"(走下坡路),但较香港还是绰绰有余。好在他所在的区域,是北角。那里有许多的上海人,殷实些的迁去了半山继园一带。到他来港,还有不少散居民间,在春秧街、明园西街等处和福建人混居在一起。这里便称为"小上海",自然也带来了上海人的品味和生态。洋服店、照相馆、南货店是不缺的。早上起来,想吃地道的粢饭、咸浆、鳝糊面也都可以找得见地方。庄锦明并不觉得和在上海时有太大差别。

此时,年轻如他,当然意识到了"上海"二字,已经成为某种时髦的风向标。而20世纪的五六十年代,如庄老先生开的上海理发店,也成为这海派的时髦里最显性的基因。上海理发师傅,为香港带来了"蛋挞头""飞机头"等经典发型,也带来周到的服务。"顾客至上"的原则甚至价格的高昂,形成了某种洋派传统的仪式感,令街坊式理发的粗枝大叶相形见绌。

到庄锦明开店时,上海理发虽远未至强弩之末,其实已过了盛时。这大约因为全球化与资讯的传递,已经进入了新的纪元。各种流行与风潮在欧美出现,很短的时间内就可在世界燎原。然而这风潮又的确捉摸不定,受到各种因素的影响,反战、平权、朋克运动甚至只是一出电影。飞发师傅们并不懂得这些,他们只看到本港年轻人的头发越留越长,可以许多个月都不剪。而蓬松与疏于打理,竟然也会成为某种审美和流行。这是不可思议的,并影响到了他们的生计。

庄老先生过身后,庄锦明退租了原来在渣华道的铺位,选择在春秧街另开了一间新店。对于一个上海理发店,这具有某种革命的意义。从另一角度来说,或许也是他的聪明之处。

他的前辈们,是不曾在如此街坊的地方开店的。上海理发店,一直都是壁垒分明的阶层标志。但"温莎"的到来,则打破了这一壁垒。在有限度地保留一贯的服务与形式的前提下,它以入乡随俗的作风和惠民的态度面对了街坊。这就是其意义。换言之,它让北角的普罗街坊得以平价享受了从未体验的飞发排场,以及与之相关的虚荣。在消费学和市场学的界定里,"上海理发"类似贺施所提出的 Positional Goods(地位性商品)。庄锦明可谓抓住了其中的精髓,且深谙其道,如同当下某些奢侈品牌与大众连锁店的合作,推出所谓设计师款。牺牲了一点矜持,就获得新的市场与口碑。

于是,"温莎"的铺租,自然也就更为合算。它没用庄家老店张扬气派的门脸儿。在人头熙熙攘攘的春秧街上,它的左邻右舍,是面粉厂、南货店以及果栏。每天清晨伊始,这街道上即开始了一天的劳作。所以它的气质,也便随之勤勉而务实,类似于某种脱胎换骨。比起老店,它也关得更加晚,在门前"叮叮当当"的电车声中,来往的人们都看得见它的灯光和招牌上绅士剪影的标志。

如此,庄锦明为北角的街坊,忠诚地提供着对绅士的服务。但他却并未牺牲应有的品质与流程。比如师傅次第接力式的服务,各司其职。这对于人手是有要求的,鉴于香港人工的相对高昂,便很需要控制成本的艺术。

在这方面,庄锦明可谓得天独厚。他出身于理发世家,而与他的太太家里亦是同行。在他奔赴香港继承父业时,两家留在内地的亲戚,正与时代同奏共謇。他们是知青的一代,经历了上山下乡,被下放到安徽和苏北插队。他们通过高考和招工,回到城里,成为了教师、工人和家庭主妇。

在时间的淘洗中,他们渐渐忘却了祖业。直到有一年清明,庄锦明携太太回来,给他祖父上坟。他们发现,这个香港亲戚衣锦还乡,靠的正是家传。这才唤起了他们对手艺的记忆。庄锦明看着三堂哥一家,局促地住在已颓败的亭子间,在走廊里烧饭,不禁脱口而出,不如你们来帮我吧。

于是这些亲戚,申请了三个号头的探亲签证,来到香港,为新开的"温莎"助阵。即使手势生疏,但遗传的天分,使他们在汏了一个星期的头之后,已然可以上手,独当一面。在这三个月里,庄锦明管他们吃住,给他们三四千的月薪。当他们回去时,带了万余元的港币现金。可以想见,相对于内地当时的普遍工资,这是一笔巨款。因此,亲戚们可谓前赴后继,"温莎"也从未缺过人手。

庄锦明回想起那时的自己,尽管摆出了躬身的姿态,内里仍有些气傲。

他看着这个少年,长着广东人典型的微凹的眼睛,眼里泛着微光。庄锦明以一种看似亲和、实则居高临下的态度,打发了他。

但是,这个少年第二日傍晚又来了。坐在同一个位置,是在等客区的角落,大约为不影响其他的顾客。他一声不吭,只是定定看着庄锦明剪发。由于他并未打扰店里的工作,无可指摘。直到快要打烊时,他才走过来,再次表示了想要学师的愿望。

这一天很累,庄锦明没有了敷衍他的兴趣,就说,后生仔,你看,我们不需要人手了。

少年问,我想学徒,我不要工钱。

庄锦明直截了当地说,我不收学徒。

但是这个少年仍然每天都会来,甚至不再询问他,只是以一种坚执的目光望着他,眼睛都不眨一下。庄锦明在他的注视下,有些不自在,但久了也渐渐习以为常。

直到有一天,他听到了两个客人的议论。

一个说,这细路,不是"乐群"那个飞发佬的仔吗?孖生的。

另一个答,是哦,不知是老大还是老二。

这个便说,老二吧。老大是个四眼仔。

店里的师傅便对庄锦明说,难怪熟口面。自己家开飞发铺,跑到人家铺头学师,系唔系癫线①?

这句话提醒了庄锦明。后来,翟康然问起,究竟是什么原因,让师父忽然回心转意,收下了他。庄锦明笑而不语。

其实,当他在春秧街开铺的那一天,他已经十分清楚,自己会触动同业的利益。

而近在咫尺的"乐群",必然是其中之一。即使"温莎"以屈尊的姿态,但在价格上还是比"乐群"高了二十元,但毕竟高得有限。一如前述,北角的居民,已视"温莎"为改变生活品质的捷径。这并不能阻挡客源的流动。如果付出了十几二十块,就可以不用忍受横街窄巷里经年的污水与死耗子味,享受好得多的服务,何乐而不为。

直到终日在宿醉中上工的翟玉成,也意识到了情势的变化。他看见隔壁铺卖烧腊的大强仔,从"温莎"中走出来,喜气洋洋的。长相粗豪的强仔顶着一个精致的蛋挞头,走出来,青靓白净起来。翟玉成无名火起,因为强仔终年都在他那里剪一个陆军装,那是一种极易打理的、类似光头的发型。中饭的生意空当,一只电推就可顺手搞定。强仔的移

---

① 是不是脑子有毛病。

情,既不符合就近原则,也无关乎效率,这足以令人警惕。

"温莎"的出现,改变了北角飞发佬的生存环境,是必然的。在翟玉成们看来,无异于鸠占鹊巢。他们深信这间"上海理发公司",一定名不符实。"白粥价,碗仔翅当鱼翅卖!"是对非法打破业态的控诉。翟玉成并未加入这种控诉。只有他自己知道,他心底埋藏着一个"孔雀"。这个别人眼中的神话,是他个人的秘密。尽管永远秘而不宣,也使得他在内心不屑于和这些飞发佬为伍。

但是,当得知自己的儿子,要拜在这个上海师傅门下时,终于对他造成了打击。

那段时间,"温莎"的生意已经过了开业时盈门的火爆,进入了平稳期。但是庄锦明心中并不畅快。

即使有所准备,他所感受到来自同业的敌意,依然大于想象。关于他出现了诸多的流言。在开初的时候,他还一笑了之。但是这些流言在流传的过程中,捕风捉影,生长、丰满、自我逻辑化,变得越来越有鼻子有眼。

其中之一是说,他开所谓"上海理发店",但自己却不是上海人。他的祖上,是来自苏北乡下的修脚师傅。这自然是为了撼动他的权威与手艺继承的合理性。而另一说,则是讲他在开店执业之前,是在北角的殡仪馆,专为死人剪头发。这个诡异的谣言,显然是空穴来风,却有着令人啼笑皆非的依据,是因为他用来打薄的牙剪,比一般剃头佬的要小一号。

这些谣言彼此交缠串连,编织成了一个完整的故事。这个故事的核心内容便是,他是个出身低下、手段阴暗的侵入者,"上海"二字不过是用来惑众的表皮。

在长期的哑忍后,他决定捍卫自己的尊严。

他收翟康然为徒,于是有了意气的性质。

他不相信翟玉成在这个谣言链条中的无辜。打击一个,便可儆百。

翟康然在意外的喜悦中进入了"温莎",因为出自珍惜,他很清楚成为一个学徒需要做的一切。

没有拜师礼,没有敬师茶,他理解为这是所谓洋派作风。他也有了一身制服，枣红色，左红万，右马经。虽然并非为他度身定做，有些宽大，但他依然有了某种骄傲。他看着镜子中的自己，背后也有镜子，一个叠一个，一个套一个，前前后后便有无数个自己。像是将这有限而无限的世界充盈了，他心底升起了一丝浅浅的得意与安心。

这店堂里的爵士，忽然转成了一个女子苍厚的声音，妖冶慵懒。他不知这是白光的歌声。但穿过这歌声，他似乎看到了三十年代的老上海。那是他从未去过的地方，只在电视与画报上见过。但他仿佛看见了摩肩接踵的大厦，外滩一望无尽的灯光，滔滔的黄浦江水，远方传来鸣船的汽笛声。入时的男女，衣香鬓影，拥在一起舞蹈。在霓虹的闪烁中，若隐若现，晨昏无定。

他想，这就是他的理想。他要成为一个上海理发师傅，他离这理想，越来越接近了。

他还是个少年，理想也注定有少年的天真，以及少年的一根筋。他在中五辍了学，投入了他自己所认为的事业。

这时，旁边响起一个声音，康仔，倒痰罐了啦。等着积元宝咩。

他这才回过神来，赶紧拿起痰罐。里面的味道让他干呕了一下。痰罐里的污物上，漂着几颗烟头，是冲鼻的气息。但他忍住，利索地走出去。

看着他的背影，这一瞬，庄锦明心里有一丝不忍。他甚至动摇了一下，但稍纵即逝。他想，已经一周过去了，这孩子竟没有看出他非出自真心。他甚至没有体会到周遭的嘲谑与淡淡恶意。

在翟康然看来，师父安排他的工作无外乎两样，给客人递烟与倾倒洗刷痰罐。他想当然将之视为历练。他看过太多这样的故事，师父用不可思议的方式考验徒弟，其中大多与屈辱相关。但这些考验，无一不指向倾囊相授与终成大器。

这一天收工前，庄锦明点起了一炷香，要求他扎下马步，然后悬在手中摇晃一支筷子，模拟理发的动作。

翟康然想，终于接近了这个故事的正式起点，师父开始教他了。

他定定地站着，让自己的背挺着更直一些。但不久之后，他感到腿开始沉重，手腕也因无依持发起了酸。

当他的腿开始发抖时，感到膝盖被猛地一击。

他连忙振作了精神，让自己站得更直一些。

他的身后又响起了上海话，间或是讪笑的声音。这是他这些天里，唯一感到不友善的地方。这些师傅，总是在他经过时，改用上海话交谈，似乎有心要让他听不懂。他听到他们在身后议论。他们都是知情的人，他们在等待他的耐心和自尊感的崩塌。

这时候，门打开了。庄锦明看见一个精瘦的男人走了进来，脸色青黄，顶有些谢。重点是，来人有双微凹的眼睛。庄锦明心里冷笑，他想，事情终于接近戏骨了。

翟玉成看着自己的儿子，以一个滑稽的姿势站着，面对自己，手里执着一根筷子。因为看见了父亲，他的手忽然静止，整个人的姿势，便更为滑稽，像是一个傀儡。意想中的，他感受到了屈辱。

儿子的身后，站着一个男人，头发梳理得一丝不苟。嘴角有些下垂，是严厉的表情。他的手中举着一只鸡毛掸，狠狠地打在儿子的腿弯，说，手莫停！

这一下，仿佛打在了翟玉成身上。他走到翟康然跟前，说，康仔，走。

庄锦明又一下打下来，说，叫你手莫停。

他看到了这个男人额上渐渐爆出了青筋，但仍不露声色。这已经让他意外。庄锦明想，小看了这个广东飞发佬，还真沉得住气。

庄锦明始终没有正眼看他。在长久的沉默后，这男人终于拉动了翟康然一下。

庄锦明这才站起身，厉声道，我教训徒弟，旁人插什么手。

他仍然没有看翟玉成。翟玉成静默了一下，提高声音说，这是我儿子。

庄锦明冷笑，同时闻到了一股酒气。他想，酒壮人胆。这人露出了色厉内荏的一面，所以管教不了他的儿子。他转向翟康然，问道，康仔，是吗？

翟康然一声不吭。

翟玉成上前一步，定定看着庄锦明道，你又飞发佬，我又飞发佬，凡事讲个将心比心。

庄锦明说，我不懂什么飞发，阿拉上海师傅，只讲理发。

翟玉成脸上的肌肉抖动了一下，这轻微的表情被庄锦明捕捉住了。他想，好，这个中年男人，终于要失态，他能怎样。无理取闹，歇斯底里，一哭二闹三上吊。他便输了。

飞发

229

翟玉成说，你唔返学，唔返屋企，依家唔认我呢个老窦。①我只问你一句话，你跟定这个外江佬学飞发？

愣在那里的翟康然，这时忽然抬起了脸，看着父亲，坚定地点了点头。

翟玉成叹一口气，回转了身去。他往前走了几步，站定。却又转身过来，举起了自己的右手，竖起食指。他说，康仔，你听好。二十年前，我为"孔雀"，断佐呢条手指，后来驳返。

他虚无地笑一下。人们看到他用左手握住了这只手指。只听到"喀啪"一声，近旁的人来不及反应。看到翟玉成又举起了这只手指，已经无力地垂挂下来，仅有一层皮肤相连，像是一节凋萎的枯枝。

大约因为万分疼痛，他轻咬住了嘴唇。但面部表情，竟然还十分平静。他说，依家断多一次。你我两父子，今后桥归桥，路归路。

这时候，瞠目结舌的人们，才回过神来。他们七手八脚地拥住翟玉成，要将他送医院。但是，他轻轻推开了人们，自己往前走。他甚至自己用左手，推开了沉重的玻璃门。疼痛让他体力不支，稍微晃动了一下。但他只在门口站了几秒，便昂然地、步履坚定地走开，渐渐消失在众人的视线中。

良久的安静后，庄锦明听到了人们的议论，他间或听到"孔雀"两个字。这是流传在北角很久的传说。

他感到自己攥着鸡毛掸的手心，已渗出了薄薄的汗。

陆

理发店的胰子沫，
同宇宙不相干，
又好似鱼相忘于江湖。
匠人手下的剃刀
想起人类的理解，
画得许多痕迹。
墙下等的无线电开了，

---

① 你不上学，不回家，现在不认我这个老爸。

是灵魂之吐沫。

——废名《理发店》

柒

我在这个冬天,接到了翟健然的电话。

赶到医院,我看到翟师傅静静地躺在床上。他紧闭着眼睛,面目紧蹙,头发凌乱地散在枕头上,像是经历过了挣扎。他的右手,伸在被子外面,插着点滴。那手干枯黑黄,经络密布,仿佛被滤干了水分的树枝。其中一条枝丫,有着明显的错位,那是他变形外翻的食指。

翟健然将我叫到一旁,轻轻说,昨晚一直昏迷,今早才醒过来,现在又睡过去了。医生说了,也就这两天的事。

我看到了他的黑眼圈,比平常更为浓重,应该是一宿没有睡。我心里不禁有些发涩,说,师兄,真难为你了。

翟师兄叹一口气,戚然道,但凡醒过来,就跟我嚷嚷,说要回飞发铺去。现在,也嚷嚷不动了。

我说,话是话,你陪了他一整年。

他摇摇头,老窦心里明镜似的。他知道,我也只是陪着他,不是陪他的手艺。

我们便静静地坐着,再也没有说话。倒是可以听到翟师傅微弱的呼吸声。每次听上去不太均匀了,翟健然便急忙要站起来。等他呼吸和缓下去,才又坐下。

窗户外头,望出去,有整面的闯眼睛的绿。那是一座古老的教堂,似乎在翻修。绿色的纱幔是为了遮住脚手架,便只能看见教堂的轮廓。方正的钟楼,以及一个高耸的尖顶。

半晌,门打开了。我们看到翟康然走进来,他身后还有一个人,是庄师傅。

庄师傅看上去,比我上次见到,更老了一些。他终于没有了挺拔的姿态,变得有些佝偻了。他在翟康然的搀扶下走过来,手里拎着一个工具箱。

他看着床上的翟师傅,无声地叹了口气。翟康然将一只凳子放在床头,让师父坐下来。庄师傅稍事停顿,打开了工具箱,拿出了牙梳和推剪。

他伸出手,摸一摸翟师傅的头发,说,都是汗啊。康仔,给你老窦擦一擦。

翟康然用一块消毒棉,一点点地,在父亲头上擦拭。他的手,有轻微的抖动。

庄师傅声音发冷,低声道,衰仔,咁样(这样)抖法,仲想出师?!

我看到翟康然,站起身,走到窗前去。他背过身,肩膀无声地颤抖。我走过去,看着他。他已泪流满面。

庄师傅叫健然将翟师傅的头垫高,自己微微躬身,就住他,开始动作。无关乎步态的蹒跚,他的手竟还是灵活利落地,从头顶开始,一点点地,小心地剪。剪下一点,便用毛巾接着那头发,不让他落在枕头上。病房里,一时间,只有"喀嚓喀嚓"的金属摩擦的声音。因为安静而空旷,这声音一点点放大,竟然十分响亮。

我们看到翟师傅的眼皮,轻轻动了一下。他睁开了眼睛。

他的头不能动弹,但能看到我们,眼珠一轮,最后落在了庄师傅身上。这混浊的眼里,有些虚弱的光,我可以辨认出一瞬的惊讶,然后松懈下来。

他转向庄师傅。我们听到了他干枯而艰难的声音,他说,都传你以往是给死人剪头发的。我不信,如今瞧你这手势,八成是真的。

他的嘴唇翕动了一下,微微张开,竟然笑了。

"唔好郁。"庄师傅没有停止动作,他的手,正在翟师傅鬓角,用剃刀修整"的水"。他说,我这柄"孖人",用了二十年,还锋利得很,比你的 Henckels 可禁用多了。

你又知我用 Henckels?翟师傅眼睛对着天花板,好像在自言自语。

庄师傅刷上须泡了,轻手而利落地为他剃须。手并未有一丝停顿,他说,十几二十年,你的事,我什么不知道。

我们在旁边看着这一切。庄师傅剪这个头发,用去的时间格外长,剪得格外细。在临近尾声时,他为翟师傅的脸颊,擦上了一点须后膏。我闻到了淡淡的薄荷味道。

他对翟师傅说,我啲上海师傅唔孤寒的①。这是贵嘢,一般人我不给他用。

---

① 我的上海师傅不吝啬的。

他站起身，轻轻地抬翟师傅的头，将头下的垫单取出来。然后拿出一面镜子对着翟师傅，问，老板，点啊？

翟师傅看着镜中的自己，似乎端详了许久，才开口说，好手势。

说完这句话，他又微笑了一下，这才合上了眼睛。

尾　声

翟师傅的追思会上，用的是他年轻时的照片。

那黑白照片是翻拍过的，有一点模糊，但是，可以辨认出这青年惊人的英俊。大约是因为那双微凹的眼睛，里面还盛着许多的憧憬。但人似乎又有面对镜头的羞涩，整个面目便生动了起来。

翟师兄告诉我，这是老窦当年考电影训练班的报名照，他找了许久。

来吊唁的人并不很多。老庄师傅看见我，热情地打招呼。我问他可好，他说，上次没来得及和我说，他已经关了"温莎"，将理发椅送给了阿康三张，其余捐给了港岛民俗博物馆。

我表示了惋惜之情。他却很看得开似的，摆摆手说，年纪大了，去年经过了疫情，更想通了。他说，康仔出师了，我教会他剪花旗装了。

顿一顿又跟我说，他没想到，剪了一辈子头发，最后一个客，是翟师傅。

说到这里，他不禁也有些失神，道，我们这行，医者难自医。到时我的头发，又是谁来剪。

临走时，我向翟师兄道别。

看他眼神远远地落在远方，手里是一封帛金。

那信封上工整地写着四个字："孔雀旧人"。

短篇小说

第八届（2018—2021）鲁迅文学奖短篇小说奖评奖委员会

主　任：邱华栋

副主任：潘凯雄

　　　　邵　丽

委　员：（按姓氏笔画为序）

　　　　尹学芸　叶立文　丛新强

　　　　刘　琼　李　洱　李林荣

　　　　卓　今　韩春燕

第八届（2018—2021）鲁迅文学奖
短篇小说奖获奖作品名单

（以作者、译者姓氏笔画为序）

作品名称	作 者	出版单位	出版日期	责 编
《无法完成的画像》	刘建东	《十月》	2021年单月号6	宗永平
《山前该有一棵树》	张 者	《收获》	2021年第3期	钟红明
《地上的天空》	钟求是	《收获》	2021年第5期	王 彪
《在阿吾斯奇》	董夏青青	《人民文学》	2019年第8期	文苏皖
《月光下》	蔡 东	《青年文学》	2021年第12期	张 菁

获奖作品《无法完成的画像》作者刘建东

刘建东简介：
  刘建东，中国作协全委会委员，河北省作家协会副主席。1989年毕业于兰州大学中文系。1995年起在《人民文学》《收获》等发表小说。著有长篇小说《全家福》、小说集《黑眼睛》等。获鲁迅文学奖、人民文学奖、十月文学奖、《小说月报》百花奖、曹雪芹华语文学大奖等。

获奖感言

刘建东

2021年，我阅读了大量的党史资料，通过弥漫着硝烟的文字，曾经熟悉的那段历史似乎在我的记忆里复活了。我想起少年时经常去的一个地方，晋冀鲁豫烈士陵园，陵园与我家仅有两站地的距离，每年清明时节学校都会组织去瞻仰。曾经，陵园里肃穆的墓园，展馆里一张张青春而庄严的面庞，一个个鲜活的事迹，在我的成长中，产生过强烈的冲击和影响。我意识到，它们仍然在我记忆的血液中，不曾离开，于是便有了写作的冲动，而后就有了短篇小说《无法完成的画像》。这篇小说是对历史的敬意，更是对埋在我记忆深处的情感的呼唤。

这是一篇有关细节的小说。历史可以是波澜壮阔的宏伟画卷，也可以是和风细雨般的涓涓细流。而历史是由众多的细节串联而成的，在文学的旅程中，细节展开的时候，才是历史打开的正确方式。而细节能够直抵历史深处，直抵人心深处。就像是在宣纸中落下的一滴水墨，蔓延开的是它后面的更宽广、更宏阔、更激情澎湃的背景。最好的小说是于无声处能听到惊雷。这篇小说就是想努力达到，在有限的文字之内，有限的故事之内，要写出的不是有限的文字，而是无限的故事和无限的空间。有限的故事足以提供无限的时空，有限的细节背后涌动着的磅礴的历史，而有限的人物是无数面孔的叠加。

这还是一篇关于情感的小说。情感是历史的印迹。也许时间可以消磨掉一切，人物的面孔可能淡忘，可情感永远不会消逝，它会隐藏在时间的褶皱中，成为历史永恒的记忆，时不时地让我们感受到历史的温度和历史的可亲可敬。饱满的情感会慢慢地渗透进历史，触摸到别离与想念的痛楚，感受到付出与牺牲的执着，浸润文学的整个过程，让文字有了感情，让故事充盈着暖意。而当情感在故事和人物之间跳跃，那些久远的人物面容才渐渐地清晰起来，悬挂于历史的墙壁之上。

感谢评委，感谢《十月》杂志。

无法完成的画像

★ 刘建东

屋子里弥漫着一股淡淡的烧焦的味道。女孩被一个中年妇女领进来。中年妇女是女孩的舅妈，脸圆圆的，眉清目秀，却是男人嗓。我们已经见过几次，对她并不陌生。女孩几乎是被她拎着放到我们面前。她粗声说："我外甥女，小卿。"

我们正端着茶杯百无聊赖地喝水，看到瘦弱的女孩，我师傅杨宝丰赶紧站起来，端详着瑟瑟发抖的女孩。女孩宽宽的额头散落着稀稀的头发，有几根遮掩着大大的眼睛，露出惊恐的眼神。我师傅愣了一下，然后轻轻抚摸着她发黄的头发说："别害怕，我们是给你娘画像的。"

时间停留在1944年的春末。这一年我十五岁，我师傅大约四十岁。我师傅杨宝丰是城里唯一的炭精画画师。三年前，他来到城里，在南关开了家画像馆，专门给人画像，给活着的人画，也为故去的人画。师傅保持着一个传统，画遗像一定得到死者的家里去画。我想，可能是不想把晦气留在自己家里吧。我已经跟他学徒一年，能够简单地比着照片画人像了。

舅妈说："平时就她们娘儿俩一起生活。我这小姑子比较任性，因为恋爱的原因，几乎断了和我们来往。我一年也就能见她几面。三年前的秋天，我婆婆病重，临死前就是想见她这个小女儿一面。我和小卿舅舅来找她时，已经看不到她了，只剩下我这小外甥女独自在家。听小卿说，她娘是刚刚不见了，小卿也不知道她娘去了哪里。我们找了她整整三年，这三年里，我想让小卿到我们家里住，可小卿就是不离开这儿，说要等她娘回来。我只好每天过来照顾她。这三年里，我男人去了很多地方寻找，我那小姑子就是活不见人死不见尸，慢慢地，我们也就不抱什么希望了,只好放弃了,就当我这小姑子是死了,所以才请您来给画一张像,算是有个着落,有个结果。"她说得很平静。

是的,师傅来是给人画遗像的。师傅并不关心这些,他只想着如何对得起这份邀请,把他的工作做好。他把目光从女孩身上移到舅妈脸上:"我需要她的照片,你们找出来,我来挑一张。"

舅妈转向小卿:"快去把照片拿出来。"

因为一下子来了两个陌生人,小卿吓得只顾低头看地,对舅妈的话充耳不闻。只有两间屋子,找起来也不难。舅妈只好自己动手,来来回回在屋子里转了好几趟,却没有找到一张小姑子的照片,只找到了一本薄薄的相册,里面的照片却不见了。可以清楚地看到贴过照片的痕迹,照片一张也不见了。舅妈把相册递到小卿跟前,问:"照片呢,照片咋就都不见了?"

小卿落下泪来,抽抽搭搭的。舅妈脸色大变,黑黑的,训斥小卿:"你哭啥,又没打你骂你。"

师傅冲舅妈挥挥手,弯下腰来,和颜悦色地对小卿说:"孩子,别哭。我们是替你娘画像的,只有知道你娘长什么样,我才能把她画出来。你知道照片在哪儿吗?"

小卿眼中带泪,点点头,"我知道。"她说。

她领着我们走出屋,左拐,在墙角处放着一个红花的搪瓷脸盆,已经掉了很多瓷,红花已经残缺不全。她指着脸盆里,小声凄凄地说:"喏,都在这里。"

我们顺着她手指的方向,低头观看,脸盆底有一层燃烧后的灰烬。那可怜的灰烬还保持着照片的模样,竖着,横卧着,侧躺着,张牙舞爪。这时,刮过来一阵风,灰烬犹豫地颤动着,然后开始盘旋向上,轻飘飘地飞到空中。隔着散成碎片的灰烬,向阳光密布的天空望去,天似乎阴了。怪不得我刚才一直能闻到一股淡淡的烧焦味。舅妈的声音尖厉起来,抓住小卿的细胳膊:"你把照片都烧了!这是为啥?"

小卿嘤嘤地哭出声来。

我们重新回到屋内,气氛便有些紧张和不安,没有照片,等于是巧妇难为无米之炊。小卿垂手而立,脸上还挂着不屈的泪珠。师傅面露难色,对舅妈说:"没有照片,我画不出来。你还是另请高人吧。"

舅妈一时也没了主意,她并不是一个从容淡定的人,一遇到难题便慌了手脚,只会埋怨小卿,对小卿横加指责。还是师傅处事冷静沉着,提醒她，除了这里，哪里还能找到她小姑子的照片。这一下，舅妈茅塞顿开，跺了一下脚，拍一下脑门："我都被她气糊涂了，我去找，我去找，我们家里一定有。"

我们便和小卿一起等待她的舅妈回来。

屋子里烧焦的味道渐渐散去。没有了舅妈在身旁，小卿反而没有那么胆怯，她逐渐活泼起来，看看我师傅，又看看我。舅妈说小卿只有十岁，或许是营养不良的缘故，她看上去比实际年龄要小。从开始到现在，我一直背着装满画画工具的布包，没有说一句话，她就对我有些好感，向我招招手，说："你来。"我犹豫地看了看师傅，师傅掏出烟来，点着，闭上眼。这就说明师傅并不反对。

我跟着小卿进了另一间屋子，里面摆着一张单人床，叠好的被子上还放着一个草编的娃娃。她把门关上，神秘地对我说："我还有一张照片。"

我大吃一惊："那你赶快拿出来呀。"

她拿起草娃娃，用手摸着娃娃的头："我不拿。"

我着急地说："我去告诉师傅。"

她说："你去吧，你去告密，我就说是你撒谎，根本没这回事儿。"

我说："我不告诉他。那你拿出来吧，让我看看。"

她绷着的脸便松弛下来，露出微微的笑容，她指指自己的心脏："在这里。"

我泄了气，转身要出去，听到她问："你们来干啥？"

"画画。你舅妈请我们来给你娘画像，把她的像挂在墙上，你就能天天看到她。我师傅画得可好了，就跟活着一样。"我向她解释。

她却噘起嘴巴，翻着白眼，不满地说："我娘没死。"

我猜想，她是不愿承认她母亲离世的事实。这不能怪她，搁到谁身上，都无法接受。于是我问她："那你娘去哪儿了？"

她摆弄着手里的草娃娃："找我爹去了。"

"那你爹去哪儿了？"

"我娘说，我爹去的地方不能让别人知道。"说到这里，她突然警惕地盯着我的眼睛，"你不能给别人说。"

我说："我都不知道你爹去了哪里，我咋告诉别人。"

她把掉落地上的一根细草，轻轻地捡起来，吹了吹，想插回到娃娃身上，可她尝试了几次，都没有成功。我说："我来试试。"我把草插回去，交给她。

开门的声音把我们召唤回师傅身边。师傅面前的桌子上，烟灰铺满了一张纸。师傅手中的香烟燃到了一半，一缕细细的白烟腾空而起，线一样直直地飘上去，似乎是静止的。小卿舅妈手里拿着一张泛黄的照片，递给我师傅："您看，这个行不行，我只找到这一张。"

她拿回来的是一张全家福，六个人，坐在前面椅子上的像是一对夫妻，后面是四个孩子，两男两女。她指着第二排右手边那个年轻的姑娘说："这就是她，小卿的娘。"

师傅掐灭香烟，盯着照片，似是在认真辨认照片中的人，半天没有说话。

舅妈焦急地催师傅："您倒是给个准话，行不行啊？"

"啊。"师傅像是刚刚有了结论，"这张照片是什么时候的？"

"大概十三年前吧。这之后没多久，她就离家出走了。"舅妈说。

师傅没有说话。

舅妈又问："可以吗？"

师傅再次把照片拿近端详着，"好吧，就它吧。"他平静地说。

师傅的判断并不总是正确。我看到的那张七寸旧照片，在时间无情的作用下，清晰度已经大打折扣。照片色彩的饱和度明显减弱，眉眼、鼻子和嘴巴虽然还能分得清，但边际间的灰色调正在慢慢地退化，有些暗淡。我有些奇怪，以往，师傅在对照片质量的要求上是很挑剔的。而这一次，在小卿舅妈真诚的邀请下，他是在勉为其难，在冒一个很大的险。

此时，我才把背包打开，依次拿出画画的工具，素描纸、炭精粉盒、画笔盒、尺子、放大镜、橡皮把它们按照顺序放到已经清走烟灰和茶杯的桌面上。我坐下来，开始在那张发黄的照片上画线条，横的线条和竖的线条，交叉形成一个个的小方格。因为人头很小，所以我必须小心地以毫米为单位画线。师傅坐在那里，闭目养神，他没有抽烟，画画前，他都会让自己的心静下来。舅妈出去准备午饭，屋子里没有了她的声音，很安静。折腾了一上午，已近中午，我边打方格，边能听到肚子里的叫声。偶尔，还能听到远处传来的隐隐约约的枪炮声。这两种声音，在我的耳朵里交替回响，就让我有些分心。师傅闭着眼都能感觉到我的神不守舍，他轻轻敲了敲桌面："把耳朵放到照片上。"

我安下心来，继续打格子。

小卿在一旁好奇地看着，她问："你把我娘怎么了？你把她关到笼子里了？"

我说："这不是笼子，这是方格。我把照片上的你娘挪到这张大纸上，她就更清楚了，更像活的一样了。"

她便安静下来，站在一边，静静地看我打格子。

简单地吃过午饭，我在铺展的素描纸上，以放大二十倍的比例，开始打格子。铅笔在尺子的指引下，上下为竖，左右成横，雪白的素描纸被逐渐分成二百八十个方格。小卿显然没有见过画像的过程，她看得兴高采烈，笑逐颜开，脸上早就没了泪水。

我放下笔，把铅笔放在打好格的素描纸旁，放大镜放在打好格的照片上，压好素描纸，看着师傅。师傅缓缓睁开眼，目光在纸上扫视一遍。阳光正好照在密密麻麻、方方正正的格子上，那格子犹如一个个开着天窗的房间，敞亮而温暖。师傅起身，净手，擦干，揉揉眼睛，松松筋骨，然后端坐在桌子前，拿起铅笔开始画头像的轮廓。他画得很慢，比平时要慢许多。我从来没有见他如此小心谨慎、畏首畏尾。铅笔拉成的浅浅的线在一个一个的格子间缓慢地前行，犹疑不定地寻找着方向。平时干净利落的线条也显得笨拙而胆怯。我站在旁边，感觉特别紧张，仿佛这不是平日里的一次寻常的画像，而是一次艰难的在丛林中的探险。我暗暗地捏着一把汗，开始为师傅担忧，不知道师傅是不是能够把人物肖像画好，是不是能得到亲属的首肯。这还是我学徒以来，第一次为师傅忧虑。

还有小卿舅妈的唠叨，对师傅是另一种干扰。她坐在一边，并不像小卿那样安静，她控制不住自己想要数落小姑子的欲望。也许，对这个倔强的小姑子，她早就心存不满。她说："这兵荒马乱的世道，您说一个年轻女子，不好好在家，找个安分守己的男人，守着自己那个小家，好好过活。天天在外面疯跑，净和一些陌生的人打交道。谁知道她找的那个男人是谁，是干啥的。是好人还是坏人。她都自己决定了，也不让我们参考一下意见，甚至都不让我们见上一面。您说，哪有这样的。"

师傅紧皱眉头。

"后来我们连她也见不到了，不知道她去了哪里，大约有三年的时间。等她再出现在我们面前时，她怀里抱着一个娃娃，就是小卿。我们问她，那个男人去哪儿了，在干什么，为啥他不管她们娘儿俩了。我这小姑子啊，倔得像头驴，死活就是不说。还是我男人东打听西踅摸，找了间房子，把她们娘儿俩安置在这儿。"她继续喋喋不休。

师傅手中的笔前行的速度越来越慢。

我把小卿舅妈请到屋外，悄悄告诉她，我师傅画画时需要绝对的安静，不能和他说话，让他分心。

舅妈说："真是毛病多，我闭嘴就是。我又不喜欢看画画，多无聊。"

屋子里能听到铅笔在纸上滑动的声音。师傅缓慢的勾勒无法吸引小卿的注意力，她看了一会儿就没了兴致，拉了拉我的衣袖，示意我出去。我跟着她悄悄地出了房间，来到院子里。院子里种着一棵枣树，枣树婆娑的影子正好遮住我们。她问我："画到那张纸上的人就死了吗？"

我奇怪地看看她，那双大大的眼睛，衬托得她的脸更瘦削。"不一定啊，我师傅也给活人画像，有年纪轻的，还有小孩子，还有人请我师傅给他们家的猫画过像。我师傅画得可好了，他们都说，比照片上的人还好看，比真人还耐看。不过，我们是来给你娘画遗像的。"我细致地解释道。

"那人死了为啥要画到那张纸上？"她还是有太多的疑问。

我挠挠头："我也不知道，反正有人愿意挂在家里，愿意找我们画，我们就画。"

"你画过没？"

我摇摇头："还没有，我画得还不大像。我师傅说，我得再画两年，才能够正儿八经地给人画像。"

"那你能不能给我也画一张？"

我犹豫着说："能，只要我师傅同意。"

她撇撇嘴："真没出息。"

聊天中，我看不出她有多么悲伤，也许，三年的等待和期盼，对于一个孩子也有些倦怠了，麻木了。

天擦黑的时候，师傅才把人像的铅笔稿画完。白色的素描纸铺在桌面上，借助灯光，我们看到了一个清秀的脸的轮廓，眼睛、鼻子、嘴巴、耳朵都已经就位。虽然漫长，但那是一个好的开始。小卿盯着那张画稿，看了半天，晃着脑袋说："这不是我娘。"

我对她说："别着急，这是草稿。明天就让你见证奇迹。"

披着夜色，我们告别了小卿和她的舅妈。那张画好轮廓的素描纸就放在桌面上，慢慢地被黑夜覆盖。在同一屋檐下的黑暗中，可能还有一双明亮的眼睛在闪烁。

并不像我承诺的那样，奇迹来得并不及时。第二天画像的过程仍然延续着昨日的艰辛。

这是画像的关键环节。

师傅净手后闭目而坐，等着我把一切准备就绪。师傅的表情看上去波澜不惊。微风穿堂而过，师傅的头发微微颤动。炭精粉盒打开，露出细细的黑黑的炭精粉。小卿对灰烬一样的黑色粉状物十分感兴趣，伸手想摸一摸盒中的炭精粉。我抓住她的手腕，制止了她。

而后是毛笔，按照大、中、小号，并排放在右手边。这些毛笔都是经过特殊处理的，把柔软的笔头浸入糨糊中半个小时，等每一根狼毫都与糨糊充分而亲密地接触，拿出，在阴凉干燥处慢慢阴干。此时的毛笔头是饱满的、坚硬的，再把笔头捏松，修剪好，适于沾上炭精粉。一根根黑头的毛笔面朝桌外，等待着我师傅的召唤。

一切准备停当，师傅开始作画。每一次，都是从眼睛画起，这是老规矩。师傅告诉我说，眼睛是一幅肖像画的魂魄，只要魂魄活了，这幅画就成功了一大半。而这一天，1944年春天的一天，面对草稿，他稍微犹豫了片刻，然后，用小楷毛笔沾上炭精粉，笔落在了鼻子上。我万分诧异地看着师傅的手。一旦落笔，他的右手便没有犹豫，没有迟疑。鼻头的阴影慢慢地擦出来了，然后是深色的鼻孔。当师傅用炭精粉擦出第一笔黑色的线条时，像是广阔的平原上，吹过来一股春风，等风慢慢地吹遍了平原，黑色的线条铺满了一张白白的纸，人物浮现了，春天也就到来了。

往常，师傅画出一幅八开的人像，大约是一白天的时间。可是今天，我向小卿夸下海口的奇迹却迟迟没有到来。一天下来，他只画了鼻子和嘴巴。但即使是如此，当那秀气挺拔的鼻子和有些倔强的嘴巴，以黑白灰的搭配变得立体，呼之欲出时，也足以令在场的小卿舅妈不住地赞叹："真像，真像！"小卿则牢牢地盯着那鼻子和嘴巴，眼睛瞪得很大，睫毛不住地闪动。

太阳快落山时，师傅便停止了作画，这也是一贯的规矩。我用一张宣纸把那张素描纸蒙住，细心地在四边压上镇尺。我叮嘱舅妈和小卿："谁也别动下面的纸！"

第三天，师傅画了脸部、耳朵和头发。第四天，他才最后画眼睛，画一幅肖像的魂魄。一直到傍晚,漫长的作画过程还未能结束。只留下一只眼睛,他再也画不动了。那一小块空白,像是一个深不见底的洞,特别突兀刺眼。我看到,师傅的右手手背上已经布满了密密的汗珠。而我自己也已经筋疲力尽,依稀是跑了四天三夜。从来没有,从来没有过,这么难熬的作画过程。我反复看着那张旧照片,看着照片上青春而朦胧的脸庞,再看看素描纸上,那一个意气风发而清晰的面孔是多么得来不易啊。

师傅疲惫不堪而虚弱地说:"明天早晨收尾。"

按照惯常的规矩,我把缺了一只眼睛的肖像画用宣纸蒙住,镇尺压住,嘱咐小卿和舅妈,别动那张画。我们走到街上,师傅的身子一软,险些摔到路上。我扶住他,说:"师傅,您累了。"

第五天一早,我们就赶到了小卿家。清晨,金黄的阳光里有一股甜甜的蜂蜜味道。舅妈忙着给我们倒水沏茶。照例,我开始为师傅做准备。我掀开宣纸,惊得大叫一声:"哎呀!"镇尺掉到了地上。

宣纸下面是空荡荡的桌面,陈年的桌面映着冷森森的光。听到我的惊叫,师傅站起来,凝着眉,有些惊恐地看着空空的桌面。我伸出手摸摸桌面,桌上桌下,都找了个遍,也未见踪影。我哭丧着脸,看着师傅。师傅便叫住在眼前晃来晃去的小卿舅妈,问她看到那张画没有。舅妈说:"没有啊,你们走后不久我也回家了,我走之前,还看了看桌子上,和你们走时一样,蒙着一张白纸。"她又风风火火地把屋子里能找的地方,挨个找了一遍,最后无奈地对师傅说:"没有,哪儿也没有,怪事了,难不成是有贼了?可是贼不偷别的偷一张遗像有啥用,又不能卖钱。"

师傅对舅妈说:"你把小卿叫来。"

舅妈把小卿从院子外领进来。小卿垂着手,一脸无辜地看着师傅。师傅想拉拉她垂着的手,可她缩了回去,师傅只好和蔼地拍拍她的头,问:"你见那张画像没?"整晚,只有她一个人在家里。

小卿摇摇头,又摇摇头。

站在一边的舅妈把她一把拽过去,手上的力气明显加重了。小卿被舅妈拉扯着,龇着牙,咧着嘴,眼里闪着泪花。舅妈吼道:"是不是你?你说到底是不是你?前两天你把你娘的照片烧了,这次你又把你娘的画像弄到哪里去了?你说呀,你倒是快说呀!"

舅妈越是逼迫,小卿越是不从。她倔强地憋着眼泪不流出眼眶,昂着头不回答舅妈的问话。舅妈气鼓鼓地说:"你们看看,跟她娘一样一样的，死倔死倔的，认准了理，八头牛都拉不回来。"

师傅上前扒开舅妈愤怒的手，劝慰她："让我来。"

师傅轻轻地抚了抚小卿发红的手臂，安抚她："没有人怪你。不关你的事。你别怕。"又拍拍她的头。小卿怯怯地看了看师傅，又垂手站在那里，默不作声。

师傅挥了挥手，然后坐在椅子上，大口大口地喘着粗气。我胆战心惊地看着他，束手无策。

舅妈跺着脚说："这可咋办，这可咋办？"

师傅淡定地说："我重新画。"

重新画像的决定让小卿舅妈放宽了心，却令我忧心忡忡，我知道，师傅做出这样的决定是非同寻常的。在这一年学徒时间当中，类似的事情从来没有发生过，师傅最忌讳的就是重画。他说过，重画就是对自己的否定。

不出所料，重画的过程是一场灾难。我师傅杨宝丰要克服他内心的那份执念，并不是一件容易的事。每一天下来，他都疲态尽显，像是经历了一场永无尽头的长跑似的。他甚至忘记喝水，吃起饭来，也毫无胃口，如同吃糠。返回的路上，他走得比平日里要慢许多。夜幕四合，街道上人流稀少。偶尔有辆自行车响着铃铛疾驰而过，还把他惊得歇息几分钟才继续前行。我听着他软弱无力的脚步声，能感觉到，两只脚几乎是拖着在行走，我不忍心地说："师傅，要不我们放弃吧。"

师傅说："不能。"

师傅回答得那么坚决，我就愈发觉得肩上的分量重了。我背着大大的画夹，里面是没有完成的画像。那张薄薄的素描纸，因为有了未完成的人物肖像，仿佛有雕塑般的形态，厚重了许多。我几乎能感觉到已经画完的鼻子、嘴巴的重量。除了要应对师傅心里的信念，我们还得防着画像再次消失。所以，我背来了画夹，每天回家时，我都把未完成的画像小心地装进画夹，而每次，小卿都非常庄重地看着那幅半成品的画像，在她的眼皮底下消失，她说："你为啥要把它带走？晚上我给你守着，一定不能再丢了。"

我不能把心里要说的话全盘托出，我不能告诉她，我们不信任她，不敢把画像留在她身边。我哄着她说："我师傅回去还要加班画。你看看，这幅画像画得时间太久了，耽误好多事。必须加班加点把它画出来。你舅妈放心，我们也安心。"

无法完成的画像

小卿嘟着嘴，不信任地看着我。

如此谨慎，如此艰辛，又过了五天，时间像是在一个个的铅笔线条围成的方格中，缓慢度过的。小卿母亲年轻时的画像，即将大功告成。除了要修正一下细微处的头发，连最后的那只眼睛都已经画好了。那一刻，在傍晚来临之前到达，师傅四肢摊开，瘫坐在椅子上，面色苍白，汗湿衣袖，头发打着绺垂在额头上。我轻轻地给他捶着肩膀。

师傅闭上眼，没有说一句话。小卿和舅妈并排站在桌子旁，她们已经忘记了我们的存在。她们被那幅画像吸引了，静静地观看着基本成形的画像，一向爱说的舅妈，也变得沉默了，她盯着那幅画，我在她脸上看到了一丝羞愧。小卿看了一会儿，突然间趴在桌子上，放声痛哭。我害怕她的泪水把画像打湿，急忙把那幅画像向里挪了挪，尽量离她一伏的头远一点。三年多来，舅妈说她从来没有哭过，她一直相信，她的母亲，一定会在某个黎明时刻，在她睁开眼的一瞬间，回到她的身边。现在，当她看到自己的母亲以这样的方式出现在她面前时，也许她意识到了那个黎明永远不会到来。她的绝望与痛苦，就这样，把时间重重地推向了夜晚。她的哭声嘹亮而尖厉，高亢而饱满，像是色彩浓烈的炭精粉，把没有点灯的房间染得漆黑。

没有人阻止她。

也没有人，说一句话。

就让那夜晚，快速地降临，快速地把所有人吞没。

等她的哭声渐渐地减缓，变成溪流样的节奏，我师傅才站起来，把她揽在怀里，像哄睡觉的婴儿一样拍着她的背。在师傅的安抚下，哭声才来到了溪流的尽头，她安静下来。我感觉到，夜色像水一样缓缓地分开。

我照旧背着画夹，回到了店里。这几日，我都没有回家，而是在店里看护着画像。画夹被我放在柜台上。柜台里的墙上，贴着几张画像，有一个七八岁少女的画像，画像上明眸皓齿的少女笑颜盛开。师傅睡在里间，而我睡在柜台旁边。临睡前，我看了画夹最后一眼，眼睛才沉沉地闭上。黑夜像是流动着的炭精粉。躺在黑暗中，我似乎能听到细细的炭精粉流动的沙沙声音。一粒粒一颗颗，互相依靠着拥挤着，成为磅礴而密集的黑色力量，柔软而不顾一切地吞没了一切。

不知睡了多久，我突然醒来，暗夜中恍若传来细碎的声音。顿时睡意全无，我侧耳细听，那声音细若游丝，若有若无。我从床铺上爬起来，蹑手蹑脚地摸向柜台，柜台上的画夹已经不见了。我惊出了一身的冷汗。我摸索着走到里屋门口，轻声喊道："师傅，师傅。"没有人回应。也许师傅太累了。我只好放弃打扰他，循着声音而去，声音仿佛来自屋外，店门虚掩着，我轻轻推开它，脚落下去，感觉像是落进了深渊之中。我深一脚浅一脚地迈出来，汗毛都立了起来，身后的画像馆好像立即就远去了。借着淡淡的月光，浓浓的夜色中隐约有一个人，正专注地站在那里。我掐了掐自己的大腿，算是壮胆。我停下来，不再向前走，唯恐惊动了那个人。我屏气凝神，躲在黑暗处，观察着前方的人。夜晚仿佛是由无数黑色方格组成的世界，每一个方格里都藏着一个妖怪。我缩成一团，想赶快回去。前边那人终于有了动静，他打着了火，他在烧什么东西。他点了几次，才点着，我立即闻到了燃烧的味道。燃烧的面积越来越大，被火映照的地方也扩展得越来越大，我的视线顺着火光向上移动，一屁股坐到了地上。那个人竟是师傅。我的脑子瞬间便凝固了。

我不知道自己是怎么回到店里的。我躺着，眼睛闭着，能听到轻微的脚步声由远而近，关门，上锁，从我身边过去，在柜台边停留片刻，折进了里屋，然后一切归于宁静。夜晚再也无眠。泪水从我的眼角慢慢地滑落，在等待黎明的过程中，变成干枯的泪痕。

画像的事就此结束。师傅彻底放弃了为小卿母亲画像。我和师傅，谁也没有再提起画像的事。一年之后的某一天，我在店里等着师傅，等了一天，两天，一个月，两个月，没有等到他。师傅杨宝丰再也没有出现，我不死心，走遍了整个城里，也没有见到他的踪影。没有人告诉我发生了什么。我央求父亲，替我盘下了那个小店，我继续着师傅未教授完的技艺，渐渐地成了城里一个有名的炭精画的画师。我想一边画像，一边等待着师傅回来。就像小卿等待她的母亲一样，我相信有一天，师傅也会突然站在我的面前，他一定会为我的炭精画而骄傲的，我能够滔滔不绝地给他讲，我攻克的各种技术难题，画出的令人难忘的肖像。又过了一年，遥远的枪炮声终于来到了城外，清晰而响亮。

1951年的一天，我的画店里走进来一个年轻的姑娘，她面色凝重，年轻的脸上写满了哀伤。她端详着墙上的画，再看看我，说："我想请你画一张肖像。"

我觉得这个陌生的姑娘有些眼熟："好的，把照片给我。"

她摇摇头:"有照片,但不在我手里。"

我微笑着向她解释:"没有照片我画不了。"

"你肯定能画。"她坚定地说,"也只有你能画。"

我诧异地看着她:"为什么?"

"因为你画过。"她确定地说,用忧伤的目光鼓励我。

我更加疑惑。

"我是小卿。"她说。

我一下子明白了,为什么我觉得在哪里见到过她。记忆像是泄下来的洪水。数年前的接触虽然短暂,却给我留下永生难忘的记忆。我内心涌动着一股暖流,不知道是因为见到小卿,还是想到了当年画像时的师傅。我急忙热情、手忙脚乱地请她坐下来,给她沏茶。我小心地问她:"找到你娘了吗?"

坐下后,小卿努力克制着自己悲伤的情绪,对我说:"邯郸解放后,我一直在寻找我娘,我不相信她会丢下我不管,我相信一定有什么原因,阻碍了她回家。我找了很多地方,就像我舅舅当年寻找她一样。虽然我一无所获,可我并没有像舅妈他们那样绝望,那样灰心丧气。我漫无目的地找啊找啊,找了一年又一年,直到去年秋天。有一天,舅舅突然来到学校,把我从教室里叫出来,他满头大汗,气喘吁吁,表情很奇怪。他并没有告诉我是什么事。他骑着自行车,骑得飞快。坐在后座上的我能听到耳朵边的风声。我们停在了晋冀鲁豫烈士陵园门口,舅舅连车锁都来不及锁上,拉着我就向里跑。烈士陵园刚刚落成,有很多单位在组织参观瞻仰。今天轮到舅舅单位。我一路跟跟跄跄,被舅舅拉着狂奔到烈士纪念堂里。我们站在一张照片前,一张模糊的照片,是一张合影。我能感觉到舅舅的身体在颤抖。合影上是四个微笑着的人,两个年轻的男人和两个年轻的女人,女人在中间,男人在两边。我站在那里,惊呆了,我越看,其中一个年轻女人越像我娘。而照片中的人像,似乎也越来越清楚。我确信,她就是我娘。我蹲在那里失声痛哭,根本不顾及周围有多少人。后来,一个陌生的女人走到我身边,问我为啥哭泣。我指着照片说,那是我娘。她把我揽在怀里,也是放声大哭。等我们哭完,她脸上挂着泪花,告诉我说,她是照片中的另一个女人,他们四个是曾经的战友,这是他们分别时的照片。她让我叫她黄姨,我觉得她特别亲,我喜欢听她讲话,软软的,带着南方口音。她指着我娘左边的那个年轻男子问我,你知道他是谁吗?我摇摇头。她说,那是你爹。我泪眼婆娑地看着那个陌生的男人，他的形象并没有像照片上的母亲那样越来越清晰，相反，却愈发难辨。我告诉她，我娘找我爹去了。她再次把我抱在怀里，她的眼泪冰凉的，落到我的脸上。"

我默然无语，看着她眼角不断滑落的泪水，不知道如何安慰她，这既是一个好消息，又令人伤心不已。

她的脸上除了哀伤，还挂着几分自豪，"我想请你给我娘画一张像。"她说。

我跟着她来到晋冀鲁豫烈士陵园，在烈士纪念堂，看到了那张照片。她指着那张照片，对我说："你看，我娘，还有我爹。"

我的目光随着她手指的方向望去。小卿的爹头发很密很长，看上去刚毅英武。那张照片虽然清晰度不高，但他们四人快乐的笑容溢出了照片，明显感染着小卿。她看着照片，眼里含着泪，却微笑着。我的目光重新回到照片上，我紧紧盯着照片右首的那个男人，我有点怀疑自己的眼睛。我使劲揉了揉眼睛，指着照片惊呼道："小卿，你看，那个人，那人是我师傅。"

黄姨领着我和小卿来到一个烈士墓前，她告诉我说，这就是你师傅，这里面埋着他的一顶帽子。黄姨说，他曾经化名杨宝丰，在城里工作过几年，他在南关开了一家画像馆，专门给人画像。我这才知道，我师傅叫宋咸德。

我潸然泪下。

获奖作品《山前该有一棵树》作者张者

张者简介：

张者，本名张波，男，中国作协小说委员会委员，重庆作协副主席，一级作家。出版长篇小说大学三部曲《桃李》《桃花》《桃夭》，长篇小说《零炮楼》《老风口》，中篇小说集《朝着鲜花去》《或者张者》，散文集《文化自白书》等。作品曾被多个文学选刊转载，并多次登上文学年度排行榜。

获奖感言

张　者

写作不是为了获奖,获奖可以鼓励写作。

文学创作是孤独的长路,大部分时间都是踽踽独行。我自己也没想到,从一个文学青年走到今天,转眼就是几十年。能获得鲁迅文学奖的确是对我的一种鼓励也是一种肯定,这就像漫漫长路上的加油站。它能让我更加自信,充满激情地去完成更加优秀的作品。

我希望我的写作要有博大的气象,在技术上首先要拉开时空,不单纯地局限某一个地域。我不断更换作品的背景,更换题材,不重复自己。所以,我写过校园题材后,写了新疆题材,写了农村题材。获得鲁迅文学奖只是我文学人生上半场的一个美丽的句号,也是下半场的发令枪声。孤独者的旅行将继续开始。"莫愁前路无知己,天下谁人不识君。"如今我们要再出发,"我们来到梦开始的地方,轻轻一飞,便是万水千山"。

山前该有一棵树

★ 张　者

这是个啥地方嘛，都是光秃秃的石头，裸山。

树不知道跑哪去了，草也难觅踪迹，花儿那些娇惯的美丽都躲在人们的记忆里了。补鞋匠巴哈提说，这个地方连石头都不穿裤子嘛，别克（男孩）也不需要穿裤子，巴郎（男孩）也不需要穿裤子，汉族的小子也不需要穿裤子嘛。他说着还向我们裤裆里张望，然后哈哈大笑，这弄得我们十分难堪。"巴哈提"是幸福的意思，他每次逗你玩都会找到幸福的感觉。他一会儿说哈萨克语，一会儿说维吾尔语，还会说汉语，我们都搞不清楚他是什么民族。新疆少数民族多，我们统称他们为"老乡"。

这时，上课铃声突然响了，同学们"轰"的一下从他的补鞋摊撒丫子跑了，就像一群被惊飞的麻雀。巴哈提老乡在我们身后嘿嘿笑，说，跑快点嘛，快点跑嘛，鞋子坏了，我来补嘛。我们跑着完全能想象到他那八字胡诙谐地左右抖动的样子。巴哈提老乡的补鞋摊就在我们的小学校墙边的阴凉处，那叮叮当当的钉鞋声，让我们经常误认为是下课的铃声。

这是一个矿区，属于天山深处的神秘所在，一个荒山秃岭寸草不生的地方。天山南坡和北坡完全不同，北坡降水丰沛，风景如画，而南坡干旱少雨，就如一幅画的背面。南坡没有山坡草地，没有如盖的塔松，也没有蘑菇般的毡房和满坡的牛羊，只有满山的砾石。那些石头在西部烈日的灼烤下，散发出铁锈的气味。那里属于不适合人类居住的地方，可是，由于找到了一种神秘的石头，兵团突然从三个建制团中抽调了近千人，集结到了这里。人们也懒得给它起一个像样的名字，只用了一个编号，叫506矿。506矿到底有什么矿？从这个编号中你只能读出神秘的气息却读不出实际的内容。关于506矿的传说只能在黑夜里进行。我第一次听到它的传说是在晚上熄灯后,我那刚上一年级的弟弟从被窝那边爬到我这头,然后对我耳语道:"你知道506矿是什么矿吗?"我问什么矿?他神秘地说:"是铀矿。"铀矿是什么矿呢?弟弟又降低声音回答:"铀矿是造原子弹的。"

原子弹的赫赫威名谁不知道,它不用爆炸,就能把人震得昏头转向。于是,我们生活的地方就有了一种神秘色彩,哪怕是喝着苦泉水也不觉得苦了,因为我们的父母正干着一件天大的事情。

父母被调入矿山后,我们这些孩子属于家属,就跟随着父母上了山,这样,一个简陋的学校就在山上用石头搭建了起来,屋顶用的是红柳枝和油毡。每天的上课铃声让正在开矿的父母们十分安心,只是他们开山的炮声却让我们十分惊恐。在炮声隆隆中上课,飞石砸在房顶上,如天神的战鼓。教语文的胡老师正领读课文《曹刿论战》:"一鼓作气,再而衰,三而竭……"听到房顶的咚咚声,我们有一种身临其境的感觉,大家就会心一笑。胡老师也笑,望望房顶说,三而竭了,没事。同学们就哄堂大笑,疲惫的午后课堂突然就活泼了一下。相比来说,我们更喜欢作文课,因为胡老师有满肚子的故事。他是一个大学教授,右派,发配到新疆就成了我们的小学老师。让一个大学教授当小学老师,这对于他来说也许是一种惩罚,对我们来说却是最大的福分。我们这些在绿洲出生的新疆兵团人的二代,通过胡老师了解到外面的大千世界。他坚持让我们每周写一篇作文,他说什么叫语文?一是语,二是文。"语"就是通过课文学习语法、语言,古诗文都要背下来;"文"就是文学,就是要学会写文章。每周写一篇作文。他在命题作文前常常给我们讲故事,启发我们,然后望着窗外随意给我们出作文题目。比方:《苦泉水》《戈壁滩》《矿山人物之一》《矿山人物之二》等等。当他望着远方的戈壁和漫山遍野的石头让我们写《树》时,我们不干了,因为我们的眼前根本没有绿色,更别说树了。

有同学就喊,胡老师,我们山上连一棵树都没有,怎么写?胡老师就说,眼前没树,心中难道没有树吗?回家问问父母吧。

于是,在第二周的作文讲评中,同学们就写了很多不一样的树。有村口的大榕树,有门前的大槐树,有坝子上的黄桷树。我爹给我讲了老家的大桑树。他边讲边咽着口水,说起了小时候吃桑葚的故事,那些黑紫的甜蜜安慰了他童年的饥饿和贫困。父母们都是有故乡的人,他们来自五湖四海，为了屯垦戍边来到了新疆。他们每一个人心中都有一棵树，而每一种树都寄托着他们的乡愁。比方：写黄桷树的父亲是四川人，写大槐树的父母是北京人，写大榕树的老家是福建人……我爹是河南人，他给我讲了门前大桑树的故事。

可是，我们这些土生土长的"兵二代"，眼前连一棵树都没有。在一次作文讲评课后，我们望着窗外所有的石头，喊：

"山前该有一棵树！"

胡老师望着我们，然后又望望窗外说，同学们，真不该让你们在没有树的地方成长。可是，没有办法，你们是兵团人的孩子，父母走到哪里，就要跟到哪里。然后，胡老师给我们讲了一些关于新疆树的故事。老师讲到一个叫左宗棠的清朝人，抬着棺材收复新疆，沿途栽下了柳树，叫左公柳。老师还讲到了胡杨树……

我们是从山下绿洲来的，那里就有树。有婀娜多姿的沙枣树，还有高高的白杨树。果园里的树就更不用说了，不但有花香还有甜蜜。老师所说的胡杨树也有，有一棵最茁壮的胡杨树就生长在胜利渠上。水罐车从胜利渠给我们拉淡水，会从那棵孤独的胡杨树边路过。我们夏季上游泳课，就把胜利渠当游泳池，那棵胡杨树下巨大的荫凉就成了我们的集合地。

那棵茂密的胡杨树孤独地生长着，在夏季它给我们带来一片巨大的绿荫，成了我们的课堂；到了秋天，它会很隆重地展示自己，金黄的叶子展开来照亮了荒原。它是那么茁壮，又是那么孤独，美得却让人震撼。

那次关于树的作文课，让我们想起了那棵胡杨树，大家就齐声喊，把那棵胡杨树移到我们山前吧，让我们回家能找到路。

胡老师说："山上没有水，树不能活。"

同学们喊："山上没有树，人不能活。"

大家七嘴八舌地说，我们可以喝山上的苦泉水，用山下拉来的甜水浇灌。胡老师被我们打动了，眼眶有些红，下课时他没有和我们告别，就独自走了。同学们面面相觑，都有些内疚，也许我们的要求有些过分，在这寸草不生的地方非要一棵树，这不是给老师出难题嘛。

没想到，我们的无理要求在第二周的星期三就有了结果。那应该是春天，虽然大家见不到春暖花开，棉袄却已经穿不住了，凭借着身体的感受，知道春天来了。矿长派出了东方红拖拉机，拉着爬犁子，还派了一辆水罐车，要去为我们移那棵胡杨树了。

星期三是体育课，也由胡老师代课。胡老师让同学们坐上了水罐车，下山去看移树的过程，让同学们好好观察，要写作文。这样说来，我们的语文是体育老师教的，或者说体育是语文老师教的。胡老师把语文课和体育课混搭了。无论是语文课还是体育课只要是胡老师上，我们都喜欢。虽然春季不能游泳，但是我们觉得移一棵树比游泳重要。那棵美丽的胡杨树将移到我们的山前，成为我们的消息树，成为我们的故乡树。从此，我们的心里也有一棵大树了，无论将来走到哪里，那棵树都会存在。无论我们走多远，那棵树都会在山前指引着我们回家。

　　搭乘水罐车下山是有风险的，只能站在水罐车的边上，抓住水罐车上焊接的钢筋。胡老师本来不想让女生去，可是女生提出了抗议，说胡老师不能重男轻女。在女生的强烈要求下，胡老师只能同意。为了保证女生的安全，胡老师让女生钻进水罐内，男生站在水罐外。站在外面的男生就笑，说女生都变成水了，还是甜水。有男生就说女人才不是甜水呢，是苦水。他爸爸讲的，越漂亮的女人越是男人的苦水，他爸爸就是在苦水中泡大的。大家不懂，就问为什么呀？男生说他爸爸每天晚上都要给他妈妈洗脚，还不苦嘛。大家都笑了。

　　女生蹲在水罐内，男生站在水罐外。调皮的男生就用鹅卵石敲水罐，女生就喊，胡老师，你管不管，震耳欲聋呀！女生一喊，胡老师就追查谁敲的，老师就把查到的男生塞进水罐车内，陪女生。这一招非常奏效，其他男生再也不敢敲了。

　　不久，女生在水罐车内又喊，胡老师，谁放屁了，臭气熏天呀！站在水罐车边上的男生就"轰"的一声笑了。胡老师也笑了，说先忍忍吧，马上就到。女生问，还有多远呀？大家就喊，能看到那棵胡杨树了。

　　下车后，我们问那个男生水罐车内什么味道？男生说里面空气不流通，有味，开始是搽脸油的香味，后来，我实在憋不住了，就放了一个屁，就不知道是啥味了。大家一听大笑。

　　那棵胡杨树还没有生叶，只有一些似是而非的萌芽。它孤零零地站在那里，没有夏天的雄壮和秋天的美丽。我们知道它会有枝繁叶茂的那一天。大人们沿着胡杨树四周挖了一个大圆圈，然后那圆圈越挖越深，挖了一个很大的坑。树根终于露了出来，大人们就用稻草绳把带土的根部绑成了一个大圆球，再然后用撬杠和拖拉机拉动大圆球，让它滚上大爬犁。

　　在大人们挖树的时候，同学们就到胜利渠边喝水。大家成群结队地趴在渠边，尻子撅到了天上，就像一群羊，而牧羊人是胡老师。春季的胜利渠水冰冷刺骨，肯定是不能游泳的，但是，喝水对我们来说同样重要。胜利渠冬天是枯水期，各家各户储存的冰也没有了，我们已经喝了很长时间苦泉水了。

我们在渠边喝饱了肚子，装满了随身的水壶，胡老师就吹响了哨子把整个班集合起来上课。上课的内容没有什么新鲜的，就是跑步。同学们围绕着正在挖树的大人跑步，踏着胡老师的哨子，一二一，一二三四……其间，胡老师还带领我们唱歌："下定决心，不怕牺牲，排除万难，去争取胜利……"大家围着那已经躺倒的胡杨树一圈又一圈地跑，就像给大人们加油。春天的阳光暖洋洋的，不一会我们就满头大汗了。胡老师让我们休息，男左女右，撒尿。然后，喝壶里的水，灌满水壶后又开始跑步。胡老师对挖树的大人说，这叫新陈代谢，这些苦孩子整个冬天喝的都是苦水，要好好洗洗肠子。

当大伙喝了三次水后，那棵大树已经老老实实地躺在爬犁之上了。它实在太高大了，树根那个大圆球和树干被捆在爬犁子上，有一半树枝还拖在地上。拖拉机拉着爬犁在前，累得直冒黑烟。装满了甜水的水罐车跟在后面，整个队伍开始向山上移动，远远望去像一个送亲的队伍。大人们在地下走，跟随着五花大绑的胡杨树。由于是拖着走的，它随时会歪，要调整树的姿态。孩子们继续乘水罐车。水罐车里灌满了水，男女同学们只能围着水罐车站立。女生们的腰里都绑了稻草绳，和水罐车拴在一起，算是安全带。山路颠簸，水从水罐车的圆口荡漾出来，洒在大家的身上，很凉。男生可以躲，女生被拴住了就无法躲避了。她们显得很英勇，当荡漾的水花洒过来时，她们昂着头，伸出舌头，去迎接那水花，这让男生目瞪口呆。男生不好意思伸出舌头，女里女气地去接水，学女生是很没有面子的事。男生就摇头晃脑地躲避那荡出的水花，做得意状。

胡杨树被运上山后，就栽在我们小学校操场中央。那是个好地方，如果你上山，无论是步行还是坐拉石头的拖拉机，很远就能看见它。它高高地耸立着，成了上山者的路标。坐在教室里倚窗而望，也能看到它伟岸而又粗壮的树干，这让我们安心，给我们带来希望。树栽在操场中央，既不耽误我们围绕着大树跑步，也可以给我们带来休息的荫凉。栽树的时候全矿的人都来了，那简直就是一个节日。人们眼巴巴地望着从水罐车内放出的甜水浇灌它，用舌头舔着自己干裂的嘴唇。

一口水只能解一时之渴，一棵树却能带来永远的绿荫。

为了那棵树，大家觉得少喝一口甜水也值了。孩子们却张着嘴傻笑，因为移树时已经喝饱了水。没少喝一口甜水，却能享受树的荫凉，当然偷着乐了。当大树栽好的时候，我们欢快地一个拉着一个的后衣襟，围绕着大树哼哼唧唧唱了不少儿歌。那些儿歌谁也没有教过，也不是革命歌曲，都是很古老的好歌，是从内心中突然冒出来的。那些儿歌也不知道谁带头唱的，词有点乱，现在依稀还记得几句：扯虎皮，做花衣，姥姥门前唱大戏；唱大戏，搭戏台，谁家孩子还没来……都是奇奇怪怪、自自然然的句子。

虽然栽树的那天晚上没有唱大戏，却围绕着胡杨树放了露天电影。为了纪念胡杨树的到来，矿长专门选了电影《冰山上的来客》。胡杨树不就是矿山上的来客嘛。在看电影的时候，有孩子爬上了胡杨树，被矿长用树枝狠狠地抽了下来。矿长说，新栽的树要扎根，三年内谁敢爬树，抽他一百下。挨抽的孩子是我们的同学，大家都向他投去鄙视的目光。

在放露天电影的那天晚上，补鞋匠巴哈提改行了。他破天荒地在树下摆起了一个烤羊肉摊。他用一把扇子让烟雾弥漫开来，把烤肉的香味送进我们的鼻子。他的喊声更是诱人："羊白（烤羊肉）哩，羊白哩，不香不要钱，不甜不要钱，一毛钱一串，几百年前就有的好味道嘛，世界上最干净最老实的味道嘛！"

我们只能望望巴哈提老乡那油汪汪的胡子，贪婪地用鼻子嗅着肉香。这就够了，因为我们没钱买。吃烤羊肉的都是单干户，以上海知青居多。他们有工资却没结婚，没有人管，一人吃了全家饱。让人意外的是在看电影时有人递给了我一串烤羊肉，是那个爬树挨抽的同学。他爬树挨了矿长的抽并不觉得可怕，可怕的是他迎来了同学们的白眼。他觉得今后不好做人了，就偷了自己家的大米，用大米换了羊肉串，送给每一个男生吃。为此，他爸爸发现后又狠狠地揍了他一顿。我们虽然吃了他的羊肉串，在第二天上学时，每人还没忘记给他一脚。他都苦笑着接受了，因为这算大家原谅了他。他因为爬了一次树挨了三次打，代价沉重。

从此，我们开始每天关注着胡杨树的消息，我们盼望着它能发出嫩芽，长叶，然后一树绿荫，到了秋天一树金黄。我们担心那么壮观的金色，小操场会装不下的。

可是，都万物生长了，它那原本似是而非的萌芽还没一点变化，更不用说生叶了。一直到胡老师带领我们去胜利渠边上游泳课，胡杨树还不见绿荫。我们上游泳课还是在老地方，那是胡杨树的旧址。树没有了，只剩下一个巨大的树坑。同学们习惯把衣服围绕着树摆放，现在只能围绕树坑摆放了。在围绕着树坑跑步热身时，大家开始怀念那胡杨树曾经的绿荫，毕竟一个坑和一棵树是有天壤之别的。

胡老师的游泳课，那简直就是我们的节日，其实那就是玩水。山上当然是没有水了，也没有游泳池。胡老师就让我们搭车，坐那些拉石头的拖拉机下山，到胜利渠里游泳。在山上经常喝苦泉水，游泳课居然能跳进甜水中洗澡，这实在是太奢侈了。所谓甜水就是淡水，喝多了苦泉水才有了这种对水的区分。同学们往往会在上游泳课的前一天就不喝家里分配的甜水了，大家干耗着等待游泳课的到来。我们来到胜利渠边，胡老师一声令下，大伙扑进了渠水中。"轰"的一声，整个身体被水包围了，就像一群快干死的鱼，还魂了，活泛了。一下就找到了感觉。同学们长时间沉在水中，先尽情地喝饱肚子，然后再抬起头来喘气。几十年后的今天，我去游泳池游泳总习惯先痛痛快快地喝几口水，这种习惯经常让我拉肚子。几十年前的渠水却是好水，那是天山雪水融化下来的，是千年的矿泉，我们即便尽情地喝饱也不会拉肚子。

游泳后，我们望着树坑问老师，我们的胡杨树怎么就不生叶呢？胡老师说，人挪活，树挪死呀，可能挪死了。我们当然不敢相信，那么一棵粗壮的树怎么会挪死呢？胡老师说越是大的树越不容易挪活。大伙就闹着让胡老师想想办法，救活那棵树吧，同学们认为胡老师无所不能。

胡老师想了一下，然后眉毛舒展了。说今天晚上所有的男同学到胡杨树下集合。女生就叫唤，咋又重男轻女呢？胡老师这次十分坚定，说女生绝对不能来，这关系到能不能救活胡杨树。胡老师从来没有这么严肃过，还上纲上线。这关系到胡杨树的生死，把女生吓坏了。

那是一个月夜，有一轮很好的月亮挂在胡杨树枝上，所有的男生都悄悄地来了，在胡杨树下静静等待胡老师的出现。大家有些神秘，还庄重着，觉得肩上有天大的重任。胡杨树静静地立在那里，不生叶，不呼吸，不睁眼，没有一点生命的迹象。

胡老师来了，手里拿了两把坎土曼，一把自己用，另一把递给了个子最大的同学，然后围绕胡杨树刨沟。我们只能围在四周看着，不知道接下来干什么？刨一个小树沟，胡老师一个人就可以，完全不用把全班男同学都集合起来的。胡老师把那树沟刨完美了，然后站在不远处喊道，所有同学围绕胡杨树集合。我们知道用我们的时候到了，大家围绕胡杨树站成了一个圆。胡老师就像在给我们上体育课，非常严肃，压着嗓子喊："都有了，立正，稍息，向前看，脱裤子。"

同学们经常上胡老师的体育课，习惯了这些口令，条件反射地跟随口令。突然听到老师喊脱裤子，就有些不解，有的就回头望望胡老师。胡老师还是那么严肃，听我口令，不要交头接耳，脱裤子。我们十分惶惑，在游泳课时胡老师都不会让同学们统一脱裤子的，换衣服都自行操作。面对胡杨树边的小树沟，游泳是不可能的，那么为什么让脱裤子呢？但既然胡老师让大家脱裤子，我们还是要执行口令的。反正是晚上，也没有女生在。我们恍然大悟了，胡老师不让女生来，就是为了让大家脱裤子方便。

胡老师又喊："掏。"

啊，掏什么？大家都愣住了。胡老师又喊，听口令，掏出你们的小东西。大家"哈"的一下就笑了，胡老师让我们掏小鸡鸡。大伙虽然有些懵懵懂懂，但是，站着掏出小鸡鸡的条件反射就是撒尿。

"尿。"

几乎和胡老师的口令同步进行，大家开始对着树沟撒尿。

这时，胡老师吹起了悦耳的口哨声，那是电影《追捕》的插曲："来呀来啊来呀来，来呀来啊来呀来，来呀来来呀来，来呀来呀来……"

所有的水管都对着胡杨树，形成了一个反向的圆弧喷泉。那喷泉渐渐弱了，水多的还在喷，水少的就有些内疚了，眼看人家还在来呀来，自己却来不了啦。有人怕贡献小，就挺起肚子狠命使力，把吃奶的力气都用上也来不了啦，强弩之末嘛。

当最后一个同学来完后，胡老师喊，解散。然后从家里提出了一桶甜水，对着树沟倒去。胡老师把分配给他的甜水都节省下来了，自己不喝，留给了树，这让我们很感动。那水"哗啦"一声欢快地倒进了树沟，甜水混合了我们的童子尿，一下就把树沟灌满了。胡老师说，今晚的事一定保密，不能告诉女同学。我们"哈"的一下都笑了，这事怎么能告诉女生呢，这是男人的秘密嘛。

第二天晚自习后，我们都以为胡老师还会在胡杨树下集合，都拼命喝甜水，憋住尿，想着为拯救胡杨树多做贡献。大伙都不喝苦泉水，怕尿出来的也是苦水，胡杨树不喜欢。晚自习后，胡老师并没有再集合男同学，这憋得我们够呛。有好几个男生尿裤子了，还被女生嘲笑。男生尿裤子被女生嘲笑居然没觉得丢脸，因为心中有了崇高的使命。男生还在心里骂："男人的事，你女人懂个尿。"

后来，胡老师又让我们写作文，有同学就写为了拯救胡杨树，半夜三更悄悄到胡杨树边"来一下"，还说，自己尽力了。老师当天夜里就把男生集合起来了，这次没让大家来一下。老师宣布了纪律，严禁私下再给胡杨树来一下，经常来一下会适得其反，会把胡杨树烧死。

胡老师让我们围绕胡杨树站好，他教会了我们一首诗，是当时课本上没有的，说是给胡杨树精神鼓励。在他的引领下我们面对胡杨树诵咏：

"东门之杨，其叶牂牂。昏以为期，明星煌煌。东门之杨，其叶肺肺。昏以为期，明星晢晢。"

我们会背了，也不懂含义。胡老师解释说，"东门之杨"就是指"胡杨"。胡杨呀，你曾经枝叶茂盛，郁郁葱葱。约好黄昏相见，都满天星斗了还不见你发芽长叶。

长大后，我们知道这是《诗经·国风》中的《东门之杨》，先秦"佚名"著。朱熹认为这是一首男女约会而久候不至的诗。"东门之杨"不一定是指"胡杨"，当然也不一定指的不是胡杨，无法考证。当年，我们还不懂男女之事。胡老师把诗的含义改了，变成了我们和树的约会。现在看来，胡老师对诗的解释有些牵强，可愿望却是那么美好。于是，这就成了我们每天面对胡杨时必须诵咏的诗。

那段时间，补鞋匠巴哈提老乡就受苦了。自从移栽了胡杨树，他就把补鞋摊挪到胡杨树下。胡杨树即便没有树叶，树枝也能形成荫凉，那一地荫凉也让人快乐，能吸引顾客。那几天他会时常把人家的鞋子修坏，把鞋钉钉透了鞋底，让人一瘸一拐地来找他算账。巴哈提老乡觉得有什么气味影响了他的补鞋技术。他经常嗅着鼻子在胡杨树下转圈，就像正寻找着什么。同学们见状也不明说，都偷偷地笑。

大家后来再也不敢在夜晚到胡杨树下来一下了，可巴哈提老乡还会围绕着胡杨树转圈。我们问他在胡杨树下寻找什么？他说寻找树芽，看看胡杨树的消息。我问他找到了吗？他说找到了。

这可是一个振奋人心的好消息，我们都去胡杨树下张望。他指给我们看，在树上，更高的树上，有绿芽。我们昂着头，踮着脚尖，使劲地看，当眼花缭乱时，仿佛看到树杈上有了绿芽，似是而非的。难道我们的童子尿起作用了？

在太阳落山时，我们还会看到他在胡杨树下祈祷，不知道是为了树还是为了自己。有时候我们也会站在胡杨树下念念有词:"东门之杨,其叶牂牂。昏以为期,明星煌煌。东门之杨,其叶肺肺。昏以为期,明星晢晢。"

巴哈提老乡问:"你们念什么?"

我们回答:"念经。"

"汉人的经?"

"是的,《诗经》。"

"管用吗?"

"当然管用,能鼓励胡杨树早点生叶。"

"教教我,我们一起鼓励、鼓励的。"

后来,巴哈提先念一段自己的经,然后,仰天望着树上他看到的树芽,吟诵那段《诗经》。

胡老师再一次给我们上作文课时,他让我们写一写眼前的胡杨树。他启发我们,不要再纠结胡杨树是否发芽、长叶的问题,因为胡杨树是一种伟大的树,它"活着一千年不死,死后一千年不倒,倒下一千年不朽"。胡老师还说,胡杨树即便死了,也会在我们山前耸立千年。

胡老师的这段话让我们震撼。特别是关于胡杨树的伟大让我们振奋,有一种激情在心中激荡,这让我们无所畏惧。这时候,开山的炮声又响了,有石头落在了我们的屋顶,犹如战鼓。听到房顶的咚咚声,大家都会心一笑,齐声背诵我们学过的课文:"一鼓作气,再而衰,三而竭……"

就在大家认为"三而竭"时,只听"轰"的一声,第四下来了,声音巨大而又沉闷。我们眼前的讲台灰尘四起,有女生吓得尖叫。灰尘散去,我们发现胡老师躺在地上,鲜血从讲台上流了下来……

一块碗口大的飞石击穿教室的屋顶,直击胡老师的头部,老师死在讲台上。

胡老师后来埋在胜利渠边那个巨大的胡杨树坑里。下葬那天我们围着那个树坑走了一圈又一圈。我们没有哭,感觉胡老师也没有死,他变成了一枚巨大的胡杨树种子。那种子会发芽、长叶,成为一棵参天大树。

胡老师死后,我们发现那些似是而非的树芽完全枯萎了,胡杨树也死了。关于胡老师用童子尿拯救胡杨树的故事,同学们一直都守口如瓶,再也没人提起。其实,刚移植的树木是不能施肥的,这是后来我们才知道的。

多年以后，当我回到新疆时，我和同学们再次去了那个已经废弃的矿山。我们知道了当年那些神秘的石头根本不是铀矿，它们只是普通的石灰石。可以烧石灰，还可以生产水泥，这从后来建成的水泥厂和石灰窑可以证明。更多的是一般的石头。拖拉机把石头运下山，运到各个连队，成了盖房子的基石。

我们没有忘记那棵死去的胡杨树，我们坚信它死后一千年不倒。那是我们的故乡树，也留下了乡愁。我们远远地就看到了它的身影。它已死去几十年，细枝已经被风掳去，只剩下粗壮的枝干，像一尊神秘的树雕。

有人说它像一个女人，正张开双臂拥抱远方的云影。

有人说它像一匹天马，正带着我们向远方奔驰。

我则说它很像胡老师，他正在给我们上课，背景是那些被取走了一层石头的平滑如砥的山坡。那像一块巨大的黑板。胡老师正指着黑板给我们讲解那段《诗经》。

因开山的飞石击穿小学校的教室，砸死了老师，这是一个巨大的事故。矿长因此受到了处分。矿长后来从机务排让人滚来了十几个废旧的油桶，破开了，打造成硕大的铁皮瓦，盖在我们教室的屋顶上。我们终于可以安心读书了，一直到我们下山上中学。后来，我们通过高考飞向四面八方。

我们当然没忘记去胜利渠边看望胡老师。让我们惊喜的是，在胡老师的孤坟边真的长出了一棵胡杨树。我们围成一圈坐在树下，回忆胡老师，背诵那段《诗经》。

"东门之杨，其叶牂牂。昏以为期，明星煌煌。东门之杨，其叶肺肺。昏以为期，明星皙皙。"

2020年10月改毕
于京郊桃李院子

获奖作品《地上的天空》作者钟求是

钟求是简介：

　　钟求是，男，浙江温州人，毕业于中央民族大学经济系。现为《江南》杂志主编，浙江省作家协会副主席。在《收获》《人民文学》《十月》《当代》等刊物发表小说多篇，作品获鲁迅文学奖、《小说月报》百花奖、十月文学奖等。出版长篇小说《零年代》《等待呼吸》，小说集《街上的耳朵》《两个人的电影》《谢雨的大学》《昆城记》《给我一个借口》等多部。部分作品翻译为英文、德文、日文、阿拉伯文等。

获奖感言

获奖是一种放下

钟求是

1974年春天的一个上午，十岁的我跟着父亲来到我们县城图书馆，办理了一张借书证，并借到了一本薄薄的小说。其后几年，我成为图书馆忙碌而贪婪的拜访者，每隔几天便会兴冲冲地出现在借书员跟前。那看似庞大实则不多的小说们一一被我看完，看完之后，一个幼稚而坚定的念头在我心里生长起来：也要去写小说，用好奇之心打量这个世界，用好的文字讲述好的故事。这个念头因为幼稚而显得纯粹，因为坚定而显得顽强。

1993年冬天的一个上午，我现身在匈牙利一个叫作希尔福克的医院。我的工作搭伴也是铁哥们儿此时正躺在停尸间冰冷的长匣子里，打开白色蒙布，一张苍白而清瘦的脸让人心痛。他是一名为特殊工作献身的烈士，更是一个生机勃勃的好人，却再也不能享受人间的温暖了。在泪水覆盖眼眶之时，我脑子有些恍惚，不明白对某个生命而言，死亡到底有着怎样的秩序，命运到底有着怎样的轨迹。在那一刻，我知道自己必须更专心地投入文学，而且要用一生的努力去探问和破解生命。

2022年夏天的一个上午，我听到了第八届鲁迅文学奖的获奖消息。此时，心花是可以怒放的，愉悦是可以洋溢的。我允许自己以兴高采烈的姿态去打发那个幸福而忙乱的获奖日。但我又知道，在整个评奖等待期，我少不了忐忑与纠结，人性的弱点像埋伏于河底的污泥，在丢入一块石头后便浮出水面。内心里的我，真不肯对这样的自己进行点赞。

现在，获奖的快乐反应已告一段落。我也要求自己让这件事赶紧过去，使写作回到该有的节奏和状态上。我再一次提醒自己，决不能淡忘为什么而写作。是的，我不能忘掉少年时诞生的文学初心，那是幼稚而纯粹的人生向往；我不能忘掉面对生命逝去时的文学决心，那是探秘人性和追问命运的写作方向。这种文学初心和文学决心是我过去进行小说写作的基本动力，也会是今后创作的主要推力。

　　感谢鲁迅文学奖！这次获奖，让我生成了一种"放下"的感觉。往后时间里，我的创作心态会更加轻松自由，文学视野会更加开阔远长，将依照自己的内心指引继续往前走。

地上的天空

★ 钟求是

　　朱一围病逝三个月后的一天,其妻子筱蓓给我打了电话。电话的中心意思,是让我帮忙解散掉家里的藏书。筱蓓说:"吕默,我家房子本来不大,不能让书房一直做着老大。"筱蓓说:"吕默,这些书是随着一围的,一围一走,它们早晚得散了。"筱蓓又说:"晚散不如早散……我不图钱,要是能找到合适的去处,一围会高兴的。"

　　这是个有点突然的求助。我握着手机静了嘴巴,把事儿想了几秒钟,又想了几秒钟,才慢着声音应接下来。

　　我当然明白,筱蓓把此活儿交给我,不仅是因为我原先在市图书馆当过差,容易找到收留这些书的地方,更是因为一围朋友稀少,对这种事能够上心的也许只有我。

　　我依着记忆算了算,一围的藏书应该有四千余册,其中作家签名本为三四百本。这些藏书在一围手里很受宠,所以占着家里的一个大间,而上高中的儿子周末返家,只能在客厅里打地铺。儿子是个未来理工男,对文学书籍压根儿瞧不上眼,显然无意继承父亲的爱好。现在一围抽身而去,书本们在家中自然也失去了贵宾身份。毕竟对三四万元一平方的房子来说,它们的存在有些喧宾夺主。

　　我左右琢磨一天,又打一天电话,把事情大体办妥了。四千多册书分成两拨儿,捐给两家区图书馆。之所以没有联络老东家,是因为我心里还存着一小块别扭,而且市图书馆撑着派头,态度容易怠慢。区图书馆就不一样,不仅可以上门取书,还颁证书发消息,其中一家更掏出诚意,准备专门立一个捐赠书柜。这就有点意思了,至少对一围是个远距离的安慰。

情况跟筱蓓一说，果然获得好几声谢谢。她表示这两天就把书收拾好，分成两组。我提醒说："那些签名书送图书馆不合适，别让他们拉走。"筱蓓说："你的意思是签名书……另有价值？"我说："签名书价值可大可小，你收在家里价值就不小。"筱蓓说："吕默，一直等我老了，我可能也不会打开这些书，还是早点让别人去看吧。"我停顿一下，说："那好……我另外想想办法，反正不能亏待了这批书。"

话儿说出来顺嘴，真做起来却不易。若赠送给图书馆，有朱一围三个字在扉页上号着，这些书到底派不上用场。若放在网络书店上一本一本地卖，不仅费劲儿，也会惹得一围在那一头不高兴。当然了，我也想过由自己接管，存住朋友的遗物，但我毕竟不是文学先生，不读小说久矣，又因为在图书馆待过，反而少了藏书的兴致。更重要的是，我心底里还是尊重这批书的，觉得它们应该有更好的投奔之处。

这批书之所以有些重要，一是因为书的作者大多是国内或省内之知名作家，笔下的文字和故事上得了台面；二是因为一围为求签名很下工夫，费了不少心思和时间。在这个城市，有好几位收藏作家签名书的爱好者，一围是其中一位，而且是比较卖力的一位。早些年，他采用写信恳求的方式，寄书向作家索要签名。这几年，作家的作品分享会、文学对话会多了，他就携着作家的一本或几本书跑去蹭会，在会后凑到作家跟前，一脸真诚地打开书页并报出自己名字。有时获得一个著名作家的签字，他会兴奋得像洗了个澡，一身痛快地拍照下来发给我看。有一次一围在微信里夸口说，自己已拿下近百位作家，按这样的节奏往前走，不出十年就能搞定中国所有的重要作家。十年不算一个很奢侈的数字，但对一围而言终于成了一个遥远的虚词。大约一年前，他一头撞上一种叫下咽癌的东西，先是在喉咙部位割开一个小洞，然后一日日地与这个小洞作着斗争。在那段时间，他失去了声音和精力，但床头一直放着一本名为《第七天》的小说——小说讲的是一个人死后进入另一个世界的故事，扉页上有作者的签名。有一天我去看他，他在白纸上写下一行字：我准备好了，去另一个世界。

往前一些年，一围有着温润的声音和满格的精力。那时他在邮政局上班，我还在图书馆做事，有一天晚上，两个人因为一位共同的朋友在一百米高的酒桌上相遇。共同的朋友刚刚炒股赚了一笔钱，想分撒一下大好的心情。为了表示股票走高，他特意订了一幢三十层大楼顶部的餐厅，又为了忆旧论今，他记起了一些久未联络的朋友。那天一大桌人，场面热闹纠缠。我和一围凑巧坐在一起，两个人在热闹中都显着安静。我酒量比较薄，喝了三两白酒便脑袋起热，耳朵受不了嘈杂。我起身出去抽根烟，找到了大厅旁边的一个小阳台。过了片刻，一围也来了。他不抽烟，是想躲一会儿清静。既然是躲清静，我们俩就没有多说话，只是靠在栏杆上，默默看着远处明明淡淡的灯光。

后来饭局收尾时，我和一围先站起身，一块儿坐电梯下楼。一围积极打了车，顺道把我捎回了家。

本来那次聚会只是蜻蜓点水似的交集，但大约是因为我的图书馆职员身份，一围第二天便联络了我。一围说自己在邮局工作，却不喜欢收集邮票，倒喜欢收集文学签名书。我说，你干这事儿我其实给不了什么帮助。一围说，我不需要帮助，我只是想让你知道我也在跟书打交道。我问他，为什么玩这个，是因为喜欢读小说诗歌吗？一围嘿嘿地笑，说自己也看不了几本书，只是日子太平淡了，总得找点儿有趣的事。他说话的口气不让人讨嫌，我接受了他的靠近。如此开了头，一年跟着一年下来，我竟成为一围为数不多的好友之一。

我是在第三天才想到一个不错主意的。城市之大，免不了市民重名，我想尝试找一位（或者两位三位）名字也叫朱一围的人。这些书在其他人眼里没价值，但到了姓名为朱一围的人手里，岂不身价大增。若新的朱一围喜好或敬重文学，那更是书之善缘。

我在脑子里编好寻人赠书的一段话，再变成手机上的文字，从微信朋友圈发出去。大约这种事比较好玩，不多时间，便引来一大群人的点赞。有人留言：纸书存之，可添雅气。又有人留言：我百度了一下，没见到朱一围的名字。也有人表示：此等趣事，我已转发。

尽管这样，我对找人之事并无过多的期待。毕竟不是刑事追人什么的，朋友圈热闹半小时便过去了，再则朱一围的名字相当稀罕，这个城市很难说有第二人的存在。

过了两日，有人在我手机里要求添加朋友，并提示与寻人赠书有关。我点了接受，对方是一位号称"衣艺者"的女士。我送一个"握手"图标给对方，问：你是哪一位？我认识你吗？对方写：你不认识我，但我知道你叫吕默，我帮你找到了一位朱一围。我吃了一惊，写：还真有人也叫朱一围？线索靠谱吗？对方：不是线索是实物，他是我男友。我给出一个疑问的"微笑"：那他为什么不亲自现身？对方：我想把书拿到手,送他一个意外惊喜。我:那我怎么相信确有其人?先给身份证让我一看。对方:人民币比身份证更可靠,我是准备用钱买书的。我:用钱买书?你知道有多少本书吗?对方:我知道你那位朱一围留下不少签名书,我全买下。我又吃一惊,之前发出的寻人文字比较简单,没说一围的病逝,也没说书的数量,看来这位"衣艺者"有备而来呀。不过真用钱买书,倒说明对方对这批书确是看重的。我问:这位女士,我想知道你的实名。对方:陈宛。我:好吧陈女士,你有什么具体打算?对方:我想早点看到这批书,然后给出价格。我答应了:那我说个时间,明天晚上吧。

  第二天傍晚我在公司加一会儿班,又在食堂胡乱吃过一点东西,便出门去了一围家。筱蓓开了门,直接引我进入书房。房内的书已经基本清空,只剩下靠里的一墙书架还饱满着。我抽出几本翻到扉页,上面均有作家署名,署名之上则题"朱一围先生一阅""朱一围先生正之"等俗语,也有一本亲昵些,写着"朱一围先生在阅读中进步"。可以想见,一围待在这间书房里,回味着与"一阅""正之""进步"这些词儿相关的签书场景,心里是多么地受用。一围是个活络不足、古板有余的人,平常在场面上混酒交友的时候很少,与我酒桌结识实在是一个例外。但一围把书房的门一关,脸上大约是有亮色的,因为书架上聚着许多他结识过的人呢。

  正这么走着神儿,外边响起敲门声。筱蓓走过去,很快将一位女客领进书房。这是一位三十多岁的标致女人,大约因为穿着有些轻软的绸衣,身形微胖而不显。她似乎有点紧张,一进来眼光找到我,才松了脸一笑。我说:"是陈宛陈女士吧?"女人说:"你叫我陈宛就好。"我一指筱蓓:"她是这儿的主人,书的事她说了算。"筱蓓说:"没关系的,您先看看合适否,这种事讲的是缘分。"女人点点头,眼睛慢慢扫一圈屋子,走到书架前直着脖子看。她抽出一本瞧了瞧放回去,又抽出一本瞧了瞧放回去,然后手伸到上格取下一本蓝皮书,目光停在了封面上。我凑近一步丢去一瞥,是小说《第七天》。女人说:"这一本好。"说着打开扉页细细地看,仿佛淘到了一见如故的藏品。我说:"不光这一本好,每一本都有点意思。"女人抬起眼睛,承认地点一下头。我说:"如果你愿意,现在就可以说个价。"女人说:"我还得先问一句,为什么要把这批书处理掉呢?"我看一眼筱蓓,筱蓓说:"我老公……一走,这些书就用不上了,放着也是放着,还不如找个用得上的地方。"女人说:"为什么说还不如呢?剩下这一墙书架,也不算太占地方。"筱蓓说:"人走了,这一墙书架却像是一种提醒,我不喜欢这种感觉。"女人说:"像是一种提醒?提醒什么?"筱蓓微露不悦:"别走题好吗?我可不是为了钱,我本来就没打算让这些书变成一桩买卖。"筱蓓这么讲有些傻了,至少会露出心里的待价底细,对方分明在话中夹着试探呢。我打着掩护说:"是的,转让收藏品不是买卖,靠的是眼缘和心缘。"女人说:"好吧。切入正题……我提个数字,你们看合适否。"她默一下脸,伸出两根手指说:"二十万。"我暗吃一惊,同时瞧见筱蓓的眼睛使劲睁大了一下——这个数字远远超过期望,让人觉得是耳朵听错了。

书房似乎安静了片刻。我用手推推鼻子,一边生出一些警惕,说:"你开的这个价,含有别的附加条件吗?"女人摇摇头说:"没有。这么多签名书,值这个钱。"筱蓓说:"您这样说我挺欣慰……我能不能知道,您是做什么的?"女人淡笑着说:"别以为我很有钱,我是想让男友高兴。我相信我这么做,他会高兴的。"我说:"我也问一句,你男友喜欢文学吗?"女人拍拍手中的《第七天》,说:"喜欢的。他爱读小说,还向我推荐过这一本。"噢,若是这样,逻辑是成立的。我舒口气说:"那你这一次做对了!女人要拿住男人,不能光喂他好话,你得让他真正地心跳一回。"这句自作幽默的话有点勉强,但多少把气氛说松了。随后双方又来回讲些话,议定了付款方式和搬运时间。

在我的眼里,两个女人的脸上都渗出了满意。

日子的推移有时是不知不觉的。四五月间,我在公司里帮着打理一个非遗产品展示会,出策划书、做VCR什么的,嘴巴和手脚经常一起忙碌着。待弄完了松口气,天气已经转热。站在办公室窗口抽烟时往街上一瞧,路人们开始躲着阳光了。

这天午休小憩后,我习惯地划开手机,瞧见筱蓓一条微信:事情不明白,有空电话一下。我坐到办公桌前,打电话过去。筱蓓在手机里咿咿呀呀发着声音,讲了十多分钟。原来昨天晚上她跟住校的儿子进行每日例行电话时,儿子顺口丢了一句,说学校图书馆出现咱家的藏书。她问什么藏书?儿子说小说签名本呀,上面有老爸的名字。她有些纳闷,说你也开始读起小说啦?儿子说我眼睛哪里忙得过来呀,是班里一同学在看。她想一下,让儿子去拍张小说扉页照片。过一会儿,照片真的发过来了,情况属实。为此她琢磨了一晚上再加一上午,脑子还是糊涂。

我一边听着一边也直眨眼睛。花一笔钱买签名旧书,一转身送了学校,这实在有些稀奇。不过让书籍到达图书馆,也算物尽其用,没什么不高兴的。我说:"这种事儿是人家的权利,咱们不能说她做得不对。"筱蓓说:"我没有说她做得不对,我只是感到奇怪。"我说:"干什么事儿都有内在逻辑,只是咱们不知道而已。"筱蓓说:"一围的书,我多少得知道一些吧?方便的时候你联络一下她呗。"

我静一静脑子,在手机微信里找到"衣艺者",先打一声招呼,然后试探地问:那批书给男友后,他惊喜了吗?对方许久没有回复,过了半小时才跳出一句话:你这是产品售后调查吗?我写:毕竟是朋友的书,我得关心一下。对方:那你来一趟吧,我允许你见一面。我给一个微笑图标:我又没提出这个要求。对方:透过手机屏幕,我看到了你脸上的企图。我:那怎样才能找到你?对方:浣纱路北边,衣艺者。我:呀,你是衣店女老板。对方打出一个眯起单眼的调皮图标。

放下手机,我脑子似乎有点不稳定,坐了片刻终于按捺不住,就找个借口离开办公室去了街上。坐几站公交车又走一截路,到了浣纱路北段。两旁有一溜儿花花绿绿的商店,我东张西望一会儿,眼睛一亮见到了"衣艺者"三个字。这是一间门面不大的售衣店,推门进去,里边倒是清爽开阔,挂卖的衣服热闹而有秩序。一位年轻店员迎出来刚想说什么,我已绕过去往里走,因为我看到了坐在售台后面的陈宛。

我说:"大隐隐于市,原来陈女士藏在了这里。"陈宛站起身一笑说:"来得挺快……就不能叫陈宛吗?"我说:"好吧陈宛,这个店开几年啦?生意不错吧?"陈宛说:"三年了,生意马马虎虎。"我说:"不能马马虎虎,马马虎虎怎么能掏钱买书再送出去呢?!"陈宛翘了眉毛给我一眼:"知道这个啦?怪不得又是微信又是打上门来。"我说:"我可不敢打上门来,我这是上门求教。"陈宛说:"想打探为什么把那批书赠送给学校图书馆吧?"我点点头:"我有点好奇。"陈宛说:"我那位朱一围早年在那个学校上过学,放在那儿比放在家里好。就是这么简单!"我说:"那个中学是你男友朱一围的母校?真是巧了。"陈宛说:"巧什么?"我说:"我朋友朱一围的儿子也在那儿上着学。"陈宛"噢"了一声:"这不挺好吗?父亲的书最终到了儿子的学校,用报纸语言叫一段佳话。"我说:"可是……玩这样的佳话代价不小。"陈宛说:"我明白你的意思,我也不是把书全送去学校的。"她一摆头,引着我走到T恤挂墙前——其中几件T恤不同颜色,胸前均印着《第七天》的扉页签名,图案清晰别致。陈宛说:"我做了三百件文化衫,我可以赚些钱的。"我用手指推一推鼻子，说："有点意思，到底是衣艺者。"陈宛说："要是喜欢，可以送你一件，你自己挑个颜色。"我呵呵一声没有拒绝，左右看一看，选了一件浅蓝色的。衣服上的作家签名挺有力道，我用手摸了一下。

陈宛说："看着这衣服，你心里的问号有没有去掉？"我说："没有！三百件文化衫就是全卖掉，又能赚多少钱呢。"陈宛说："看来你是个较真儿的人……朱一围有你这么个朋友也是幸运。"我说："朱一围才是个较真儿的人。他已经不能溜达过来说话了，我是替他较真儿。"陈宛说："好吧，为了去掉你心里的问号，我再请你喝个茶。"我说："又是送衣服又是请喝茶，我是不是应该不好意思？"陈宛笑了说："其实呀让你过来一趟，我就是想和你去茶室说些话的。"

年轻店员将T恤包好，我卷起来塞入携包。陈宛引领着我，出了店门右拐走一段路，进了一家外相低调的茶室。茶室厅堂不大，但看上去藏着安静。陈宛熟络地要下一个小包厢，点了绿茶和茶点。我说："瞧这架式，要跟我长谈呀。"陈宛说："不长谈，一小时内把事儿说明白。"我说："一小时够长了，抵得上大半部电影。"陈宛说："长话短说……我刚才撒了个谎，那个受书的中学其实不是朱一围的母校。"我说："那为什么把书送去？"陈宛说："因为他儿子在那儿上学。在儿子眼里，他是个没有能力不能出彩的人。他曾经说过要为儿子挣点儿面子……"我说："等等！你是说你那位朱一围也有一个儿子在那儿上学？"陈宛说："我说的就是你的朋友朱一围。"我端着杯子一笑："嘿嘿，你把我说糊涂了。"陈宛说："我的朱一围其实也是你的朱一围，两个人是同一个人。"我喉咙差一点被呛着，使劲伸一伸脖子吞下茶水，又咳出一口粗气。陈宛笑一笑说："你别把惊讶动作弄得太夸张，我做的事里没有阴谋。"我说："之前你一直在说，朱一围是你的男友。"陈宛说："男友这个说法还真是不准确，可我找不到一个合适的词儿扣住我和他的关系。"

在接下来的时间里，陈宛轻着声音讲述了她和朱一围之间的故事。她清晰地记得，俩人的相识是在小说《第七天》的作品分享会上。那天她正在一家书店大厅里买流行服装的书，听到好几个人说着话儿往旁边活动室走。她好奇地过去瞧一眼，原来是一位著名作家与一位主持人对话，介绍一本三年前出版现在仍被讨论的书。她没见过这样的场面，就怂恿自己留下来听一会儿。周围的脑袋很多，把整个活动室挤满了，她只能在中间通道上站着。站了片刻，有人指挥通道里的人坐到地板上。她穿着白色裙子，又不是粗条随意的人，神情便有些犹豫。这时旁边椅子上的男人站起身让出座位，自己坐到了地板上。她不好意思地坐下，朝让座的男人送出一笑。分享会结束后，她受了诱惑，到文学书柜找《第七天》，这时又遇到了那位让座的男人，他刚好也来取此书。让座的男人告诉她，自己有八折优惠卡，可以替她付款。她认真地道了谢，因为省下的小钱里有人家的好意。随后她加上对方微信，将打折的书钱发去——此时她知道了对方名字叫朱一围。

到了晚上，朱一围在微信里打招呼，并把作家签名发来给她看。从此开始，两个人时不时进行文字聊天，她说些服装走势的事，他说些签名收藏的事。陈宛很快知道，朱一围是个实诚的人，朋友很少，但认对了人就会往深里走。此时陈宛离了婚正单着身，心里装着一堆郁闷，这也促进了双方交往。过了不久，两个人把对方视为可以讲心里话的人。又过了不久，两个人约在一起泡茶室、逛书店，偶尔还一块儿看一部电影。再往后的一些情节可按快进键，因为陈宛没有细说。她对此的表达是：两个人的朋友等级相当高，除了身体没有合并。

大约一年半前，陈宛想开一间服装店，"衣艺者"的店名都想好了，可左腾右挪仍缺一截资金。把情况说给朱一围，暗想也许能获援三五万的，不料几天后她的银行卡上颇有气势地长出二十万。她吃了一惊，又有些不安的感动。在她的印象里，朱一围花钱并不豪放，在家中也不打理财事，所以凑起这笔款子得花多少心思呀。这么一想，她觉得自己跟他更贴近了一步。又过了一些日子，有一次两个人一起喝茶，喝着喝着朱一围起了感叹，说咱们相遇太晚，这一辈子不能娶你，下一辈子你嫁给我吧。陈宛说行呀，下一辈子咱们早点儿遇上。朱一围说，这不是玩笑话，为这个念头我已经琢磨了好几天。陈宛便笑，说不就是来世嫁你吗？没问题的，你对我这么上心，我不能那么小气。

这样的话说过，陈宛仍然以为是玩笑。她不信佛不进教堂，从未想过瞧不见摸不着的来世之事，再说自己的年纪离终点线还差着几条街呢。不料过了两天与朱一围再见面，他从衣兜里取出一只信封，再从信封里取出两张相同内容的纸，纸上放着醒目的一行字：下一世婚姻协议书。下面文字则简约清晰，写明了两个人下一世自愿结为夫妻，共同敬爱相处，不违背对方。陈宛问，这是什么意思？让我签名字吗？朱一围说，这是自由婚姻，你愿意了就签上，一式两份。陈宛说，下一辈子的我能由这一辈子的我来做决定？朱一围说，转了世你还是你，你的婚事当然由你做主。陈宛说，这协议签了你拿在手里真觉得有用？朱一围说，我相信哪个世界都有律条也都有规约，拿着这份协议我心里踏实。话说到这个份上，朱一围又拿着如此的认真劲儿，陈宛就不好拒推了。她嘻嘻一笑，又拍拍朱一围的手臂，在纸上写上自己的名字。完了她调皮地说，今天算是领结婚证的日子，你怎么不备些彩礼？至少也得送束鲜花递个戒指呀。朱一围说，我想过了，那二十万就折成一份彩礼，虽然有些少，但总归按着规矩走了步骤。陈宛说，你还真给彩礼呀？朱一围说，当然得给，不然把这份协议显轻了也显假了。

　　陈宛讲述的时候，没有理会我脸上的惊讶表情，因为这是她能预料到的。大约口渴的提醒，她缓一缓气，端起茶杯喝了两口水。我这时才想起自己应该讲些话，便说："一围是个二分之一认真二分之一古板的人，有时候不通世俗但不会迂腐，他真的认定下一辈子事情可以弄到纸上？"陈宛说："一围是个二分之一认真二分之一古板的人，所以在外边也不应该有一位我这样的女人，对吧？"我无法应答，就没有吭声。陈宛又说："在这几年里，一围多次跟我提到你，但他没有跟你提到我，这不是对朋友留一手。我的意思是说，一个人在最好的朋友跟前，也会有属于自己的秘密东西，譬如女人啦譬如对来世的看法啦。换一句话说，他对来世的看法是一种秘密态度，跟迂腐什么的没有关系。"

　　显然，陈宛是个细腻的女人，她的话并不浅淡。我沉默一会儿，说："也许你说得对，对别人包括对一围，我只是看到了能够看到的那一部分。现在我想看看另一部分可以吗？我是说那份协议。"陈宛有准备似的点点头，摁几下手机调出协议图片，递给我看。我细看一遍协议文字，又盯看一眼下面的签名。两个人的名字一个认真一个随意。

　　我将手机递还，问："签了这份东西，你有什么感觉？"陈宛说："开始没怎么在意，不就是一张纸吗？后来慢慢地生出异样的感觉。"我追问："什么异样的感觉？"陈宛说："你想呀，以前两个人喝茶逛店看电影，再靠近也还是朋友。有了这张协议垫着，待一起时我偶尔会恍惚，觉得自己像一位未婚妻。"我说："你喜欢这种感觉吗？"陈宛说："不喜欢。"我说："为什么？"陈宛沉吟一下说："我对一围有好感，但没有依靠感。"我说："你是说不爱他？"陈宛"嗯"了一声说："还不到那个程度，这也是我……没把身体交给他的原因。"我说："那你相信有来世吗？"陈宛说："以前呀真没注意这种事儿，眼下的日子还应付不过来，哪有心思去想很远的未来。但自打签了这张纸，心里像是多了一件事，时不时地会琢磨一下。不是说人的认识是有限的嘛，万一真有转世呢，万一灵魂长生呢。"我说："这么说你有了担心，担心那张协议以后真的会生效。"陈宛轻笑一声说："那会儿我想起手头还有一本小说《第七天》，以前没正经打开看呢。我读了一遍，好像没有读懂，就又读了一遍。读着读着我对自己说，不管人死后有没有来世，你得先把这事儿看作有。"

陈宛把自己的故事讲完，一个小时刚好过去。但我的沉默拖住了她，两个人仍坐在那里，似乎还有话要说。过了片刻，我问："你把二十万元还回去，是想单方面撤出协议？"陈宛说："也别这么说，这毕竟是我欠一围的债，他治病也花了不少钱。"我说："如果一围还活着，你会把解除协议的想法说出来吗？"陈宛说："不知道会不会马上说出来，我原以为将来的事还远着呢。可他走了，走得这么快。来世的事情他已经知道了真相，而我什么也不知道。"我说："在这一个小时里，我接收到了你的不安，同时我也一直在琢磨，你把这个故事告诉我为的是什么。"陈宛说："是的，我把你约过来是有目的的，你是一围最好的朋友，我想请您帮个忙。"我说："讲讲看。"陈宛说："那协议一式两份，另一份在一围手里。"我明白了："你想把另一份协议也拿到手，然后一起撕掉。"陈宛吸一口气吐出来，说："拜托你先探问一下，好让我心里有个数。那份协议现在变成了危险的东西，要是抖搂出来对谁都不好，吕哥你说对吗？"她第一次叫了我吕哥，在这个下午结束的时候。

是的，这是个让人吃惊的下午，一张协议书更改了我对一围的认识，至少是部分认识。在许多个日子里，一围除了收藏一些书，对生活基本没有想象力。他的工作是平淡的，坐在柜台里办理汇款取款，还有订阅杂志什么的。他的家庭是平静的，与筱蓓相处得不热也不冷，有点一起慢慢老去的样子。他还跟我说过，自己在家中不乐意担事儿，时间一久，排起序来便做不上一号人物。就是这么一位配角男人，却悄悄自己给自己做了一回主。

我无法揣测一围怎么保管自己那一份协议。也许已经撕了或烧了，反正他内心认定协议将在约定世界里生效。也许放在某个暗处，随着他的离去而彻底消失。但日子里哪有彻底的事，若是某一天筱蓓一不留神看到，心中会长出一个长久的痛点吗？

我可以肯定，陈宛所要的忙我是帮不上的。或许她也只是一说而已，并不真的指望我能取到那份协议。但此时我心里又探出好奇的手，想抓住一些未知的东西。我甚至负责地觉得，既然自己听到了这件事，就不能再做一个偷懒的局外人。

　　从茶室出来我没有回家,在街上闲逛一会儿又用过简单的晚餐,看看时间合适了,向筱蓓递一声招呼,随后打车去了她家。一围的书房已经变成卧室,无法再进去了,我只能坐在客厅沙发上,像一个派遣出去的打听者向女主人通报书籍的事。我告诉筱蓓,自己已见过陈宛,那批签名本确实赠给了学校图书馆,因为那中学也是另一位朱一围的母校,他想给自己添点面子。筱蓓随即做出一个判断:"看来他们是有钱人。"我说:"这个不知道……眼下这年头有钱没钱哪能一下子看出来。"筱蓓说:"不然为什么要花这笔钱呢?"我说:"那位陈宛在街上开了一家服装店,她把扉页签名图做到T恤上。这种文化衫现在挺流行,应该能赚钱的。"我从携包里取出那件T恤,铺在沙发上让筱蓓看。她摸了摸衣服胸前的图案,脸上出现解惑后的满意。她说:"想不到签名还能在衣服上派到用处。"又说:"那些书放在学校里挺好的,虽然是那位朱一围捐送,但儿子的同学都知道书的真正出处。"我说:"一围知道了这样,心里也会高兴……我说的是咱们的朱一围。"筱蓓思忖着说:"他们毕竟花了一笔不小的钱,我心里好像过意不去……我得感谢一下。"我说:"怎么个感谢?"筱蓓说:"我想请他们吃个饭,你也一块儿去。"我摇摇头说:"不用的,这只是一次花钱购书,你没必要跟他们交朋友的。"筱蓓说:"我想见见那位朱一围,共用一个名字怎么也是缘分。"我心里摇晃一下,嘴里已形成一句谎言:"他们俩是双城记,那位朱一围不在这个城市。"说完了觉出漏洞,赶紧又补一句:"陈宛告诉我,他在这儿读的中学,大学毕业后留在了外地。"筱蓓说:"那好吧,就跟那位陈宛聚个餐也行。两个女人都找了名字叫朱一围的男人,总有些话可聊的。"我不能马上再否决,就点点脑袋"嗯"了一声,又记起什么似的转过话头:"有句话我一直想问,一围临走时说了什么话吗?"筱蓓一指自己喉咙说:"吕默你迷糊了,一围那时候已经不能开口说话。"我耸耸肩说:"我是说他有没有留下文字?"筱蓓说:"你为什么问这个?"我说:"不知怎么,这两天我挺惦念一围的……我在回想他最后的那些日子。"筱蓓沉默几秒钟,让话题进入了我想要的轨道。

　　筱蓓说:"吕默你有没有记起来,最后那些日子你到医院探望时,在一围脸上看到了什么?"我眨眨眼说:"是骨头浮上来的那种消瘦。"筱蓓说:"消瘦里还有东西……是高兴。"我愣了一下,最后几次去见一围,他的情绪的确不差,但那应该是面对朋友时的强打精神。我说:"那高兴是撑着的吧？朋友一走就收回去了。"筱蓓说："不是的，那些日子他一直挺愉快。"

筱蓓停一停，回忆了一些细节。一围刚住院时，心情也是不好的。做了喉部手术后病情不仅没刹住，反而向坏的方向滑去。那些天他因为不能说话，整天想着什么，想着想着忽然就开朗了。微笑先来到他的嘴角，然后出现在眼睛里。他开始找些书看，譬如那本《第七天》。再到后来，他身上力气少了下去，看字儿容易累眼，便让筱蓓读小说。有时筱蓓读着读着，他眼睛慢慢眯上就睡过去，脸上还搁着安适的神情。

筱蓓抿一抿嘴，慢慢地说："一个人离死亡很近时，一般是恐惧的或者痛苦的。如果此时这个人开心起来，你觉得他会是什么样子？"我回答不了这样的问题，摇一下头。筱蓓说："诗人。我是说诗人的样子。"我说："为什么这么说？"筱蓓说："那会儿一围整个人是轻的，不是瘦了以后身体的轻，而是心里丢开负担后的轻……他脑子里时不时会出来一些好词好句。"我说："好词好句？他不是不能动口吗？"筱蓓说："不是动口是动笔，有一天他取了一张纸，先写一句：有一种动静，叫太阳的声音。又写一句：蓝天上的白云结了冰。再写一句：真正无限的，不是死亡而是生命。我奇怪地瞧着他，他笑一下用笔告诉我，这些话是作家们说的。"

随后几日，一围还试图体验作家们说的这些话。他穿着棉衣坐在轮椅上，让筱蓓推到住院部楼下院子里。冬日的阳光有些松软，把他的影子投到地上。他瞧着地面却没有在看，因为他静着耳朵去听太阳的声音。听了片刻，进入耳朵的只有院子里一些嘈杂的声响。他有些不满意，便让筱蓓推着轮椅出了医院，往安静的地方走。远处有一片草地，颜色已成枯黄。在枯黄之中，卧着一块不大的水池。经过水池时，一围突然激动起来。他看到水面结了一层清亮的薄冰，上面倒映着蓝色的天空和天空上的白云。他身上似乎长出了力气，想从轮椅上站起来，但没有成功。筱蓓将轮椅再往水边靠几步。一围安静了，身子久久不动。也许在此时，他眼睛看到的是水池里的白云在结冰，耳朵听到的是太阳化开冰面的声音。在他的意识里，那应该是一种冲突中的美丽。

筱蓓说："在那一刻，他喉咙里竟嘶嘶地发出一些声响。他好像要发点儿感慨，可是我没法听明白。"我说："白云结冰呀太阳声音呀这些虚的东西有啥含意吗？对一围意味着什么？"筱蓓说："谁知道呢！人在这个时候吧，脑子里出现一些古怪念头也不奇怪。"筱蓓顿一顿又说："那天从水池边回到病房,一围又在纸上写了一些字递给我看,意思是白云可以从天上到地上,人也可以从地上到天上,天空也是一个大水池。"我轻笑一声说:"这时的一围,的确越来越像诗人了。"筱蓓说:"这时我也知道,一围剩下的日子不多了。"我说:"那后来他还有什么遗言吗?"筱蓓说:"也没什么正儿八经的遗书,但他写了几句话,让我把书房里的书处理掉,不要存在家里。"我愣了一下:"把书散掉是他的意思呀……他为什么呢?"筱蓓说:"他知道这些书对我和儿子没啥用,想让它们遇到阅读的人……这是我的猜测。"我点点头,一围虽然爱书,可这种想法到底没有错。

该问的话已经问过,时间也不早了,我站起身准备告辞。筱蓓想起来说:"对了,一围最后还写了两句话,只是我不明白。"我问:"什么话?"筱蓓说:"一句是:对书上的文字,一双眼睛便是一次公证。另一句是:在对不起上面贴上邮票,从那边寄给这边的你。"我沉吟一下用手推推鼻子,说:"这也是哪个作家说的吗?"筱蓓说:"也许吧,那会儿我已习惯了他这样,也就没问。"我说:"真像是半个诗人呀,也不枉藏了这么多年书。"筱蓓沉默一下说:"我跟他也待了这么多年,可他的一些想法我还是不明白。"

告辞出门来到街上,我心里晃晃的还不想回家,上出租车后往市中心随便指一个方向,最后在一个灯光热闹的路口停下。

我站在人行道上给陈宛打了电话,告诉她已见过筱蓓。陈宛嘴里出来几个问号,想知道筱蓓的反应和协议的下落。我说筱蓓神情没有异常,不像知道了这件事。我又说那张协议的藏身处只有朱一围知道,所以也许是永远安全的。陈宛说:"也许是永远安全也许是定时炸弹。"我哈了一声说:"你不能把这份协议说成是定时炸弹,不然一围会不高兴的。"陈宛不吭声了,过几秒钟才说:"吕哥你说得也对,我不应该担心……我又没做亏心事。"我把筱蓓约请吃饭的事说了,问她愿不愿意在一张餐桌上聊聊。陈宛说:"聊什么呢?"我说:"两个女人在一起,总可以聊些话的。"陈宛哑笑了一声说:"可以呀,我和她又不是敌人。"我说:"到时候我陪着你们,让一个男人听两个女人聊话。"

摁了手机,我沿着人行道无目的地往前走。两旁一些商店已关了门,一些商店还没关门。我走过一些关了门的商店,又走过一些没关门的商店。我脑子里突然跳出一个念头,一围也许把那张协议书夹在某本书里呢，这是很好的存放方法。临走之际，他改变了躲藏的想法，要让协议跟着书籍流出去，到达某一位有缘分的读者眼里。"对书上的文字，一双眼睛便是一次公证"，他不怕了，他愿意让别人见证自己收藏的情感和来世的日子。当然啦，这只是我的猜想，一时无法去验证。说实话，我现在有些吃不准一围内心的真正样子了。

这么溜着神儿，我的目光就有点散，不经意间掠过街道对面一幢高楼里的灯火。又走一小截路，我刹住脚步再望那高楼一眼，正是一些年前我和一围首次相遇的地方。我脑子一醒，原来今晚我是想让自己到这儿来呢。我掉转脚步，穿过斑马线走几分钟来到大楼跟前。在这个时间点，大门仍进进出出不少胖瘦不一的男女。我想一想，走了进去。

坐电梯上了顶层，那家餐馆还存活着，而且吃喝的喧闹此刻仍未散尽。我一时不知道干什么，就在待客区的椅子上坐下，把携包搁在腿上。我微眯眼睛，脑子里出现了第一次遇见一围的情景。那天他撑着精神，脸上有一种认真的和气，而且老露出微笑，但他的内心，对酒桌上的豪华气氛是有些胆怯的。这一点被我瞧出来了，因为我当时的心情也是这样。可能正是这种暗中的相似，让两个人能够走近。在后来相处的日子里，我不时能见到一围收的一面——不是收敛的收，而是收缩的收。记得有一次我们聊话，不知怎么说到"撤退"这个词，我起了点想法，认为自己和一围的性格里都藏着"撤退"元素，可称为"撤退人士"。之所以这么说，是由于此前我因一件挺无聊的公事跟馆长闹了不快，他觉得这件公事不仅不无聊还很重要，指责我办砸了。我在单位并无斗志，正好借此怂恿自己从图书馆撤出，去了闲散一些的文化公司。

当时一围问："这撤退人士怎么个理解？"我没有拿出自己的事，而是举了生活例子："譬如撤退人士是A，那么三个人散步，A十次有九次不会走在中间，而一堆人拍集体照，A十次有九次是站在旁边的。"一围说："这话儿也是在说，十次中还有一次是例外的。"我一提声音说："九次往旁边靠的人，会在剩下的那一次使劲往中间挤吗？"一围嘴角露出一丝神秘的微笑，说："只有在例外的地方，才能找到秘密的出口。"一围又说，"这是一个作家说的。"

旁侧响起什么声音，我弹开眼睛望过去，有一个男人从一扇甩门里出来，手里还拿着一只烟盒。噢，想起来了，那是个小阳台，我和一围曾经在那儿站过一会儿。我起身走过去推开门，仍然是记忆中的样子——一个外伸的弧形阳台，面积不大却有点儿凌空感。

我站在栏杆前，目光往下扫过去，看见了一大片与房子们相缠的灯光。又抬一抬眼睛，看见了更大的一片天空。此刻站在高处，天空似乎也近了一些，几朵白云和几颗星星在夜幕中显出来。夏风吹过来，让人似乎轻了身体。我举着脑袋，突然想到如果让自己跳出阳台，会不会在身子下落的同时灵魂飞向白云？一围就是这么认为的：白云可以从天上到地上，人也可以从地上到天上。

　　当然，我是不会允许自己这样做的。不过很快，我脑袋里又生出一个念头。我拉开携包，取出那件T恤抖展开来，又看一看胸前的签名图案。图案在暗色里仍是清晰的。

　　我吸一口气，将T恤伸出阳台，一片浅蓝色在我手里飘动起来。我一松手，衣服猛地蹿了出去，先在空中兴奋地转一个身子，然后轻盈地跑向远处。我的目光跟着它，就像跟着一个移动的秘密。

　　但夜色中我终于没有看清，那片浅蓝色是落到地上，还是飘向了上空。

获奖作品《在阿吾斯奇》作者董夏青青

董夏青青简介:

　　董夏青青,女,1987年生,祖籍山东安丘,在湖南长沙长大。本科就读于原解放军艺术学院文学系,中央戏剧学院戏文系硕士。小说和散文习作发表于《人民文学》《解放军文艺》《当代》《十月》《收获》《芙蓉》《创作》《青年文学》《青年作家》《小说界》《大家》《西部》《南方周末》《小说选刊》《小说月报》《思南文学选刊》。出版有随笔集《胡同往事》、短篇小说集《科恰里特山下》。

获奖感言

董夏青青

有幸获得第八届鲁迅文学奖短篇小说奖，我想，这项荣誉既是给予我创作的鼓励，更是对边防一线的新时代卫国戍边官兵的赞颂。

记得2010年，我第一次踏上帕米尔高原，边防团的一位宣传股股长郑重地跟我说道："记者同志，您给战士们多写两句，证明我们这样的生活是有意义的，可以吗？"那句话直刺进我的心里。从那以后，我便决心努力写作，希望能将新时代戍边军人以理想和奉献为追求的生活"开采"出来，让读者看到他们安静无闻的身影是如何在高原、戈壁和荒漠中留下灿烂而伟大的生命轨迹。在边境苦寒之地，人与人、民族与民族之间又有着怎样弥足珍贵的情意和交往。如今，这项工作赋予我使命感和难以言喻的幸福感。

时至今日，当我知道通过鲁迅文学奖，将有更多读者读到他们的故事，我想自己尽到了一部分应当负起的责任，努力证明了——"这样的生活是有意义的！"

为此，我想感谢《人民文学》、北京市作协的领导和老师们；感谢责任编辑文苏皖老师，并郑重感谢鲁迅文学奖评委会的各位评委老师。

这十年间，我每去到一个边防连队，看到可爱的战士、与他们交谈，都会被深深感动。用一位战友的话说："好像他们都是一个个诗人，用极短的时间就参透了人生的道理。"这段工作经历塑造了我的心性，奠定了我写作的基石。我的写作风格也在来到新疆之后逐步成型，除了这里独特的地理自然环境和人文底蕴给予我灵感，还有创作室周涛主任和卢一萍老师，他们的作品给了我指引和启发。

创作室主任周涛老师曾送我一套《静静的顿河》，他鼓励我说，想写出真正雄浑、伟大的作品，一定要有与精神和想象力同样强健的脚力，并建议我走到边防一线去感受和体会真正的戍边生活。而我在新疆军区的同事，军旅作家卢一萍老师则鼓励我，要具有一种真正战士的品质，坚韧、勇敢地行走。在此，我想感谢部队的领导、战友们，感谢新疆文联、作协的各位领导和老师。

2009年，当做出申请进疆的决定时，我在原解放军艺术学院的导师和学院领导给予我很多鼓励。我的写作，离不开长沙市第一中学、原解放军艺术学院、中央戏剧学院、鲁迅文学院的培养，我也将一直铭记师恩，努力多写好作品报答母校。

我还想感谢军旅文学的前辈们，正是孙犁先生、徐怀中先生这样的大家前辈不断开拓军旅文学的思想内涵和美学境界，我这样的小字辈才有了更为开阔的创作视角和空间。还有马晓丽老师和裘山山老师，她们富有力量又细腻入微的写作，给了我深入一线的勇气和书写感悟的启发。

自我写作以来，还有多位评论家老师一直在关注着我，给予我鼓励、批评和建议，使我有信心坚持至今。每次交稿后，编辑老师们的悉心指导和费心编稿也帮助我所写的故事有了更好的呈现。在此，向老师们表示诚挚感谢。

获奖那天，我在手机里看到两年前父亲发给我的一条信息：刚听节目里两个人聊天时讲，快乐，是一个人的事，而意义一定与他人，或者更多的人有关。接下来，我会带着父母亲友、各位师长和战友们的祝愿，继续写下那些值得被记录的故事，那些，有意义的故事。

在阿吾斯奇

★董夏青青

云霭封锁了雪峰之间偶尔显露的天际远景。阴冷彻骨的北风越刮越大。靶场上掀起沙尘，落到正在一座墓地上挥动铁锹、铁铲的几个人身上。他弓起背使劲铲开沙石，刨飞的尘土打在旁边人的衣裤上"嘭嘭"作响。七八个人手脚不停地挖了一个多小时，才在坑深两三米的地方碰到棺材。停顿几秒，大伙放缓的动作又快起来，知道要抢在暴雨之前将遗骸装箱。

露出棺盖时，站在几米外的一家人走到近前。

这家人是埋在靶场东头这位烈士的家属。来靶场之前教导员跟他讲，20世纪70年代连队骑乘巡逻，一个战士的马在山口甬道的雪崩中受惊。被甩下马背的战士一只脚被马镫挂住，拖行近一公里才挣脱，事后昏迷不醒，等不及送下山医治人就没了。当时连队给战士老家的民政局拍了封电报，一个月后民政局回信给连队，表示家属已知悉，并转达将孩子葬在连队的意愿。上个月，这位烈士的弟弟辗转联系到团部，说想来接大哥的遗骸回家。

开棺前，教导员松开铁锹向一旁伸出手。一个战士从上衣兜里掏出一小瓶酒递过去。教导员拧开盖，单膝跪地，将酒瓶高举过头顶后倒出酒来洒在棺盖上。起身时掷开瓶子，大喝一声。战士们扔下手里的家伙跟着教导员跳进坑里，上前弯腰抬起棺盖。

拾捡骨殖装箱时，烈士的弟弟跪倒在地，放声恸哭。他低头看见烈士脚上黄胶鞋的布面已经风化，橡胶鞋底还在。

阖棺前，他爬出坑外。烈士的弟弟上前将他从地上搀起。看他站稳了，松开手倒退两步，向他鞠了一躬。

雷声滚过，空气里潮乎乎的土腥味刺鼻。教导员让正准备回填土坑的战士们赶紧收队，和家属一同返回连队。

开饭时间已经过了，通讯员热了饭菜端上桌。教导员把一盘鸭架子换到他面前。

"营长，来。"教导员冲他扬了下下巴。

他摆摆手，起身盛了碗汤。

"您是这儿的营长？"烈士的弟弟问。

"忘了介绍。"教导员说，"这是南疆军区来指导工作的殷营长，他弟弟是咱们连队的三班长。"

"那这正好能跟兄弟见面了。"烈士的弟弟说。

"三班长现在正在总医院住院……休养好了就回来。"教导员说。

"生病了？"烈士的弟弟问。

他拿起盘子里教导员掰剩下的半块馍，没作声。

"中午你们先休息。"教导员拿给烈士的弟弟一个苹果，"下午把行李证明给你们，不然那箱子过不了安检。奎屯那边的殡仪馆也联系好了，你们到那里转车，先火化了再带回家吧。"

"教导员，听说还有个'烈士'埋在这儿？"烈士的弟弟问。

"嗯，有。"教导员说，"一个从北京来的同志，70年代到的克拉玛依市人武部，有段时间就在我们这儿的牧区支农。当时这边和苏联经常有矛盾，为了边界的事扯皮、闹人命。他了解情况以后说，等我死了就把我的骨灰埋到争议区去，以后划定国界，再把我圈进来。"

"1979年的时候……"教导员说，"比你大哥再晚几年，这个叫李明秀的人就因为肝癌过世了，临走之前再次给家人交代，说务必把他埋在阿吾斯奇的双湖边上。这样国家可以拿他的墓作为一个方位物，作为边防斗争的一个证据。你们也知道，那个年代几乎没有火化的，可李明秀就是火化了以后，家属再从克拉玛依给送到这儿来。离过年还有不到十天，连队派人带过去埋了，原地竖了一块石头板子。"

"那后来圈过来没有？"烈士的弟弟问。

教导员在桌上横着画了一道，说："本来以前两边的实际控制线是以两个湖中间的丘陵为界，我们管南湖，北湖是人家的，之后北湖也划给我们了。2005年军区给他重修了墓，立了大理石碑。我们每回巡逻路过，战士都上前敬根烟，清明全连过去扫墓。"

"唔，真是个人物。"烈士的弟弟说。

"你也够能的。"教导员说，"当时我们想找李明秀的资料，托人去克拉玛依武装部、民政局、法院、档案馆，能去的地方都找遍了，愣是没档案、没记录，连张照片也没有。你哥牺牲那会儿我们就往你们老家发了封电报，没想到隔这么些年还能再找过来。"

炊事班后厨响起水声。连队军医端着饭盒走出来同他们打招呼。

"军医，来来。"教导员说，"过来吃点。"

"我吃过了，你们聊，你们慢聊。"军医把饭盒放在一张空桌上，从饭堂前门出去了。

"阿吾斯奇的军医。"教导员说，"老同志特别痴迷书法，每回写字都误了饭点。"

回到招待室，他听见沙发背后的窗户被风撞得嗡嗡作响。四月末，南疆的白天已经热起来，北疆山上还潮湿阴冷，棉被盖在身上又潮又重。这两天中午他都没睡。

上午去水房找工具时教导员拦住他，说人手真的够了。他还是过去拿了把铲子，说就算是代弟弟出力。

这两年不知说过多少回要来阿吾斯奇，可想不到有一天在这儿了，会是帮小弟收拾放在连队的被褥衣物和储藏室的行李，然后带走。

去年阿吾斯奇的雪下得早、下得多。连队自己烧锅炉，攒的煤渣子多了没地方放，入冬前就找乡里派拖拉机来运煤渣。拖拉机上山的时候没油了，驾驶员给连队打电话，说车没油了，让人快给送来。当时连队门前正好停着一辆兵团上来慰问的车，小弟一听就拿上一桶油，开着那辆皮卡去给拖拉机送。路上，小弟将皮卡车停在窄道边，跑下去找拖拉机。送完油顶着风雪往回跑时，对面驶来一辆拉粮食的大半挂车，司机没刹住，车头把皮卡车推出去十几米远，小弟当时就站在车斗后边，被撞进砌在路边的雪堆里埋住了。

上午那个人朝他鞠躬时，他第一反应是应当感恩、知足。相比那个人的兄弟，小弟至少还活着，至少将来睁开眼是躺在一张干干净净的病床上。

他端起热水瓶冲了杯茶，起身拉上窗帘。这时屋门被推开，教导员走进来。

"想着你就没睡。"教导员仰倒在沙发上，歪头盯着茶杯口冒出的热气。

他将茶杯端到教导员跟前，走到另一侧的单人沙发前坐下。

"我跟指导员说了，下午你跟他们一块去巡逻。到界碑看看，你弟去年刚带人上去描的字。"教导员说。

他点点头。

"你弟带的就是下午去巡逻的这个班，三班。"

"他跟我说过，三班都是他兄弟。"

"你弟天生是带兵的料，在连队很有威信。"

"是你们把他带出来了。"

"惭愧……"教导员小声说。

"中午见的那个军医……"他说，"是不是姓沈？"

"对，认识老沈？"教导员端起茶杯吹吹，抿了一口。

"听我弟说的，军医给过他很多帮助。"

"老沈确实热心。快五十岁的人了，工资比政委还高，很多事糊弄着来也不会有人追究，但是他不，连队的小孩都愿意找他，有病看病没病咨询个事，我有时候也找他，他读书多，啥都知道。"

"就是这样的人越来越少了啊……"教导员放下茶杯，靠在沙发上出神。

坐在勇士车的副驾驶上向外看，雨前灰暗、阴沉的天空，已经被清澈明亮、瞬息万变的光芒冲破，无垠无底的草野上闪耀着星星点点。

"营长，这是您头一回来北疆边防吗？"指导员在后座问。

"对。"他说。

"南疆那边的边防什么样？"指导员说。

"挺高的，每年上山驻训的平均海拔都在三千米以上。"他说。

"那您出过国吗？"指导员说。

"去年夏天我们在塔吉克斯坦搞了一次联合反恐演习。"他说。

后座一阵惊叹。

"塔吉克斯坦他们强吗？"指导员凑上前，扶住副驾驶的椅背。

他一时不知道该从何说起。当时一个加强连从旅部机动到谢布克，再到白苏尔，从清晨一直到后半夜2点多才把车队开到塔方营区。0点多，他那辆车后座上的人都缺氧睡瘫了。驾驶员困得直点头，他在副驾上也迷糊了。到古米其帕峰脚下的一处平坦地，车开着开着就不走了。醒来时他才发现驾驶员把着方向盘也睡着了，车队的尾灯已在山腰处闪烁。

到宿营地已是凌晨3点多钟。全队人从车上下来开始卸车。那是一块种土豆的地，干干的沙土地。

"去那边演习，他们就准备了一块空地。"他说，"第二天起床，我们先搞了一个赠送仪式，把带去的帐篷送给他们。送完领导还要我们过去指导安装，说那边的人不会搭帐篷……"

"不会搭帐篷？"一个二条兵插嘴。

"他们平常不配发帐篷。"他说，"我们刚把示范帐篷搭好，一个班的人就进来在地上高高兴兴地铺毛毡，铺完往地上一躺。当天晚上下了一场大雪，帐篷顶子都被压变形了，一问，他们也是在地上睡的。"

"那他们平时吃什么？"指导员问。

"一天两顿土豆糊煮鹰嘴豆，每个人背包里都装着烤玉米饼子。我们带了煤上去，自己煮奶茶，炊事班还做的鸡腿、牛肉、揪片子面汤……"

"怎么不买着吃？"还是这个二条兵在问。

他向后座的人解释，说塔吉克斯坦的战士看到中方的士兵抽烟，非常惊讶。在塔方，只有官衔上有一定级别的军官才抽得起香烟。在小卖部，塔方的战士一根一根地买烟，糖也是，一次买几粒装到兜里带走。中方的战士一次拿走几条烟，糖果按公斤买。演习结束时，周围离得近的小卖店几乎被买空了。他记得店里最好的威士忌是人民币一百块一瓶，一百八十块两瓶。

车厢里又一阵惊叹。

"那他们的武器呢？"指导员问。

"武器……单兵素质还行。"

"也有实战能力，强悍。"他又补充一句。

"那我们的优势是什么？"指导员问。

他一时没答话，脑海里却晃动着那时的情景。

那中间某天，一个塔吉克老汉和一个穿着二道背心的女孩，牵来一头驴子卖给炊事班……

"优势？"他这才答腔，"优势不就是你吗？"

"我？"指导员说。

"指导员和教导员不就是优势？他们训练完做祷告，我们就找你们啊。"

"教导员可以，我不行……"指导员笑着说，"不过我们有军医，他是阿吾斯奇的优势。"

"快看，营长！"一个战士抱着枪站起来，头盔撞到车窗上。

他顺着战士手指的方向，看见几匹棕黑色的马伫立在山坡上。

"那是班长养的马！"旁边的战士摇下车窗玻璃，头伸向窗外朝着那几匹马吹口哨。

"前年和哈方会晤。"指导员说，"我们骑过去的伊犁马就像人家马的儿子，哈方拔河用的绳子也比我们的绳子粗了一倍，几场比赛我们都没占上风，后来三班长上去找他们的人单挑摔跤，摔赢了，他们才给我们鼓了一次掌。"

"那他跟你们说过，他去俄罗斯给普京表演吗？"他苦笑道。

"班长和我说过！"二条兵大喊，"班长去看了克里姆林宫，然后走总统办公室的特殊通道去的红场。"

"普京也会武功？不是跆拳道吗？"有个一年兵问道。

"普京很相信少林功夫，听说前些年，还曾把两个女儿送到少林寺学了一个多月。"他说。

小弟被送进少林寺那年，他正在高三复读。当时村里有户人家的小孩，每天不去学校，跟着小混混跑，家里管不住就想把孩子送去少林寺的武校。小孩的父母在村里打听，问谁家小孩愿意做个伴，学费和生活费由他们家管。村支书牵了个线，带那人家找过来……

在少林寺的六年间，小弟给他写过几封信。第一封信是讲同村的那个小孩为什么回去了。小弟在信里说，他们每天早上4点钟起床，穿上沙袋背心、戴上沙袋绑腿就跑出去冲山。冲半个小时再回学校跑圈，一公里三分钟跑完，每天每人跑五个一公里。吃过早餐，教练会带他们去练蹿腾跳跃、拳术和器械。同村的小孩拉拉筋、压压腿还可以，下叉、下腰就不行了，老被教练拿木棍照屁股上打。打疼了他就大骂教练缺德，骂完又挨打。折腾不到俩月，同村的小孩就被家里人接回去了。

头三年武校学习阶段，小弟只跟着学校休寒假，每年暑假都和师兄弟在外实景演出，挣到的酬金用来抵在校期间的学费与生活费。

2009年，小弟在给他的一封信中说，少林寺受邀参加第一届俄罗斯国际军乐节，普京总统亲自接见了他们。在莫斯科，小弟参观了总统办公室，还去听了一场歌剧音乐会。在红场，好多人围着他们喊："斧头、斧头"，师兄跑过来让大伙摆动作，说这是想跟他们合影的意思。

　　信的后半部分，小弟提到身边很多师兄弟已开始寻求未来更好的出路。有的师兄回家乡办武术培训班，有的去给企业老总当保镖。和自己关系最好的同学去拍了电影《新少林寺》，拜入香港洪家班门下，以后待在横店当专业替身。小弟说，他有两条路可选，一是美国的签证没有到期，大师兄推荐他去曼哈顿的华人街当私人武术教练；另一份工作，也是自己比较倾向的，是和同班一个德国同学回他在巴伐利亚的老家支教。信的末尾小弟问他，到底是选美元还是欧元。

　　他那会儿已在南疆部队当班长，深夜趴在锅炉房的地上给小弟回信。信中写到童年时奶奶家的老屋，晚上到处是老鼠的叫声，夏天雨水大，室内的积水漫到脚脖。哥俩每天吃的面饼磨嗓子，印象中最好的一顿饭是猪油酱油热水泡煎饼。奶奶家有两只羊，每天奶奶都背着筐出去打草。有一天因高血压晕倒在地里，他们俩就在那块地旁边的土路上滚轮胎，毫不知情。

　　他还写到有一年春节，他和小弟一早去给长辈们磕头拜年。当时小孩磕头，一般人就给一块、两块钱，五块钱就相当多了，十块钱得是相当亲近的关系和父母有相当大的面子才会给。那一年他磕了几十个头拿到十几块压岁钱，转头让村里孩子拿一个玻璃球和一个哨子给骗走了。回到家里，奶奶问他压岁钱在哪儿，他编谎话说丢了，奶奶就叫他脱了衣服，跪在桌上。他记得头顶的墙上有块碧镜，碧镜让小弟打碎了，留下几道裂痕。罚跪的时候，他一直瞅着那几道裂痕。没过多久小弟跑回家来，拳头和脸上都挂了彩。小弟从兜里把那笔压岁钱掏出来放在桌上，跪下给奶奶磕头，说快让我哥穿上衣服下来吧。

　　他在信里拉杂说了两页纸才切入正题。他说，希望小弟参军，为家庭争得荣誉。小弟练过武功、见过世面，进部队立功受奖的机会比他更多。尽管他几次想通过特种兵比武获得提干机会，现实中却总差了些运气。

　　信寄出后的第三个月，小弟入伍进疆。先在团里的步兵营待了几年，后被调往阿吾斯奇。

　　二十八号界碑与哈萨克斯坦的边防哨楼毗邻。那一带早先是苏联的地界，齐踝深的草丛里遍布铁丝绊网。车开不进去，人走进去稍不小心也会摔倒。

　　走过一截铺着碎石子的土路快进草滩时，指导员招呼大伙停下，各自检查裤腿和袖口是否扎紧。指导员向他解释，草丛里有一种叫草瘪子的虫，专把脑袋钻进人的肉里吸血。只要它的头钻到肉，除非拿打火机烧，否则弄不出来。

　　"弄不出来会怎样？"他问。

　　"哦吼！那一块肉都会烂掉！"二条兵叫道。

　　指导员拍了一下二条兵，"咬过你吗？"

　　"咬过我班长啊！"二条兵嚷起来。

　　二条兵扶着被打歪的头盔，缩着脖子从指导员身边小跑到他斜后方，调换步速慢慢地跟上他。

　　"报告营长，上回班长带我们来给界碑描红，他真的被咬了。"

　　见他没反应，二条兵沉下脸，正了正头盔。

　　"营长，我亲眼看见的，班长小腿那一块都烂了。"

　　二条兵向他描述，去年小弟带他们从界碑回到连队，正赶上澡堂开放。洗澡时，大家起哄围住二条兵，说要排队给他搓澡，因为他皮肤又嫩又白，摸上去像妹子。大家开玩笑的时候听见小弟骂了一句，说他刚搓掉一只草瘪子。过了半月，小弟腿上被咬到的那一块开始红肿溃烂，到团部卫生队处理了伤口，又打了很多天消炎针才见好。

　　"正常。"他说，"他身上有各种各样的伤。"

　　"班长说他在少林寺的时候没有买保险，有病就自己治。"

　　"更牛的是他把连队的二号马都治好了。"二条兵说，"那匹马他们不会骑，马鞍子绑得太松，骑久了以后把马背颠破了，就有草瘪子钻进去，生了好多蛆。当时卫生队的军医都说这匹马没救了，但是我班长不肯。他打电话去问沈军医，用盐水和强碱给这匹马清洗伤口，又找当时在连队的军医给它缝上。这匹马长伤口的时候特别痒，喜欢撞墙去蹭，我班长怕它把伤口又撞开，就搬了一个马扎坐在马厩里看着它。那匹马好了以后不让任何人骑，除了我班长。"

　　"待会儿去看看那匹二号马吧。"他说。

　　"班长下山的那天晚上二号就跑了。有牧民在山里看到过，说它一直在疯跑。"

　　二条兵说罢从他身旁跑开，冲向界碑下的一块芦苇滩地。

在阿吾斯奇

界碑立在紧邻铁丝网的一个小土包上,坡下围着一片比人高的芦苇,地下水汩汩向外冒。

他跟在战士们后边深一脚浅一脚地走。他断续听见战士们讲去年在前哨点遇到跑过来躲雨的哈方军人,两边的人都把枪坐在屁股底下,一起吃泡面……各说各的语言,各打各的比画……又说到小弟在前哨点杀鸡,先砍一刀,那只鸡闭上眼不动了,刚把刀一放,那只鸡跳起来就跑。小弟追上去补了一刀,那只鸡还在跑。小弟干脆扔下刀抄起一根棍子去追……

太阳当空,界碑上新描的红色字眼看起来醒目极了。哈方一辆吉普车从铁丝网另一侧疾驶而过,战士们纷纷看向西北方向,低声讨论那边的暗堡里是否有人正在盯梢。这时有人在旁喊了一句,大家紧张地看过去,一个战士蹲在草丛边,拎起一个东西。

"这有一个快递袋!"战士说。

"哦吼!有地址吗?"二条兵三两步跳过去。

大伙陆续围上前,捏着那个灰色的塑料袋互相传看,窃窃私语。

他站在界碑前向四周远望,阳光在光滑舒缓的大地上流泻。即将栽种新作物的大片黑土刚刚犁过,有雨水未及冲净的耙痕。他跟指导员打声招呼,转身从来时登上界碑的另一边侧路往下走。

高大的榆树投下阴凉,水声冲掉了野蝇的嗡嗡声。他目送眼前这道铁丝网向前蜿蜒。

晚饭后,通讯员带他去了连队的储藏室。到那儿才发现,小弟平日就把他的箱包收拾得很利索,根本不需要他再做什么。

小弟的箱子里有罐奶啤,他摸出来打开喝了一口,盘腿坐到地上。周围这么多的箱子里只有小弟的箱子把手断了,用一截尼龙绳和胶带缠了一个替代的。这还是小弟第一年休假,他在火车站外的小铺里买的,让小弟把肩上那只肩带要磨断的背囊扔掉,行李都收拾到这只皮箱里。这些年,小弟在武校演出赚的钱及在部队发的津贴和工资,大部分都交给了奶奶。让她在老家重修老屋,添置家具。要是奶奶不照小弟的安排做,小弟就大发脾气。奶奶想把钱攒下来让他和小弟趁早成家,小弟总觉得家底太薄,还要等两三年。

他抬起头,白炽灯管频闪的"嗞嗞"声叫他突然一阵心悸。从去年冬天一直等到此刻才会到的预兆。几年前,小弟和连队的人在后山给鱼塘架网，远处一道雷电打下来，从铁丝网上传导过来的电流瞬时打飞小弟手中的铁钳。小弟飞奔回连队，求连长把手机发给他。

小弟不停拨电话，均无法接通。

他已经近三天没吃过饭、阖过眼了。为时七天，号称地狱周的国际比武选拔考核到了，此时，原先的五十名候选队员只剩六人。他在其中。

小弟打电话找他的前一天下午，他和同伴被带往塔克拉玛干沙漠边缘的一座山谷。引导员将地图、指北针、枪、弹发给他们，告诉他们从此地出发，次日中午将在地图对角线另一端的山口接他们。引导员走后，他打开地图，发现地图中的这条对角线至少对应了现实中七八十公里的山地路程。

从仅容一人侧身通过的谷口进入，走了几分钟后，眼前是一带至少有横跨十公里的谷地。空气湿润，草木幽深，阳光照射不透。地上有很多动物的爪印。他们进入不久，有人就从一棵倾倒的红柳树下找到第了一批给养。大伙听着从未听过的鸟鸣喝了几罐红牛，嚼着牛肉干向山谷里走。走过两张地图的距离，只花去三个多小时。

凌晨1点半，他们在山脚的一处斜坡上停下休整。坡下有河流冲刷的痕迹。他提议原地休息六个小时，其间六个人分三班哨，两个小时一轮。他和其中一人站第一班，其余的人把雨衣铺在泥滩上，打开睡袋钻进去睡了。

山谷里下起小雨。他把枪塞到衣服里，坐到一块石头上。不多时，雨下大了，他和同伴从背包里掏出脸盆顶在头上，那几个人就躺在泥水里，叫不醒。两小时后换岗，他钻进水淋淋的睡袋，似睡非睡迷糊了两个多小时。突然，一个人大声说这是什么声音？之后站哨的人大喊："快起来，发洪水了！"他从睡袋里爬出来时，发现距离他们不到两米的低地已变成一道河谷。暴雨倾盆而下，水位还在涨，将他们困在一块面积逐渐缩小的土丘上。

他找出北斗套进塑料袋，向外发送求救信息，但未得到回应。他们穿着白天的训练短袖，抱着膀子冻得意志全无。他想，如果当时选择在河谷的石头地上睡觉，那早不知道被冲到哪棵树上了。

早晨7点多，雨停云散。空旷地的面积稍稍扩大，却没有平地可走。他们把物资藏在一块岩石下，背上枪开始翻山。山上到处是昨夜洪水的冲沟。只让他没想到的是，那座山上去以后紧接着是另一座山，在山头和下一段空旷地带中间还有好几座山要爬。从7点走到下午2点，每个人脚上的陆战靴都磨烂了，才看到停在远处空地上的直升机。

直升机上并没有餐食和饮用水，只堆了几个背囊和投放箱。他们通过机务手中的北斗得知，现在几人集结为一个伞兵渗透队，即将在定位器鸣响时进行无气象资料、无地面标识和无空中引导的三无盲降。

背上十八公斤重的伞包，戴上头盔，穿好防弹背心，别起手枪，背起单兵战术背囊、步枪、夜间侦察装备。舱门打开，舱室的热气被寒风瞬间扑散，他从高空一千五百米处俯身而下。

不断失去高度的三分钟里，他看到古老的山脉阴面覆盖着白雪，阳面黑如山谷雨夜。大大小小的温泉泉眼腾起白烟。归家的羊群走在沟坎丘壑之上。

落到地面，伞刀撞破了他的下巴。随他第二个出舱的伙伴打不开伞，中途拉开附伞捡回条命，只摔折一条腿。

夜里，他安慰小弟时说到那把被击飞的铁钳。那是一个兆头。如果当时他拿起的是那个家伙的伞包，运气未必好。

小弟出事后第三天他接到电话。离他和小弟商量为奶奶立碑的日子只有不到一个月了。在那通电话之前，没有雷电，没有飞出去的铁家伙。

招待室旁的图书室敞着门，屋里有灯。他经过时，看军医正坐在长条桌前翻书。见他走进来，军医起身摘下老花镜向他打招呼。

"营长好啊。"

"沈军医……"他颔首示意。

军医做了个请他落座的手势，之后提着暖水瓶走过来，将桌上一个放了茶叶的纸杯拿到近前，倒上热水。

"下午去巡逻了？"军医问。

"指导员带着去看了看界碑。"他说。

"那个界碑离哈萨克斯坦的哨楼很近，你见他们的人了吗？"

"看见他们的车了，车速飞快，土都扬到我们这边来了。"

军医笑起来。

"今天你也辛苦了，上午还帮他们干活儿。"军医说。

"小事。就是觉得这家人也挺奇怪的，隔了四十多年才来。"他说。

"下午和教导员陪他们在连队里转了转，听这个人讲，他们父母不识字，早些年家庭条件也不好，没坐过车，从老家过不来。他弟弟一家子这回过来也不容易，路上光火车就走了三天，往阿吾斯奇走的路又刚化过雪，有些地方路都毁了，颠了快四个小时，吐了一路。"

"能找过来是挺不容易的。"他说。

"一晃都半辈子了。"军医说。

他点头。

"三班长的东西都收拾好了？"军医问。

"刚从储藏室上来。"他说，"想着收拾一下，结果也没什么可收拾的。"

"三班长能吃苦、能干活儿。"军医说，"有时候我在这儿坐着，他过来打扫卫生碰见了就聊两句，问看的什么书，书里讲的什么事……有一回说到连长让他当炊事班班长，他说这不就是个弼马温的差事吗？"

"当时也给我抱怨过，说不愿下厨房。"

"我给他讲，毛主席的弟弟毛泽民，当年受兄长之托，也管理过一个学校师生的伙食。民以食为天，有的吃才有的干。战士们训练辛苦，最怕吃不好，全连队的嘴交给他，是觉得他行。"

"我还给他说过，别老觉得自己的出身不好，家在农村，自卑。"军医说，"你们'殷'这个姓，至少可以追溯到三千多年以前商朝帝乙的长子殷微子，那西安的帝乙路就是以殷微子父亲命名的。孔子临死前把子路叫来，对子路说自己是殷人，殷人就是黄帝的后人。营长，这么说来是不是很好？"

"很好，"他说，"真的很谢谢您……"

"不用谢，历史书上写的，不是我胡诌的。"军医说，"三班长有一回给我说你要他多看书，看啥书没给他说，他就来问我。我说平时你们训练那么忙，个人时间很少，既然要看就看好书。就推荐了曾国藩的传记和家书，还有大学士苏东坡的传记。曾国藩和他的兄弟连心，仗打得好。苏东坡和他的弟弟苏辙，两个人同朝做官，官做得明白，文章也写得好。苏东坡有一句话说自己，叫'上可陪玉皇大帝，下可陪街头乞儿'，眼中的天下人，没有一个不好的。我跟三班长说，不管是当班长，还是以后当排长、当连长，对上，关键时刻要能顶上去；对下，紧要关头也要能扛下来，尽心做事。"

"说实话，我都不知道他还在看书。"他说，"平时打电话也只跟我讲讲平常的训练。"

"还有个事你也不知道吧，"军医说，"几年前了，有天中午他来找我，说连续失眠半个月了，很苦恼。我就和他谈心，帮助他分析。问了几个问题以后他就说你别问了，告诉你吧，我偷东西了，但是我又放回去了，谁都不知道。具体什么事就不肯再往下说了。前年他主动再跟我提起这个事，说知道为什么你一定要他参军了。他说以前在少林寺，觉得社会上和他一样的人多。来了部队才觉得和他哥，就是和你一样的人多。"

他回到招待室时已响过熄灯号。外头下雪了。广大空旷的天地间，每一片雪花都标示出风的力道和方向，在窗外，在他眼前连缀而下，蕴藏着沉甸甸的寒光。

小弟七岁那年，村里来人通知说他们家正好占在村里预备施工的道路上，房子要被推倒了。父母动身去县上打工，奶奶将他和小弟接回老屋。

那天村里通街的施工队拿着铁锹在干活儿，推土机在推土。他和小弟还有村里几个小孩围着推土机团团转。这时村主任来了，把他们几个小孩叫过去，说你们别乱跑，我给你们安排个好活儿。村主任让他们在推土机后面捡砖石块子，拾起来往道路两侧扔，并许诺等干完了活儿，给他们发"义务工"的薪酬。他们一听干得十分卖力。傍晚，他们几个去找村主任要钱，村主任从兜里掏出笔来写了个纸条，让他们拿着纸条去大队部，找任何一个人都行。他们拿着纸条去了大队部，找到一个大队部的小伙，当时那小伙是专门扛着摄像机给领导摄像的。他看了一眼纸条说，跟我来吧，就带他们去了大队部的楼道地沟。那里满地的酒瓶子。小伙说，拿吧，能拿多少拿多少。于是每个人都把口袋塞得满满的，手里也拿了好几个。取了酒瓶，他们直奔村里的小卖部。那时一个啤酒瓶可以换一支很好的雪糕，要是换单晶，可以换一大袋子。他们没舍得把所有酒瓶都换了，就换了五个瓶子。几个小孩商量一下，把剩下的酒瓶藏到了村后的麦垛里。他记得那时和小弟每天一想起来，俩人就跑去看看瓶子少没少。看了好几回，还真发现瓶子少了。

一天有个小孩跑来家里，说小弟溜进大队部的楼道地沟捡瓶子，赤着脚踩到一把二齿钩，钩子一下扎透了小弟脚底，流了好些血。他赶到时，小弟已经自己把二齿钩拔出来了。他背起小弟跑到村里的药铺。医生给小弟消毒包扎时，他去对面的小卖铺给小弟赊了一双蓝色的小拖鞋。

那时正是夏天，小弟脚疼，喊着咽不下去煎饼。傍晚，他带着小弟去钻树林照知了。他把剪下来的废轮胎条、破棉絮和干柴堆在地上，倒上油点燃，过后拿起木头杆子敲打树枝。知了纷纷惊飞出来，见了光扑向火堆，小弟就坐在一旁往塑料袋里捡。两个多小时的工夫，捡了小半袋子。往家走的一路上，知了在袋子里"吱吱"乱叫，谁碰见了都问袋子里装的是什么。

他背着小弟快走到村口时，看见奶奶在不远处干土方活儿。大队干部用白灰画的线是按家庭人头分的，每个人分几米。要求挖出的沟一人多深，一米多宽，两侧掏成斜坡，再用铁锹修出形来。工地上都各干各的，没有人相互帮忙。男劳力干得快，干完就回家了，剩奶奶还在默默地干。他从沟里走过去，趴在他背上的小弟把袋子提到奶奶面前。

奶奶伸手戳了戳袋子，问这是什么？

他本想大声喊出来。这时突然觉得脖颈后头有点痒，站起来低头一摸，捏出来一只虫。

比瓢虫小，圆圆扁扁的。

"这就是草瘪子吗？"他自言自语。

待车队从浓荫覆盖的崖壁下穿行而过，他眼前连天漫地的帕米尔黑夜，被天顶一轮皓月照亮。墨色山体，铝灰的积雪。少顷，车队再次驶入峰岩夹峙的狭长山道，他眼前仍旧留有刚才一幕的清辉。

那晚在阿吾斯奇的图书室，军医从书柜里拿出一幅字赠他。说知道他要上山来，特意练来写的。

他接过字在桌上展开。写的是：但愿人长久，千里共婵娟。

他对军医说，自己还没成家，这怎么受得起？

军医摇了摇头，说这哪是写给相好的，是苏轼七年没见着苏辙了，苏轼想他的弟弟啊。

获奖作品《月光下》作者蔡东

蔡东简介：

蔡东，文学硕士，深圳职业技术学院教师，写小说和阅读随笔，从事通识课教学工作。在《青年文学》《人民文学》《十月》《收获》《当代》《花城》等刊发表小说，出版《星辰书》等小说集。获得十月文学奖、郁达夫小说奖、长江文艺双年奖、花地文学奖等鼓励。短篇小说《月光下》获得第八届鲁迅文学奖。

获奖感言

生命在月光流淌的大地上走向成熟开阔

蔡 东

得知《月光下》获奖，非常喜悦。这是多么珍贵的鼓励和认可。谢谢评委，谢谢刊发作品的《青年文学》，谢谢在写作上帮助我的老师和朋友。

写小说如食物缓慢发酵，同样需要时间的结构和参与。《月光下》的故事缭绕心头多年，内核和细节在时间的养育下显现光华，激荡的情感也渐渐变得淳厚深微。月光下，山河辽阔，世事浩荡，小说缓慢生长。现实生活里遇见了太多心灵强健、自食其力的女性劳动者，她们生命能量丰沛，在细微处寻求人生意义，对平凡的日子充满深情和眷恋。我试着写出她们的踏实和坚韧，写出她们内在的丰富和精神境界的光泽。写作过程中没有很刻意地去塑造人物，更像是陪伴她们捋清生命脉络，看着她们，在月光流淌的大地上走向成熟和开阔。

现代城市生活中，人与人之间的心理距离难免有点远。小说里两个人物有勇气化解隔膜，有热情关心他人的生活，有能力理解复杂的世事。她们多年后重建亲密、真实的关系，这里头有我对人性美质和尘世情谊的期待和渴望。李晓茹如月光般存在，许多人的生命里都曾有过这么一个人，她的故事容易唤醒我们过往的生命经验，带来出神的一刻，并在不知不觉间让心变得温热和柔软。凝望与思考，停顿与沉浸，甚至是一个恍惚，一次出神，都舒缓着生命的节奏并生成微小而珍贵的意义。

这些年，用写作抵御轻飘，致力于跟生活建立起结实强韧的联结。希望较深入地观照人生，也希望自己的作品是建设性的。写作锚定了飘忽的思绪，写作也令我的身和心常在一起。小说是情感、阅历、认知、艺术方法和生命感觉的结晶体，写小说是人生的修为，是创造性的精神活动，携带深层美妙的快乐，当然，写小说更是一个寂然劳作的漫长历程。惟愿对日常生活保持恒久的热情，保持灵敏度和洞察力，往人世更深处去看一看，不断尝试从更本质的意义上书写世事和生活。

月光下

★ 蔡 东

我在哪里，现在什么时候，闹钟响是为了什么？被闹铃唤醒后的三连问。几秒钟后，意识清醒，身体立刻从床垫上弹起来。

镜子里的面孔有些陌生。记不清有多久没有认真照镜子了，只偶尔就着手机屏幕，瞥自己两眼罢了。把打结的头发梳开，裙子穿上又脱下，来来回回折腾好几次，在黑色、白色、天蓝色之中，我放弃了更有朝气的天蓝，选择了稳妥的黑色。

这是南方最舒服的季节，不冷不热，风和阳光清清爽爽的。借着路边的玻璃门，我悄悄打量自己，发型衣着都过得去，心情虽忐忑，也还藏得住。想一想，像上辈子的事了，现在的她，到底会变成什么样子呢？

不出所料的缘起，先是春节前夕，我们被拉到一个叫"相亲相爱一家人"的群里，说是一家人，其实有见过的也有没见过的。大家亲热地互致问候，发养生谣言和珍藏的表情，"晓茹"两个字出现时，我心跳加快。真不敢相信，她居然也在。生怕她又不见了，想赶紧加上她，临到最后却没把消息键出来。时间露出一个小豁口，旧事一幕幕涌出来，都这么多年了，还要继续用沉默表达对她的责怪吗？想起那场梦，在梦中的小城白事上，我一眼认出她来，她远远地站在幔帐边，目光交汇的时候，她嘴唇动了动，好像有话对我说。犹豫半天，等我下定了决心去找她，她已经离开了。

群里热闹了一阵子，几轮热络的网络走亲戚后，气氛凉下来，因为并不真正生活在一起，曾消失在时间里的人换种方式又消失在虚幻的空间里。有时我会猛然一惊，以为她退出了，赶紧点进去看看，见她还在，就松了一口气。我了解她过去的坎坷和挫折，她现在的日子也未必有多好，如果是我，丢不起人，早就自绝于家族，干脆让自己永远消失了。迟疑和猜度中，日子像上了釉，一天天滑过去。

直到她主动加上我，说，刘亚，我也在深圳。

约了几次，不是她没空就是我不巧，或者也可以说，总有一个人没准备好，托词逃脱了。大半年之后，终于定下来时间地点，人物是我和她，刘亚和李晓茹。

她到得比我早。隔着窗子端详她的侧影，利落的短发，干净的墨绿色针织衫，背是挺直纤瘦的，我心里踏实了些。快步走向她，她应声转过头来，在这个时空里，她依然记得我的脚步声，有一个瞬间我像坠入昏暗的深海，四周是真空般的寂静。

小姨，你有白头发了。这句话脱口而出，暗地里埋怨自己不会说话，随之却发现，我俩耸起的肩膀都松开了。

六角托盘擎过来两杯茶，透明杯子里绿阴阴的，薄片正舒展成嫩叶，有的芽头朝上，立于水中，有的缓缓落下，躺在杯底。她倒吸一口气，赞叹着好看，一边却说，不用来这类地方，在哪里说话不是说。这类地方，大概就是指四季恒温、落地窗通透、植物和美器环绕的玻璃屋。现代人吃完饭喜欢再找一个地方喝东西，坐进被设计的空间里，也坐进被设计的生活里。

她还那么爱美，拿起手机拍杯中碧色，我趁机细看她的样子。头顶长白发了，眉心纹刻着深深的竖纹，但比起同龄人来她仍显得年轻。很多这个岁数的人，头发往脑后梳，稀疏得几乎能数得清，还有一具沉甸甸的身体，穿什么衣服都紧绷在肚子那里。不光是体态的年轻感，她精神头看上去也不错。难说呢，这会不会是一种调动和伪装，我不也挣扎着出了门，在没有快乐激素分泌的情况下调控出快乐和积极来，只是临出门的时候，放下刘海遮住了眼睛，于是我去寻找她的眼睛，眼睛可骗不了人。她的眼睛并不黯淡，眼神里充满对此刻和未来的热情。

几棵散尾葵，几株马醉木，室内就幻化出一片清新的小森林，看多了，也觉得不过是一种崭新的流俗。她看看四周，说，我住宿舍，连个坐的地方都没有，不然就叫你过去了。我低下头，喉咙一阵发紧，知道她想认认我家的门，但久居城市已不适应具有速度感的亲昵，哪怕我们曾经那么熟悉，哪怕今天看她一眼我就听见心底的声音，如之前的某个人生阶段，现在的我也需要她。

她座位旁站着一棵高高的琴叶榕，小提琴形状的叶片掩映着她的脸。过往的这些年，她的脸时时浮现出来，总在一个金黄色的场景里，4月的河边，大片连翘开花了，长长的花枝伸向空中，她站在满缀金黄小花的枝条间。

我和她像两棵水草，一高一矮地生在河边。同伴们是几棵杏树、成片的连翘，还有荠菜、野茼蒿、蒲公英和马齿苋，爬满斜坡，向着远处蔓延。家在河的另一边，种着香椿和月季的小院落，安然待在一排平房中。黄昏时分，我们爬上河沿准备回家，才发现裤脚上粘满了苍耳。

我是她的小跟班，她是为我摘苍耳的人。

我曾为我妈感到些许遗憾，老天爷偏心，李晓茹才是姐妹中长得好看的那一个。有她在，我眼睛挪不开，偷偷盯着她看，仰慕她俏丽的单眼皮和飞扬的长眉，还有月光一般的皮肤。一度不知怎么形容那细白若有光的皮肤，比雪色柔和，比奶脂透亮，直到那个月夜，我分不清楚了，月光是从天上落下来的，还是从她脸上轻轻荡漾出来的。

我和她年龄相差十几岁，辈分上她高我一辈，我们却亲密得更像姐妹。父母白天上班，我又是独生子女，我却从来不知道什么叫孤独。有一段日子，沉迷于扮古装美女，头发里插上自制珠钗，披着曳地的毛巾被，端起胳膊走来走去，她就配合我，演小姐丫鬟什么的。还拓展出大侠系列的新剧情，一人执纸扇，一人持木棍充作的剑，挥舞，发功，从高处往下跳。她手巧，会编各式辫子，在我头顶两侧扎两个高马尾，再盘起来，戴上蓬蓬的头花，我定睛细看，马上宣布这是全天下最美的造型了。要知道，比我大几岁的孩子都嫌弃我，她不会。

杏烟河是我俩的嬉游之地。在那里，你知晓四季是怎么到来和退出的。月光下，杏树枝根根分明，投在地上的影子也是瘦的，疏疏淡淡干净的几笔，忽如一夜，水边堆满热闹的花影，抬头一看，干枯的树枝上冒出密密的杏花，酸胀的春天舒畅了。接着，白天长了，细细窄窄的河流变宽了，充足光照中，树叶的绿厚了一层，又厚了一层，蝉声在浓绿中突然静默又骤然响起，她喜欢说，一大早天就这么蓝，中午得热成什么样！当河边的色彩变得丰富，夏天就过渡到了秋天，毛衣上的静电起得噼里啪啦的。到了深秋时节，河水分外沉静，风掠过，几朵云从水里浮起来。我们用纸片叠小船和飞机，任由它们随水流走，我们百无聊赖地躺着，看到英俊的狼狗把吃不完的骨头埋进土里，然后永远地忘记了。

那晚浩浩的月光在河面上晃荡，月下求偶的青蛙发出高亢的叫声，我抬头看到朗照的月亮，突然觉得它待在空旷的天上那么孤单。小姨扭捏一晚上，像是忍不住了，凑到我耳边扔下一句话，我处对象了。我一愣，隐约知道有过几个人追求她，半真半假的，她并不理睬。正式对象吗？是谁是谁？回过神来，我巴住她的肩膀，迫切地想探听更多。

她害羞起来，枕在一丛没抽穗的车前草上，后背对着我。我被吊得难受，假意说先走，她又靠过来，说两句，收回去半句，像河面上忽闪忽闪的月光。她的脸时而化进夜色，时而从黑暗中浮现，分不清楚了，月光是从天上落下来的，还是从她脸上轻轻荡漾出来的。

听着听着，我浑身发烫，同时感到一股庄严的气息四下弥漫。没等她说完，已感觉自己重要了起来，我是被信任的人，第一个知道这件事的人，一定要守护好秘密。我捂住胸口，调匀呼吸，也想说点什么以回报她的信任，可惜我连小学都还没上，除了在我妈兜里偷过几块钱之外，再没有更重大的秘密了。

她接着吐露，已互赠了照片，从口袋里把照片捏出来。我举高照片，月光拨开了黑暗。照片上的人侧身站立，手一上一下抓着衣领，衣领上头，是平凡如你我的一张面孔。

"啊"了一半，惊疑的感叹未成形，完整的失望在心底悄然升起，嘁，怎么就跟他好上了。转念一想，这个人能让她脸上放光幸福成这般模样，又不由得亲近起他来。毕竟，姥爷就不说了，添了心病，总想着给待业的她找事干，连我爸妈都发愁，复读再次落榜，前程在哪里呢。她说，他就像世上另外一个我，我们有很多共同点，都闻不了芫荽味，都爱吃饺子皮，不爱吃肉丸。我说，那饺子丸怎么办？她跟我打闹起来。我心里为她高兴，生活还将继续下去，大好的日子在等着她。以前，人们总虚言着她的未来，她长着修长匀称的四肢，据说适合当运动员，但怎么才能当上运动员，没有人知道，连她自己也不上心，都是说说罢了。

过了两个月，侯南南骑着自行车在河堤上疾驰而过，后座上坐着她，大梁上坐着我。侯南南穿运动裤和黑皮鞋，跟小姨差不多高。之后他不穿皮鞋了，比小姨矮一点。他下了班也加入夜晚的嬉游，月光勾勒出一条小路，小路带我们至树林的深处。几个人一起摸爬爬，摸到塞进罐头瓶里，运气好的时候能有满满一瓶呢。遇上正脱壳的，我们就凑在一起看，在手电筒的一束光下，爬爬背部裂开一道缝，蜕出来淡绿色的翅膀和几近透明的新身体。更多的时候是游荡，走着走着来到河边，我俩坐地上，他找棵树倚上去，歪着头讲故事，有心让我们觉得他很厉害，他也会勇敢地驱赶爬过来的臭大姐，我别过脸去偷笑，觉得成年人也挺好玩的。我忘了他俩还年轻，散漫游乐之后，脸上也有一闪而过的不甘和茫然。

刚上小学的那两年，我跟她见面少了。原来人生是一段接着一段的，好像一下子，我们就走进了各自的新生活。我交上年龄相仿的朋友，也体会到微小却灼人的痛苦，具体来说，是同桌总用胳膊肘挤我，我的领地只剩一窄溜儿了。

我们再遇见，刚开始会有点生疏，很快又亲近起来。她读书不行，一用功就偏头疼，还神经衰弱，姥爷给她用气功治过，但她最喜欢给我买课外书，叮嘱我好好上学。我还怀着念想，经过短暂的冷淡期之后，我们还会像以前一样好。

事实上，我们再也没有像以前那么亲密。有时，我会想起杏烟河的河水，日日夜夜往前流，没人知道它流到哪里去了。

还是在亲戚家，影影绰绰地听说，她哭闹几场，到底把婚订了。这之后，一个傍晚，她把我从家里叫出来。她清瘦了些，脸颊微微凹陷，太阳穴边游动着细细的蓝色血管，那时我不懂，爱上一个人，异样的光彩和骇人的憔悴交替出现，爱情既制造多巴胺也令人忧愁脆弱。她往我手心里放了一样东西，我以为啥稀罕物，一看不过是塑料发夹。注意到她热切的眼神，我装出惊喜的样子来。就在那天，我第一次感觉到，是她依恋我多一点。暮色中，我们沿着被太阳晒热的小路走向河边，她的裙子"沙沙"作响，像雨正落下来，又像风掀动满地的落叶。

我们并排躺在河边，风吹在身上，是可以用身体感知到，也能从树冠和水面上看出来的那种风。睁开眼睛，迎过来的不是残编断简的天空，是一整块向着无尽，从容铺展开来的蓝。

站在高处往下看，这片街区像不像一个巨大的竖琴？我问她。

她摇摇头，哪见过竖琴，这块地方也不熟。

其实我也觉得不像。只是愿意对居住之地生出浪漫想象，取空中视角把偌大的城市想象成无数个竖琴的列阵，那真称得上壮丽了。拉开足够远的距离向下俯视，高瘦颀长的建筑物仿若细细的琴弦，琴弦间，长满了树木和街道。

我说，那你觉不觉得，深圳是站立着的。

她笑了，这样一说就懂了，可不是嘛，咱们那里是横躺着的。

我想起多年前熟悉的景象，天高地平的黄泛冲击区，连绵成片的低矮房子和城郊安静平整的田野，听到她补充了一句，现在也算半蹲了。

哪有什么是不变的，天际线也未定型，只是变化慢一点。我说。

在几幅剪影画里，我能准确地把生活之地认出来，我熟悉它目前的线条和高度，这让我感到踏实，以及片刻的确定。毕竟，多少以为会永远在一起的人，一恍神就不见了。连坐在这里喝口茶，窗外的云彩来了又走，都变幻了好几回。

她说，你长大了，我是变老了。我看着她，小姨你哪里老，气色比我强。她笑笑，心劲还没老。很多年过去了，她无意于站在另一个角度重述那件事，以完成自我辩解，但一年又一年地，那根刺正渐渐融化在我自己所经受的生活中。

我注意到，她拿起纸巾把桌上的水渍抹干净，没有水渍也来回抹，这或许是过往从事某个职业的印记。她说这些年奔走多地，最早做保洁，后面学古法经络，专治亚健康，也做过老板的住家保姆，麻利干活，其他时候笨笨的就行，雇主要管理不想走太近，就注意保持距离，包吃住挺好，手里一直有活钱，只是跟坐牢一样不自在，半年就辞掉了。我问她现在靠什么吃饭，她说，前些年开始做育婴和产后康复，就是伺候月子，熬夜免不了的。

我点点头，大体明白了。在各个年龄段女性都讨厌被叫成阿姨的时代，她从事着可以笼统地被称为阿姨的各种工作。珠三角和长三角流动的中老年女性，善解社会和家庭之烦忧，亦专于藏匿和退场，她们无比重要却能随时隐形，就这样凭着勤劳与智慧过活了下去。她说，城市人需要什么我就学什么，说不上人们忽然开始信什么，不求稳定，跟着市场一直都在变呢。

是呀，她没工夫往回看，只拥有现在。她说，跟你妈一直有联系，她刚得心脏病那年我回去看她，问起你来，说早出来上班了。她等着我也说点什么。到底在外生活多年，自觉遵守新礼节，不打听私事，夹着小心不毁掉这次相会。但她的眼神是急切的，是与比较和窥探无关的，单纯地想知道我过得好不好。

攒了很多话想对她说，又怕表现出过了火的熟络，毕竟我们在彼此的生活中失踪已久。瞅瞅周围，人越来越多，闹哄哄的，有几个姑娘站着四处看，侦查员般等一个座。我们左边那桌谈上市大生意的，嘴里不断说出来的名字很唬人。右边一个戴哈利·波特圆眼镜、穿宽大卫衣的小男孩，到了就摊开一本书，半天没翻一页，也许是装置。更远的地方，看得见风景的窗子边，坐着的人像两对夫妻，关系没到家里聚餐的亲密程度，选在外头聊天倒也自在。

我和她曾共享大好月色，共享一段充满情味的日子，呼朋引伴，形影不离，以为会一辈子这样好下去。那时，我瘦得撩起衣服能看到一根根清晰的肋骨，此刻，我正处在跟发胖、网瘾、职业低谷、焦虑型购物搏斗的人生阶段，睡前辗转，杂念如潮，醒来的一刹那，身体像刚晒干的直挺挺的旧毛巾。家里也越来越狭小，万恶的满减和凑单造成了囤积，有时竟担心自己被各式各样的纸巾吞没掉。

胆怯如我，不敢把上一任房主贴在房间里的平安符撕掉，任由它在那里继续庇佑着房子和生活。枕头已发黄，标签也看不清了，我没有勇气换成新的，害怕再买不到这么舒服的枕头了，我还居然，开始穿红色带福字的袜子。

然而，表面上我已刀枪不入，老练地坐下来，双肩包卸一边，不与人对视，顺滑地戴上一副现代的表情，不在场，无牵绊。最初还觉得心惊，满地的幽灵，熙攘又冷清，原来不光我爸在家中幽灵一般存在着。单位大楼，综合体，地铁车厢，各个空间飘浮着的，是谁都不在乎谁、互相不感兴趣的眼神，空气里满满的，是自恋和防御。

有些时刻，发现月亮竟行至窗前，先是一怔，接着心底涌上来模糊的旧事。我到底也跟它疏远了。世界隐没于黑暗时，它就会显现出来，在天空一角沉默地缺损和圆满，寂然中，移动潮水，譬喻悲欢，让人在不经意看见它的一瞬间，出一会儿神，有所思，有所想。

她淡淡地说，身体总有吃不消的一天，接下来打算学含金量高的技术，考个通乳师的证。你念书多，帮着参谋下。我说，你看好的，保准行。她说，也不是什么正经证书，图个安心，有总比没有强。我想起过往时光里她跨过去的那一道道坎，忽然就觉得，一切并没有那么可怕。捋捋刘海，从哪里开始说起呢，就从家里的三个人开始说吧。

家里还有三个人，跟我一起住。

这么多人？她惊讶地看着我，手里的动作停下来。

先说说名字，等着再见面，他们是李榕添、周细龙和董娟玉。

赶快去通知晓茹，这是最后一面。我得令，跨上自行车，头也不回地冲进黑夜。脚蹬得飞快，耳边只有呼呼风声，屁股都离开了车座。这之前，我妈打了几通电话，是忙音。我提醒她，小姨家的电话早停机了。

小姨熟食店的生意一度兴隆，她羡慕我家有电话，挣到钱先把电话装上，也是一圈数字转盘、话筒在上方而不是一侧的电话机，现在人们眼中的老式复古款。她打电话喊我去玩，声音里有按捺不住的激动，一并顺着线路传送过来。她在娘家时下水就卤得好，成家后靠手艺开起一家小店，卖卤味和炸货，记得开张那天我可高兴了，满心盼着她过得富，富得流油才好。之后我去她店里玩过几次，有一次，她拿出半块亮红的卤猪耳，一边切一边没头没脑地说，侯南南又把内增高皮鞋拿出来穿了。我回忆起当年他穿运动裤配黑皮鞋的样子，有些惶惑，鞋是带增高的？她接着说，皮鞋在床箱里放了好多年，扒出来一看都长绿毛了，他擦了好几遍鞋油。我随便应着，哪里等得及，拈起案板上的猪耳就吃，感受那又脆又软糯的奇妙口感，她用围裙擦擦手，叹口气，又说别的去了。

我快升初中时，她给我买了一身大红运动服，专门送过来。那个年龄的我，沉默，敏感，正是从心灵到身体都别别扭扭的时候，僵硬地接过衣服，也没说声谢谢。我偶然看她一眼，忽然觉出来她老了，眼神呆滞，手脚迟钝，头发披下来，用我妈的话说是跟疯子一样。她身上散发出一股哈喇油气，白袖套也很脏。接着就听说，她做的熟食味道大不如前，心思没放在上头。小生意靠街坊回头客，人家买到发臭的食物，上一回当决不再买，口碑丢了，小店就在恶性循环中半死不活了。又陆续听到一些愤慨的对话，大意是她抠姥爷的退休金，她开始到处借钱了，反复听见的是救急不救穷这句话。有些话压低了声音说，听得并不真切，但知道不是什么好话，我不喜欢别人背后这么议论她，想到她不知受了多少冷眼，心里会猛然疼一下。

但我跟其他人一样，有点躲着她了。

路灯头上跟着一团团蚊蚋，灯光勉强漏下来一点。一块砖躺在路中间，发现时已来不及，车子一踉跄，把我颠了下来。坐在地上揉膝盖，心里说不出来地怕，抬头看见半个月亮，正努力发出微弱的光。我想起过往的日子，想起河边夜晚的月光，有时是银质的月光，叮叮当当清脆地掉落，有时是磨了毛的月光，带一层细密的短茸，可软软地披在身上。我站起来，扶稳车子，继续往前走。

远远地看见一星点暖黄，渐渐晕开了，变大了，接着，黑夜中显现出一个黄盒子，方方正正的，盒子里头就是她的小店。一间面对街道的偏房，墙壁上开了一扇窗，灯光从窗子里透出来。我丢下车子，冲小窗里喊，无人回应。大门敞着，我冲进院子，箭头一般揳入一片凝固的黑暗。

那一刻我太着急，顾不上其他的，是在一遍遍的回忆中，孤寂和无望缓缓从那个画面中漫出来，她和她的影子相对而坐，身后是黑沉沉的夜。

院子里没开灯，只有轻烟薄雾的月光，渺渺地照着，她坐在小凳子上，也坐在能藏住人的暗影里，她身旁有个煤球炉子，炉子上白铝壶咕嘟咕嘟烧着水。

快走快走，姥爷不行了。我呼哧呼哧喘气，边说边往外跑，天都快塌下来了，恨不能马上拽着她飞回家去了。身后竟没有动静，我停住脚步，转过头去。后来很长一段时间里，我都忘不了她的表情和她的话。

她摇晃着站起来，又坐下去，她说，等我把这壶水烧开了。

我在她制造的真空中窒息了，全身不能动，也说不出一句话来。只迷迷糊糊感觉到，不知哪里裂开一个大口子，轰隆隆地，涌出来一些我还无法理解和辨别的东西。

没等我回过神来，她抓起壶把，把水壶扔在地下，"哐当"一声，溅了一地的水。

两辆自行车慌张地蹿出去。黑夜里，传来齿轮和链子猛烈摩擦的声音，还有急促的呼吸声。我和她之间多了一个秘密，一个真正的秘密，我相信自己永远不会说出去。

路穿过小城，在小城的边缘地带突然终止，我穿过一道暗门，却赶紧捂住眼睛。双手颤抖，泪水冰凉，车子驮着我进入虚焦的前方。那时候我不知道，眼泪到底为何而流。我被一股太过复杂的情感淹没，熟悉的世界露出更深也更幽暗的那个部分，我不愿正视，也无法说出它们。

接下来的守灵，我哪肯理她，不光是愤怒，还有一些沉重的东西压得人透不过气来。冗长的葬礼进行到众人齐号只出声不掉泪的阶段，只有她这个小女儿低着头，没声音，有眼泪。

也许，这并不是我最后一次见到她。中考那年，消息乱飞，传她离了婚，带着小孩走了。事后孔明说活该，厚道些的说认命。我硬起心肠，没找我妈详细问，想起小表妹来却很伤感，在他们家还有钱的时候，送表妹学过一阵电子琴呢。传闻渐渐消散，大人们那么忙，闲话也拣最热乎的说。

中考后，我知道自己能考上有书念，长假走到跟前了，不争气地，想念起她来。骑着车子一次次从她家门口过，盼着正赶上她往外走，我们就相遇了。相遇并未发生，我推着车子站在门口，不知这里还是不是她的家，两扇大门紧闭，小店的窗户被报纸糊死，只有那棵高大的柿子树，叶子枉自绿着，长长的树枝伸到院子外面来。

下午，我习惯性地来到河边，独自坐在泡桐树的阴影里。还记得，她曾把满含花蜜、淡紫色的泡桐花用线串起来，给我做了一个项链。只要听到一阵脚步声，我就赶紧回头，幻想她像以前一样突然出现在我身后。孙国梁喊我时，我吓了一跳，转头看到他站在树荫下，我注意到老同学嘴上长出淡淡的胡须，车筐里放着刚租来的一摞武侠小说。他嚷嚷道，城西来了个马戏班，有个演飞天女的，都说是你姨。我不信，什么飞天，别瞎说。嘴上说不信，孙国梁一走，我立马蹬上车子往城西赶。

我跑过城区，跑过菜地和汽车站，跑过了一个完整的黄昏。夜色里，一座亮着彩灯的圆形大棚出现了，数根立柱撑起红白条纹的篷布，棚子门口放着两个黑色大音响，还有几辆卡车停在树林旁的空地上。我买票进去，找靠前的位置坐下，等着座满开演。

穿绸袄的猴子倒骑在山羊背上，山羊迈着艺伎碎步走到舞台中央，观众哄笑，吹口哨，我只觉得猴子的眼神很悲伤。接下来是爬杆和铁笼飞车，惊叹声一波波涌向棚顶。我看不进去，像个局外人，木然坐在座位上。终于，顶花坛的壮汉下场，几个闪闪发光的女演员走上来，她们的身体裹在艳丽的色彩中，翠绿，玫红，宝蓝，金黄，腰间缀满粼粼的亮片，收紧的裤脚上飘着几朵云纹。报幕声响起，预告绸吊表演开始，长长的绸子从顶棚上垂落下来，不可思议的一幕就要出现了。女演员们单手挽住绸子，像画圈一样走步，越走越快，我还没反应过来，她们已飞在半空中了。我紧盯舞台，眼睛都没眨，不知道她们怎么就飞起来了。她们优美地旋转，双腿仍在空中有节奏地摆动，像蹬踩着肉眼看不见的阶梯。她们化同样的妆，四肢都很纤长，我心里着急，哪个是她，她到底在不在半空中。顶棚上的频闪灯像是坏了，光束呜呜咽咽的，舞台的热闹与繁华里平添了几丝荒凉，到最后，我就把那个遍体金黄的人当成她了。

黄昏的几缕阳光斜照进来，把人的影子投到远处的地板上。她从包里拿出一板药，摁住药片顶开铝箔。我给她要来一杯清水，她仰起脖子吞下药，没多说什么。我知道，她这个年纪的人大抵是受着一种或几种慢性病折磨的。

李榕添是衣柜，周细龙是餐桌，董娟玉是电脑。我给衣柜、餐桌和电脑都起了名字。

她睁大眼睛，嘴唇抖动，复又平静下来，抓住我的手握一握。她说，刘亚，没什么，不过是平常事。她顿了顿，记得那个家北窗下的石榴树吗，有那么几年，我叫它刘亚。

要用眼睛看别人，此时我用眼睛看着她，她也一样，我们的视线坦然相接。不能哭出来，我找的理由是，这里人太多。但有件事情我打定主意，不计较了，我先来。我知道，她拐着弯地打听我，她同样知道，我总引导别人多聊聊她，几个月过去，在暴雨接连不断的夏天，谁也不往前挪一步，显然都在保护自己。长夜里我暗下决心，睁开眼却世故退却，好像这才是生活精粹出来的正当反应，而主动表露感情是何其不明智的行为。

茶已经放凉。她站起来，说沙发窝得人难受，出去溜达溜达。我跟着她往外走，像一下子回到了多年前。这一刻，我辨认出胸口突然涌上来的热流是什么，是庆幸，庆幸在我能理解更复杂的人世时，还有机会跟她相见。

推开门，尚未汇入人流中，我们像被什么撞了一下。不知道哪条街的桂花开了，金桂的香那么重，风都吹不动，空气变得很稠密，站在里面，蓦地就被花香染了一身。不似幽冷的兰花香，飘飘忽忽，闪躲着什么，桂香浓郁、强烈，无所保留地让空气达到饱和状态，香味像凝结成一滴滴水珠般，落得到处都是。

她深吸一口气，说，听说这两年家里也开始堵车，真不敢想了。可惜过年还回不去，月子订单排到了春节后。我马上说，忙你的事业。她摇摇头，哪有什么事业，吃口饭罢了。我说，今年我能休假，你记挂谁，我替你回去看看，多拍几张合影发给你。她笑了，这个哪能替。

洒水车缓缓走过，喷出的水流落在路面和一旁的绿化带上。她指着前方，说，快看快看。我循着她的视线，看见一道小小的彩虹，阳光和水滴造就了它，缺了小半边，照样梦幻鲜艳，在空中抛出优美的弧度。

饭店门口的台子上放着菜牌，她拿起来翻看几页，大大方方放下，往前走出去一段路才对我说，钱不是这样花的。她说多年来有强制储蓄的习惯，备着应急和养老。我想象着，再过十年，即使她头发全白了，也跟那些老去的电影演员一样，是一头优雅蓬松的白发。

她问，你家里能做饭吗？我点点头，能做，就是东西不全，不太像话。她试探着问，要不去家里看看？我想起那个进门堵着一堆鞋子的住处，毫不犹豫地说，当然可以。

小直升机般的蜻蜓悬停在灌木丛上，鸟挥动翅膀起飞，雪白的肚腹和金属光泽的尾羽在空中一闪而逝，剩一缕鸟鸣还飘在半空中。街道转角处的烘焙店很火爆，坐满了被公众号准确引流到店里的顾客。再往前走，路边是一家瑜伽馆，高高的玻璃窗里，两排女士一排男士在导师的带领下，时而脖子后仰下巴上扬，集体化作眼镜蛇，时而手臂伸直前胸贴地，集体变成正在舒展身体的猫，练习柔软，尝试自然，学会放松，一点点把属于人类的压力释放出来。我暗想，老板可千万别跑路，得让浑身硬邦邦的人有个地方去。

橘红的月亮出现在天地相接的地方，天一黑，它就蹑足而上，越过树梢，步入深蓝色的天幕。像往常那些日子一样，它散射出母系的、心智成熟又充满感情的光，安抚夜空，慰藉人世。

我跟随她拐进旁边的小超市，她问，现在爱吃什么，我说，你做的都好吃。她在货架上细细挑选，把散落的白菜豆腐五花肉归拢到一起。她一抬头，像突然发现了什么，声音里透出欣喜，刘亚你比我高了。回去了，我拎起袋子，挽住她的胳膊，往灯火更深处走去。

图书在版编目（CIP）数据

第八届鲁迅文学奖获奖作品集.中短篇小说卷/中国作家协会鲁迅文学奖评奖办公室编.—北京：作家出版社，2022.11
ISBN 978-7-5212-2072-8

Ⅰ.①第… Ⅱ.①中… Ⅲ.①中国文学—当代文学—作品综合集②中篇小说—小说集—中国—当代③短篇小说—小说集—中国—当代 Ⅳ.① I217.1

中国版本图书馆 CIP 数据核字（2022）第 199480 号

第八届鲁迅文学奖获奖作品集·中短篇小说卷

编　　者：中国作家协会鲁迅文学奖评奖办公室
责任编辑：秦　悦
装帧设计：薛　怡
出版发行：作家出版社有限公司
社　　址：北京农展馆南里 10 号　　邮　　编：100125
电话传真：86-10-65067186（发行中心及邮购部）
　　　　　86-10-65004079（总编室）
E-mail:zuojia @ zuojia.net.cn
http://www.zuojiachubanshe.com
印　　刷：河北京平诚乾印刷有限公司
成品尺寸：152×230
字　　数：338 千
印　　张：20.5
版　　次：2022 年 11 月第 1 版
印　　次：2022 年 11 月第 1 次印刷
ISBN 978-7-5212-2072-8
定　　价：78.00 元（精）

作家版图书，版权所有，侵权必究。
作家版图书，印装错误可随时退换。